Seducir a un Pecador

Elizabeth Hoyt

Seducir a un Pecador

Titania Editores

ARGENTINA - CHILE - COLOMBIA - ESPAÑA
ESTADOS UNIDOS - MÉXICO - PERÚ - URUGUAY - VENEZUELA

Título original: *To Seduce A Sinner*
Editor original: Forever, an imprint of Grand Central Publishing, Hachette
Book Group, New York
Traducción: Victoria E. Horrillo Ledesma

1ª edición Marzo 2011

ISBN: 978-84-92916-02-3
Depósito legal: B-5.310-2011

Fotocomposición: A.P.G. Estudi Gràfic, S.L.
Impreso por Romanyà Valls, S.A. - Verdaguer, 1 - 08786 Capellades
(Barcelona)

Impreso en España - *Printed in Spain*

Para mi padre, Robert G. McKinnell, por haber sido siempre un maravilloso apoyo en mi carrera como escritora. (Aunque sigas sin poder leer este libro, papá.)

Agradecimientos

Gracias a mi fabulosa editora, Amy Pierpont, y a su infatigable ayudante, Kristin Switzer; a mi prodigiosa agente, Susannah Taylor; al dinámico equipo de publicidad de Grand Central Publishing, y en especial a Tanisha Christie y Melissa Bullock; al departamento de Arte de Grand Central Publishing y, sobre todo, a Diane Luger por otra portada maravillosa; y a mi correctora, Carrie Andrews, que otra vez me ha salvado de hacer el ridículo en público.

¡Gracias a todas!

Prólogo

Érase una vez, en un país extranjero de nombre desconocido, un soldado que volvía a casa de la guerra. La guerra en la que había luchado duraba ya muchas generaciones. Llevaba tantos años librándose, de hecho, que quienes luchaban en ella habían olvidado por completo por qué combatían. Un día, los soldados miraron a los hombres contra los que batallaban y se dieron cuenta de que no sabían por qué querían matarlos. Los oficiales tardaron un poco más en llegar a la misma conclusión, pero al final se convencieron de ello y todos los soldados de ambos bandos depusieron las armas. Se había declarado la paz.

Así pues, nuestro soldado regresaba a casa por un camino solitario. Pero, como la guerra había durado tantos años, ya no tenía hogar al que volver y en realidad caminaba sin rumbo. Aun así, llevaba un hato con comida a la espalda, el sol brillaba en el cielo y el camino que había elegido era fácil y recto. Estaba contento con la vida que le había tocado en suerte.

Se llamaba Jack el Risueño...

De Jack *el Risueño*

11

Capítulo 1

Jack marchaba por la carretera silbando alegremente, pues no tenía ni una sola preocupación en este mundo...

De Jack *el Risueño*

Londres, Inglaterra
Mayo de 1765

Pocas cosas hay más desafortunadas en la vida de un hombre que verse rechazado por su futura esposa el mismo día de la boda, se dijo Jasper Renshaw, vizconde de Vale. Pero que le dejaran a uno plantado el día de su boda mientras sufría aún los efectos de una noche de borrachera... Eso, en fin, tenía que ser el colmo de la mala suerte.

—Lo siento muchíiiiiisimo —sollozó la señorita Mary Templeton, la novia en cuestión, en un tono lo bastante agudo como para despegarle a uno la cabellera del cráneo—. Nunca tuve intención de engañarle.

—Ya —dijo Jasper—. Eso espero.

Tenía ganas de apoyar la cabeza dolorida en las manos, pero, obviamente, aquél era un momento sumamente dramático en la vida de la señorita Templeton, y tenía la impresión de que el gesto no mostraría el debido respeto hacia la gravedad de la situación. Por lo menos estaba sentado. Había una silla de madera de respaldo recto en la sacristía de la iglesia, y nada más entrar se la había apropiado con nula caballerosidad.

Pero a la señorita Templeton no parecía haberle importado.

—¡Ay, señor mío! —exclamó ella, presumiblemente dirigiéndose a él, aunque teniendo en cuenta dónde estaban quizás estuviera invocando a una Presencia más alta que la suya—. No he podido remediarlo, de verdad que no. ¡Cuán volubles somos las mujeres! ¡Cuán simples, cuán atolondradas, cuán incapaces de resistir al vendaval de la pasión!

¿El vendaval de la pasión?

—Sin duda, sin duda —masculló Jasper.

Ojalá le hubiera dado tiempo a tomarse una copa de vino esa mañana. Una... o dos. Le habría asentado un poco la cabeza, quizás, y le habría ayudado a comprender qué intentaba decirle exactamente su prometida, aparte de lo obvio: que ya no deseaba convertirse en la vizcondesa de Vale. Pero, tonto de él, esa mañana se había levantado sin esperar otra cosa que una boda tediosa seguida de un interminable desayuno nupcial. En lugar de eso, sin embargo, se había encontrado en la puerta de la iglesia con el señor y la señora Templeton (muy serio aquél, sospechosamente nerviosa ésta) y con su encantadora prometida con lágrimas en la cara, y había sabido de inmediato, en el fondo de su oscura y pesarosa alma, que ese día no comería pastel de bodas.

Jasper sofocó un suspiro y miró a su ex futura esposa. Mary Templeton era bastante bonita. Tenía el cabello oscuro y lustroso, los ojos de un azul brillante, la tez blanca y fresca y unos pechos agradablemente rotundos. Esto último era lo que más ilusión le hacía, se dijo malhumorado mientras Mary se paseaba delante de él.

—¡Ay, Julius! —exclamó la señorita Templeton levantando sus hermosos y redondeados brazos. Era una lástima que la vicaría fuera tan pequeña. Aquel drama exigía un escenario mayor—. ¡Si no te amara tanto!

Jasper parpadeó y se inclinó hacia delante, consciente de que debía de haberse perdido algo, porque no se acordaba de ningún Julius.

—Eh, ¿Julius?

Ella se volvió y agrandó sus radiantes ojos azules. Eran magníficos, la verdad.

—Julius Fernwood. El vicario del pueblo que hay al lado de la finca de papá.

¿Iba a plantarle por un vicario?

—¡Oh! Si pudieras ver sus dulces ojos castaños, su cabello rubio como la mantequilla y su adusto porte, sé que entenderías que sienta lo que siento.

Jasper arqueó una ceja. Aquello le parecía sumamente improbable.

—¡Le amo, milord! Le amo con toda mi alma llena de sencillez.

En un arrebato alarmante, cayó de rodillas delante de él, con la hermosa cara llorosa vuelta hacia arriba y las blancas y tersas manos unidas entre los pechos redondeados.

—¡Por favor! ¡Por favor! ¡Se lo ruego, libéreme de este lazo cruel! Devuélvame mis alas para que pueda volar en pos de mi verdadero amor, del hombre al que amaré siempre con todo mi corazón aunque me vea forzada a casarme con usted, a dejarme estrechar entre sus brazos, a someterme a sus instintos animales, a...

—Sí, sí —la cortó Jasper apresuradamente, antes de que acabara de retratarle como una bestia empeñada en esclavizarla y abusar de ella—. Comprendo que no tengo nada que hacer, comparado con un vicario rubio como la mantequilla. Me retiro del campo del matrimonio. Por favor, id en busca de vuestro verdadero amor. Mi enhorabuena y todo eso.

—¡Oh, gracias, milord! —Le agarró de las manos y se las llenó de húmedos besos—. Le estaré por siempre agradecida, estaré en deuda eterna con usted. Si alguna vez...

—Ya, ya. Si alguna vez necesito un vicario rubio como la mantequilla o a la esposa de un vicario, etcétera, etcétera... Lo tendré muy en cuenta. —Llevado por un repentino golpe de inspiración, Jasper se metió la mano en el bolsillo y sacó un puñado de medias coronas. Pensaba arrojárselas al gentío, tras la boda—. Tenga. Para sus nupcias. Le deseo la mayor felicidad con... eh, con el señor Fernwood.

Le puso las monedas en las manos.

—¡Oh! —Los ojos de la señorita Templeton se agrandaron aún más—. ¡Oh, gracias!

Le dio un último beso lloroso en la mano y salió corriendo de la habitación. Tal vez se daba cuenta de que Jasper le había regalado varias libras en monedas movido por un impulso y sabía que, si se quedaba más tiempo, quizá reconsiderara su generosidad.

Jasper suspiró, sacó un gran pañuelo blanco y se secó las manos. La vicaría era pequeña; sus paredes eran de la misma vieja piedra gris que la iglesia en la que pensaba haberse casado. En una pared había una estantería de madera oscura llena de trastos de la parroquia: velas viejas, papeles, Biblias y platillos de alpaca. Arriba, en lo alto del muro, había una ventana con pequeños rombos de cristal. Jasper vio el cielo azul, en el que flotaba serenamente una sola nube blanca y algodonosa. Una bonita habitación para que le dejaran solo de nuevo. Volvió a guardarse el pañuelo en el chaleco del bolsillo y notó de pasada que tenía flojo un botón. Tendría que acordarse de decírselo a Pynch. Puso el codo sobre la mesa que había junto a la silla, apoyó la cabeza en la mano y cerró los ojos.

Pynch, su criado, hacía un brebaje maravilloso para asentar la cabeza tras una noche de parranda. Pronto podría irse a casa y tomarse aquel remedio casero, y quizá volverse a la cama. Pero le dolía la cabeza, maldita sea, y no podía marcharse aún. Fuera de la vicaría se oían voces cuyo eco resonaba en la cúpula de la vieja iglesia de piedra. Al parecer, el romántico plan de la señorita Templeton había chocado con cierta resistencia paterna. Jasper levantó una comisura de la boca. Tal vez a su padre no le sedujera tanto como a ella el cabello rubio como la mantequilla. En cualquier caso, preferiría irse a hacer la guerra contra los franceses que vérselas con la familia y los invitados que esperaban fuera.

Suspiró y estiró las piernas delante de él. Así pues, seis meses de duro esfuerzo acababan de irse por la borda. Seis meses le había llevado cortejar a la señorita Templeton: un mes para encontrar una muchacha adecuada (de buena familia, ni demasiado joven ni demasiado vieja, y lo bastante bonita como para llevársela a la cama); tres meses para cortejarla cuidadosamente, coqueteando con ella en bailes y salones, llevándola a dar paseos en su carruaje, comprándole dulces, flores y pequeñas chucherías; luego, la pregunta crucial, la respuesta satisfactoria y el casto beso en la mejilla virginal; y, por último, publicar las amonestaciones y hacer diversas compras y preparativos para la venturosa fiesta nupcial.

¿Qué había salido mal, entonces? Ella parecía perfectamente de acuerdo con sus planes. Nunca antes había expresado ninguna duda. Y cuando le regalaba perlas y pendientes de oro incluso podía decirse que parecía eufórica. ¿A qué obedecía, pues, aquel repentino impulso de casarse con un vicario rubio como la mantequilla?

Su hermano mayor, Richard, no habría tenido ese problema, si hubiera vivido lo suficiente para buscar esposa: a él no le habría plantado su prometida. Quizá fuera culpa suya, pensó Jasper sombríamente. Tal vez había algo en él que repugnaba al bello sexo, al menos en lo tocante al matrimonio. Era imposible pasar por alto el hecho de que era la segunda vez en menos de un año que le daban calabazas. La primera vez había sido Emeline, claro, y había que reconocer que Emeline era, más que una novia, una hermana. Pero aun así uno no podía dejar de...

El chirrido de la puerta de la vicaría al abrirse interrumpió sus cavilaciones. Jasper abrió los ojos.

Una mujer alta y delgada dudó en la puerta. Era una amiga de Emeline. Ésa de cuyo nombre nunca se acordaba.

—Lo siento, ¿le he despertado? —preguntó.

—No, sólo estaba descansando.

Ella asintió con la cabeza, miró rápidamente hacia atrás y cerró la puerta a sus espaldas, encerrándose con él, lo cual resultaba sumamente impropio.

Jasper levantó las cejas. Aquella señorita nunca le había parecido muy dada al melodrama, pero estaba claro que, en ese sentido, su percepción dejaba mucho que desear.

Ella se mantenía muy erguida, con los hombros rectos y la barbilla ligeramente levantada. Era una mujer insulsa, cuyos rasgos costaba recordar. Seguramente por eso, pensándolo bien, Jasper no lograba acordarse de su nombre. Su cabello claro, recogido en un moño a la altura de la nuca, era de un tono indeterminado, entre rubio y castaño. Sus ojos eran de un castaño vulgar. El corpiño de su vestido marrón grisáceo tenía un escote corriente, de corte cuadrado, que desvelaba un pecho más bien enjuto. El cutis lo tenía bastante fino, notó él. Tenía esa blancura azulada y traslúcida que a menudo se comparaba con el mármol. Si la mirara más de cerca, sin duda vería las venas que corrían bajo la piel pálida y delicada.

Levantó los ojos hacia su cara. Ella se había quedado allí, inmóvil, mientras la examinaba, pero ahora un leve rubor comenzaba a aparecer en sus pómulos.

Al notar su azoramiento, por leve que fuera, Jasper se sintió un truhán. Y habló, por tanto, con cierta aspereza.

—¿Puedo servirla en algo, señora?

Ella respondió con una pregunta:

—¿Es cierto que Mary no va a casarse con usted?

Él suspiró.

—Por lo visto se ha empeñado en atrapar a un vicario, y ya no le sirve un vizconde.

Ella no sonrió.

—Usted no la ama.

Él extendió las manos.

—Por desgracia así es, aunque confesarlo me convierta en un canalla.

—Entonces, tengo una proposición que hacerle.

—¿Ah, sí?

Ella juntó las manos delante de sí e hizo lo imposible: se irguió aún más.

—Me preguntaba si querría usted casarse conmigo, en vez de con ella.

Melisande Fleming se obligó a mantenerse erguida y a mirar a los ojos a lord Vale, con firmeza y sin el más leve asomo de sonrojo pueril. A fin de cuentas, ya no era una niña. Era una mujer de veintiocho años: para ella, la época de las bodas en primavera y las flores de azahar quedaba ya muy lejana. Igual que la esperanza de hallar la felicidad. Pero al parecer la esperanza era una cosa muy dura, casi imposible de derrotar.

Lo que acababa de proponer era ridículo. Lord Vale era un hombre rico. Un aristócrata. Un hombre en la flor de la vida. Un hombre, en resumen, que podía elegir a su antojo entre un plantel de muchachas de risilla bobalicona, mucho más jóvenes y bonitas que ella. Aunque acabaran de dejarle plantado ante el altar por un vicario sin un penique.

Así pues, Melisande se preparó para soportar la risa, el desprecio o (peor aún) la lástima de lord Vale.

Lord Vale, sin embargo, se limitó a mirarla. Quizá no la había oído bien. Sus bellos ojos azules estaban un pelín enrojecidos, y por cómo se sostenía la cabeza al entrar ella, parecía haberse excedido celebrando sus nupcias la noche anterior.

Estaba arrellanado en la silla, con las largas y musculosas piernas estiradas, ocupando mucho más espacio del que debía. La miraba con aquellos ojos brillantes, de sorprendente tono azul verdoso. Eran luminosos (incluso vidriosos), pero eran lo único de su persona que podía considerarse encantador. Tenía la cara alargada y profundas arrugas alrededor de los ojos y la boca. Su nariz también era larga, además de muy grande. Sus párpados caían un poco hacia las comisuras, como si siempre estuviera soñoliento. Y su cabello... Su cabello, a decir verdad, era bastante bonito: rizado y abundante, de un hermoso color castaño rojizo. En cualquier otro hombre habría parecido infantil, incluso afeminado.

Melisande había estado a punto de no ir a la boda. Mary era prima lejana suya; habían hablado una o dos veces a lo largo de su vida. Pero Gertrude, su cuñada, se encontraba mal esa mañana y había insistido en que ella fuera a la boda en representación de su rama de la familia. Así que allí estaba, y acababa de cometer el acto más temerario de toda su existencia.

Qué extraño era el destino.

Lord Vale se movió por fin. Se frotó la cara con la mano grande y huesuda y la miró por entre los largos dedos.

—Discúlpeme, pero soy un idiota: por mi vida, que no logro acordarme de su nombre.

Naturalmente. Ella siempre había sido de las que revoloteaban alrededor de la multitud. Nunca en el centro, nunca llamando la atención.

Él, en cambio, era todo lo contrario.

Melisande respiró hondo y estiró los dedos para que dejaran de temblarle. Sólo tendría aquella oportunidad: no debía meter la pata.

—Soy Melisande Fleming. Mi padre era Ernest Fleming, de los Fleming de Northumberland. —Su familia era antigua y muy respetada, de modo que no se dignó dar más explicaciones. Si lord Vale no había oído hablar de ellos antes, sus garantías de respetabilidad de poco servirían ahora—. Mi padre falleció, pero tengo dos hermanos varones, Ernest y Harold. Mi madre era una emigrada prusiana, también fallecida. Puede que recuerde que soy amiga de lady Emeline, que...

—Sí, sí. —Apartó la mano de su cara y la agitó en el aire para atajar su lista de credenciales—. Sé quién es, lo único que no sabía era...

—Mi nombre.

Él inclinó la cabeza.

—Exacto. Como le decía, soy un idiota.

Ella tragó saliva.

—¿Podría darme una respuesta?

—Es que... —Sacudió la cabeza e hizo un vago gesto con los dedos—. Sé que anoche me excedí con la bebida y estoy todavía un poco aturdido por el abandono de la señorita Templeton, así que puede que mis capacidades cognitivas no estén a la altura de las circunstancias, pero no veo por qué desea usted casarse conmigo.

—Es usted vizconde, milord. La falsa modestia no le favorece.

Su ancha boca se curvó en una leve sonrisa.

—Es usted muy mordaz, ¿no le parece?, para estar buscando la mano de un caballero.

Melisande notó que el rubor le subía por el cuello y las mejillas y tuvo que sofocar el impulso de abrir la puerta y huir.

—¿Por qué desea casarse conmigo, entre todos los vizcondes de este mundo? —preguntó él suavemente.

—Es usted un hombre honorable. Lo sé por Emeline. —Melisande hablaba con cautela, escogiendo sus palabras con cuidado—. Deduzco por la brevedad de su noviazgo con Mary que está ansioso por casarse, ¿me equivoco?

Él ladeó la cabeza.

—Eso parece, desde luego.

Ella asintió con la cabeza.

—Yo, por mi parte, deseo tener mi propia casa, en lugar de vivir acogida a la generosidad de mis hermanos. —Una verdad a medias.

—¿No tiene medios propios?

—Tengo una dote excelente y rentas propias, aparte de eso. Pero una mujer soltera difícilmente puede vivir sola.

—Cierto.

Él la contemplaba, contento, al parecer, de tenerla ante sí como una suplicante delante de un rey. Pasado un momento asintió con la cabeza y se levantó, y su estatura obligó a Melisande a alzar la mirada. Ella era alta, pero él lo era aún más.

—Discúlpeme, pero he de hablarle con franqueza a fin de evitar engorrosos malentendidos más adelante. Yo deseo un matrimonio real. Un matrimonio que, Dios mediante, produzca hijos engendrados en una cama compartida. —Sonrió encantadoramente y sus ojos de color turquesa brillaron un poco—. ¿Es eso lo que busca usted también?

Ella le sostuvo la mirada, sin atreverse a abrigar esperanzas.

—Sí.

Él inclinó la cabeza.

—Entonces, señorita Fleming, me siento honrado de aceptar su proposición de matrimonio.

Melisande notó una opresión en el pecho, y al mismo tiempo como si algo aleteara locamente por detrás de sus costillas, luchando por liberarse y volar por la habitación, lleno de alegría.

Le tendió la mano.

—Gracias, milord.

Él sonrió inquisitivamente al ver su mano extendida y luego se la cogió. Pero en lugar de estrechársela para sellar el acuerdo, inclinó la cabeza sobre sus nudillos y Melisande sintió el roce suave y cálido de sus labios. Reprimió un estremecimiento de deseo al notar su contacto.

Él se incorporó.

—Confío en que siga dándome las gracias después del día de nuestra boda, señorita Fleming.

Ella abrió la boca para contestar, pero él ya se había dado la vuelta.

—Lo siento, pero me duele horriblemente la cabeza. Dentro de tres días iré a ver a su hermano, ¿le parece bien? Debo fingirme afligido al menos tres días, ¿no le parece? Esperar menos quizá repercutiría negativamente en la señorita Templeton.

Con una sonrisa irónica, cerró suavemente la puerta tras él.

Melisande dejó caer los hombros, libre por fin de tensión. Se quedó mirando la puerta un momento; luego paseó la mirada por la habitación. Era corriente, pequeña y un poco desordenada. Un sitio poco adecuado para que su vida diera un giro drástico. Y, sin embargo (a menos que el último cuarto de hora hubiera sido una ensoñación), aquél era el lugar donde su vida había tomado un rumbo nuevo y totalmente inesperado.

Se examinó el dorso de la mano. No había ninguna marca allí donde la había besado lord Vale. Hacía años que conocía a Jasper Renshaw, lord Vale, pero en todo ese tiempo él no había tenido ocasión de tocarla. Se llevó el dorso de la mano a la boca y cerró los ojos, imaginándose cómo sería que la besara en la boca. Su cuerpo tembló al pensarlo.

Luego volvió a estirar la espalda, se alisó la falda ya lisa y se pasó los dedos por el pelo para asegurarse de que todo estaba en orden. Así compuesta, se dispuso a salir de la vicaría, pero al echar andar su pie tropezó con algo. En el suelo, sobre las baldosas de piedra, escondido entre sus faldas hasta que se había puesto en marcha, había un botón de plata. Melisande lo recogió y le dio lentamente la vuelta entre los dedos. Llevaba grabada una inicial: *V*. Se quedó mirándolo un momento antes de guardárselo en la manga.

Después salió de la vicaría.

—Pynch, ¿conoces a algún hombre que haya perdido una novia y ganado otra el mismo día? —preguntó Jasper ociosamente, esa tarde.

Estaba tumbado en su gran bañera, fabricada expresamente a su medida.

Pynch, su ayuda de cámara, estaba en un rincón del cuarto, atareado con la ropa de la cómoda. Contestó sin volverse.

—No, milord.

—Entonces quizá sea yo el primero de toda la historia. Londres debería erigir una estatua en mi honor. Los niños pequeños se acercarían y me mirarían pasmados, y sus niñeras les aconsejarían en tono admonitorio que no siguieran mis pasos.

—En efecto, milord —contestó Pynch en tono monocorde.

La voz de Pynch tenía el timbre ideal para un sirviente de primera clase: era suave, firme, grave y serena. Lo cual estaba muy bien, porque, por lo demás, distaba mucho de ser el sirviente ideal. Pynch era un grandullón. Muy grandullón. Tenía los hombros de un buey, unas manos que podían abarcar sin esfuerzo una fuente de servir, un cuello tan grueso como el muslo de Jasper y una cabeza calva y redonda como una cúpula. Parecía más bien un granadero: un corpulento soldado de infantería, de los que en el ejército se usaban para abrir brecha en el frente enemigo.

Y eso había sido mientras servía en el ejército de Su Majestad, antes de tener una pequeña divergencia de opinión con su sargento, de resultas de la cual, acabó pasando un día en el cepo. Y allí, en el cepo, era donde Jasper le había visto por vez primera, soportando estoicamente que la gente le arrojara a la cara verduras podridas. Aquella imagen le había impresionado tanto que, nada más ser puesto en libertad, Jasper le ofreció ser su ordenanza. Pynch aceptó de inmediato. Entonces, dos años después, cuando abandonó el ejército a cambio de una sustanciosa suma, compró también la libertad de Pynch y éste regresó con él a Inglaterra en calidad de ayuda de cámara. Toda una serie de circunstancias afortunadas, se dijo Jasper mientras sacaba un pie de la bañera y veía caer una gota de agua de su dedo gordo.

—¿Has mandado esa carta a la señorita Fleming? —Había redactado una misiva anunciando educadamente que iría a ver a su hermano tres días después, si entre tanto ella no le hacía saber que había cambiado de idea.

—Sí, milord.

—Bien. Bien. Creo que este compromiso saldrá adelante. Tengo una corazonada.

—¿Una corazonada, milord?

—Sí —contestó Jasper. Cogió un cepillo de mango largo y se lo pasó por la punta del dedo gordo—. Como la que tuve hace quince días, cuando aposté media guinea a aquel alazán cuellilargo.

Pynch carraspeó.

—Creo que el alazán resultó ser cojo.

—¿Sí? —Jasper meneó una mano—. Es igual. De todos modos, jamás hay que comparar a las mujeres con los caballos. Lo que intento decir es que ya llevamos tres horas comprometidos, y la señorita

Fleming aún no se ha desdicho. Indudablemente estarás impresionado.

—Es buena señal, milord, pero ¿me permite hacerle notar que la señorita Templeton esperó hasta el día de la boda para romper el compromiso?

—Ah, pero en este caso fue la propia señorita Fleming quien sacó a relucir la idea del matrimonio.

—¿De veras, milord?

Jasper dejó de frotarse el pie izquierdo.

—No quisiera que esa noticia salga de esta habitación.

Pynch se puso muy tieso.

—No, milord.

Jasper dio un respingo. Maldita sea, acababa de ofender a Pynch.

—No quisiera herir los sentimientos de la dama, aunque ella misma se haya arrojado a mis pies.

—¿Se arrojó a sus pies, milord?

—Es una forma de hablar. —Jasper sacudió el cepillo de mango largo, salpicando de agua una silla cercana—. Parecía tener la impresión de que estaba desesperado por casarme y que, por tanto, me arriesgaría a aceptarla a ella.

Pynch enarcó una ceja.

—¿Y no la sacó de su error?

—Pynch, Pynch, ¿acaso no te he dicho que nunca contradigas a una dama? Es de mala educación y, para colmo, una pérdida de tiempo. De todos modos, seguirá en sus trece. —Jasper se pegó el cepillo a la nariz—. Además, en algún momento tengo que casarme. Casarme y tener hijos, como hicieron todos mis nobles antepasados. Es absurdo intentar esquivar esa obligación. He de engendrar un hijo o dos, preferiblemente con algo de cerebro en la mollera, para que lleven el antiguo y enmohecido nombre de Vale. De este modo me ahorro el tener que salir y cortejar durante meses a otra muchacha.

—Ah. Entonces, a su modo de ver, lo mismo da una señorita que otra, ¿no es eso, milord?

—Sí —contestó Jasper, y enseguida cambió de idea—. No. Maldita sea tu lógica, Pynch. Pareces un abogado. La verdad es que esa mujer tiene algo. No sé muy bien cómo describirlo. No es la mujer que yo habría escogido, a decir verdad, pero cuando estaba allí delante, tan valiente y decidida y al mismo tiempo mirándome con el ceño fruncido como si hubiera escupido delante de ella... En fin, me gustó bastante, creo. Claro que puede que fuera efecto del whisky que bebí anoche.

—Naturalmente, milord —murmuró Pynch.

—En fin... Lo que intento decir es que confío en que este compromiso acabe en una boda como es debido. Si no, pronto tendré fama de ser una especie de huevo podrido.

—En efecto, milord.

Jasper miró al techo con el ceño fruncido.

—Pynch, no debes darme la razón cuando me comparo con un huevo podrido.

—No, milord.

—Gracias.

—De nada, milord.

—Sólo espero que la señorita Fleming no conozca a ningún vicario en las próximas semanas, antes de la boda. Sobre todo, rubio como la mantequilla.

—Sí, milord.

—¿Sabes que no creo haber conocido nunca a un vicario de mi agrado? —preguntó Jasper pensativamente.

—¿De veras, milord?

—A todos parece faltarles la barbilla. —Jasper se tocó el largo mentón—. Puede que sea requisito indispensable para ingresar en el clero de Inglaterra. ¿Lo crees posible?

—Posible, sí. Probable, no, milord.

—Hmm.

Al otro lado de la habitación, Pynch pasó un montón de sábanas al estante más alto del ropero.

—¿El señor va a pasar el día en casa?

—Ay, no. Tengo otros asuntos que atender.

—¿Incluyen esos asuntos a ese hombre de la prisión de Newgate?

Jasper dejó de mirar el techo para mirar a su ayuda de cámara. Pynch, cuyo semblante solía parecer impertérrito, había entornado ligeramente los ojos: tenía cara de preocupación.

—Me temo que sí. El juicio de Thornton será muy pronto, y es seguro que le condenarán a la horca. Y cuando muera, se llevará consigo toda la información que tenga.

Pynch cruzó la habitación provisto de una gran toalla de baño.

—Suponiendo que tenga alguna.

Jasper salió de la bañera y cogió la toalla.

—Sí, suponiendo que tenga alguna.

Pynch lo observó mientras se secaba con los ojos todavía entornados.

—Discúlpeme señor, no me gusta hablar de lo que no me incumbe...

—Y sin embargo siempre lo haces —masculló Jasper.

Su criado continuó como si no le hubiera oído.

—Pero me preocupa su obsesión con ese hombre. Es un redomado embustero. ¿Qué le hace pensar que ahora va a decir la verdad?

—Nada. —Jasper arrojó a un lado la toalla, se acercó a la silla donde descansaba su ropa y comenzó a vestirse—. Es un embustero, un violador y un asesino, y sólo Dios sabe qué más cosas. Sólo un imbécil confiaría en su palabra. Pero no puedo entregarle al patíbulo sin intentar al menos sonsacarle la verdad.

—Temo que esté únicamente jugando con usted por diversión.

—Sin duda tienes razón, Pynch, como de costumbre. —Jasper no miró al ayuda de cámara mientras se pasaba la camisa por la cabeza. Había conocido a Pynch después de la masacre del 28º Regimiento de Infantería en Spinner Falls. Pynch no había luchado en esa batalla. No sentía su necesidad de descubrir quién había traicionado al regimiento—. Pero, por desgracia, la razón no importa. He de ir.

Pynch suspiró y le llevó los zapatos.

—Muy bien, milord.

Jasper se sentó para abrocharse las hebillas de los zapatos.

—Anímate, Pynch. Dentro de una semana, Thornton estará muerto.

—Lo que usted diga, milord —masculló Pynch mientras recogía el baño.

Jasper acabó de vestirse en silencio y se acercó luego al tocador para peinarse y recogerse el pelo hacia atrás.

Pynch sacó su casaca.

—Confío en que el señor no haya olvidado que el señor Dorning ha vuelto a solicitar su presencia en las tierras de la familia en Oxfordshire.

—Maldita sea. —Dorning, el capataz de su finca, le había escrito varias veces para pedirle ayuda en una disputa por unas tierras. Ya había dado largas al pobre hombre porque iba a casarse y ahora... —. Dorning tendrá que esperar unos días más. No puedo marcharme sin haber hablado con el hermano de la señorita Fleming y con la propia señorita Fleming. Recuérdamelo cuando vuelva, por favor.

Se puso la chaqueta, cogió su sombrero y salió antes de que Pynch pudiera decir nada más. Bajó las escaleras, saludó a su mayordomo con una inclinación de cabeza y salió por la puerta principal de su casa de Londres. Fuera le esperaba uno de sus mozos de cuadra con *Belle*, su hermosa yegua baya. Jasper dio las gracias al chico, montó y tranquilizó a la yegua, que se removió, mordiendo bocado. Las calles estaban atestadas, y debía llevar a la yegua al paso. Se dirigió hacia el oeste, hacia la cúpula de San Pablo, que se cernía sobre los edificios más bajos de sus alrededores.

El ajetreo de Londres se parecía muy poco a los montes agrestes donde había empezado todo aquello. Jasper recordaba bien los altos árboles y las cascadas, el fragor del agua mezclándose con los gritos de los moribundos. Cerca de siete años antes, él era capitán del ejército de Su Majestad y luchaba contra los franceses en las colonias. El 28º Regimiento de Infantería regresaba tras su victoria en Québec, y la larga fila de soldados se extendía por un estrecho sendero cuando les atacaron los indios. No tuvieron tiempo de organizar una línea defensiva. Casi todo el regimiento fue masacrado en menos de media hora. Su coronel murió. Jasper y otros ocho hombres más fueron capturados, conducidos a un campamento de indios hurones y...

Todavía le costaba recordarlo. De vez en cuando, la sombra de aquel periodo aparecía al borde de sus pensamientos, como un atisbo fugaz de algo visto por el rabillo del ojo. Había pensado mucho en ello, y el pasado estaba muerto y enterrado, aunque no estuviera olvidado. Luego, hacía seis meses, salió de un salón de baile y en la terraza se encontró con Samuel Hartley.

Hartley había sido cabo en el ejército. Uno de los pocos hombres que sobrevivieron a la masacre del 28° Regimiento. Le dijo que un traidor dentro de las filas del regimiento había dado su posición a los franceses y a sus aliados indios. Cuando Jasper se unió a él para buscar al traidor, descubrieron que un asesino había asumido la identidad de Dick Thornton, uno de los caídos en Spinner Falls. Thornton (a Jasper le costaba llamarle de otro modo, aunque sabía que ése no era su verdadero nombre) estaba ahora en Newgate, acusado de asesinato. La noche de su captura, sin embargo, había jurado que él no era el traidor.

Jasper aguijó a *Belle* para sortear una carretilla llena de fruta madura.

—¿No quiere una ciruela dulce, señor? —le gritó la linda muchacha de ojos oscuros que había junto a la carretilla. Ladeó coquetamente la cadera al tenderle la fruta.

Jasper sonrió admirativamente.

—Apuesto a que no es tan dulce como tus manzanas.

La risa de la frutera le siguió mientras avanzaba por la calle repleta de gente. Jasper volvió a pensar en su misión. Como Pynch había dicho con toda razón, Thornton era un hombre acostumbrado a mentir. Hartley, por su parte, jamás había expresado duda alguna respecto a su responsabilidad en los hechos. Soltó un bufido. Claro que Hartley estaba muy ocupado con su flamante esposa, lady Emeline Gordon, su ex prometida.

Jasper levantó la vista y se dio cuenta de que había llegado a

Skinner Street, que daba directamente a la calle de la prisión. La imponente y adornada verja del penal formaba un arco sobre la calle. El edificio, reconstruido tras el Gran Fuego, estaba decorado con estatuas que representaban nociones tan elevadas como la paz y la misericordia, pero cuanto más se acercaba uno a ella, más intolerable se hacía su hedor. El aire parecía cargado de un olor a excrementos humanos, a enfermedad, a podredumbre y desesperación.

Una de las patas del arco terminaba en la caseta del guardia. Jasper desmontó en el patio de fuera.

El guardia que había tras la puerta se incorporó.

—¿Otra vez aquí, señor?

—Otra vez aquí, McGinnis.

McGinnis, un veterano del ejército de Su Majestad, había perdido un ojo en alguna campaña extranjera. Se tapaba el agujero con un trapo enrollado alrededor de la cabeza, pero el trapo había resbalado, dejando al descubierto una cicatriz enrojecida.

El guardia asintió con la cabeza y gritó hacia la caseta:

—¡Eh, Bill! Lord Vale ha vuelto a venir. —Se volvió hacia Jasper—. Bill vendrá enseguida, milord.

Jasper asintió y le dio media corona para asegurarse de que su yegua seguiría en el patio cuando volviera. Ya en su primera visita a aquel odioso lugar había descubierto que sobornar a los guardias con extravagante largueza facilitaba enormemente las cosas.

Bill, un escuálido hombrecillo con una densa mata de pelo gris hierro, salió enseguida de la caseta. Llevaba en la mano derecha la insignia de su oficio: una gran anilla de hierro repleta de llaves. Hizo una seña a Jasper inclinando el hombro y cruzó el patio camino de la entrada principal de la prisión. Allí, el enorme portal saledizo estaba decorado con grilletes labrados en piedra y la leyenda «*Venio sicut fur*»: «vengo como ladrón». Bill empujó con el hombro a los guardias que había junto a la puerta y le condujo dentro.

El olor era peor allí, donde el aire parecía rancio e inmóvil. Bill avanzó al trote delante de Jasper por un largo corredor y volvió a salir al exterior. Cruzaron un gran patio por el que los presos pululaban o se arremolinaban en grupos, como desperdicios arrojados por el agua a una orilla particularmente mísera y lúgubre. Atravesaron otro edificio más pequeño y luego Bill le condujo hasta unas escaleras que daban al Pasillo de los Condenados. Estaba bajo tierra, quizá para que los presos probaran de antemano el sabor del infierno en el que pronto se hallarían para toda la eternidad. Las escaleras estaban húmedas y la piedra desgastada y lisa por el paso de tantos pies cargados de desánimo.

El corredor subterráneo era oscuro: allí, los presos tenían que pagarse las velas, cuyos precios eran desorbitados. Un hombre cantaba en voz baja una dulce tonada fúnebre que de cuando en cuando se alzaba en una nota aguda. Alguien tosía y otros discutían en voz baja, pero en general reinaba el silencio. Bill se detuvo delante de una celda con cuatro ocupantes. Uno de ellos yacía sobre un catre, en un rincón, posiblemente dormido. Otros dos jugaban a las cartas a la luz parpadeante de la única vela.

El cuarto estaba apoyado contra la pared, junto a los barrotes, pero se incorporó al verlos.

—Una tarde preciosa, ¿verdad, Dick? —dijo Jasper alzando la voz al acercarse.

Dick Thornton ladeó la cabeza.

—¿Y cómo quiere que yo lo sepa?

Jasper chasqueó suavemente la lengua.

—Perdona, hombre. Olvidaba que aquí no se ve mucho el sol, ¿no?

—¿Qué quiere?

Jasper observó al hombre de detrás de la reja. Thornton era un hombre corriente, de mediana estatura, con un rostro agradable, aunque fácil de olvidar. Lo único que le hacía destacar un poco era su cabello, de un rojo intenso. Thornton sabía muy bien lo que quería: Jasper se lo había preguntado ya muchas veces.

—¿Que qué quiero? Pues nada. Sólo he venido a pasar el rato, a contemplar las delicias que Newgate ofrece a la vista.

Thornton sonrió y guiñó un ojo: aquella expresión facial era como un extraño tic que no podía controlar.

—Debe de creer que soy tonto.

—En absoluto. —Jasper miró su ropa raída. Se metió la mano en el bolsillo y sacó media corona—. Te considero un violador, un mentiroso y un redomado asesino, pero ¿un tonto? No, en absoluto. En eso te equivocas, Dick.

Thornton se humedeció los labios mientras veía cómo Jasper hacía saltar la moneda entre sus dedos.

—Entonces, ¿qué hace aquí?

—Bueno. —Jasper ladeó la cabeza y miró distraídamente las sucias piedras del techo—. Estaba acordándome de cuando Sam Hartley y yo te atrapamos en el muelle. Llovió mucho ese día. ¿Te acuerdas?

—Claro que me acuerdo.

—Entonces puede que recuerdes también que dijiste no ser el traidor.

Un brillo astuto apareció en la mirada de Thornton.

—No es que lo dijera, es que no lo soy.

—¿De veras? —Jasper bajó la mirada del techo para clavarla en sus ojos—. Pues, verás, el caso es que creo que estás mintiendo.

—Si miento, que me muera por mis pecados.

—Vas a morir de todos modos, y en menos de un mes. La ley dice que los condenados han de ser colgados en el plazo de dos días después de dictarse sentencia. Y me temo que en ese sentido son bastante estrictos, Dick.

—Eso, si me condenan en el juicio.

—Oh, claro que te condenarán —dijo Jasper suavemente—. Descuida.

Thornton parecía malhumorado.

—Entonces, ¿por qué voy a decirle nada?

Jasper se encogió de hombros.

—Todavía te quedan unas semanas de vida. ¿Por qué no pasarlas con ropa limpia y la barriga llena?

—Yo le cuento lo que quiera por una chaqueta limpia —masculló uno de los presos que estaban jugando a las cartas.

Jasper no le hizo caso.

—¿Y bien, Dick?

El pelirrojo le miró inexpresivamente. Guiñó un ojo y de pronto acercó la cara a los barrotes.

—¿Quiere saber quién nos vendió a los franceses y a sus amigos los indios? ¿Quiere saber quién pintó la tierra con sangre, allí, junto a esas malditas cataratas? Pues mire a los hombres a los que capturaron junto a usted. Ahí es donde encontrará al traidor.

Jasper echó la cabeza hacia atrás, como si le hubiera atacado una serpiente.

—Tonterías.

Thornton se quedó mirándole un momento más. Luego comenzó a reír con agudas y entrecortadas carcajadas.

—¡Cállate! —gritó un hombre desde otra celda.

Thornton siguió profiriendo aquel extraño sonido, sin apartar ni un instante sus ojos cargados de malicia del rostro de Jasper. Éste le sostuvo firmemente la mirada. Mentiras o medias verdades: eso era lo único que conseguiría sacar de Thornton, aquel día o cualquier otro. Le sostuvo la mirada y dejó caer la moneda al suelo. Rodó hasta el centro del pasillo, muy lejos de la celda. Thornton dejó de reír, pero Jasper ya había dado media vuelta para salir de aquel sótano infernal.

Capítulo 2

Andando el tiempo, Jack se encontró con un viejo sentado al pie del camino. El viejo, descalzo y con la ropa hecha jirones, se sentaba como si el mundo entero reposara sobre sus hombros.

—Ay, amable señor —sollozó el mendigo—, ¿no tendrá un mendrugo de pan que darme?

—Tengo más que un mendrugo, compadre —contestó Jack.

Se detuvo, abrió su hato y sacó media empanada de carne que llevaba bien envuelta en un pañuelo. Compartió la empanada con el viejo y, acompañada de una taza de agua de un arroyo cercano, les supo al más delicioso manjar...

De Jack *el Risueño*

*E*sa noche, sentada a la mesa, Melisande contemplaba la cena: ternera hervida, zanahorias hervidas y guisantes hervidos, la comida preferida de su hermano Harold. Ella ocupaba un lado de la larga y oscura mesa. En la cabecera se sentaba Harold y, en el otro extremo, su esposa, Gertrude. La habitación estaba en penumbra, iluminada únicamente por un puñado de velas. Podían permitirse comprar velas de abeja, naturalmente, pero Gertrude, que era muy ahorradora, no era partidaria de desperdiciar en velas, filosofía ésta que su marido aprobaba de todo corazón. Melisande pensaba a menudo, de hecho, que Harold y Gertrude eran la quintaesencia del matrimonio bien avenido: tenían los mismos gustos y las mismas opiniones y eran ambos un poco aburridos.

Miró su trozo grisáceo de ternera hervida y pensó en cómo iba a decirle a su hermano y a su cuñada que había llegado a un acuerdo con lord Vale. Cortó cuidadosamente un trocito de ternera. Lo cogió con los dedos y lo sostuvo junto a sus faldas. Notó bajo la mesa que un hociquillo frío se apretaba contra su mano, y la ternera desapareció.

—Cuánto lamento haberme perdido la boda de Mary Templeton —comentó Gertrude desde el extremo de la mesa. Su frente ancha y lisa tenía una única arruga, situada entre las cejas—. O, mejor dicho, su no boda. Estoy segura de que su madre, la señora Templeton, habría agradecido mi presencia. Mucha, muchísima gente me ha dicho que soy un consuelo para aquellos cuya fortuna ha sufrido un duro revés, y la de la señora Templeton ha sufrido uno y muy grande, ¿no es cierto? Podría decirse incluso que se ha ido a pique.

Hizo una pausa para tomar un pedacito de zanahoria hervida y miró a su marido en busca de asentimiento.

Harold sacudió la cabeza. Tenía la gruesa papada de su padre y se cubría el escaso cabello castaño claro con una peluca gris.

—A esa niña habría que tenerla a pan y agua hasta que entrara en razón. ¡Rechazar a un vizconde! Un disparate, eso es lo que es. ¡Un disparate!

Gertrude asintió con la cabeza.

—Ha de estar loca, creo yo.

Harold se animó al oír aquello. Siempre había sentido un interés morboso por la enfermedad.

—¿Hay casos de locura en la familia?

Melisande notó que alguien le apretaba la pierna. Miró hacia abajo y vio una naricilla negra asomar bajo el borde de la mesa. Cortó otro trozo de carne y la sostuvo bajo la mesa. La nariz y la ternera desaparecieron.

—No sé si hay lunáticos en esa familia, pero no me sorprendería —respondió Gertrude—. No, no me sorprendería en absoluto. En nuestro lado de la familia no hay ningún caso, desde luego, pero los Templeton no pueden decir lo mismo, me temo.

Melisande usó el tenedor para empujar los guisantes hasta el borde del plato. Sentía lástima por Mary. A fin de cuentas, su prima sólo había seguido el dictado de su corazón. Notó una pezuña en la rodilla, pero esta vez no hizo caso.

—Yo creo que Mary Templeton está enamorada del vicario.

Los ojos de Gertrude se agrandaron como grosellas hervidas.

—No creo que eso sea pertinente. —Apeló a su marido—. ¿Usted lo cree pertinente, señor Fleming?

—No, en absoluto —contestó Harold, como era de prever—. Esa muchacha iba a hacer una boda muy ventajosa, y lo deja todo por un vicario. —Masticó pensativamente un momento—. En mi opinión, Vale ha tenido suerte por librarse de ella. Quizás hubiera aportado una vena de locura a su linaje. Y eso no es bueno. No es bueno en absoluto. Más le vale buscar esposa en otra parte.

—Respecto a eso... —Melisande se aclaró la garganta. No encontraría mejor ocasión. Mejor acabar cuanto antes—. Hay algo que quería deciros a los dos.

—¿Sí, querida? —Gertrude estaba cortando el trozo de ternera que tenía en el plato y no la miró.

Melisande respiró hondo y habló sin rodeos, porque en realidad no parecía haber otro modo de hacerlo. Dejó la mano izquierda sobre el regazo y notó la caricia reconfortante y cálida de una lengua.

—Lord Vale y yo hemos llegado a un acuerdo hoy mismo. Vamos a casarnos.

Gertrude dejó caer el cuchillo.

Harold se atragantó con el sorbo de vino que había bebido.

Melisande hizo una mueca.

—He pesando que debíais saberlo.

—¿Casarte? —preguntó Gertrude—. ¿Con lord Vale? ¿Con Jasper Renshaw, el vizconde de Vale? —añadió, como si pudiera haber otro lord Vale en Inglaterra.

—Sí.

—Ah. —Harold miró a su esposa. Gertrude le devolvió la mirada, visiblemente pasmada. Él se volvió hacia Melisande—. ¿Estás segura? Puede que hayas malinterpretado una mirada o... —Se interrumpió. Seguramente le costaba pensar en qué otra cosa podía confundirse con una proposición matrimonial.

—Estoy segura —contestó ella en voz baja, pero con claridad. Hablaba con firmeza, a pesar de que tenía el corazón en un puño—. Lord Vale dijo que vendría a verte dentro de tres días para aclarar las cosas.

—Entiendo. —Harold miró consternado su ternera inglesa hervida, como si se hubiera convertido de pronto en calamar estofado a la española—. Bueno. Entonces te doy mi enhorabuena, querida. Deseo que seas muy feliz con lord Vale. —Parpadeó y la miró con sus ojos castaños, cargados de indecisión. El pobre nunca la había entendido, pero Melisande sabía que la quería—. Si estás segura.

Melisande le sonrió. A pesar de lo poco que tenían en común, Harold era su hermano, y le quería.

—Lo estoy.

Él asintió con la cabeza, aunque seguía pareciendo preocupado.

—Entonces le enviaré una nota a lord Vale informándole de que será un placer recibirle.

—Gracias, Harold. —Melisande alineó cuidadosamente su tenedor y su cuchillo sobre el plato—. Ahora, si me perdonáis, ha sido un día muy largo.

Se levantó de la mesa, consciente de que, en cuanto saliera de la habitación, Harold y Gertrude se pondrían a debatir la cuestión. El ruido de unas pezuñas sobre el suelo de madera la siguió cuando salió al pasillo en penumbra: la economía de velas de Gertrude también imperaba allí.

En realidad, era natural que estuvieran asombrados. Ella no había mostrado interés por casarse desde hacía muchos años. Desde su desastroso compromiso con Timothy, mucho tiempo atrás. Ahora le resultaba extraño pensar cuánto había sufrido cuando Timothy la dejó. Entonces le parecía insoportable todo lo que había perdido. Sus emociones estaban a flor de piel, eran tan intensas y abrasadoras que pensó que moriría por su abandono. Era un dolor físico, algo que se le clavaba en lo más profundo, que le estrujaba el corazón y hacía que le estallara la cabeza. No quería volver a sentir aquella angustia.

Entonces dobló una esquina y subió las escaleras. Después de Timothy había tenido algunos pretendientes, ninguno de ellos serio. Posiblemente Harold y Gertrude se habían resignado a que viviera con ellos el resto de su vida. Les agradecía que nunca hubieran demostrado aversión por su constante compañía. A diferencia de muchas solteronas, ella no les había hecho sentir que allí estaba fuera de lugar, o que era una carga.

Su habitación era la primera doblando un recodo del pasillo de arriba, a la derecha. Cerró la puerta y, *Ratón*, su pequeño terrier, se subió a la cama de un salto. Dio tres vueltas y luego se echó sobre el cubrecama y se quedó mirándola.

—¿También ha sido un día agotador para usted, *sir Ratón*? —preguntó Melisande.

El perrillo ladeó la cabeza al oír su voz. Sus ojillos negros como cuentas parecían alerta; sus pequeñas orejas (una blanca, la otra marrón) se aguzaron. El fuego ardía suavemente en la chimenea, y Melisande usó una cerilla para encender varias velas por el pequeño dormitorio. La habitación tenía pocos muebles, pero cada uno de ellos había sido elegido cuidadosamente. La cama era estrecha, pero sus postes, delicadamente labrados, eran de hermosa madera castaña. El cubrecama era blanco y liso, pero las sábanas de debajo, de la más fina seda. Sólo había una butaca delante de la chimenea, aunque sus brazos eran dorados y el asiento estaba ricamente bordado en púrpura y oro. Aquél era su refugio. El lugar donde podía ser sencillamente ella misma.

Se acercó a su escritorio y contempló el montón de papeles que había en él. Casi había acabado la traducción del cuento de hadas, pero...

Llamaron a la puerta. *Ratón* saltó de la cama y comenzó a ladrar frenéticamente, como si al otro lado de la puerta hubiera un ladrón.

—Calla. —Melisande lo apartó con el pie y abrió la puerta.

Fuera esperaba una doncella. Hizo una reverencia.

—Señorita, por favor, ¿podría hablar con usted un momento?

Melisande levantó las cejas y asintió, apartándose de la puerta. La muchacha miró a *Ratón*, que gruñía en voz baja, y esquivó al perrillo.

Melisande cerró la puerta y miró a la doncella. Era una chica muy bonita, con rizos dorados y mejillas frescas y sonrosadas, y lucía un vestido verde de calicó bastante elegante.

—Sally, ¿no?

La muchacha volvió a inclinarse.

—Sí, señorita, Sally, de abajo. He oído... —Tragó saliva, cerró los ojos con fuerza y dijo muy deprisa—: He oído que va a casarse con lord Vale, señora, y, si es verdad, se marchará de esta casa para irse a vivir con él, y entonces será vizcondesa, señora, y si es vizcondesa, señora, necesitará una doncella como Dios manda, porque las vizcondesas tienen que peinarse y que vestirse como es debido, y, usted perdone, señora, pero ahora no se viste ni se peina como una vizcondesa. No... —Agrandó los ojos, como si temiera haberla insultado—. No es que su ropa ni su pelo tengan nada de malo, claro, pero no son... no son...

—Exactamente como los de una vizcondesa —dijo Melisande con sorna.

—Pues no, señora, si no le importa que se lo diga, señora. Y lo que quería preguntarle... y le estaré muy agradecida si me deja, de veras que sí, no la defraudaré ni una chispa, señora, se lo aseguro... es si querría llevarme usted como doncella.

Sally se detuvo bruscamente. Se quedó mirando a Melisande con los ojos y la boca abiertos, como si de su respuesta dependiera su destino.

Y quizá fuera así, teniendo en cuenta que la diferencia de posición entre una criada de cocina y la doncella de una dama era muy considerable.

Melisande asintió con la cabeza.

—Sí.

Sally parpadeó.

—¿Señora?

—Sí. Puedes venir conmigo como mi doncella.

—¡Ay! —Sally levantó las manos y pareció que iba a abrazarla de alegría, pero luego pareció pensárselo mejor y se limitó a agitarlas en el aire, llena de contento—. ¡Ay! ¡Gracias, señora! ¡Gracias! No se arrepentirá, de veras que no. Seré la mejor doncella que haya visto nunca, ya lo verá.

—Estoy segura de que sí. —Melisande volvió a abrir la puerta—. Podemos hablar de tus deberes más detenidamente por la mañana. Buenas noches.

—Sí, señora. Gracias, señora. Buenas noches, señora.

Sally salió al pasillo haciendo una reverencia, dio media vuelta, volvió a inclinarse y así seguía cuando Melisande cerró la puerta.

—Parece una chica bastante agradable —le dijo a *Ratón*.

Ratón soltó un bufido y volvió a subirse a la cama de un salto.

Melisande le acarició el hocico y se acercó al tocador. Sobre él había una sencilla cajita de rapé, de hojalata. Limpió rápidamente su deslustrada superficie con los dedos y sacó luego el botón que se había guardado en la manga del vestido. La *V* de plata brilló a la luz de las velas mientras la contemplaba.

Hacía seis larguísimos años que se había enamorado de Jasper Renshaw. Fue poco después de que él regresara a Inglaterra, al conocerle en un baile. Él no se fijó en ella, naturalmente. Su mirada azul verdosa se deslizó por encima de su cabeza al ser presentados, y poco después se excusó para ir a coquetear con la señora Redd, una prominente viuda célebre por su belleza. Melisande le había observado desde un lado del salón, sentada junto a una fila de ancianas señoras, mientras él echaba la cabeza hacia atrás y reía con total despreocupación. Su cuello era fuerte, su boca se abría de par en par, llena de alegría. Era cautivador, pero posiblemente le habría considerado un aristócrata necio y fatuo de no ser por lo que ocurrió unas horas después.

Era ya pasada la medianoche, y ella se había cansado hacía rato de la fiesta. Se habría ido a casa, de hecho, si con ello no hubiera aguado la diversión de su amiga lady Emeline.

Era Emeline quien se había empeñado en que asistiera, porque hacía más de un año desde el chasco de Timothy, y Melisande seguía estando deprimida. Pero el ruido, el calor, el amontonamiento de gente y las miradas de los extraños se le hacían insoportables, y por eso se marchó del salón. Pensaba en encaminarse hacia el tocador de señoras cuando oyó hablar a unos hombres. Debería haberse dado la vuelta, haberse escabullido por el pasillo en penumbra, pero una de aquellas voces se hizo de pronto más aguda, parecía estar llorando, de hecho, y la curiosidad se apoderó de ella. Se asomó a una esquina y contempló... En fin, un cuadro.

Un joven al que no había visto nunca antes estaba apoyado contra la pared, al final del pasillo. Llevaba peluca blanca, bajo la cual se veía su cutis pálido y terso, inmaculado salvo por el intenso color rojizo de sus mejillas. Era muy bello, pero tenía la cabeza echada hacia atrás y los ojos cerrados. Su semblante era la viva imagen de la desesperación. Con una mano agarraba una botella de vino. Junto a él estaba lord Vale, pero un lord Vale completamente distinto al que se había pasado tres horas coqueteando y riendo en el salón de baile. Aquel lord Vale era taciturno, sereno y atento a su interlocutor.

Estaba escuchando llorar al otro hombre.

—Antes sólo me asaltaban en sueños, Vale —sollozaba el joven—. Ahora las veo hasta despierto. Veo una cara entre la muchedumbre e imagino que es un francés o uno de esos salvajes, que viene a arrancarme la cabellera. Sé que no es así, pero no logro convencerme de ello. La semana pasada golpeé a mi ayuda de cámara hasta dejarle tirado en el suelo sólo porque me sobresaltó. No sé qué hacer. No sé si esto acabará alguna vez. ¡No consigo descansar!

—Calla —murmuró Vale, casi como una madre consolando a su hijo. Tenía una mirada triste y la boca curvada hacia abajo—. Calla. Pasará. Te doy mi palabra: pasará.

—¿Cómo lo sabes?

—Yo también estuve allí, ¿no? —contestó él. Con una mano le quitó suavemente la botella de vino—. Yo lo he superado y tú también lo superarás. Has de ser fuerte.

—Pero ¿tú ves a esos demonios? —musitó el joven.

Vale cerró los ojos como si sufriera.

—Es mejor ignorarlos. Pensar en cosas más alegres y saludables. No entretenerse con cosas atroces y morbosas. Si lo haces, atraparán tu mente y te arrastrarán con ellas.

El otro hombre se dejó caer contra la pared. Seguía pareciendo infeliz, pero su frente empezaba a despejarse.

—Tú me entiendes, Vale. Eres el único que me entiende.

Un lacayo apareció al otro lado del pasillo y llamó la atención de lord Vale. Éste asintió con la cabeza.

—Tu carruaje ya está esperando. Este hombre te mostrará el camino. —Lord Vale le puso la mano sobre el hombro—. Vete a casa y descansa. Iré a verte por la mañana para que vayamos a dar un paseo a caballo por Hyde Park, amigo mío.

El joven suspiró y se dejó conducir por el lacayo.

Lord Vale se quedó mirándolos hasta que doblaron la esquina y desaparecieron. Luego echó la cabeza hacia atrás y bebió un largo trago de la botella.

—Maldita sea —masculló al bajar la botella, y su ancha boca se torció en una mueca de dolor, o de otra emoción menos comprensible—. Maldito sea este infierno.

Entonces dio media vuelta y se alejó.

Media hora después, Melisande volvió a verle. Estaba en el salón de baile, susurrando maliciosamente al oído de la señora Redd, y, si no lo hubiera visto con sus propios ojos, no habría podido creer que aquel divertido truhán fuera la misma persona que había reconfortado a su amigo. Pero lo había visto y lo sabía. A pesar de Timothy y de la dura lección que había aprendido sobre el amor, sobre la pena y el abandono, lo sabía. He ahí un hombre que guardaba sus secretos tan íntimamente como ella los suyos. Un hombre del que podía enamorarse sin remedio, ni esperanza.

Le había amado durante seis años, a pesar de saber que él ni siquiera la conocía. Le había visto comprometerse con Emeline sin perder la compostura. A fin de cuentas, ¿qué sentido tenía lamentarse, si nunca sería suyo? Le había visto volver a comprometerse con la insípida Mary Templeton, y había conservado la serenidad, al menos en apariencia. Pero cuando aquel día en la iglesia comprendió que Mary le había rechazado, algo indómito e incontrolable se alzó dentro de su pecho. *¿Por qué no?*, gritaba. *¿Por qué no intentar que sea tuyo?*

Y eso había hecho.

Ladeó el botón hasta que la luz de las velas se reflejó en su pulida superficie. Tendría que tener mucho cuidado con cómo procedía con lord Vale. El amor, lo sabía muy bien, era su talón de Aquiles. No debía mostrarle ni de palabra ni de obra cuáles eran sus verdaderos sentimientos. Abrió la caja de rapé y colocó cuidadosamente el botón en su interior.

Se desvistió y apagó las velas antes de acostarse. Levantó las mantas para que *Ratón* se metiera debajo. La cama tembló cuando el perrillo se dio la vuelta y se echó, apoyando el lomo cálido y suave contra sus pantorrillas.

Melisande se quedó mirando la oscuridad. Pronto compartiría la cama con alguien más que el pequeño *Ratón*. ¿Podría acostarse con Jasper sin desvelar el terrible amor que sentía por él? Se estremeció al hacerse esa pregunta, y cerró los ojos para dormir.

Una semana después, Jasper detuvo su tiro de caballos grises delante de la casa del señor Harold Fleming y se apeó de su faetón. De su nuevo faetón. Era un carruaje alto y elegante, le había costado una fortuna y tenía unas ruedas absolutamente enormes. Estaba deseando llevar en él a la señorita Fleming a una velada musical. La velada le apetecía menos, claro está, pero imaginaba que, cuando se conducía un faetón, había que acabar llegando a alguna parte.

Ladeándose el tricornio, subió los escalones y llamó a la puerta. Diez minutos después estaba matando el tiempo en una biblioteca bastante aburrida mientras esperaba a que apareciera su prometida. Había visto aquella biblioteca por primera vez cuatro días antes, al ir a visitar al señor Fleming para hablar del acuerdo matrimonial: tres horas de puro tedio, iluminadas únicamente por la constatación de que la señorita Fleming le había dicho la verdad: tenía, en efecto, una dote excelente. La señorita Fleming no había aparecido ni una sola vez durante su visita. Su presencia no era imprescindible, claro (en realidad, era costumbre que la dama implicada no estuviera presente), pero su aparición habría sido un alivio.

Jasper se paseaba por la biblioteca, inspeccionando los estantes. Todos los libros parecían estar en latín, y se estaba preguntando si de veras el señor Fleming leía siempre en latín, o si había comprado todos aquellos libros al por mayor en algún almacén cuando la señorita Fleming entró en la habitación poniéndose los guantes. Jasper no la había visto desde aquella mañana en la vicaría, pero ella tenía casi exactamente la misma expresión: una mirada en la que se mezclaban la determinación y una especie de censura. Curiosamente, aquella expresión le resultaba encantadora.

Jasper se inclinó ante ella en una florida reverencia.

—Ah, querida mía, es usted tan deliciosa como la brisa de un soleado día de verano. Ese vestido realza su belleza como el oro realza el brillo de un rubí.

Ella ladeó la cabeza.

—Creo que su comparación no es del todo correcta. Mi vestido no es de color oro, ni yo soy un rubí.

Jasper agrandó su sonrisa, enseñando más dientes.

—Ah, pero no me cabe duda de que, por su virtud, demostrará ser un rubí entre las mujeres.

—Entiendo. —Torció la boca, aunque costaba saber si estaba molesta o divertida—. ¿Sabe?, nunca he comprendido por qué no hay en la Biblia un pasaje que instruya a los maridos.

Él chasqueó la lengua.

—Cuidado. Se acerca usted peligrosamente a la blasfemia. Además, ¿acaso los maridos no son universalmente virtuosos?

Ella soltó un bufido.

—¿Y cómo explica lo de mi vestido, que no es del color del oro?

—Puede que no, pero su tono es... eh... —Y ahí, por desgracia, se le agotaron las ideas, porque, de hecho, el vestido que llevaba la señorita Fleming era de color estiércol de caballo.

La señorita Fleming arqueó lentamente una ceja.

Jasper cogió su mano enguantada y, al inclinarse sobre ella, pensando en algo que decir, inhaló el intenso olor a azahar del agua de nerolí. Lo único que se le ocurrió fue que el perfume sensual del nerolí contrastaba vivamente con aquel insípido vestido. El perfume pareció estimular su cerebro, no obstante, porque al erguirse sonrió encantadoramente y dijo:

—El color de su vestido me recuerda al de un acantilado salvaje y tormentoso.

La señorita Fleming siguió arqueando la ceja con aire escéptico.

—¿De veras?

Condenada muchacha. Jasper apoyó la mano de Melisande sobre su codo.

—Sí.

—¿Y eso por qué?

—Es un color misterioso y exótico.

—Yo creía que era simplemente marrón.

—Qué va. —Abrió los ojos, fingiéndose pasmado—. Jamás diga «simplemente marrón». Color ceniza, o roble, o té, o pardo, o quizás incluso color ardilla, pero no marrón: eso nunca.

—¿Color ardilla? —Le miró de soslayo mientras bajaban los escalones—. ¿Eso es un cumplido, milord?

—Creo que sí —contestó él—. En ello, al menos, he puesto todo mi empeño. Pero tal vez dependa de lo que opine usted de las ardillas.

Se habían detenido delante de su faetón, y ella miraba el asiento con el ceño fruncido.

—Las ardillas son bastante bonitas a veces.

—Ahí lo tiene, pues. Un cumplido, no hay duda.

—Bobo —murmuró ella, y puso con mucho cuidado un pie en los escalones de madera colocados ante el faetón.

—Permítame. —Jasper la agarró del codo para sujetarla mientras subía al carruaje, consciente de que podía rodear por completo su brazo con los dedos: bajo la carne, sus huesos eran finos y delicados. La sintió envararse mientras se sentaba, y se le ocurrió que tal vez la pusiera nerviosa estar tan alta—. Agárrese a un lado. No hay nada que temer, y la casa de lady Eddings no está lejos.

Al oír aquello, ella arrugó el ceño.

—No tengo miedo.

—Claro que no —dijo él mientras rodeaba el carruaje para subir.

Al tomar las riendas y arrear a los caballos, sintió su cuerpo, rígido y quieto, a su lado. Había apoyado una de sus manos sobre el regazo, pero con la otra se agarraba con fuerza a su lado del carruaje. Dijera lo que dijese, su prometida no se fiaba de su vehículo. Jasper sintió una punzada de ternura hacia ella. Era tan puntillosa que odiaba demostrar cualquier debilidad.

—Tengo la impresión de que es usted muy aficionada a las ardillas —dijo para distraerla.

Una arruga apareció entre sus cejas.

—¿Por qué lo dice?

—Porque lo lleva muy a menudo, ese color ardilla. Deduzco de su afición por los vestidos de color ardilla que siente predilección por el animal mismo. Puede que tuviera una ardilla de niña, como mascota, y que la ardilla correteara por la casa, asustando a las doncellas y a su niñera.

—Qué ocurrencia —repuso ella—. Este color es marrón, como

muy bien sabe, y no sé si soy aficionada al marrón, pero estoy acostumbrada a él.

Jasper la miró de reojo. Ella miraba con el ceño fruncido sus manos, que sostenían las riendas.

—Ellas lo usan para que no las vean.

Melisande apartó la mirada de sus manos y le miró perpleja.

—Me he perdido, milord.

—Las ardillas otra vez, me temo. Lo siento, pero si no saca usted otro tema de conversación, es probable que siga parloteando sobre ellas hasta que lleguemos al recital. Las ardillas son de color ardilla porque el color ardilla es muy difícil de distinguir en el bosque. Me pregunto si ése es el motivo de que lo lleve usted tan a menudo.

—¿Para poder esconderme en un bosque? —Esta vez sonrió categóricamente.

—Puede ser. Quizá quiera saltar de árbol en árbol en un bosque umbrío, eludiendo tanto a las bestias como a los hombres, esos pobres diablos. ¿Qué le parece?

—Me parece que no me conoce muy bien.

Jasper se volvió y la miró mientras ella le observaba, divertida, aunque seguía agarrándose con fuerza al carruaje.

—Sí, supongo que tiene usted razón.

Pero quería conocer a aquella desconcertante criatura que se negaba a mostrar miedo, pensó de pronto.

—¿Le parecen bien los acuerdos a los que llegamos su hermano y yo? —preguntó. Las primeras amonestaciones se habían publicado el día anterior, y la boda sería tres semanas después. Muchas damas se habrían resistido a un noviazgo tan corto—. Le confieso que regateamos largo y tendido. En cierto momento pensé que nuestros procuradores iban a llegar a las manos. Por suerte, su hermano intervino rápidamente y salvó la situación ofreciendo té con bollos.

—Ay, Dios, pobre Harold.

—Pobre Harold, sí, pero ¿y yo?

—Usted es un santo, no hay más que verle.

—Me alegra que se dé usted cuenta de ello —contestó Jasper—. ¿Qué le parecen los acuerdos?

—Estoy contenta con ellos.

—Bien. —Se aclaró la garganta—. Debo decirle que mañana salgo de viaje.

—¿Ah, sí? —Su tono seguía siendo firme y sereno, pero había cerrado la mano que tenía sobre el regazo.

—Me temo que no me queda otro remedio. El capataz de mis tierras lleva semanas mandándome cartas. Asegura que necesita urgentemente que me persone allí para solventar no sé qué disputa. No puedo seguir ignorándole. Sospecho —confesó— que Abbott, mi vecino, ha vuelto a permitir que sus arrendatarios construyan en mis tierras. Lo hace cada diez años, poco más o menos. Intenta expandir sus lindes. Ese hombre debe de tener ochenta años, por lo menos, y lleva así medio siglo. A mi padre le sacaba de quicio.

Hubo una breve pausa mientras conducía a los caballos por una calle más corta.

—¿Sabe cuándo volverá? —preguntó su prometida.

—Dentro de una semana, quizá dos.

—Entiendo.

Él la miró. Sus labios se habían adelgazado. ¿Quería que se quedara? Aquella mujer era tan inescrutable como una esfinge.

—Pero estaré de vuelta para la fecha de la boda, naturalmente.

—Naturalmente —murmuró ella.

Jasper levantó la mirada y vio que ya estaban en casa de lady Eddings. Detuvo a los caballos y, antes de saltar del carruaje, lanzó las riendas al mozo que esperaba. A pesar de su presteza, la señorita Fleming ya estaba de pie cuando rodeó al carruaje, lo cual le irritó.

Le tendió la mano.

—Permítame ayudarla.

Ella ignoró tercamente su mano y, agarrada todavía a un lado del carruaje, bajó con cuidado un pie hacia los escalones colocados delante del coche.

Jasper sintió que algo se rompía. Ella podía ser tan valiente como quisiera, pero no tenía por qué desdeñar su ayuda. Levantó los brazos y la asió por el talle fino y cálido. Ella soltó un gritito, y un instante después Jasper la depositó delante de sí. El olor del nerolí flotaba en el aire.

—No tenía por qué hacer eso —dijo ella, sacudiéndose las faldas.

—Claro que sí —masculló él antes de apoyar la mano de Melisande sobre su codo y encaminarse hacia la imponente puerta blanca de la casa de lady Eddings—. ¡Ah, una velada musical! Qué forma tan deliciosa de pasar la tarde. Confío en que haya baladas bucólicas acerca de damiselas ahogándose en pozos, ¿usted no?

La señorita Fleming le miró con escepticismo, pero un formidable mayordomo acababa de abrir la puerta. Jasper sonrió a su prometida y la condujo al interior de la casa. Estaba animado, y no por la perspectiva de pasar la tarde oyendo chillidos; ni siquiera por disfrutar de la compañía de la señorita Fleming, por interesante que fuera. Confiaba en ver allí a Matthew Horn. Horn era un viejo amigo suyo, un veterano del ejército de Su Majestad y, lo que era más importante, uno de los pocos supervivientes de la masacre de Spinner's Falls.

Melisande se sentó en una silla muy estrecha e intentó concentrarse en la muchacha que estaba cantando. Sabía que, si se quedaba muy quieta y cerraba los ojos, aquella espantosa angustia acabaría por remitir. El problema era que no había previsto cuántos comentarios desataría la sorprendente noticia de su compromiso entre la buena sociedad. En cuanto entraron en casa de lady Eddings, Jasper y ella fueron el centro de todas las miradas... y Melisande deseó que se la tragara la tierra. Odiaba ser el centro de atención. Aquello la hacía acalorarse y sudar. Se le quedaba la boca seca y le temblaban las manos. Y, lo que era peor aún, parecía incapaz de hablar con inteligencia. Acababa de quedarse pasmada al dar a entender la odiosa señora Pendleton que lord Vale debía de estar desesperado, si le había propuesto matrimonio. Esa noche, mientras yaciera despierta en la cama, se le ocurrirían media docena de réplicas mordaces, pero en ese momento parecía una oveja: lo más inteligente que se le ocurría era *beeeee*.

A su lado, lord Vale se inclinó y le susurró con voz ronca y no demasiado baja:

—¿A usted le parece una pastora?

¿Beeee? Melisande le miró parpadeando.

Él hizo girar los ojos.

—Ella.

Señaló con la cabeza el espacio que se había despejado junto al arpa, donde estaba la hija pequeña de lady Eddings. La chica cantaba bastante bien, a decir verdad, pero la pobre llevaba un enorme miriñaque y un aparatoso sombrero, además de un balde, nada menos.

—¿Seguro que no es una criada? —preguntó lord Vale. Se había tomado con mucha calma su repentina notoriedad, y se había reído a carcajadas cuando varios caballeros le acorralaron antes de que comenzara el recital. Ahora movía la pierna izquierda como un niño pequeño obligado a sentarse en la iglesia—. Imagino que, si fuera una criada, llevaría un cesto de carbón. Aunque quizá pesara demasiado.

—Es una vaquera —murmuró Melisande.

—¿De veras? —Sus cejas pobladas se juntaron—. ¿Con esas enaguas?

—¡Shh! —siseó alguien tras ellos.

—Porque —susurró lord Vale en voz un poco más baja—, ¿no le pisarían las vacas esas faldas? No parecen nada prácticas. Y no es que yo sepa mucho de vacas, vaqueras y esas cosas, aunque reconozco que me gusta el queso.

Melisande se mordió el labio para sofocar un desacostumbrado impulso de echarse a reír. ¡Qué extraño! A ella no solía darle la risa floja. Miró a lord Vale por el rabillo del ojo y descubrió que la estaba observando.

Su ancha boca se curvó, y al inclinarse hacia ella su aliento le rozó la mejilla.

—Adoro el queso y las uvas, de ésas oscuras, rojas y redondas que te estallan en la boca, dulces y jugosas. ¿A usted le gustan las uvas?

Aunque sus palabras eran perfectamente inocentes, las dijo en un tono tan intenso que Melisande tuvo que hacer un esfuerzo por no sonrojarse. De pronto se dio cuenta de que le había visto hacer aquello otras veces: inclinarse hacia una dama y susurrarle con malicia al oído. Le había visto hacerlo innumerables veces a lo largo de los años, con innumerables damas, en innumerables fiestas. Pero esta vez era distinto.

Esta vez, estaba flirteando con ella.

Así pues, Melisande irguió la espalda, bajó los ojos con recato y dijo:

—Me gustan las uvas, sí, pero creo que prefiero las frambuesas. Su dulzor no es tan empalagoso. Y a veces hay alguna ácida, con una pizca de... mordiente.

Cuando levantó los ojos y le miró, él la observaba pensativamente, como si no supiera qué pensar de ella. Melisande le sostuvo la mirada, no sabía si a modo de desafío o de advertencia, hasta que empezó a notar que su respiración se entrecortaba y que las mejillas de Jasper se oscurecían. Él había perdido su sonrisa despreocupada de costumbre (no sonreía en absoluto, de hecho) y en sus ojos había de pronto algo serio y oscuro.

Entonces el público comenzó a aplaudir y el ruido la sobresaltó. Lord Vale apartó la mirada, y aquel instante pasó.

—¿Quiere que le traiga una copa de ponche? —preguntó él.

—Sí. —Melisande tragó saliva—. Gracias.

Le vio ponerse en pie y alejarse, consciente de que las cosas habían vuelto de pronto a su ser. Tras ella, la joven señora que les había mandado callar estaba cuchicheando con una amiga. Melisande oyó la palabra «encinta» y ladeó la cabeza para no oír más murmullos. La hija de lady Eddings estaba recibiendo felicitaciones por su actuación. Un joven granujiento permanecía a su lado, sujetando fielmente su balde. Entonces se alisó las faldas, contenta de que nadie se hubiera molestado en ir a hablar con ella. Si le permitían quedarse allí sentada y observar a la gente que la rodeaba, quizás incluso pudiera disfrutar de actos como aquél.

Volvió la cabeza y localizó a lord Vale entre la gente que se había congregado alrededor de la mesa de los refrigerios. No era difícil encontrarle. Sacaba media cabeza a los demás caballeros, y se reía con aquella franqueza suya, con un brazo estirado y la copa de ponche en la mano, amenazando con salpicar la peluca del caballero de al lado. Melisande sonrió (le costaba no sonreír al verle tan alegre), pero entonces vio que le cambiaba el semblante. Fue algo sutil, un simple estrechamiento de los ojos, una leve caída de su amplia sonrisa. Seguramente nadie más en el salón lo habría notado. Pero ella, sí. Entonces siguió su mirada. Un caballero con peluca blanca acababa de entrar en la habitación. Estaba hablando con la anfitriona y sonreía cortésmente. A Melisande le resultaba casi familiar, aunque no lograba situarle. Era de mediana estatura, de semblante fresco y abierto y porte militar.

Melisande volvió a mirar a lord Vale. Él se había adelantado, con la copa de ponche aún en la mano. El joven levantó la vista y, al ver a Vale, se excusó con lady Eddings. Se encaminó hacia su prometido con la mano extendida, a pesar de que tenía una expresión sombría. Melisande vio que Vale le estrechaba la mano y se acercaba a él para murmurarle algo. Luego recorrió el salón con los ojos y, como era inevitable, se encontró con su mirada. Había perdido la sonrisa en alguna parte al cruzar el salón, y su cara parecía de pronto inexpresiva. Volviéndose deliberadamente de espaldas a ella, se llevó al otro hombre consigo. Justo en ese momento, el joven de la peluca blanca miró hacia atrás y Melisande contuvo el aliento. Acababa de recordar dónde le había visto anteriormente.

Era el hombre al que había visto llorar seis años antes.

Capítulo 3

Tras comerse la última migaja de la empanada, el viejo se levantó, y entonces ocurrió algo muy extraño: sus harapos desaparecieron y de pronto apareció ante Jack un joven apuesto, ataviado con esplendorosos ropajes blancos.

—Has sido muy amable conmigo —dijo el ángel (porque, ¿qué iba a ser, sino un ángel de Dios?)—. Y por eso voy a recompensarte.

El ángel hizo aparecer una cajita de hojalata que puso en la mano de Jack.

—Busca dentro lo que necesites, y allí estará.

Dio media vuelta y desapareció.

Jack parpadeó un momento antes de mirar dentro de la caja. Y entonces se echó a reír, porque allí dentro no había más que unas pocas hojas de rapé. Guardó la cajita en su hato y emprendió de nuevo el camino...

De Jack *el Risueño*

*T*res semanas después, Melisande escondió sus manos temblorosas entre las amplias faldas de su vestido de novia. Tras ella, Sally Suchlike, su nueva doncella, le hacía arreglos de última hora en las faldas.

—Está usted guapísima, señorita —dijo Suchlike mientras trabajaba.

Estaban en el pórtico cerrado de la iglesia, junto a la nave. Dentro, el órgano ya había empezado a sonar, y Melisande tendría que entrar muy pronto en la iglesia abarrotada de gente. Se estremeció, llena de nerviosismo. A pesar de lo precipitado de la boda, casi todos los bancos estaban llenos.

—El gris me pareció un poco soso cuando lo eligió —comentó Suchlike—, pero ahora casi brilla como plata.

—No será demasiado, ¿verdad? —Melisande bajó la mirada, preocupada.

El vestido era más recargado de lo que quería en un principio, con sus cintas de color amarillo claro atadas en lacitos a lo largo del escote redondo y bajo. La sobrefalda, recogida por detrás, dejaba al descubierto una enagua de brocado gris, roja y amarilla.

—No, nada de eso. Es muy sofisticado —contestó la doncella. Dio la vuelta para mirar a Melisande de frente y arrugó el ceño mientras la inspeccionaba como una cocinera examinando una pieza de carne. Luego sonrió—: Estoy segura de que lord Vale se va a quedar boquiabierto. A fin de cuentas, hace siglos que no la ve.

Bueno, eso no era cierto, pensó Melisande, pero sí que hacía varias semanas que no veía al vizconde. Lord Vale se había marchado al día siguiente del recital en casa de lady Eddings y no había vuelto a Londres hasta la víspera de la boda. De hecho, incluso, había empezado a preguntarse si no estaría evitándola a propósito. Parecía muy distraído en casa de lady Eddings, después de hablar con su amigo, al que no le había presentado. A su vez, ese amigo había desaparecido tras hablar con lord Vale. Pero nada de eso importaba, se dijo con un reproche. A fin de cuentas, lord Vale estaba allí, junto al ábside, esperando su aparición.

—¿Lista? —preguntó Gertrude, que salió rápidamente de la iglesia y alargó el brazo para estirarle las faldas—. ¡Querida mía, creí que nunca vería este día! ¡Casada, y con un vizconde! Los Renshaw son una familia muy amable. Y no tienen ni una pizca de mala sangre. ¡Ay, Melisande!

Melisande vio con asombro que la flemática Gertrude tenía lágrimas en los ojos.

—Me alegro tanto por ti... —Gertrude le dio un tenso abrazo, apoyando fugazmente la mejilla contra la suya—. ¿Estás lista?

Melisande irguió la espalda y respiró hondo antes de responder. Ni siquiera el temblor de los nervios pudo impedir que una serena alegría se colara en su voz.

—Sí, lo estoy.

Jasper miró la loncha de pato asado que tenía en el plato y pensó en lo extraña que era la costumbre de los almuerzos de bodas. Hete ahí un grupo de amigos y familiares reunidos para celebrar el amor, cuando lo que debían festejar era la fertilidad. Ése era, al fin y al cabo, el propósito de una unión como aquélla: engendrar hijos.

Pero por fin se había casado, y quizá debiera dejar a un lado su cinismo y no mirar más allá. El día anterior, mientras regresaba a caballo a Londres, había empezado a preguntarse si no habría demorado demasiado su regreso. ¿Y si la señorita Fleming se había cansado de que la ignorara? ¿Y si ni siquiera se molestaba en presentarse en la iglesia para darle calabazas? Sus asuntos le habían retenido en Oxfordshire más de lo que esperaba. Constantemente parecía surgir algo nuevo que retrasaba su partida: otro campo que su capataz quería mostrarle o un camino que necesitaba reparaciones urgentes, y, si era sincero consigo mismo, la propia fijeza de la mirada de su prometida. Aquellos ojos castaños y rasgados parecían traspasarle con su mirada, parecían ver, más allá de su risa superficial, lo que se escondía en el fondo de su alma. En la velada de lady Eddings, al volverse y ver a Melisande Fleming mirándolos a Matthew Horn y a él, había experimentado un momento de puro terror: de miedo a que ella supiera de lo que estaban hablando.

Pero ella no lo sabía. Jasper bebió un sorbo de vino de color rubí, tranquilo a ese respecto. Ella no sabía lo que había ocurrido en

Spinner's Falls, ni lo sabría nunca jamás, si, Dios mediante, él podía evitarlo.

—Una boda estupenda, ¿eh? —dijo a gritos un anciano caballero, inclinándose sobre la mesa.

Jasper no tenía ni idea de quién era aquel señor (debía de ser un pariente de la novia), pero sonrió y levantó su copa de vino hacia él.

—Gracias, señor. A mí también me está gustando bastante.

El caballero guiñó un ojo atrozmente.

—Más le gustará la noche de bodas, ¿eh? ¡Más le gustará la noche de bodas! ¡Ja!

Estaba tan entusiasmado con su propio ingenio que estuvo a punto de perder la peluca de tanto reírse.

La anciana señora sentada frente al caballero hizo girar los ojos y dijo:

—Ya basta, William.

A su lado, Jasper notó que su novia se había quedado muy quieta, y maldijo para sus adentros. Sus mejillas habían recuperado parte de su color. Se había puesto muy blanca durante la ceremonia, hasta el punto de que se había preparado para sostenerla, si se desmayaba. Pero Melisande no se había desmayado. Se había mantenido erguida como un soldado ante un escuadrón de fusilamiento y había recitado adustamente sus votos nupciales. La suya no era la expresión que cabía esperar de una novia el día de su boda, pero, después de su último chasco, él sabía que no debía ponerse puntilloso.

Jasper levantó la voz.

—¿Haría el favor de contarnos cómo fue su boda, señor? Tengo la sensación de que será muy entretenido.

—No se acuerda —contestó la anciana señora antes de que su esposo pudiera recuperarse lo suficiente para responder—. Estaba tan borracho que se quedó dormido antes de que llegáramos a la cama.

Los invitados que estaban cerca rompieron a reír a carcajadas.

—¡Oye, Bess! —gritó el viejo por encima de las risas—. Sabes muy bien que estaba agotado de tanto perseguirte. —Se volvió hacia la joven que estaba sentada a su lado, ansioso por narrar sus recuerdos—. La cortejé cuatro años, nada menos, y...

Jasper dejó suavemente su copa de vino sobre la mesa y miró a su esposa. La señorita Fleming (Melisande) empujaba su comida formando pulcros montoncitos en el plato.

—Coma algo —murmuró él—. El pato no está tan malo como parece, y hará que se sienta mejor.

Ella no le miró, pero se puso tensa.

—Estoy bien.

Qué chiquilla tan obstinada.

—Estoy seguro de que así es —contestó él tranquilamente—, pero en la iglesia estaba blanca como una sábana. Durante un rato, estuvo incluso verde. No se imagina usted lo nervioso que me puso, a mí, el novio. Ahora hágame caso y coma un poco.

Ella curvó ligeramente la boca y comió un trocito de pato.

—¿Todo lo que dice lo dice en broma?

—Casi todo. Sé que es un aburrimiento, pero así es. —Hizo una seña a un lacayo y el hombre se acercó—. Por favor, rellene la copa de la vizcondesa.

—Gracias —murmuró ella cuando el lacayo le hubo servido más vino—. No lo son, ¿sabe?

—¿El qué?

—Sus bromas. —Sus ojos rasgados le observaban, misteriosos—. No son tediosas. La verdad es que me gustan. Sólo espero que sea usted capaz de soportar mi reserva.

—Si me mira así, podré soportarla admirablemente —susurró él.

Melisande le sostuvo la mirada mientras bebía de su copa de vino, y Jasper la vio tragar. El hueco de su garganta era suave y delicado. Esa noche, se acostaría con aquella mujer. Con una mujer a la que apenas conocía. Cubriría su cuerpo y penetraría en su carne suave y cálida, y la haría su esposa.

Aquella idea resultaba extraña en aquel almuerzo tan civilizado. Extraña, y al mismo tiempo excitante. Qué cosa tan rara era el matrimonio entre personas de su rango. En muchos sentidos, era como la cría de caballos. Se elegía a la yegua y al semental conforme a sus linajes, se les ponía juntos y se confiaba en que la naturaleza siguiera su curso y produjera nuevos caballos... o aristócratas, según el caso.

Sonrió mientras miraba a su flamante esposa, y se preguntó qué diría ella si le contaba sus pensamientos acerca de los caballos y los matrimonios entre la aristocracia. Era, se temía, un tema demasiado espinoso para sus oídos virginales.

Pero otros no lo eran.

—¿El vino está a su gusto, señora?

—Es ácido, áspero, con una pizca del dulzor de las uvas. —Sonrió lentamente—. Así que sí, está a mi gusto.

—Qué maravilla —murmuró él, bajando lánguidamente la mirada—. Naturalmente, es mi deber de esposo asegurarme de que todos sus deseos, por pequeños que sea, se vean satisfechos.

—¿De veras?

—Oh, sí.

—Entonces, ¿cuál es mi deber como esposa?

Darme herederos. Aquella respuesta era demasiado franca para ser dicha en voz alta. Aquél era momento para coqueteos ingeniosos y sobreentendidos, no para la fría realidad de un matrimonio como el suyo.

—Señora, no tiene usted deber más oneroso que ser encantadora y adornar mi casa y mi corazón con su presencia.

—Pero creo que, con deberes tan livianos, me aburriré muy pronto. Necesitaré cumplir otras tareas, además de estar encantadora. —Bebió un sorbo de vino y dejó la copa; al hacerlo, sacó la lengua para lamer lentamente una gota de su labio inferior—. Quizá pueda inventar usted algún deber más agotador.

Él contuvo el aliento: toda su atención se había concentrado en el labio húmedo de Melisande.

—Se me ocurren mil ideas, señora. Mi mente da vueltas como un torbellino, rozando muchas sin posarse en ninguna, aunque varias de ellas la seducen. ¿No puede darme ningún ejemplo de cuáles han de ser los deberes de una esposa?

—Oh, ejemplos hay muchos. —Una sonrisa jugueteaba en sus labios—. ¿Acaso no debo honrarle y obedecerle?

—Ah, pero esos son deberes livianos, y usted ha hablado de alguno más agotador.

—Puede que obedecerle no sea siempre tarea fácil —murmuró ella.

—Conmigo lo será. Sólo voy a pedirle que haga cosas tales como sonreír y alegrarme el día. ¿Me obedecerá en eso?

—Sí.

—Entonces me siento ya pletórico de honor conyugal. Pero creo recordar que hay otro voto.

—Amarle —contestó ella, y bajó los ojos con modestia virginal. Jasper ya no veía su expresión.

—Sí, sólo eso —dijo con ligereza—. Amarme es, me temo, una tarea mucho más ardua que cualquier otro deber conyugal. A veces soy un individuo sumamente indigno de amor. No la culparía si prefiriera evitarse ese mal trago. Puede admirarme, si eso es más de su agrado.

—Pero yo soy una mujer de palabra, y he hecho un voto —repuso ella.

Jasper la miró e intentó ver si era una pulla ingeniosa, o si había en ello algún sentimiento real... en caso de que su esposa tuviera alguno.

—Entonces, ¿me amará?

Ella se encogió de hombros.

—Desde luego.

Jasper levantó su copa hacia ella.

—Me considero, pues, el hombre más afortunado sobre la faz de la Tierra.

Pero ella se limitó a sonreír, como si de pronto recelara de la conversación.

Jasper bebió un sorbo de vino. ¿Ansiaba ella que llegara esa noche, o lo temía? Sin duda más bien esto último. Incluso a su edad (era más mayor que la mayoría de las novias), era probable que supiera muy poco acerca del acto físico entre un hombre y una mujer. Quizá por eso estaba antes tan pálida. Jasper debía acordarse de proceder con calma y de no hacer nada que pudiera asustarla, o repugnarle. A pesar de su viva conversación, era, ella misma lo había admitido, una mujer reservada. Tal vez debiera pensar en posponer la consumación del matrimonio un día o dos, para que se acostumbrara más a él. Una idea deprimente.

Jasper sacudió la cabeza, dejó a un lado todo pensamiento desalentador y tomó otro trozo de pato asado. A fin de cuentas, era el día de su boda.

—¡Ay, ha sido una boda preciosa, milady! —dijo Suchlike con aire soñador esa noche, mientras ayudaba a Melisande a quitarse el vestido—. Su excelencia el vizconde estaba guapísimo con esa casaca roja de brocado, ¿verdad? Tan alto y con esas espaldas tan anchas... No creo que necesite usar hombreras, ¿verdad que no?

—Mmm —murmuró Melisande.

Las espaldas de lord Vale eran de las cosas que más le gustaban en él, pero el físico de su esposo no era un tema de conversación apropiado para tratarlo con su doncella. Se apartó de las enaguas, caídas en el suelo.

Suchlike las puso sobre una silla y comenzó a desatarle el corsé.

—¡Y cuando lord Vale lanzó esas monedas al gentío! ¡Qué caballero más fino! ¿Sabía, señora, que ha dado una guinea a todos los sirvientes de la casa, hasta al limpiabotas?

—¿De veras? —Melisande refrenó una tierna sonrisa al pensar en aquella prueba del sentimentalismo de lord Vale. No le sorprendía en absoluto.

Se frotó debajo del brazo, donde las ballenas del corsé se le habían clavado un poco, y luego, vestida sólo con la camisa, se sentó ante un impecable tocador de arce y comenzó a quitarse las medias.

—La cocinera dice que da gusto trabajar para lord Vale. Paga un buen sueldo y no grita a las criadas, como hacen otros caballeros.

—Suchlike sacudió el corsé y lo colocó cuidadosamente en el gran armario ropero de madera labrada que había en un rincón.

Las habitaciones de la vizcondesa de Renshaw House habían permanecido cerradas desde la muerte del padre de lord Vale, cuando su madre se trasladó a su residencia de viuda en Londres. Pero la señora Moore, el ama de llaves, era a todas luces una mujer muy competente, pues las estancias estaban extremadamente limpias. En el dormitorio todas las superficies de madera, de color miel, habían sido recién enceradas y brillaban suavemente; las cortinas, azules oscuras y doradas, se habían cepillado y oreado, y hasta las alfombras parecían haberse sacado fuera para sacudirlas.

El dormitorio no era muy grande, pero sí bastante bonito. Las paredes eran de un sedante y cremoso tono de blanco, las alfombras de color azul oscuro, con filigranas de oro y rubí. La chimenea era muy bonita, alicatada en azul cobalto y rodeada de un frontispicio de madera blanca. Delante de ella había dos sillones de patas doradas, y entre ellos una mesa baja con encimera de mármol. En una pared había una puerta que daba a las habitaciones del vizconde (Melisande se apresuró a apartar la vista de ella); en la pared de enfrente, otra puerta conducía a su vestidor y, más allá, a una salita de estar privada. De vez en cuando se oía un leve arañar procedente del vestidor, al que Melisande hacía oídos sordos. En general, las estancias eran muy cómodas y agradables.

—Entonces, ¿conoces ya a los otros sirvientes? —preguntó para distraerse y no mirar como una boba enamorada la puerta que daba al cuarto de lord Vale.

—Sí, señora. —Suchlike se acercó y comenzó a soltarle el pelo—. El señor Oaks, el mayordomo, es muy severo, pero parece bastante justo. La señora Moore dice que respeta su opinión de todo corazón. Hay seis criadas abajo y cinco arriba, y no sé cuántos lacayos.

—Yo he contado siete —murmuró Melisande. Le habían presentado al servicio esa tarde, pero tardaría en aprenderse los nombres y las labores de cada cual—. ¿Han sido amables contigo?

—Uy, sí, señora. —Suchlike se quedó callada un momento mientras le quitaba las numerosas horquillas con que le había sujetado el pelo—. Aunque...

Melisande miró a la muchacha por el espejo. Suchlike había fruncido las delicadas cejas.

—¿Sí?

—Bah, no es nada, señora —dijo, e inmediatamente añadió—: Es sólo ese hombre, el señor Pynch. Fui muy amable cuando el señor Pynch me presentó a todo el mundo, y aun así ese tal señor Pynch me miró dándose muchos aires y levantando la nariz... Y es una nariz enorme, señora. No creo que deba sentirse muy orgulloso de ella. Y va y dice: «Es muy joven para ser la doncella de una dama, ¿no?», con esa voz horrorosa que tiene. Y, digo yo, ¿a él qué le importa?

Melisande parpadeó. Nunca había visto que Suchlike se ofendiera con nadie.

—¿Quién es ese señor Pynch?

—El sirviente del señor —dijo Suchlike. Cogió el cepillo y comenzó a pasarlo por la melena de Melisande con energía—. Un hombretón grande como un oso, sin un solo pelo en la cabeza. La cocinera dice que sirvió con lord Vale en las colonias.

—Entonces llevará muchos años con él.

Suchlike le hizo una trenza con movimientos rápidos y seguros.

—Pues a mí me parece que se le ha subido a la cabeza. Pocas veces he visto un hombre más engreído, feo y desagradable.

Melisande sonrió, pero su sonrisa se desvaneció enseguida. Levantó la vista al oír un ruido y se le aceleró la respiración.

La puerta que comunicaba su alcoba con la del vizconde se había abierto. Lord Vale estaba en el umbral, vestido con una bata escarlata sobre las calzas y la camisa.

—Ah, llego antes de tiempo. ¿Quiere que vuelva más tarde?

—No hace falta, milord. —Melisande procuró que no le temblara la voz. Le costaba no mirarle. Él llevaba la camisa desabrochada por el cuello, y aquel trocito de piel estaba surtiendo un efecto devastador sobre ella—. Eso es todo, Suchlike.

La doncella, que parecía haberse quedado muda en presencia del señor, hizo una reverencia, trotó hacia la puerta y se marchó.

Lord Vale se quedó mirándola.

—Confío en no haber asustado a su doncellita.

—Sólo está un poco nerviosa por estar en una casa nueva. —Melisande le miró por el espejo mientras él se paseaba por la habitación como una exótica bestia masculina. Era su esposa. Cuando lo pensaba, le costaba refrenar la risa.

Lord Vale se acercó a la pequeña chimenea y miró el reloj de porcelana que había sobre la repisa.

—No era mi intención interrumpir su *toilet*. Soy terriblemente inoportuno. Puedo volver dentro de media hora o así, si lo prefiere.

—No. Estoy lista. —Respiró hondo, se levantó y se volvió hacia él.

Lord Vale recorrió con la mirada su camisa adornada con encaje. Era voluminosa, pero muy fina, y Melisande sintió que su vientre se tensaba al contacto con su mirada.

Luego, él parpadeó y miró hacia otro lado.

—Quizá le apetezca un poco de vino.

Una suave punzada de decepción recorrió a Melisande, pero no lo demostró. Inclinó la cabeza.

—Sí, sería agradable.

—Excelente. —Se acercó a un velador que había junto a la chimenea, sobre el que había una jarra de cristal, y sirvió dos copas.

Melisande se acercó a la chimenea y estaba a su lado cuando él se volvió.

Lord Vale le tendió una copa.

—Aquí tiene.

—Gracias. —Tomó la copa y bebió. ¿Estaba nervioso lord Vale? Miraba fijamente el fuego, así que Melisande se dejó caer en uno de los sillones dorados y señaló el otro—. Por favor, ¿no quiere sentarse, milord?

—Sí. Claro. —Se sentó y se bebió de un trago media copa de vino. Luego, de pronto, se inclinó hacia delante, con la copa colgando de los dedos, entre sus piernas—. Mire, llevo todo el día pensando en cómo decirle esto con delicadeza, y aún no he encontrado el modo, así que voy a decirlo sin más. Nos hemos casado con bastante precipitación, y yo he estado fuera casi todo nuestro noviazgo, lo cual ha sido culpa mía, y lo siento. Pero debido a todo ello no hemos tenido tiempo de conocernos como es debido y estaba pensando que... eh...

—¿Sí?

—Quizá prefiera usted esperar. —Levantó por fin los ojos y la miró con algo muy parecido a la piedad—. Es decisión suya. Lo dejo completamente en sus manos.

De pronto, con un fogonazo terrible y cegador, a Melisande se le ocurrió que quizá no le parecía lo bastante atractiva como para acostarse con ella. ¿Por qué iba a parecérselo, después de todo? Era alta y bastante delgada, su figura no tenía muchas formas y su rostro nunca se había considerado bello. Lord Vale había coqueteado con ella, pero coqueteaba con todas las mujeres a las que conocía, de alta o baja condición. Eso no significaba nada. Le miró, muda. ¿Qué debía hacer? ¿Qué podía hacer? Se habían casado esa misma mañana; eso no podía deshacerse.

Ella no quería que se deshiciera.

Él había seguido hablando mientras ella cavilaba.

—...y podríamos esperar un poco, un mes o dos, o el tiempo que usted desee, porque...

—No.

Lord Vale se interrumpió.

—¿Cómo ha dicho?

Si esperaban, cabía la posibilidad de que el matrimonio no llegara a consumarse. Y eso era lo último que deseaba Melisande. Y lo último que él decía desear. No podía permitir que ocurriera.

Dejó su copa sobre la mesa, delante del fuego.

—No quiero esperar.

—Eh... entiendo.

Melisande se levantó y se puso delante de él. Lord Vale levantó la mirada hacia ella. Sus ojos azules brillaban. Apuró su vino, dejó la copa y también se levantó, obligándola a alzar a su vez la mirada.

—¿Está segura?

Ella se limitó a levantar las cejas. No pensaba suplicarle.

Lord Vale asintió con la cabeza, apretó los labios, la tomó de la mano y la condujo a la cama. Ella temblaba ya por el simple contacto de su mano, y no se molestó en ocultarlo. Lord Vale apartó las mantas y le indicó con una seña que se tumbara. Ella se echó, todavía en camisa, y le vio sacar una cajita de latón del bolsillo de la bata y colocarla sobre la mesilla de noche. Luego se quitó la bata y los zapatos.

La cama se hundió con su peso cuando se tumbó a su lado. Era grande y despedía calor, y Melisande alargó la mano para tocar la manga de su camisa. Sólo eso, porque tenía la impresión de que, si tocaba alguna otra parte de su cuerpo, el corazón le latiría con tanta fuerza que moriría. Él se inclinó sobre ella y rozó sus labios con los suyos; ella cerró los ojos, extasiada. ¡Dios santo, por fin! Le parecía estar bebiendo jerez dulce, después de haber pasado la vida entera en un desierto reseco y solitario. La boca de lord Vale era suave, pero firme, y sus labios tenían el sabor acre del vino. Él apoyó sobre su pecho una mano que ella sintió grande y cálida a través de la fina tela de la camisa. Y se estremeció.

Abrió la boca, invitándole, pero él echó la cabeza hacia atrás. Miró hacia abajo mientras hacía algo con las manos entre sus cuerpos.

—Vale... —murmuró ella.

—Shh. —Le dio un suave beso en la frente—. Pronto pasará. —Alargó el brazo hacia la cajita que había dejado sobre la mesilla y la abrió. Dentro había una especie de ungüento. Mojó un dedo en él y su mano volvió a desaparecer entre ellos.

Melisande frunció el ceño. Que aquello pasara pronto no era precisamente lo que esperaba.

—Yo...

Pero él le había subido la camisa, desnudándola hasta la cintura, y a ella la distrajo el contacto de sus manos sobre las caderas. Tal vez si dejaba de pensar tanto y se concentraba en sentir...

—Permíteme —murmuró él.

Le separó las piernas y se colocó entre ellas, y Melisande se dio cuenta de que se había abierto la bragueta de las calzas. Sintió su miembro duro y caliente apretarse contra su muslo. Sintió un arrebato de excitación y de pronto se quedó sin habla.

—Puede que esto te parezca muy extraño, y que te duela, pero no durará mucho —masculló él rápidamente—. Y sólo te dolerá la primera vez. Puedes cerrar los ojos, si quieres.

¿Qué?

Entonces la penetró.

En lugar de cerrar los ojos, Melisande los abrió de par en par y se quedó mirándole. Quería vivir aquello segundo a segundo. Él había cerrado los ojos y tenía el ceño fruncido, como si sufriera. Melisande le rodeó con los brazos y notó lo tensos que estaban sus anchos hombros.

—Ahhh. Es... —Se frotó contra ella—. Quédate quieta un momento.

Se irguió con los brazos estirados sobre la cama y, para desilusión de Melisande, le apartó los brazos. Luego comenzó a moverse. Una, dos, tres veces, con fuerza, enérgicamente. Apretó los dientes, profirió una especie de tosecilla ahogada y se dejó caer sobre ella.

Había acabado pronto, en efecto.

Melisande se movió para rodearle de nuevo con los brazos. Quería al menos quedarse tumbada a su lado después, pero él se apartó a un lado y se alejó de ella.

—Lo siento. No quería aplastarte.

Le dio la espalda y pareció recomponerse. Melisande se bajó la camisa lentamente sobre los muslos mientras intentaba sofocar un sentimiento de decepción. La cama rebotó al levantarse él. Bostezó, se inclinó para recoger su bata y sus zapatos y luego se acercó a ella para darle un beso en la mejilla.

—Espero que no haya sido demasiado desagradable. —Sus ojos

azules parecían preocupados—. Duerme un poco. Me aseguraré de que los lacayos te traigan un baño caliente por la mañana. Eso te aliviará.

—Yo...

—Bebe un poco más de vino, si tienes molestias. —Se pasó una mano por el pelo y se aflojó casi por completo la corbata—. Buenas noches, pues.

Salió de la habitación.

Melisande se quedó mirando un momento la puerta cerrada. Estaba completamente perpleja. En la puerta del vestidor se oyó de nuevo un arañar. Cerró los ojos e intentó ignorar aquel sonido. Deslizó la mano bajo su camisa. Estaba húmeda allí, resbaladiza por el semen de lord Vale y por su propio flujo. Pasó los dedos entre los pliegues de su sexo y, concentrándose, pensó en lo que había sentido al notarlo dentro de ella y en lo azules que eran sus ojos. Acarició aquel botoncillo de carne, en lo alto de su hendidura. Estaba hinchado, palpitaba lleno de deseo frustrado. Siguió acariciándose, intentando relajarse y recordar...

Oyó de nuevo aquel rasgueo.

Soltó un resoplido, abrió los ojos y se quedó mirando el dosel de seda de la cama. Era azul y tenía un agujerito en una esquina.

—Será posible.

Esta vez, un gemido acompañó a aquel ruido.

—¡Ten un poco de paciencia!

Se bajó de la gran cama, irritada, y sintió que el semen resbalaba por la cara interna de su muslo. Sobre la cómoda había un jarro de agua. Vertió un poco en la jofaina. Mojó un paño en el agua fresca y se lavó. Luego se acercó a la puerta del vestidor y la abrió.

Ratón resopló, indignado, y entró corriendo en la habitación. Saltó a la cama y dio tres vueltas antes de acomodarse sobre una almohada, dándole tozudamente la espalda. Odiaba que lo encerraran en el aseo.

Melisande se tumbó en la cama, tan enojada como el perrillo. Se quedó un momento mirando el dosel de seda y se preguntó en qué se había equivocado exactamente durante aquel apresurado encuentro. Suspiró y pensó que ya lo descubriría por la mañana. Apagó la vela de la mesilla de noche y cerró los ojos. Mientras se quedaba dormida tuvo una última idea.

Menos mal que no era virgen.

La de esa noche no había sido su actuación más lucida como amante, se dijo Jasper apenas unos minutos después. Estaba sentado en su alcoba, en un gran sillón, delante del fuego. No le había mostrado a Melisande el verdadero placer. Sabía que había sido todo demasiado rápido y precipitado. Temía alargarlo demasiado, por si se dejaba llevar y se apasionaba más de lo debido. Así que la experiencia había sido muy poco excitante para ella. Tenía, en cambio, la impresión de que tampoco le había dolido demasiado. Y ésa era, a fin de cuentas, su intención: no asustar a su novia la primera noche que pasaba en su cama.

O más bien en la de ella. Miró su propia cama, enorme, oscura y más bien abrumadora. Había hecho bien yendo a la habitación de Melisande, en lugar de intentar llevarla a aquélla. Su cama asustaría a la mujer más intrépida durante su iniciación en los placeres carnales. Por no hablar de que, después, habría tenido que buscar una excusa para arrojarla de sus habitaciones. Apuró el último trago de coñac de su copa. Eso habría sido muy violento.

El acto, en general, había ido todo lo bien que podía esperarse. Ya habría tiempo más delante de mostrarle lo placentero que podía ser el encuentro físico entre un hombre y una mujer. Suponiendo, claro, que ella quisiera permanecer en el lecho conyugal. Había muchas damas de la aristocracia que no sentían ningún interés por hacer el amor con sus maridos.

Jasper frunció el ceño al pensarlo. Nunca antes le había parecido mal ese tipo de matrimonios elegantes. Ésos en lo que los interesados engendraban un heredero o dos y luego seguían caminos separados, en sociedad y también en lo tocante al sexo. Era el tipo de unión conyugal más común en su círculo social. El tipo de matrimonio que él mismo esperaba. Ahora, sin embargo, la idea de un matrimonio en el que marido y mujer sólo fueran corteses el uno con el otro le parecía... fría. Y bastante desagradable, en realidad.

Sacudió la cabeza. Puede que la boda le estuviera reblandeciendo el cerebro. Eso explicaría aquellos extraños pensamientos. Se levantó y dejó el vaso junto a la jarra, sobre un aparador. Sus habitaciones eran el doble de grandes que las de su esposa, o más. Pero ello sólo hacía que fuera más difícil iluminarlas convenientemente de noche. Cerca del ropero y alrededor de la gran cama se acumulaban las sombras.

Se desvistió y se lavó con el agua fría que había ya en la habitación. Podía haber mandado que le subieran agua caliente, pero no le gustaba que nadie entrada en su alcoba de noche. Incluso la presencia de Pynch le ponía nervioso. Apagó todas las velas, menos una. La cogió y entró con ella en su vestidor. Había allí una pequeña cama, como correspondía a un ayuda de cámara. Pynch, no obstante, tenía otras habitaciones, y nunca usaba aquella cama. Junto a la cama, en el rincón, contra la pared del fondo, había un camastro desvencijado.

Jasper dejó la vela en el suelo, cerca del camastro y comprobó, como hacía cada noche, que todo estaba allí. Había un saco con un cambio de ropa, agua en una cantimplora de hojalata y un poco de pan. Pynch cambiaba el pan y el agua cada dos días, a pesar de que Jasper jamás hablaba de ello con él. Aparte del saco, había una navajita y un mechero de pedernal. Se arrodilló y se envolvió los hombros desnudos con la manta antes de tumbarse sobre el delgado catre, de espaldas a la pared. Miró un momento las sombras movedizas que la vela proyectaba sobre el techo y luego cerró los ojos.

Capítulo 4

Pasado un tiempo, Jack se encontró con otro viejo harapiento sentado al pie del camino.

—¿Tienes algo que darme? —le gritó el mendigo con voz rasposa.

Jack dejó en el suelo su talega y sacó un poco de queso. El viejo se lo arrancó de la mano y lo devoró. Jack sacó una hogaza de pan. El viejo se la comió entera y luego le tendió la mano, pidiendo más. Jack sacudió la cabeza y hurgó hasta el fondo de la talega hasta que encontró una manzana.

El viejo devoró la manzana y dijo:

—¿Sólo tienes esa porquería?

Finalmente, Jack perdió la paciencia.

—¡Por el amor de Dios, hombre! Te has comido toda mi comida y no me has dado ni las gracias. No sé por qué me he molestado. Yo me marcho y tú ¡vete al diablo!

De Jack *el Risueño*

*R*enshaw House era la casa más rica que Sally Suchlike había visto nunca, y todavía estaba un poco asombrada. ¡Caray! Suelos de mármol rosa y negro, sillones de madera labrada tan delicados que sus patas parecían mondadientes, sedas bordadas, brocados y terciopelos por todas partes, varas y varas de tela, muchas más de las que hacían falta para cubrir una ventana o una silla, todo tapizado por puro lujo. La casa del señor Fleming era bonita, sí, pero aquello... aquello era hermoso como vivir en el mismísimo palacio real. ¡Vaya que sí!

¿Y acaso no había un abismo entre aquella casa y el barrio de Seven Dials, donde ella había nacido y vivido? Si es que podía llamarse vivir a trabajar todo el día, de sol a sol, recogiendo bosta de caballo y mierda de perro, y cualquier otro excremento que pudiera encontrar, para venderlo por un trozo de pan y un trocito de carne repleta de ternillas, y eso cuando su padre y ella tenían suerte. Se había quedado allí hasta los doce años, que fue cuando su padre habló de casarla con su amigo Pinky, un hombretón apestoso al que le faltaban todos los dientes. Había visto extenderse ante sí una vida llena de mierda y penalidades, si se casaba con él, hasta que muriera prematuramente en el mismo barrio en el que había nacido, y esa misma noche huyó para buscar fortuna como moza de cocina.

Había sido lista y rápida, y cuando la cocinera encontró una casa mejor (la del señor Fleming), se llevó a Sally con ella. Y trabajó con ahínco. Se aseguraba de no quedarse nunca a solas con un lacayo o un carnicero, porque lo último que le hacía falta era quedarse preñada. Mientras tanto, procuraba estar siempre limpia y aseada y mantener las orejas bien abiertas. Escuchaba cómo hablaban los Fleming y de noche, en su estrecha cama, acostada junto a Alice, la doncella de abajo, que roncaba como un viejo, susurraba palabras e inflexiones una y otra vez, hasta que llegó a hablar casi tan bien como la propia señorita Fleming.

Llegado el momento (cuando Bob, el lacayo, entró en la cocina casi sin aliento para contarles que la señorita Fleming, a pesar de tener esa cara tan sosa y tan triste, había logrado agenciarse un vizconde), Sally estaba preparada. Dobló la ropa que estaba remendando y salió de la cocina discretamente para ir a hacerle su petición a la señorita Fleming.

¡Y allí estaba! ¡La doncella de una vizcondesa! Ahora, si lograba aprenderse todos los pasillos, las puertas y los pisos de aquella inmensa casa, todo sería perfecto.

Se enderezó el mandil al empujar la puerta del pasillo de servicio. Si había calculado bien, saldría al pasillo que daba a los dormitorios de los señores. Se asomó. El pasillo era grande, con paredes revestidas de madera y una larga alfombra roja y negra. Por desgracia se parecía mucho a los demás pasillos de la casa, hasta que giró la cabeza hacia la derecha y vio la escandalosa figurilla de mármol negro que representaba a un señor antiguo asaltando a una muchacha en cueros. Se había fijado antes en aquellas figuras (costaba no fijarse en ellas, en realidad) y sabía que estaban frente a la puerta de la alcoba del vizconde. Inclinó la cabeza y cerró la puerta disimulada con un panel de madera antes de detenerse a mirar la estatuilla.

Ambas figuras estaban desnudas, y la señora no parecía muy preocupada. De hecho, rodeaba con el brazo el cuello del caballero. Sally ladeó la cabeza. Él parecía tener ancas peludas, como una cabra, y lucía unos cuernecillos en la testa. La verdad era que, ahora que miraba más de cerca, aquel horrendo hombrecillo de piedra se parecía bastante al señor Pynch, el ayuda de cámara del vizconde... si el señor Pynch tuviera pelo, cuernos y flancos peludos. Lo cual hizo que bajara la mirada y se preguntara si el señor Pynch también tendría una larga...

Tras ella, un hombre se aclaró la garganta.

Sally soltó un gritito y se volvió. El señor Pynch estaba justo detrás de ella, como si le hubiera conjurado con el pensamiento. Tenía una ceja levantada, y su cabeza calva brillaba suavemente en la penumbra del pasillo.

Sally notó que un rubor ardiente le subía por el cuello. Puso los brazos en jarras.

—¡Caray! ¿Intentaba darme un susto? ¿No sabe que así se puede matar a una persona? Conocí a una dama una vez que murió porque un chiquillo se acercó a ella por detrás y gritó «¡bu!». Ahora mismo podría estar tiesa sobre la alfombra. ¿Y qué le diría usted a mi señor, si me hubiera matado el mismo día de su boda, me pregunto yo? En buen lío se habría metido.

El señor Pynch volvió a carraspear, con un ruido parecido al que haría un cubo de hojalata lleno de piedras al menearse.

—Quizá, si no hubiera estado tan absorta examinando esa estatua, señorita Suchlike...

Sally soltó un bufido muy poco femenino, pero idóneo para el caso.

—¿Me está acusando de mirar más de la cuenta esa estatua, señor Pynch?

El señor Pynch levantó las cejas.

—Yo solamente...

—Sepa usted que sólo estaba comprobando si tenía polvo.

—¿Polvo?

—Polvo, sí. —Sally asintió con la cabeza enérgicamente—. Mi señora no soporta el polvo.

—Entiendo —dijo el señor Pynch altivamente—. Lo tendré en cuenta.

—Eso espero —replicó Sally. Se tiró del mandil para enderezárselo y se quedó mirando la puerta de su señora. Eran ya las ocho, bastante tarde para que se levantara la señora, pero el día después de su boda...

El señor Pynch seguía mirándola.

—Le sugiero que llame.

Ella hizo girar los ojos.

—Sé muy bien cómo despertar a mi ama.

—Entonces, ¿cuál es el problema?

—Puede que no esté sola. —Notó que se ponía colorada otra vez—. Ya sabe. ¿Y si él está ahí? Parecería una tonta si entro y no están... no están... —Respiró hondo, intentando refrenar su lengua—. Como es debido. Me daría muchísima vergüenza.

—No está.

—¿Qué no está?

—El señor, no está ahí —dijo el señor Pynch con absoluta certeza, y entró en la habitación del vizconde.

Sally se quedó mirándole con el ceño fruncido. Qué hombre tan desagradable. Se tiró por última vez del mandil y llamó con energía a la puerta de su señora.

Melisande estaba sentada a su escritorio, traduciendo el último cuento de hadas, cuando oyó llamar a la puerta. *Ratón*, que estaba echado a sus pies, se levantó y empezó a gruñir a la puerta.

—Adelante —dijo, y no le sorprendió ver asomarse a Suchlike.

Miró el reloj de porcelana de la repisa. Eran poco más de las ocho, pero llevaba despierta más de dos horas. Rara vez dormía más allá del amanecer. Suchlike conocía su rutina y solía ir a vestirla mucho más temprano. Seguramente la muchacha había tenido reparos en despertarla, debido a su posición de recién casada. Melisande sintió una punzada de vergüenza. Pronto toda la casa sabría que no había dormido con su marido la noche de su boda. Pero, en fin, no podía hacer nada al respecto. Tendría que sobrellevarlo.

—Buenos días, milady. —Suchlike miró a *Ratón* y le esquivó dando un rodeo.

—Buenos días. Ven aquí, *Ratón*. —Melisande chasqueó los dedos.

El animal olfateó por última vez a la doncella con aire receloso y corrió a sentarse bajo el escritorio, junto a las piernas de Melisande.

Ella ya había retirado las cortinas de la ventana de encima del escritorio, pero Suchlike fue a abrir también las demás.

—Hace un día precioso. Brilla el sol, no hay ni una nube en el cielo y casi no sopla el viento. ¿Qué le apetece ponerse hoy, señora?

—Había pensado ponerme el gris —murmuró Melisande, distraída.

Frunció el ceño, mirando una palabra en alemán del cuento en el que estaba trabajando. Aquel viejo libro de cuentos había pertenecido a Emeline, su mejor amiga. Era un recuerdo de su niñez. Por lo visto, procedía de su niñera prusiana. Antes de embarcarse hacia América con su flamante marido, el señor Hartley, Emeline le había dado el libro para que pudiera traducir sus cuentos. Y ella había aceptado la tarea comprendiendo que para ambas significaba mucho más que una simple traducción. Al regalarle su querido libro, Emeline le estaba prometiendo que su amistad sobreviviría a la separación, y Melisande se había sentido conmovida y agradecida por su gesto.

Confiaba en tener acabada e impresa la traducción para poder regalársela a Emeline la próxima vez que visitara Inglaterra. Pero, por desgracia, se había topado con un problema. El libro estaba compuesto por cuatro cuentos relacionados entre sí, cada uno de ellos la historia de un soldado que volvía de la guerra. Había traducido tres de las historias con bastante facilidad, pero la cuarta... La cuarta se estaba convirtiendo en un quebradero de cabeza.

—¿El gris, señora? —repitió Suchlike, indecisa.

—Sí, el gris —contestó Melisande.

El problema era el dialecto. Y el hecho de que estaba intentando traducir un texto escrito. Había aprendido el alemán de su madre, pero casi siempre lo había hablado; apenas lo había leído, y en esa diferencia radicaba el problema. Acarició con un dedo el papel quebradizo. Trabajar en el libro le recordaba a Emeline. Hubiera deseado que su amiga asistiera a su boda. Y deseaba aún más que estuviera allí en ese momento. ¡Qué reconfortante sería poder hablar con Emeline acerca de su matrimonio y del enigma que eran los hombres en general! ¿Por qué su marido había...?

—¿Qué gris?

—¿Cómo? —Melisande miró por fin a su doncella y vio que Suchlike había fruncido el ceño, exasperada.

—¿Qué gris? —Suchlike abrió las anchas puertas del armario, que estaba lleno de vestidos de colores apagados.

—El gris azulado.

Suchlike cogió el vestido que le indicaba mientras rezongaba en voz baja. Melisande prefirió no decir nada. Se levantó y echó agua templada en una jofaina para lavarse la cara y el cuello. Ya refrescada, esperó pacientemente mientras la doncella la vestía.

Media hora después, la despidió y bajó al vestíbulo, cuyas paredes estaban cubiertas de mármol rosa pálido, con vetas de negro y oro. Allí vaciló. Seguramente el desayuno se servía en alguna habitación de la planta baja. Pero había muchas puertas entre las que elegir, y el día anterior, con la emoción de conocer al servicio e instalarse en la casa, se le había olvidado preguntar.

Alguien carraspeó allí cerca. Melisande se volvió y vio tras ella a Oaks, el mayordomo. Era un hombre bajo, de hombros redondeados y manos demasiado grandes para sus muñecas. Llevaba sobre la cabeza una peluca blanca empolvada, de exuberantes rizos.

—¿Puedo servirla en algo, milady?

—Sí, gracias —contestó Melisande—. ¿Podría decir a alguno de los lacayos que saque a *Ratón*, mi perro, al jardín? Y haga el favor de mostrarme en qué habitación se sirve el desayuno.

—Señora. —Oaks chasqueó los dedos y un joven y larguirucho lacayo se acercó al instante, como un monaguillo a un cura. El mayordomo le señaló a *Ratón* con un ademán. El lacayo se agachó hacia el perro y se quedó paralizado al ver que éste levantaba el labio y le enseñaba los dientes.

—Vamos, *sir Ratón*. —Melisande se agachó, cogió al perrillo y lo depositó, todavía gruñendo, en brazos del lacayo.

El lacayo apartó todo lo que pudo la cabeza de sus propios brazos.

Melisande dio unos golpecitos con el dedo en el hocico del perro.

—Ya basta.

Ratón dejó de gruñir, pero siguió mirando con sospecha a su portador. El lacayo se dirigió hacia el fondo de la casa llevando al perro con los brazos estirados.

—La salita del desayuno está por aquí —dijo Oaks.

La condujo a través de un elegante cuarto de estar, hasta una estancia que daba a los jardines de la casa. Melisande miró por la ventana y vio a *Ratón* rociando cada árbol del camino principal, seguido por el lacayo.

—Ésta es la sala que el vizconde usa para desayunar cuando tiene invitados —dijo Oaks—. Naturalmente, si desea usted que se ordene de otro modo, no tiene más que decírmelo.

—No. Es muy agradable. Gracias, Oaks. —Sonrió y se sentó en la silla que el mayordomo le ofrecía, ante una larga mesa de madera bruñida.

—La cocinera hace unos huevos pasados por agua excelentes —dijo Oaks—. Pero si desea arenque o...

—Los huevos están bien. Querría también un bollito dulce o dos y un chocolate caliente.

Él inclinó la cabeza.

—Le diré a una sirvienta que se lo traiga en el acto.

Melisande se aclaró la garganta.

—Todavía no, por favor. Me gustaría esperar a mi marido.

Oaks parpadeó.

—El vizconde suele levantarse tarde...

—Aun así, prefiero esperarle.

—Sí, señora. —Oaks salió de la habitación.

Melisande vio que *Ratón* daba por terminados sus quehaceres en el jardín y volvía trotando hacia la casa. Unos minutos después apareció en la puerta de la salita del desayuno, con el lacayo. Aguzó las orejas al verla y corrió a lamer su mano. Después se acomodó bajo su silla con un gruñido.

—Gracias. —Melisande sonrió al lacayo. Parecía bastante joven. Bajo la peluca blanca, todavía tenía granos en la cara—. ¿Cómo te llamas?

—Sprat, señora. —Se puso colorado.

Santo cielo, con un poco de suerte sus padres no le habrían puesto de nombre Jack. Melisande asintió con la cabeza.

—Sprat, tú te encargarás de *sir Ratón*. Tiene que salir al jardín por la mañana, justo después de la comida y antes de irse a la cama. ¿Te acordarás de ocuparte de él en mi lugar?

—Sí, señora. —Sprat bajó la cabeza, haciendo una nerviosa reverencia—. Gracias, señora.

Melisande refrenó una sonrisa. Sprat no parecía muy seguro de tener motivos para estarle agradecido. *Ratón* gruñó suavemente debajo de la silla.

—Gracias. Eso es todo.

Sprat salió marcha atrás y Melisande volvió a quedarse a solas. Se quedó allí sentada un minuto, hasta que no pudo soportar más tanta inactividad. Entonces se levantó y se acercó a las ventanas. ¿Cómo enfrentarse a su nuevo marido? Con serenidad conyugal, desde luego. Pero ¿podía hacerle saber de algún modo, con tacto y discreción, que lo de la noche anterior había sido, en fin, una desilusión? Melisande hizo una mueca. Seguramente no en la mesa del desayuno. Los caballeros solían ser muy susceptibles en esas cuestiones, y muchos no estaban del mejor humor por las mañanas. Pero en algún momento tenía que sacar el tema. ¡Por el amor de Dios, Vale era un amante afamado! A menos que todas las mujeres que habían sido objeto de su deseo estuvieran mintiendo, era capaz de hacerlo mucho mejor que esa noche.

En alguna parte un reloj dio las nueve. *Ratón* se levantó y se estiró, bostezando hasta que se le curvó la lengua rosada. Con una punzada de decepción, Melisande se cansó de esperar y salió al pasillo. Sprat seguía allí, mirando inexpresivamente el techo, aunque al darse cuenta de que salía se apresuró a mirarla.

—Por favor, tráigame el desayuno —dijo Melisande, y volvió a la salita a esperar. ¿Se había marchado Vale ya, o siempre dormía hasta tan tarde?

Tras un desayuno solitario que compartió con *Ratón*, Melisande se puso a pensar en otras cosas. Mandó en busca de la cocinera y encontró una salita elegante, decorada en amarillo y blanco, para planificar las comidas de la semana.

La cocinera era una mujer menuda y enjuta, de cara delgada y arrugada por las preocupaciones. Llevaba el pelo negro y canoso recogido en un prieto moño en la coronilla. Sentada al borde de la silla, se inclinaba hacia delante y asentía rápidamente mientras Melisande le hablaba. No sonreía (no parecía saber cómo se hacía), pero el tenso mohín de su boca pareció relajarse cuando ella alabó los sabrosos huevos pasados por agua y el chocolate caliente. Melisande, de hecho, tenía la sensación de empezar a entenderse con ella cuando un alboroto interrumpió la conversación. Las dos levantaron la vista. Melisande se dio cuenta de que se oían ladridos en medio de un griterío de voces masculinas.

Ay, Dios. Sonrió amablemente a la cocinera.

—Si me disculpa.

Se levantó y se dirigió sin apresurarse a la salita del desayuno, donde se encontró con una pantomima en ciernes. Sprat estaba boquiabierto, Oaks tenía ladeada la hermosa peluca blanca y hablaba a toda velocidad, pero por desgracia su voz no se oía. Entre tanto, el que era su marido desde hacía apenas un día hacía aspavientos y gritaba como un molino de viento furioso. El objeto de su ira se alzaba, lleno de determinación, a sólo unos centímetros de sus pies, ladrando y gruñendo.

—¿De dónde ha salido este chucho? —preguntaba Vale—. ¿Quién le ha dejado entrar? ¿Es que no puede uno ni desayunar sin tener que defender su beicon de las alimañas?

—*Ratón* —dijo Melisande suavemente, pero en voz lo bastante alta para que el terrier la oyera. Con un último ladrido triunfal, el perro fue a sentarse sobre sus zapatos y se puso a jadear.

—¿Conoces a este chucho? —preguntó lord Vale, frenético—. ¿De dónde ha salido?

Oaks se estaba enderezando la peluca mientras mascullaba algo en voz baja, y Sprat se mantenía erguido sobre una sola pierna.

Melisande entornó los ojos. ¡Por favor! Después de hacerla esperar una hora.

—*Ratón* es mi perro.

Lord Vale parpadeó, y ella no pudo evitar notar que, hasta confuso y desconcertado, sus ojos azules eran de una belleza sorprendente. *Anoche se tumbó sobre mí*, pensó, sintiendo que la pasión se remansaba en su vientre. *Su cuerpo se unió con el mío. Es mi marido, por fin.*

—Pero ese bicho se ha comido mi beicon.

Melisande miró a *Ratón*, que jadeaba mirándola con adoración, con la boca curvada, como si sonriera.

—No es un bicho.

Lord Vale se pasó una mano por el pelo, desplazando el lazo con que se lo ataba.

—¿Qué?

—No es un bicho —contestó Melisande con claridad, y sonrió—. *Sir Ratón* es todo un caballero entre los canes. Y le gusta muchísimo el beicon, así que le sugiero que no vuelva a tentarlo con él.

Chasqueó los dedos y salió airosamente de la salita del desayuno, seguida por *Ratón*.

—¿Un caballero entre los canes? —Jasper se quedó mirando la puerta por la que su esposa acababa de salir de la habitación. Parecía bastante elegante, para ir seguida por una horrible bestezuela—. ¿Un caballero entre los canes? ¿Alguna vez han oído algo semejante? —preguntó, apelando a los hombres que seguían en la sala.

Su lacayo (un muchacho alto y desgarbado cuyo nombre no recordaba en ese momento) se rascó debajo de la peluca.

—La señora parece tenerle mucho cariño a ese perro.

Oaks se había repuesto por fin y miraba a su amo con incredulidad.

—La vizcondesa dio órdenes precisas sobre ese animal cuando desayunó, hace una hora, milord.

Fue entonces cuando Jasper comprendió por fin que tal vez se había comportado como un cretino. Hizo una mueca. Para ser sincero, por las mañanas siempre estaba un poco tardo de entenderas. Pero hasta para él gritar a su flamante esposa el día después de su boda era pasarse de la raya.

—Le diré a la cocinera que le prepare otro desayuno, milord —dijo Oaks.

—No. —Jasper suspiró—. Ya no tengo hambre. —Se quedó mirando pensativamente la puerta un instante y luego decidió que en ese momento carecía de elocuencia suficiente para disculparse ante su esposa. Tal vez pudiera considerársele un cobarde, pero, en lo tocante a las mujeres, convenía ser más discreto que osado—. Que me traigan mi caballo.

—Señor. —Oaks hizo una reverencia y salió sigilosamente de la habitación. Era asombroso el poco ruido que hacía al moverse.

El joven lacayo seguía aún en la salita del desayuno. Parecía querer decir algo.

Jasper suspiró. Ni siquiera se había tomado su té cuando el perro le estropeó el desayuno.

—¿Sí?

—¿Debo decirle a la señora que ha salido? —preguntó el muchacho, y Jasper se sintió como un cafre. Hasta el lacayo sabía mejor que él cómo comportarse con una esposa.

—Sí, díselo. —Luego, esquivando la mirada del lacayo, salió de la habitación.

Poco más de media hora después, Jasper iba a caballo por las calles atestadas de Londres, camino de una casa en Lincoln Inns Fields. Había vuelto a salir el sol, y el populacho parecía decidido a disfrutar del buen tiempo, incluso a aquella hora temprana del día. Los vendedores callejeros, colocados en esquinas estratégicas, voceaban sus mercancías mientras las damas elegantes paseaban cogidas del brazo y los carruajes circulaban como barcos a toda vela.

Seis meses antes, cuando Sam Hartley y él se propusieron interrogar a los supervivientes de la masacre de Spinner's Falls, no pudieron contactar con todos ellos. De muchos se había perdido el rastro. Otros eran hombres ya mayores, tullidos y abocados a la mendicidad o al robo. Vivían al límite: cabía la posibilidad de que se precipitaran en el abismo y desaparecieran en cualquier momento. O quizás el peligro fuera simplemente caer en el olvido, no tanto morir como dejar de vivir. En todo caso, a muchos había sido imposible localizarlos.

Y luego había supervivientes como sir Alistair Munroe. Munroe no era en realidad un soldado del 28º Regimiento, sino un naturalista al servicio de la Corona, agregado al regimiento y encargado de descubrir y clasificar fauna y flora. Naturalmente, cuando el regimiento fue atacado en Spinner's Falls, los indios enemigos no hicieron distingos entre soldados y civiles. Munroe se contaba entre el grupo capturado junto a Jasper y había corrido la misma suerte que los demás, antes de su rescate. Se estremeció al detener a su yegua para dejar paso a una silla de mano cuyos porteadores iban dando voces. No todos los que cayeron en manos de los indios y fueron obligados a marchar por los bosques oscuros e infestados de mosquitos de Norteamérica habían vuelto vivos. Y los que habían sobrevivido no eran los mismos de antes. A veces, tenía la impresión de haber dejado un pedazo de su alma en aquellos sombríos bosques.

Ahuyentó aquella idea y condujo a *Belle* hacia la elegante y ancha plaza de Lincoln Inns Field. La casa a la que se dirigía era alta y refinada, de ladrillo rojo, con reborde blanco alrededor de puertas y ventanas. Jasper desmontó y entregó las riendas al mozo apostado ante la puerta, antes de subir los escalones y llamar. Unos minutos después, el mayordomo le hizo entrar en un despacho.

—¡Vale! —Matthew Horn se levantó detrás de un gran escritorio y le tendió la mano—. Te casaste ayer. No esperaba verte tan pronto.

Jasper le estrechó la mano. Horn llevaba peluca blanca y tenía la piel pálida de los pelirrojos. En sus mejillas solían aparecer manchas rojizas, por el viento o por efecto de la cuchilla de afeitar, y sin duda tendría la tez rojiza cuando cumpliera cincuenta. Su mandíbula y sus pómulos eran pesados y angulosos, como para compensar la delicadeza de su cutis. Sus ojos, en cambio, eran de un azul claro y cálido, con arrugas en las comisuras, a pesar de que aún no había cumplido los treinta años.

—Soy un canalla por dejar a mi esposa tan pronto. —Jasper soltó su mano y retrocedió—. Pero me temo que se trata de un asunto urgente.

—Siéntate, por favor.

Jasper apartó los faldones de su casaca y se sentó frente al escritorio de Horn.

—¿Cómo está tu madre?

Horn levantó los ojos hacia el techo, como si pudiera ver la alcoba de su madre en el piso de arriba.

—Postrada en la cama, me temo, aunque muy animada. Tomo el té con ella cada tarde que puedo, y siempre quiere saber los últimos cotilleos.

Jasper sonrió.

—En la velada en casa de los Eddings, mencionaste Spinner's Falls —añadió Horn.

—Sí. ¿Te acuerdas de Sam Hartley? ¿El cabo Hartley? Era un colono agregado a nuestro regimiento para guiarnos hasta Fort Edward.

—¿Sí?

—Vino a Londres en septiembre pasado.

—Cuando yo estaba de viaje por Italia. —Horn se recostó en su silla y tiró del cordón de una campanilla—. Lamento no haberle visto.

Jasper asintió con la cabeza.

—Vino a verme. Me mostró una carta que había llegado a sus manos.

—¿Qué clase de carta?

—Detallaba la marcha del 28º Regimiento de Infantería desde Québec a Fort Edward, incluyendo la ruta que tomaríamos y el momento exacto en que estaríamos en Spinner's Falls.

—¿Qué? —Horn había entornado los ojos, y de pronto Jasper vio que aquel hombre ya no era un niño. Hacía ya algún tiempo que no lo era.

Jasper se inclinó hacia delante.

—Nos traicionaron. Alguien reveló nuestra posición a los franceses y a sus aliados indios. El regimiento cayó en la trampa y fue masacrado en Spinner's Falls.

La puerta del despacho se abrió y entró el mayordomo, un individuo alto y delgado.

—¿Señor?

Horn parpadeó.

—Eh... sí. Dígale a la cocinera que nos mande un poco de té.

El mayordomo hizo una reverencia y se retiró.

Horn esperó hasta que se cerró la puerta para decir:

—Pero ¿quién pudo hacer algo así? Los únicos que conocían la ruta eran los guías y los oficiales. —Tamborileó con los dedos sobre la mesa—. ¿Estás seguro? ¿Viste esa carta que tenía Hartley? Puede que él la malinterpretara.

Pero Jasper ya estaba sacudiendo la cabeza.

—Vi la carta. No hay error posible. Nos traicionaron. Hartley y yo pensábamos que se trataba de Dick Thornton.

—Me dijiste que hablaste con él antes de que lo colgaran.

—Sí.

—¿Y?

Jasper respiró hondo.

—Thornton juraba que él no era el traidor. Me insinuó que era uno de los hombres capturados por los indios.

Horn se quedó mirándole un momento, con los ojos como platos. Luego, bruscamente, sacudió la cabeza y rompió a reír.

—¿Y por qué ibas a creer a un asesino como Thornton?

Jasper se miró las manos, que había juntado entre las rodillas separadas. Se había hecho esa misma pregunta muchas veces.

—Thornton sabía que iba a morir. No tenía motivos para mentirme.

—Excepto los propios de un loco.

Jasper asintió con la cabeza.

—Aun así... Thornton estaba preso cuando emprendimos la marcha. Llevaba grilletes. Iba al final de la fila. Creo que pudo ver cosas, oír cosas que los demás nos perdimos porque estábamos ocupados conduciendo al regimiento.

—Y, si aceptas que las acusaciones de Thornton son ciertas, ¿adónde te lleva eso?

Jasper le miró sin moverse.

Horn extendió las manos.

—¿Qué? ¿Crees que yo soy el traidor, Vale? ¿Crees que pedí que me torturaran hasta quedarme ronco de tanto gritar? Tú sabes que sufría pesadillas. Sabes que...

—Calla —dijo Jasper—. No sigas. Naturalmente, no creo que tú...

—Entonces, ¿quién? —Horn le miraba con ojos ardientes, entre lágrimas—. ¿Cuál de los nuestros traicionó a todo el regimiento? ¿Nate Growe? Le cortaron la mitad de los dedos. ¿Munroe? A él sólo le sacaron un ojo; eso es bastante poco, teniendo en cuenta que debieron de pagarle a lo grande.

—Matthew...

—¿Saint Aubyn, entonces? Ah, pero está muerto. Puede que calculara mal y se dejara quemar en la hoguera después de tomarse tantas molestias. O...

—Cállate, maldita sea. —Jasper hablaba en voz baja, pero lo bastante áspera para atajar la horrenda recitación de Horn—. Lo sé. Sé todo eso, maldita sea.

Horn cerró los ojos y dijo en voz baja:

—Entonces sabes que ninguno de nosotros pudo hacerlo.

—Alguien lo hizo. Alguien nos tendió una trampa y llevó a cuatrocientos hombres al matadero.

Horn hizo una mueca.

—Mierda.

En ese momento entró una doncella cargada con una bandeja de té. Se quedaron en silencio mientras dejaba la bandeja en una esquina del escritorio. La puerta se cerró suavemente tras ella en cuanto se marchó.

Jasper miró a su viejo amigo, a su compañero de armas de tanto tiempo atrás.

Horn empujó un montón de papeles a un lado de la mesa.

—¿Qué quieres que haga?

—Quiero que me ayudes a encontrar a quien nos traicionó —dijo Jasper—. Y luego que me ayudes a matarle.

Era bien pasada la hora de la cena cuando lord Vale regresó por fin a casa. Melisande lo supo porque el gran cuarto de estar de la parte delantera de la casa tenía un horrendo reloj en la repisa de la chimenea. Orondas ninfas de color rosa retozaban en torno a la esfera del reloj de un modo que sin duda se pretendía erótico. Soltó un bufido. Qué poco sabía del verdadero erotismo el diseñador de aquel reloj. *Ratón*, que estaba echado a sus pies, se sentó al oír llegar a lord Vale y se acercó trotando a la puerta para olisquear la ranura de abajo.

Melisande pasó con esmero un hilo de seda por el bastidor de bordar, dejando un perfecto nudo francés del derecho de la tela. Le alegró comprobar que sus dedos se mantenían firmes. Quizá, con la cercanía constante, acabaría por superar la espantosa susceptibilidad que sentía respecto a él. Bien sabía Dios que el enfado que había ido creciendo durante las horas que llevaba esperándole la había ayudado en ese sentido. Seguía sintiendo su presencia, sí, y aún ansiaba su compañía, pero la exasperación había acabado por enmascarar esos sentimientos. No veía a Vale desde el desayuno, ni había recibido aviso de que fuera a presentarse a cenar. El suyo podía ser un matrimonio de conveniencia, pero eso no significaba que hubiera que arrojar por la ventana la cortesía más elemental.

Oyó hablar a su marido en el pasillo con el mayordomo y unos lacayos y se preguntó, no por primera vez esa tarde, si Vale no habría olvidado por completo que tenía una esposa. Oaks parecía un hombre bastante capaz. Tal vez él le recordara su existencia.

El feo reloj de la repisa dio el cuarto de hora con un tintineo monocorde. Melisande frunció el ceño y dio otra puntada. La salita de estar blanca y amarilla del fondo de la casa era mucho más bonita. Si había elegido aquella otra habitación era únicamente porque estaba más cerca del vestíbulo. Y Vale tendría que pasar por allí para ir a sus aposentos.

La puerta de la sala se abrió, sobresaltando a *Ratón*, que dio un brinco hacia atrás y luego, como si se diera cuenta de que le habían sorprendido en retirada, se abalanzó hacia delante ladrando a los tobillos de lord Vale. Éste bajó la mirada hacia el perrillo. Melisande tuvo la clara sensación de que no le habría importado asestarle una patada.

—*Sir Ratón* —dijo para impedir una tragedia.

Ratón dio un último ladrido, se acercó a ella al trote y se subió de un salto al sofá, a su lado.

Lord Vale cerró la puerta y se adentró en la habitación, haciéndole una reverencia.

—Buenas noches, señora esposa. Te pido disculpas por haber faltado a la cena.

Humm. Melisande inclinó la cabeza y le indicó el sillón que había frente a ella.

—Estoy segura de que el asunto que le ha retenido era de suma importancia, milord.

Lord Vale se recostó en el sillón y apoyó el tobillo en la rodilla de la otra pierna.

—Era urgente, sí, pero no sé si era importante o no. En su momento, me lo pareció. —Pasó un dedo por los faldones de su casaca.

Melisande dio otra puntada. Su esposo parecía algo desanimado esa noche, como si hubiera perdido su vitalidad de costumbre. Su enojo se desinfló al preguntarse qué le habría disgustado.

Lord Vale los miró con el ceño fruncido a *Ratón* y a ella.

—Ese sofá está tapizado de raso.

Ratón apoyó la cabeza sobre su regazo. Melisande le acarició el hocico.

—Sí, lo sé.

Lord Vale abrió la boca y volvió a cerrarla. Paseó la mirada por la habitación y ella casi sintió palpablemente su necesidad de levantarse y ponerse a caminar de un lado a otro. Pero él comenzó a tamborilear con los largos dedos sobre el brazo del sillón. Parecía cansado y, sin humor en la mirada, también más viejo.

Melisande odiaba verle decaído. La hacía sufrir.

—¿Le apetece un coñac? ¿O algo de la cocina? Estoy segura de que la cocinera habrá guardado el pastel de riñón que ha sobrado de la cena.

Él sacudió la cabeza.

Melisande le observó un momento, perpleja. Hacía años que amaba a aquel hombre, pero en muchos sentidos no le conocía. No sabía cómo ayudarle cuando estaba cansado y triste. Bajó la mirada, frunciendo las cejas, y cortó el hilo. Eligió de su costurero una seda del tono exacto de las frambuesas maduras.

Lord Vale dejó de tamborilear.

—Ese bordado parece un león.

—Será porque es un león —murmuró ella mientras daba la primera puntada de la lengua del león.

—¿Y no es raro?

Ella le lanzó una mirada por debajo de las cejas bajadas.

Una leve expresión de buen humor apareció en la cara de lord Vale.

—No es que no sea un bordado estupendo, claro. Es muy, eh, bonito.

—Gracias.

Él siguió tamborileando.

Melisande silueteó la lengua del león y empezó a rellenarla con lisos puntos de raso. Era agradable estar allí sentados, juntos, aunque ninguno de los dos supiera qué hacer. Entonces ella suspiró en silencio. Quizá con el tiempo lo sabrían.

Lord Vale dejó de tamborilear.

—Casi se me olvida. Te he comprado algo mientras estaba fuera. —Buscó en el bolsillo de su casaca.

Melisande dejó a un lado el bastidor y cogió una cajita.

—Un regalo para que me perdones por gritarte esta mañana —dijo lord Vale—. Me porté como un cafre y un patán, y como el peor de los maridos.

Ella levantó una comisura de la boca.

—No fue para tanto.

Él sacudió la cabeza.

—No debe uno gritar como un energúmeno a su propia esposa, y te aseguro que no voy a tomarlo por costumbre. Al menos, después de tomarme el té del desayuno, en todo caso.

Melisande abrió la caja y vio unos pequeños pendientes adornados con granates.

—Son preciosos.

—¿Te gustan?

—Sí, gracias.

Frente a ella, lord Vale asintió con la cabeza y se levantó de un salto.

—Estupendo. Entonces, te deseo buenas noches.

Melisande notó el roce de sus labios en el pelo. Un momento después, lord Vale estaba en la puerta. Tocó el picaporte y luego se volvió a medias hacia ella.

—Esta noche no hace falta que me esperes despierta.

Ella enarcó una ceja.

Lord Vale hizo una mueca.

—Es decir, que no iré a tus habitaciones. Es demasiado pronto después de la noche de bodas, ¿no? Sólo quería que supieras que no tienes de qué preocuparte. Que duermas bien, cariño.

Ella inclinó la cabeza y se mordió el labio para contener las lágrimas, pero él ya había salido por la puerta.

Melisande parpadeó rápidamente y volvió a mirar la cajita con los pendientes de granate. Eran muy bonitos, pero ella nunca llevaba pendientes. No tenía las orejas agujereadas. Tocó uno de los granates con la yema del dedo y se preguntó si él la había mirado de verdad alguna vez.

Cerró la caja con suavidad y la guardó en el costurero. Luego recogió sus cosas y salió de la habitación, con *Ratón* a la zaga.

Capítulo 5

El segundo mendigo se puso en pie y sus harapos desaparecieron de pronto, dejando al descubierto una horrenda figura, mitad bestia, mitad hombre, completamente cubierta de escamas negras y putrefactas.

—¿Que me vaya al diablo, dices? —preguntó con voz áspera el demonio, pues eso era, a todas luces—. ¡Eres tú quien va a irse al diablo!

Jack comenzó a menguar: sus brazos y sus piernas encogieron hasta que quedó reducido a la altura de un niño. Al mismo tiempo, su nariz creció y se curvó hasta que casi le tocó la barbilla, que a su vez se había alargado y curvado hacia arriba.

El demonio soltó una risotada y se desvaneció en medio de una nube de humo sulfuroso. Jack se quedó solo en el camino. Las mangas de su casaca arrastraban por el suelo...

De Jack *el Risueño*

*A*h, qué maravilla —dijo Jasper durante la cena tres días después—. Ternera en salsa con pudín de Yorkshire: la cena inglesa por antonomasia. —¿Podría ser más cretino aún, si se empeñaba?

Bebió un sorbo de vino y miró por encima del borde de la copa para ver si su flamante esposa estaba de acuerdo en que era, en efecto, un cretino, pero como de costumbre, aquella condenada mujer llevaba puesta una máscara de cortesía.

—La cocinera hace un pudín muy rico —murmuró ella.

Jasper apenas la había visto en los últimos días, y aquélla era la primera vez que cenaban juntos. Ella, sin embargo, no fruncía el ceño, ni se quejaba, ni mostraba, en realidad, emoción alguna. Jasper dejó la copa e intentó determinar el origen de su descontento. Aquello era lo que quería, ¿no? Tener una esposa complaciente, una esposa que no hiciera escenas, ni le atosigara. Tenía previsto (las pocas veces que había pensado en ello) verla de vez en cuando, acompañarla a algún que otro baile y, cuando estuviera embarazada, buscarse discretamente una amante. Iba camino de conseguir su objetivo. Y, sin embargo, la realidad le resultaba extrañamente insatisfactoria.

—He visto las invitaciones al baile de máscaras anual de lady Graham —dijo mientras cortaba la carne—. Un acontecimiento más bien tedioso, claro está, por tener que ponerse una máscara. La mía siempre me hace sudar y me da unas ganas terribles de estornudar. Pero he pensado que quizá quieras ir.

Ella hizo una leve mueca al levantar su copa de vino.

—Gracias por preguntar, pero creo que no.

—Ah. —Se concentró en su carne, notando una punzada de desilusión—. Si el problema es la máscara, puedo encargar una en un abrir y cerrar de ojos. Quizás una dorada, con plumas y cuentas alrededor de los ojos.

Ella sonrió.

—Parecería un cuervo en medio de una bandada de pavos reales. Gracias, pero no.

—Como quieras.

—Confío en que usted sí asista, sin embargo —añadió ella—. No quisiera estropearle la diversión.

Jasper pensó en las horas interminables de la dichosa noche y en cómo intentaba llenarlas con la compañía de borrachos desconocidos.

—Eres muy amable. Me temo que no puedo resistirme a la tentación de un baile de máscaras. Puede que sea por el placer de ver a tantos caballeros y tantas damas de alcurnia pavonearse vestidos con máscaras y antifaces. Es pueril, lo sé, pero así es.

Ella no dijo nada; se limitó a mirarle mientras bebía de su copa de vino. Una sola línea apareció entre sus cejas. Tal vez Jasper había desvelado demasiado.

—Esta noche estás encantadora —dijo para cambiar de tema—. La luz de las velas te favorece.

—Qué desilusión. —Sacudió la cabeza tristemente—. Heme aquí, sentada con uno de los más afamados donjuanes de Londres, y me dice que la luz de las velas me favorece.

La boca de Jasper se tensó.

—Me doy por reprendido, señora. ¿Debería, pues, alabar tus ojos?

Ella los abrió de par en par.

—¿Son acaso líquidos estanques en los que mi alma se refleja?

Jasper soltó una carcajada de sorpresa.

—Es usted una crítica muy dura, señora. ¿Puedo, pues, hablar de vuestra prodigiosa sonrisa?

—Podéis, pero puede que yo bostece.

—Podría deshacerme en cumplidos sobre tu figura.

Ella arqueó una ceja, burlona.

—Y explayarme después acerca de vuestro dulce espíritu.

—Pero usted no conoce mi espíritu, sea dulce o de cualquier otro modo —repuso ella—. No me conoce.

—Eso mismo dijiste en otra ocasión. —Se recostó en su silla y la examinó. Ella apartó la mirada, como si se arrepintiera de haberle desafiado. Lo cual sólo picó aún más el interés de Jasper—. Pero tampoco me has ofrecido atisbo alguno de tu verdadero ser.

Ella se encogió de hombros. Se había llevado una mano al vientre; con la otra, daba distraídamente vueltas al pie de la copa de vino.

—Quizá deba explorar la mente de mi señora esposa. Empezaré

por lo más sencillo —dijo él con amabilidad—. ¿Qué te gusta comer?

Ella señaló con la cabeza la carne y el pudín que se enfriaban en su plato.

—Esto está bien.

—No me lo pones fácil. —Ladeó la cabeza. La mayoría de las mujeres a las que conocía adoraban hablar de sí mismas: era su tema predilecto de conversación, de hecho. ¿Por qué no lo era, en el caso de su esposa? —. Me refiero a qué es lo que más te gusta comer.

—El pollo asado está bien. Podemos comerlo mañana por la noche, si le parece.

Jasper apoyó los brazos sobre la mesa y se inclinó hacia ella.

—Melisande, ¿cuál es la comida que más te gusta del mundo?

Ella levantó por fin la mirada.

—Creo que no tengo una comida preferida.

Aquello estuvo a punto de sacarle de quicio.

—¿Cómo es posible que no la tengas? Todo el mundo tiene una.

Ella se encogió de hombros.

—Nunca lo he pensado.

Jasper se echó hacia atrás, exasperado.

—¿Los filetes de jamón? ¿Las galletas de mantequilla? ¿Las uvas maduras? ¿El bizcocho? ¿Las natillas?

—¿Las natillas?

—Algo habrá que te guste. No. Algo que adores. Algo que desees ansiosamente en la oscuridad de la noche. Algo con lo que sueñes durante los tes de la tarde, cuando debieras estar escuchando hablar de sus gatos a la anciana señora sentada a tu lado.

—Si su teoría es cierta, también usted tendrá un plato predilecto.

Él sonrió. Un ataque muy débil.

—El pastel de pichón, el filete de jamón, la tarta de arándanos, las peras bien maduras, un buen chuletón de ternera, las galletas recién salidas del horno, el ganso asado y todos los quesos, de la clase que sean.

Ella se llevó la copa a los labios, pero no bebió.

—Ha enumerado una larga lista de comidas, no una favorita.

—Yo por lo menos tengo una lista.

—Quizá su mente no pueda decidirse por una en particular. —Ladeó los labios por la comisura y Jasper notó por primera vez que, aunque no eran grandes ni carnosos, tenían, en cambio, una curvatura elegante y bastante bonita—. O puede que, no habiendo ninguna que destaque sobre las demás, le sean todas igual de indiferentes.

Jasper se irguió en la silla y ladeó la cabeza.

—¿Me está llamando frívolo, señora?

La sonrisa de Melisande se hizo más amplia.

—Cuando el río suena...

Una risa ofendida escapó de la boca de Jasper.

—¡Insultado en mi propia mesa, y por mi esposa! Vamos, te doy generosamente la oportunidad de retirar esa afirmación.

—Y sin embargo no puedo hacerlo, en conciencia —contestó ella de inmediato. Aquella sonrisa seguía jugueteando alrededor de su boca, y Jasper deseó alargar el brazo sobre la mesa y tocarla con el pulgar. Sentir físicamente su alegría—. ¿Cómo llamaría usted a un hombre que tiene tantas comidas preferidas que no puede elegir entre ellas? ¿Y que, en menos de un año, se compromete dos veces y dos veces pierde a su prometida?

—¡Eso es un golpe bajo! —protestó él, riendo.

—Un hombre al que nunca he visto llevar dos veces la misma casaca.

—Eh...

—Y que es amigo de todos los hombres con los que traba conocimiento y que pese a ello no tiene un amigo íntimo.

La sonrisa de Melisande se había desvanecido, y él había dejado de reír. Había tenido un amigo íntimo una vez. Reynaud Saint Aubyn. Pero Reynaud había muerto en la carnicería posterior a Spinner's Falls. Ahora, él pasaba sus noches entre desconocidos. Melisande, su condenada esposa, tenía razón: tenía muchos conocidos y ningún amigo del alma.

Tragó saliva y dijo en voz baja:

—Dígame, señora, ¿por qué tener múltiples predilecciones es mejor que tener miedo a escoger una sola cosa?

Ella dejó su copa de vino sobre la mesa.

—Esta conversación ya no es de mi gusto.

El silencio quedó suspendido entre ellos varios segundos.

Jasper suspiró y se apartó de la mesa.

—Si me disculpas...

Melisande asintió con la cabeza y él salió de la habitación. Se sentía como si hubiera reconocido una derrota. Pero aquello no era una derrota: era una breve retirada para reagrupar sus fuerzas. Y en eso no había nada de humillante. Muchos grandes generales creían preferible la retirada a una derrota aplastante.

Esa noche había estado a punto de desvelar demasiado sobre sí misma. Demasiado sobre lo que sentía por Vale.

Melisande se llevó una mano al bajo vientre mientras Suchlike le cepillaba el pelo. Resultaba seductor que alguien, y especialmente Vale, se interesara tanto por descubrir su ser íntimo. Esa noche, él había fijado en ella su atención por completo. Esa concentración total podía volverse adictiva, si no tenía cuidado. Ya una vez, con Timothy, su prometido, había dejado que sus emociones se apoderaran de ella, y aquello había estado a punto de destruirla. Su amor había sido profundo y obsesivo. Amar así no era un regalo del cielo. Era una maldición. Ser capaz de sentir (y de soportar) una emoción de fuerza tan antinatural equivalía a una especie de deformidad mental. Había tardado años en recobrarse de la pérdida de Timothy. Procuraba tener presente el recuerdo de ese dolor, como un aviso de lo que podía pasar si dejaba que sus emociones se apoderaran de ella. Su cordura dependía de esa estricta contención.

Se estremeció al pensarlo, y sintió otra punzada de dolor. Era un dolor sordo en el vientre, como un nudo que se tensara allí dentro. Melisande tragó saliva y agarró con fuerza el borde del tocador. Llevaba quince años soportando cada mes aquel dolor, y no tenía sentido darle importancia.

—Tiene el pelo tan bonito cuando se lo deja suelto, señora —dijo Suchlike tras ella—. Tan largo y tan fino...

—Y castaño, me temo —dijo Melisande.

—Bueno, sí —reconoció Suchlike—. Pero es un castaño muy bonito. Como el color de la madera de roble cuando envejece. Un castaño un poco rubio y suave.

Melisande miró con escepticismo a su doncella por el espejo.

—No hace falta que me halagues.

Suchlike la miró a los ojos por el espejo. Parecía sinceramente sorprendida.

—No es un halago, señora, si es la verdad. Y lo es. La verdad, digo. Me gusta cómo se le ondula un poco el pelo alrededor de la cara, si no le importa que se lo diga. Es una pena que no pueda llevarlo siempre suelto.

—Eso sería digno de verse —repuso Melisande—. Yo, convertida en una dríada melancólica.

—Yo no sé de esas cosas, señora, pero...

Melisande cerró los ojos al notar otra punzada en el vientre.

—¿Le duele algo, señora?

—No —mintió Melisande—. No te preocupes.

La doncella parecía indecisa. Naturalmente, debía de saber qué era lo que le pasaba, puesto que se hacía cargo de su ropa interior. Pero Melisande odiaba que otras personas estuvieran al tanto de algo tan íntimo, aunque fuera alguien tan inofensivo como Suchlike.

—¿Quiere que le traiga un ladrillo caliente, señora? —preguntó Suchlike con cautela.

Melisande estuvo a punto de contestarle con aspereza, pero en ese momento sintió otro dolor y asintió con la cabeza, sin decir nada. Podía venirle bien un ladrillo caliente envuelto en un paño.

Suchlike salió rápidamente de la habitación, y Melisande se acercó a la cama. Se metió bajo las mantas, notando que los tentáculos del dolor se extendían por sus caderas y sus muslos. *Ratón* se subió a la cama de un salto y se acercó a ella para apoyar la cabeza sobre su hombro.

—Ay, *sir Ratón* —murmuró Melisande. Le acarició la nariz y él sacó la lengua para lamerle los dedos—. Tú eres mi más leal caballero.

Suchlike regresó llevando un ladrillo caliente envuelto en franela.

—Aquí tiene, señora —dijo al meter el ladrillo bajo las mantas—. A ver si la alivia.

—Gracias. —Melisande apoyó el ladrillo sobre su vientre. Sintió otra oleada de dolor y se mordió el labio.

—¿Quiere que le traiga algo más? —Suchlike seguía junto a la cama con expresión preocupada y las manos unidas—. ¿Un poco de té caliente con miel? ¿Otra manta?

—No. —Melisande dulcificó su voz. Aquella muchacha era un sol—. Gracias. Eso es todo.

Suchlike hizo una reverencia y cerró la puerta despacio.

Melisande cerró los ojos, intentando ignorar el dolor. Tras ella, sintió que *Ratón* se metía bajo las mantas y acomodaba su cuerpecillo caliente contra sus caderas. El perro suspiro y luego se hizo el silencio en la habitación. Entonces dejó vagar un poco su mente; después cambió ligeramente de postura y gimió en voz baja al notar que se le contraía el vientre.

Se oyó un toque en la puerta de comunicación entre las dos habitaciones. Luego, la puerta se abrió y entró lord Vale.

Melisande cerró los ojos un instante. ¿Por qué había elegido precisamente esa noche para retomar sus deberes conyugales? Había mantenido las distancias desde la noche de bodas, seguramente para dejar que se repusiera, y ahora allí estaba, cuando ella era incapaz de satisfacerle. ¿Cómo iba a decírselo sin morirse de vergüenza?

—Ah, ¿ya estás acostada? —comenzó a decir lord Vale.

Pero se interrumpió al ver que *Ratón* salía de un salto de debajo de las mantas y, apoyándose en la cadera de Melisande, comenzaba a ladrar como un loco.

Lord Vale se sobresaltó, *Ratón* perdió el equilibrio y resbaló por la cadera de Melisande, y ésta gruñó al pisarla el terrier.

—¿Te ha hecho daño? —Lord Vale se acercó a ella con el ceño fruncido, y *Ratón* se puso a ladrar tan fuerte que sus cuatro patas se elevaron a la vez sobre la colcha.

—Calla, *Ratón* —gimió Melisande.

Lord Vale miró al perrillo con fríos ojos azules. Luego, con un movimiento tan rápido y repentino que ella no tuvo tiempo de protestar, lo agarró por el pelo, lo levantó de la cama y lo arrojó al vestidor. Cerró la puerta con firmeza y regresó a la cama, mirándola ceñudo.

—¿Qué ocurre?

Ella tragó saliva, un poco molesta porque hubiera encerrado a *Ratón*.

—Nada.

Al oírla, él frunció el ceño aún más.

—No me mientas. Ese perro te ha hecho daño. Dime qué...

—No ha sido *Ratón*. —Cerró los ojos porque no podía mirarle a la cara mientras decía aquello—. Tengo la... la regla.

La habitación quedó tan en silencio que se preguntó si su marido estaba conteniendo el aliento. Abrió los ojos.

Lord Vale la miraba como si se hubiera convertido en un arenque en salazón.

—La... Ah... Bien.

Pascó la mirada por el dormitorio como si buscase inspiración.

Melisande deseó desaparecer. Esfumarse en el aire, sencillamente.

—¿Quieres...? Eh... —Lord Vale carraspeó—. ¿Quieres que te traiga algo?

—No, nada, gracias. —Se arropó hasta la nariz.

—Bien. Bueno, entonces...

—La verdad es...

Hablaron los dos al mismo tiempo. Lord Vale se detuvo y la miró; después hizo un elegante ademán invitándola a hablar. Melisande se aclaró la garganta.

—La verdad es que podría dejar salir a *Ratón*.

—Sí, claro. —Se acercó a la puerta del vestidor y la abrió el ancho de una rendija.

El perrillo salió como una flecha, se subió a la cama y siguió ladrando a sir Vale como si el rato que había pasado en el vestidor no hubiera tenido lugar. Su marido hizo una mueca y se acercó a la cama sin apartar los ojos del animal. Éste tenía bien apoyadas sus cortas patas y gruñía sin cesar.

Lord Vale miró a Melisande enarcando una ceja.

—Discúlpame, pero conviene que solucionemos esto ahora.

De nuevo se movió con sorprendente rapidez: alargando el brazo, cerró la mano alrededor del hocico del perrillo. *Ratón* también pareció sorprendido, porque profirió un gemido.

Melisande abrió la boca instintivamente para protestar, pero Vale le lanzó una mirada y ella volvió a cerrarla. A fin de cuentas, aquélla era su casa, y él era su marido.

Sin soltar el hocico de *Ratón*, lord Vale se inclinó y lo miró a los ojos.

—No.

Se miraron un momento más, y Vale dio al perrillo un fuerte meneo. Luego lo soltó. *Ratón* se echó apoyado en Melisande y se lamió el hocico.

Lord Vale volvió a mirarla.

—Buenas noches.

—Buenas noches —murmuró ella.

Y salió del dormitorio.

Ratón se acercó para apoyar la nariz en su mejilla. Melisande le acarició la cabeza.

—Bueno, la verdad es que te lo merecías, ¿sabes?

El perrillo exhaló con fuerza y arañó con las zarpas el borde de la colcha. Ella la levantó para que pudiera meterse bajo las mantas, a ocupar de nuevo su lugar junto a su espalda.

Después cerró los ojos. Hombres. ¿Cómo era posible que Vale hubiera tenido una retahíla de amantes en los últimos años y que no supiera qué hacer con su propia esposa? A pesar de lo aislada que había estado, había oído murmuraciones cada vez que él tomaba una nueva amante o entablaba una relación. Cada vez era como si un trocito de cristal se le clavara en el blando corazón y fuera horadándolo en silencio, hasta que dejaba de notar cuánto sangraba. Y ahora que lord Vale era suyo (era suyo por fin), ahora que lo tenía para ella sola, resultaba que tenía la sensibilidad de un buey.

Se volvió y golpeó la almohada, y *Ratón* tuvo que reacomodarse, gruñendo. ¡Qué inmensa ironía! Tener al hombre de sus sueños y descubrir que estaba hecho de plomo. Pero no podía ser un pésimo amante y tener la reputación que tenía entre las damas de la alta sociedad. Algunas habían estado meses con él, y en su mayoría eran mujeres sofisticadas, de ésas que podían elegir amante a su antojo. De ésas que se acostaban con docenas de hombres.

Melisande se quedó en suspenso al pensarlo. Su esposo estaba acostumbrado a amantes experimentadas. Quizá no sabía qué hacer con una esposa. O quizá (¡horror!) pensaba guardarse su pasión para sus amantes y utilizar a su esposa únicamente para tener hijos. En ese caso, puede que pensara que no había necesidad de gastar energías extras ocupándose de que ella disfrutara en el lecho conyugal.

Melisande frunció el ceño en la oscuridad de su alcoba solitaria. Si seguían así, tendría un matrimonio sin amor y sin sexo. Sin amor podía pasar: tenía que pasar sin él, si quería conservar la cordura. Tenía tan pocas ganas de que Vale descubriera sus verdaderos sentimientos hacia él como de saltar desde el tejado de la casa. Pero eso no significaba que tuviera que pasar también sin pasión. Si tenía cuidado, quizá pudiera seducir a su marido y hacerle disfrutar en el lecho conyugal, sin que él llegara a descubrir el patético amor que sentía por él.

Cada vez que miraba a Matthew Horn se sentía culpable, se dijo Jasper la tarde siguiente. Iban paseando a caballo por Hyde Park. Jasper pensó en su estrecho catre y se preguntó si Matthew tenía también algo vergonzante que ocultar. Todos los supervivientes parecían tenerlo, de una manera o de otra. Acarició el cuello de *Belle* y ahuyentó aquella idea. Esos demonios eran para la noche.

—La otra mañana olvidé darte la enhorabuena por tu boda —dijo Horn—. Creía que nunca llegaría el día.

—Tú y muchos otros —contestó Jasper.

Melisande no se había levantado aún cuando había salido de casa, y suponía que tal vez pensaba pasar el día en la cama. No estaba muy versado en esas cuestiones femeninas; conocía a muchas mujeres, pero nunca había hablado de ese tema con sus amantes. El asunto del matrimonio requería más esfuerzo del que parecía en un principio.

—¿Tuviste que vendar los ojos a la pobre mujer para llevarla al altar? —preguntó Horn.

—Fue por propia voluntad, para que lo sepas. —Jasper le miró—. Ella quería que la boda fuera discreta. Si no, te habríamos invitado.

Horn sonrió.

—No pasa nada. No te ofendas, pero las bodas suelen ser muy aburridas para todo el mundo, excepto para los protagonistas.

Jasper inclinó la cabeza.

—No me ofendo.

Sortearon un carruaje parado. Un hombrecillo escuálido estaba sentado dentro. Se rascaba la cabeza bajo la peluca mientras su acompañante, una mujer, se inclinaba para cuchichear con dos damas que iban a pie. Horn y Jasper se quitaron el sombrero al pasar. El caballero les saludó distraídamente con una inclinación de cabeza. Las damas hicieron una reverencia y volvieron a inclinarse para seguir chismorreando con ímpetu.

—¿Tú no tienes aspiraciones en ese sentido? —preguntó Jasper.

Horn se volvió para interrogarle con la mirada.

Jasper señaló con la cabeza hacia los distintos cúmulos de brillantes colores que marcaban la presencia del sexo femenino en el parque.

—¿Te refieres al matrimonio? —Horn sonrió—. Ya empezamos.

—¿A qué?

—Todos los recién casados parecen sentir la necesidad de atraer a sus amigos a la misma trampa.

Jasper enarcó una ceja con aire de censura. Pero no sirvió de nada. Horn sacudió la cabeza.

—Lo próximo que harás será presentarme a una muchacha bizca y de cara lechosa e informarme de lo mucho que mejoraría mi suerte si me uniera a ella para siempre.

—La verdad —murmuró Jasper— es que tengo una prima soltera. Ronda los cuarenta años, pero tiene bastantes tierras y excelentes relaciones, claro está.

Horn le miró con horror.

Jasper sonrió.

—Búrlate de mí si quieres, pero el mes pasado me hicieron una oferta muy parecida. —Horn se estremeció.

—¿Es ésa extraña aversión hacia el bello sexo el motivo por el que pasas tanto tiempo en el continente?

—No, en absoluto. —Horn saludó inclinando la cabeza a unas damas ancianas montadas en un carruaje—. Recorrí Grecia e Italia para ver las ruinas y coleccionar estatuillas.

Jasper levantó las cejas.

—No sabía que fueras entendido en arte.

Horn se encogió de hombros.

Jasper miró hacia delante. Casi habían llegado al extremo del parque.

—¿Encontraste a Nate Growe?

—No. —Horn sacudió la cabeza—. Fui a la cafetería donde me pareció verle, pero no sabían nada de él. Puede que ni siquiera fuera Growe. De eso hace meses. Lo siento, Vale.

—No te preocupes. Lo has intentado.

—¿Quién nos queda, entonces?

—No muchos. Fuimos ocho los capturados: tú, yo, Alistair Munroe, Maddock, el sargento Coleman, John Cooper y Growe. —Jasper frunció el ceño—. ¿Me falta alguien?

—El capitán Saint Aubyn.

Jasper tragó saliva al recordar los ojos negros y penetrantes de Reynaud y su súbita y amplia sonrisa.

—Claro. El capitán Saint Aubyn. Cooper murió por el camino. Coleman murió por lo que le hicieron los indios cuando llegamos al campamento, igual que Saint Aubyn, y Maddock murió también allí porque se le infectaron las heridas de la batalla. ¿Quién queda vivo, pues?

—Tú, yo, Munroe y Growe —respondió Horn—. Nada más. Nos hemos topado con un callejón sin salida. Munroe no querrá hablar contigo, y Growe ha desaparecido.

—Demonios. —Jasper se quedó mirando el camino de tierra, intentando pensar. Tenía que haber pasado algo por alto.

Horn suspiró.

—Tú mismo dijiste que seguramente Thornton estaba mintiendo. Creo que deberías dejarlo, Vale.

—No puedo.

Tenía que averiguar la verdad: quién les había traicionado y cómo. En Spinner's Falls se habían perdido demasiados hombres, hombres suyos, como para olvidarlo sin más. Él jamás podría olvidar, bien lo sabía Dios. Miró a su alrededor. La gente paseaba, montaba a caballo y chismorreaba. ¿Qué sabían aquellas personas, con sus sedas y sus terciopelos, su paso relajado y sus elegantes reverencias, de un bosque situado al otro lado del mundo? ¿Un lugar en el que los árboles tapaban la luz del sol y el silencio se tragaba la respiración agitada de los hombres aterrorizados? A veces, de madrugada, se preguntaba si todo aquello no habría sido una horrenda y febril pesadilla, una visión que había tenido hacía años y de la que era incapaz de escapar. ¿De veras había visto masacrado a su regimiento, muertos a sus hombres como ganado, a su superior arrojado del caballo y casi decapitado? ¿De veras habían desnudado y crucificado a Reynaud Saint Aubyn? ¿Le habían atado a una estaca y le habían quemado vivo? A veces, de noche, los sueños y la realidad parecían confundirse de tal modo que ya no distinguía qué era verdadero y qué falso.

—Vale...

—Dijiste que eran los oficiales quienes sabían la ruta —dijo Jasper.

Horn le miró con paciencia.

—¿Y?

—Que deberíamos centrarnos en ellos.

—Están todos muertos, salvo tú y yo.

—Quizá si hablamos con sus parientes o sus amigos... Puede que les mencionaran algo en alguna carta.

Horn le miraba con algo parecido a la piedad.

—El sargento Coleman era casi analfabeto. Dudo que escribiera a su casa.

—¿Qué me dices de Maddock, entonces?

Horn exhaló un suspiro.

—No sé. Era hermano de lord Hasselthorpe, así que...

Jasper giró la cabeza bruscamente.

—¿Qué?

—Lord Hasselthorpe —dijo Horn lentamente—. ¿No lo sabías?

—No. —Jasper sacudió la cabeza. Había estado invitado en la casa de los Hasselthorpe el otoño anterior, sin enterarse de que su anfitrión era familia de Maddock—. Tengo que hablar con él.

—No creo que sepa nada —dijo Horn—. Hasselthorpe también estaba en las colonias, o eso tengo entendido, pero pertenecía a otro regimiento.

—Aun así. Tengo que intentar hablar con él.

—Muy bien. —Habían llegado al final del camino y a la entrada de Hyde Park, y Horn detuvo su caballo. Miró preocupado a Jasper—. Buena suerte, Vale. Avísame si puedo ayudarte en algo.

Jasper asintió con la cabeza y le estrechó la mano antes de que se separaran. La yegua se removió bajo él y mordió su bocado mientras veía alejarse a Horn. Jasper se encaminó hacia su casa, intentando disipar las horrendas imágenes impresas aún en su mente. Quizá Melisande estuviera arriba, y pudiera sentarse un rato a charlar con ella. Conversar con su esposa se estaba convirtiendo en un entretenimiento sorprendentemente agradable.

Pero cuando entró en la casa y preguntó a Oaks, el mayordomo le informó de que su esposa había salido. Jasper inclinó la cabeza y le dio su tricornio antes de subir las escaleras hasta el piso de arriba.

Qué extraño. Melisande llevaba menos de una semana viviendo allí y había dejado su impronta en la casa. No había redecorado las habitaciones, ni cambiado a los sirvientes, pero aun así había hecho suya la casa. Se notaba en pequeñas cosas: el olor esquivo de su perfume de nerolí en la salita de estar; el fuego siempre encendido en la chimenea, el hilo de seda amarillo que Jasper había encontrado en la alfombra uno de aquellos días. Era casi como vivir con un fantasma.

Al llegar al piso de arriba, se dirigió a sus habitaciones, pero dudó al pasar frente a la puerta de Melisande. Tocó el picaporte y, antes de que le diera tiempo a reconsiderar su impulso, entró en su alcoba.

La habitación estaba tan ordenada que podía haber estado deshabitada. Las cortinas, naturalmente, se habían lavado pocos días antes, a la espera de la nueva vizcondesa. El armario ropero, alto y de madera oscura, era el mismo que había usado su madre. Había, además, un tocador y una silla, y varias butacas frente a la chimenea. Jasper pensó de pronto que Melisande no había llevado ningún mueble consigo al mudarse allí.

Se acercó al armario y, al abrirlo, vio filas y filas de vestidos de colores apagados. La cama estaba perfectamente hecha. No había en ella ni un solo cojín de encaje, ni un saquito de olor que le diera un toque propio. Encima de la mesilla sólo había una vela; ni horquillas, ni un libro para leer de noche. Jasper se acercó al tocador. Sobre él había un cepillo de oro y madreperla. Pasó los dedos por sus púas, pero no encontró ningún pelo. Melisande tenía un platillo de porcelana para dejar las horquillas y, junto a él, una bonita caja de marfil. Dentro estaban sus joyas: unos cuantos alfileres, una sarta de perlas y los pendientes de granate que le había regalado él. Jasper cerró la caja. En el tocador había un solo cajón. Al abrirlo, sólo encontró cintas y encaje, y algunas horquillas más. Lo cerró suavemente y recorrió la habitación con la mirada. Melisande debía de tener algo suyo, alguna posesión de especial valor para ella.

Si así era, la mantenía bien escondida. Se acercó a la cómoda y abrió el cajón de arriba. Encontró en él sábanas pulcramente dobladas. Al tocarlas, sintió un olor a naranjas. El siguiente cajón contenía lo mismo, y el tercero también, pero bajo las sábanas del cajón de abajo encontró algo por fin. Se agachó para examinarlo: una vieja caja de rapé de hojalata, no más grande que su pulgar. Le dio la vuelta sobre la palma de la mano. ¿De dónde había sacado aquello? Seguramente su padre y sus hermanos, si tomaban rapé, tendrían cajas mucho más elegantes.

Levantó la pequeña tapa. Dentro había un botón de plata, un minúsculo perrito de porcelana y una violeta prensada. Se quedó mirando el botón. Luego, lo cogió. Tenía que ser suyo, el monograma de la V lo proclamaba, pero no recordaba haberlo perdido. Volvió a guardarlo en la cajita de hojalata. Ignoraba qué significaban aquel botón y las demás cosas para Melisande, por qué las guardaba, si eran importantes para ella o si sólo las tenía allí por capricho. Melisande tenía razón: no la conocía, no conocía a su esposa.

Cerró la cajita de rapé y volvió a colocarla bajo las sábanas, en el cajón de abajo. Luego se incorporó y paseó la mirada por la habitación. Allí no la encontraría. El único modo de conocer a Melisande era estudiarla a ella.

Tomando una decisión, inclinó la cabeza para sí mismo y salió del dormitorio.

Capítulo 6

Bien, aquello era espantoso, pero ¿qué podía hacer Jack, aparte de proseguir su camino? Tras caminar un día más, llegó a una esplendorosa ciudad. Cuando cruzó sus puertas, la gente le miraba y se reía, y un grupo de niños le siguió, burlándose de su larga nariz y su curva barbilla.

Jack arrojó al suelo su talega, puso los brazos en jarras y gritó:

—¿Acaso me creéis un mamarracho?

Y entonces oyó tras él una risa distinta, una risa dulce y suave. Al darse la vuelta, vio a la mujer más hermosa que había visto nunca. Tenía el cabello dorado y las mejillas sonrosadas.

La mujer se agachó y le dijo:

—Creo que eres el hombrecillo más gracioso que he visto. ¿Quieres ser mi bufón?

Y así fue como Jack se convirtió en bufón de la hija del rey...

De Jack *el Risueño*

A la mañana siguiente, como de costumbre, Melisande estaba disfrutando de sus huevos pasados por agua y sus bollos a la hora de siempre (las ocho y media) cuando ocurrió algo inesperado. Su marido entró en la salita del desayuno.

Melisande se detuvo con la taza a medio camino de los labios y lanzó una rápida ojeada al reloj de porcelana del aparador. No se había equivocado de hora. El reloj marcaba las 8:32.

Bebió un sorbo de su chocolate y dejó la taza con cuidado en el platillo, alegrándose de que no le temblaran las manos en presencia de su marido.

—Buenos días, milord.

Lord Vale sonrió, y las arrugas de su boca se ahondaron de un modo que a Melisande siempre le había parecido sumamente encantador.

—Buenos días, mi queridísima esposa.

Ratón salió de debajo de sus faldas y lord Vale y él se miraron un momento a los ojos. Luego, el perrillo pareció darse por vencido y regresó a su guarida.

Lord Vale se acercó al aparador y arrugó el ceño.

—No hay beicon.

—Lo sé. Yo no suelo comerlo. —Melisande llamó con un gesto al lacayo apostado junto a la puerta—. Que la cocinera prepare beicon, huevos, un par de riñones con mantequilla, pan tostado y té recién hecho para lord Vale. Ah, y asegúrese de que ponga también un poco de esa mermelada tan rica.

El lacayo hizo una reverencia y se marchó.

Vale fue a sentarse frente a ella.

—Estoy encantado. Sabes lo que me gusta comer por la mañana.

—Por supuesto. —A fin de cuentas, llevaba años observándole—. Ése es uno de los deberes de toda esposa.

—Deberes —murmuró él, dejándose caer en su silla. Sus labios se torcieron un poco, como si aquella palabra le desagradara—. ¿Y también los maridos tienen el deber de saber qué les gusta comer a sus esposas?

Ella frunció el ceño, pero como acababa de meterse un trozo de huevo en la boca, no pudo responder.

Lord Vale asintió con la cabeza.

—Creo que ha de serlo, así que tomo nota. Huevos pasados por agua, bollos con mantequilla y chocolate caliente. Veo que no tomas ni mermelada ni miel con los bollos.

Ella tragó.

—No. A diferencia de usted, no me gusta mucho la mermelada.

Él se arrellanó más aún en la silla. Sus ojos de color turquesa tenían una expresión perezosa.

—Admito que soy goloso. Mermelada, miel y hasta sirope de melaza. Soy capaz de lamer cualquier cosa untada con una de esas tres cosas.

—¿De veras? —Melisande sintió un ardor en el vientre al oír sus perversas palabras.

—Sí, de veras. ¿Quieres que te haga una lista de las posibles cosas que podría untar con melaza? —preguntó él con candor.

—En este momento no, gracias.

—Qué lástima.

Melisande le miró. Estaba emocionada porque se hubiera reunido con ella, a pesar de que parecía estar de un humor extraño. La observaba desde su silla, con una sonrisa jugueteando en torno a los labios anchos y sensuales.

—¿Tiene alguna cita esta mañana?

—No.

—Que yo sepa, nunca se levanta antes de las once.

—Cierto, pero llevamos casados menos de una semana. Puede que habitualmente me levante antes de las nueve, o incluso a las cinco, como un gallo.

Melisande sintió que empezaban a arderle las mejillas.

—¿Y es así?

—No.

—Entonces, ¿por qué se ha levantado tan temprano?

—Puede que tuviera ganas de comer mermelada.

Melisande le miró desde debajo de las cejas.

Lord Vale la observaba con expresión desconcertante.

—O puede que me apeteciera la compañía de mi encantadora esposa para desayunar.

Los ojos de ella se agrandaron. No sabía si sentirse intrigada o alarmada por aquel repentino interés.

—¿Por qué...?

Entraron dos doncellas llevando el desayuno de lord Vale, y Melisande se interrumpió. Permanecieron los dos en silencio mientras las sirvientas colocaban los platos y la miraban buscando aprobación. Melisande asintió con la cabeza y las sirvientas se marcharon.

—¿Por qué...?

Pero él habló al mismo tiempo. Se callaron ambos, y lord Vale le indicó que hablara ella.

Melisande dijo:

—No, discúlpeme. Continúe, por favor.

—Sólo deseo preguntarte qué planes tienes para hoy.

Melisande estiró el brazo sobre la mesa y le sirvió un poco de té.

—Confiaba en poder hacer una visita a la señorita Rockwell, mi tía abuela.

Lord Vale, que estaba untando con mantequilla una tostada, levantó los ojos.

—¿Por parte de madre?

—No. Es la hermana de la madre de mi padre. Es ya muy mayor, y tengo entendido que se cayó la semana pasada.

—Qué lástima. Iré contigo.

Ella parpadeó.

—¿Qué?

Lord Vale mordió un buen trozo de tostada y lo masticó, levantando un dedo para decirle que esperara. Melisande le miraba fijamente mientras masticaba y se bebía de un trago la mitad del té.

—Ay. Quema —masculló él—. Creo que me he quemado la lengua.

—No dirá en serio que quiere acompañarme a visitar a mi tía —estalló Melisande.

—Pues sí.

—¿A mi anciana tía, que...?

—Siempre les he tenido muchísima simpatía a las señoras ancianas. Es una debilidad que tengo, para que lo sepas.

—Pero se morirá de aburrimiento.

—No, nada de eso, mientras esté en tu compañía, dulce esposa mía —contestó lord Vale con suavidad—. A no ser, claro, que no quieras que te acompañe.

Melisande le miró. Estaba recostado en la silla como un enorme gato, con expresión relajada, comiéndose su beicon. Sus ojos azules verdosos tenían, sin embargo, una chispa. ¿Por qué tenía ella la sensación de haber caído en una trampa? ¿Qué motivos podía tener lord Vale para querer visitar a su tía abuela, nada menos? ¿Y por qué la idea de jugar al gato y al ratón con él la hacía sentirse tan bien?

Era una idiota.

—Será un placer que me acompañe —murmuró: era la única respuesta que podía dar a su pregunta.

Lord Vale sonrió.

—Estupendo. Iremos en mi faetón. —Y se puso a comer una rebanada de pan fresco.

Melisande entornó los ojos. Ya no le cabía duda: su marido estaba tramando algo.

Podría haber sido peor, pensó Jasper alegremente mientras manejaba las riendas de su faetón. Su esposa podría haber ido a ver a... Mmm. La verdad era que se le ocurrían pocas cosas peores que una tía abuela soltera. Pero no importaba. Esa mañana había mandado a Pynch a averiguar si lord Hasselthorpe estaba en la ciudad y, si estaba, dónde podía encontrarle. Entre tanto, no tenía nada más que hacer. Hacía buen día, conducía su nuevo faetón y su encantadora esposa iba sentada a su lado, sin posibilidad de escapar. Tarde o temprano tendría que hablarle.

Jasper la miró de soslayo. Iba sentada muy tiesa en el faetón; tanto, que su espalda ni siquiera tocaba el respaldo burdeos del asiento. Tenía una expresión serena, pero se agarraba con fuerza a un lado del carruaje. Al menos no tenía ya esa expresión de dolor que le había visto dos noches antes. Apartó la mirada. Rara vez se había sentido tan inútil como esa noche, al verla sufrir sin poder hacer nada al respecto. ¿Cómo afrontaban otros hombres esa parte del matrimonio? ¿Tenían algún remedio secreto para los achaques femeniles de sus esposas, o fingían sencillamente que no pasaba nada?

Frenó el faetón cuando un grupo de señoras cruzó la calle delante de ellos.

—Esta mañana pareces estar mejor.

Ella se envaró aún más. Jasper comprendió enseguida que había metido la pata.

—No sé a qué se refiere.

—Ya sabes. —Le lanzó una mirada.

—Estoy perfectamente.

Una parte perversa de su ser no podía dejarlo correr.

—Hace dos noches no lo estabas, y ayer sólo te vi de pasada.

Ella apretó los labios.

Jasper frunció el ceño.

—¿Siempre es así? Sé que sucede todos los meses, pero ¿siempre es tan doloroso? ¿Cuánto dura? —De pronto se le ocurrió una idea—. ¿Crees que será porque...?

—Santo cielo —masculló ella. Luego, rápidamente y en voz tan baja que Jasper tuvo que inclinarse para oírla, añadió—: Estoy perfectamente. Sí, sucede todos los meses, pero sólo dura unos días y el... dolor suele pasarse después de uno o dos días.

—¿De veras?

—Sí.

—¿Cuántos días, exactamente?

Melisande le lanzó una mirada de pura exasperación.

—¿Por qué quiere saberlo?

—Porque, dulce esposa mía —repuso él—, si sé cuándo cesa tu flujo, sabré cuándo puedo volver a visitar tus habitaciones.

Ella se quedó callada unos minutos y después dijo suavemente.

—Cinco, normalmente.

Jasper arrugó las cejas. Aquél era el tercer día. Si todo iba «normalmente», tal vez pudiera volver a acostarse con ella dentro de tres noches. Lo cierto era que lo estaba deseando. La primera vez nunca era agradable para una dama... o eso tenía entendido. Quería demostrarle lo delicioso que podía ser. De pronto ansiaba resquebrajar esa máscara que su esposa llevaba siempre puesta, hacerla echar la cabeza hacia atrás de puro placer, que abriera los ojos de par en par, que su boca se volviera suave y vulnerable.

Se removió, incómodo, al pensarlo. Aún tendría que esperar unos días.

—Gracias por decírmelo. Aunque sea mala suerte. ¿Les pasa a todas las mujeres?

Ella volvió la cabeza para mirarle.

—¿El qué?

Jasper se encogió de hombros.

—Ya sabes. ¿Todas tenéis tantas molestias o...?

—No puedo creerlo —masculló ella, para sí misma o para los caballos: no había nadie más que pudiera oírla—. Sé que no se ha caído de un guindo. ¿Por qué me hace esas preguntas?

—Ahora eres mi esposa. Estoy seguro de que cualquier hombre desea conocer esas cosas sobre su esposa.

—Lo dudo mucho —rezongó ella.

—Pues yo, al menos, quiero saberlas. —Sintió que sus labios se curvaban. La suya podía ser una conversación poco ortodoxa, pero aun así estaba disfrutando.

—¿Por qué?

—Porque eres mi esposa —contestó, y de repente comprendió que, en el fondo de su alma, estaba diciendo la verdad—. Mi esposa para abrazarte, para protegerte y defenderte. Si algo te hace sufrir, quiero... no, necesito saberlo.

—Pero respecto a eso no hay nada que pueda hacer.

Jasper se encogió de hombros.

—Aun así, necesito saberlo. Nunca me ocultes ese sufrimiento, ni ningún otro.

—Creo que nunca entenderé a los hombres —dijo ella en voz baja.

—Somos un poco raros, es cierto —contestó él alegremente—. Sois muy generosas por soportarnos.

Ella hizo girar los ojos y se inclinó hacia delante, poniendo sin darse cuenta una mano sobre su brazo.

—Tuerce aquí, en la esquina. La casa de mi tía está en esta calle.

—Como desee mi señora esposa. —Condujo a los caballos por donde le indicaba, consciente de que ella seguía tocándole el brazo.

Un momento después, Melisande apartó la mano y Jasper deseó que volviera a tocarle.

—Aquí es —dijo ella, y Jasper detuvo los caballos delante de una casa modesta.

Ató las riendas y saltó del faetón. A pesar de que se dio prisa, cuando rodeó el carruaje Melisande se había levantado ya y se disponía a bajar sola del asiento.

Jasper la cogió por la cintura y la miró a los ojos.

—Permíteme.

No lo dijo en tono de pregunta, pero ella inclinó la cabeza de todos modos. Era una mujer alta, pero esbelta. Él casi podía rodear por completo su talle con las manos. La levantó sin esfuerzo alguno y sintió que una especie de estremecimiento recorría su cuerpo. Levantada por encima de su cabeza, Melisande estaba indefensa, a su merced.

Ella le miró y arqueó una ceja con reproche, a pesar de que Jasper la sentía temblar bajo sus manos.

—¿Le importaría dejarme en el suelo?

Jasper sonrió.

—Por supuesto.

La bajó lentamente, regodeándose en aquella sensación de control. Sabía que, tratándose de ella, no la experimentaría todos los días. En cuanto sus pies tocaron el suelo, Melisande se apartó de él y se sacudió las faldas.

Le miró con censura por debajo de las cejas.

—Mi tía es bastante dura de oído, y no le gustan mucho los hombres.

—Ah, qué bien. —Jasper le ofreció el brazo—. Esto va a ser interesante.

—Hmm. —Puso los dedos sobre su manga y Jasper sintió de nuevo aquel estremecimiento. Tal vez hubiera tomado demasiado té en el desayuno.

Subieron los escalones, y él dejó caer la aldaba de bronce deslustrado contra la puerta. Después, esperaron un buen rato.

Entonces miró a su esposa.

—Has dicho que era sorda, pero ¿lo son también sus sirvientes?

Ella frunció los labios, lo cual surtió el efecto contrario al que pretendía: Jasper deseó besarla.

—No son sordos, pero son bastante viejos y...

La puerta se abrió el ancho de una rendija y un ojo legañoso les miró a través de ella.

—¿Sí?

—Lord y lady Vale vienen a visitar a la señorita... —Jasper se volvió hacia Melisande y susurró—: ¿Cómo has dicho que se llama?

—Señorita Rockwell. —Sacudió la cabeza y se dirigió al anciano mayordomo—. Venimos a ver a mi tía.

—Ah, señorita Fleming —dijo el viejo con voz sibilante—. Pase, pase.

—Es lady Vale —dijo Jasper alzando la voz.

—¿Eh? —El mayordomo se puso una mano detrás de la oreja.

—Lady Vale —bramó Jasper—. Mi esposa.

—Sí, señor, claro, señor. —Se volvió y echó a andar por el pasillo.

—Creo que no me ha entendido —dijo Jasper.

—Ay, Señor. —Melisande le tiró de la manga, y entraron en la casa.

Su tía debía de sentir aversión por las velas, o quizá veía en la oscuridad, porque el pasillo estaba casi completamente a oscuras.

Jasper achicó los ojos.

—¿Por dónde ha ido?

—Por aquí. —Melisande echó a andar con energía, como si supiera exactamente adónde iba.

Y así era, en efecto, porque tras doblar una serie de recodos y subir un tramo de escaleras, se encontraron con una puerta y una habitación con luz.

—¿Quién es? —preguntó una voz quejumbrosa detrás de la puerta.

—La señorita Fleming y un caballero, señora —contestó el viejo mayordomo.

—Lady Vale —gritó Jasper al entrar en la habitación.

—¿Qué? —Una anciana muy menuda estaba sentada, muy recta, en un diván, rodeada de encaje blanco, lazos y cintas. Se llevó una larga trompetilla de latón a la oreja y se giró hacia ellos—. ¿Qué?

Jasper se inclinó y dijo dirigiéndose hacia la trompetilla:

—Ahora es lady Vale.

—¿Quién? —La señorita Rockwell bajó la trompetilla, exasperada—. Melisande, querida, me alegro mucho de verte, pero ¿quién es este señor? Dice que es lady Vale. Pero eso no puede ser.

Jasper sintió que un temblor atravesaba la esbelta figura de Melisande. Luego, su esposa volvió a quedar inmóvil. Él sintió el violento impulso de besarla, pero lo refrenó haciendo un esfuerzo.

—Es mi marido, lord Vale —dijo Melisande.

—¿De veras? —La señora no pareció especialmente complacida por la noticia—. Bueno, ¿y por qué le has traído aquí?

—Quería conocerla —contestó Jasper, cansado de que se hablara de él como si no estuviera presente.

—¿Qué?

—He oído decir que sirve usted unas tartas estupendas —vociferó Jasper.

—¡Qué descaro! —La señora echó la cabeza hacia atrás, y las cintas de su cofia temblaron—. ¿Quién le ha dicho eso?

—Oh, lo dice todo el mundo —contestó Jasper. Se sentó en un

sofá y tiró de su esposa para que se sentara a su lado—. ¿No es cierto?

La anciana frunció los labios de una manera que le recordó mucho a Melisande.

—Mi cocinera hace unas tartas excelentes, sí.

Hizo un gesto con la cabeza al mayordomo, que pareció algo sorprendido de que le hiciera salir de la habitación.

—¡Estupendo! —Jasper apoyó un tobillo sobre la rodilla contraria—. Bueno, confío en que pueda contarme las travesuras que hacía mi esposa cuando era niña.

—¡Lord Vale! —exclamó Melisande.

Jasper la miró. Tenía las mejillas sonrosadas y los ojos abiertos de par en par, llenos de irritación. Estaba encantadora, de hecho.

Jasper ladeó la cabeza hacia ella.

—Jasper.

Ella frunció los labios.

Él miró su boca y levantó los ojos para clavarlos en los suyos.

—Jasper.

Melisande abrió la boca, vulnerable y un poco trémula, y dio gracias a Dios por que los faldones de su casaca le cubrieran la entrepierna.

—Jasper —musitó ella.

Y, en ese momento, él comprendió que estaba perdido. Perdido y ciego, y sumiéndose en un abismo por tercera vez sin esperanza alguna de salvación, y le importaba un bledo. Daría cualquier cosa por desentrañar el misterio de aquella mujer. Quería desvelar sus secretos más íntimos y desnudar su alma. Y cuando conociera sus secretos, cuando supiera lo que escondía en su corazón, lo defendería con su vida.

Melisande era suya, para protegerla y apoyarla.

Eran bien pasadas las doce cuando Melisande oyó llegar a Vale esa noche. Estaba adormilada en su habitación, pero las voces amortiguadas del pasillo la despertaron del todo. A fin de cuentas, estaba esperando su regreso. Se incorporó, nerviosa, y *Ratón* asomó el negro hocico por debajo de las mantas. Bostezó y curvó la lengüecilla rosada.

Melisande le tocó la nariz.

—Quédate ahí.

Se levantó y cogió la bata que había dejado en una silla, junto a la cama. Era de color violeta oscuro, casi con la forma de una bata de hombre, sin volantes ni cintas. Melisande se la puso encima del fino camisón de linón y se estremeció al sentir su tacto sensual. Era de pesado satén, recamada con hilo carmesí. Al moverse, la tela cambiaba sutilmente de color, pasando del violeta al púrpura, y al revés. Se acercó al tocador y se puso perfume en el cuello, y tembló al sentir el frío líquido deslizarse entre sus pechos. Un olor a naranjas amargas se alzó en el aire.

Así pertrechada, se acercó a la puerta que comunicaba las dos habitaciones y la abrió. Más allá estaban los aposentos de Vale, en cuyos dominios no se había aventurado nunca antes. Miró a su alrededor con curiosidad. Lo primero que vio fue una enorme cama de madera negra, cubierta con sábanas de un rojo tan oscuro que casi parecía negro. Lo segundo que vio fue que el señor Pynch, el ayuda de cámara de su marido, había extendido la bata sobre la cama y esperaba, enorme e inmóvil, en medio de la habitación.

Melisande nunca había hablado con Pynch. Levantó la barbilla y le miró a los ojos.

—Eso es todo.

El ayuda de cámara no se movió.

—El señor necesitará que le desvista.

—No —repuso ella suavemente—. No será necesario.

Los ojos del sirviente brillaron con algo que podía ser buen humor. Inclinó la cabeza y salió de la habitación sin hacer ruido.

Melisande sintió que el nudo que tenía entre los omóplatos se aflojaba. Había superado el primer escollo. Quizá Vale la hubiera sorprendido esa mañana, pero esa noche ella planeaba cambiar las tornas.

Recorrió la habitación con la mirada, fijándose en el fuego que brillaba en la chimenea y en la abundancia de velas encendidas. La estancia estaba tan iluminada que casi parecía de día. Levantó las cejas un poco, pensando en el gasto, y avanzó por la habitación apagando algunas velas, hasta que el cuarto quedó alumbrado por un suave resplandor. El olor a cera y a humo impregnó el aire. Pero bajo él había otro olor más excitante. Melisande cerró los ojos y respiró hondo. *Vale.* No sabía si eran o no imaginaciones suyas, pero el olor de su marido estaba en aquella habitación: un aroma a sándalo y limón, a humo y a coñac.

Estaba intentando calmar sus nervios cuando se abrió la puerta. Entró Vale, quitándose la casaca.

—¿Has mandado que suban agua caliente? —preguntó al arrojar la casaca sobre una silla.

—Sí.

Vale se giró al oír su voz, con cara extrañamente inexpresiva y los ojos entornados. De no ser porque era una mujer muy, muy valiente, Melisande se habría apartado de él. Era tan grande y estaba tan quieto y tan serio, mirándola fijamente...

Luego, sin embargo, sonrió.

—Mi señora esposa. Perdóname, pero no esperaba verte aquí.

Ella asintió sin decir nada: no se fiaba de su voz. Un extraño estremecimiento se apoderó de ella, y comprendió que debía dominarse, si no quería traicionar sus emociones.

Vale se acercó al vestidor y miró dentro.

—¿Está Pynch aquí?

—No.

Él asintió con la cabeza y cerró la puerta del vestidor.

Sprat entró por la puerta abierta, llevando un gran jarro de agua caliente. Le seguía una sirvienta cargada con una bandeja de plata, con pan, queso y fruta.

Los sirvientes dejaron su carga y Sprat miró a Melisande.

—¿Señora?

Ella inclinó la cabeza.

—Eso es todo.

Salieron rápidamente de la habitación, y se hizo el silencio.

Vale miró la bandeja con comida y luego la miró a ella.

—¿Cómo lo sabías?

Había sido muy fácil averiguar por los sirvientes que su marido solía tomar un ligero tentempié cuando volvía por la noche. Se encogió de hombros y se acercó a él.

—No es mi intención alterar sus planes.

Él parpadeó.

—Eso es... eh...

Pareció olvidar lo que iba a decir, posiblemente porque ella había empezado a desabrocharle el chaleco. Melisande se concentró en los botones de metal y en los ojales, consciente de que, con su cercanía, se le había acelerado la respiración. Estando tan cerca sentía su calor a través de las capas de ropa. Pero una idea espantosa se interpuso en su camino: ¿cuántas mujeres más habían tenido el privilegio de desvestirle?

Levantó la mirada y se encontró con sus ojos de color turquesa.

—¿Sí?

Él se aclaró la garganta.

—Es... muy amable de tu parte.

—¿Sí? —Levantó las cejas y volvió a fijar la mirada en los botones.

¿Habría estado con otra mujer esa noche? Era un hombre fogoso, eso todo el mundo lo sabía, y ella era incapaz de satisfacer sus necesidades, de momento. ¿Bastaría eso para hacerle buscar satisfacción en otra parte? Melisande desabrochó el último botón y levantó los ojos.

—Por favor.

Vale levantó los brazos para que le quitara la prenda de los hombros. Melisande sintió la intensidad de su mirada mientras le desataba la corbata. El aliento de Vale agitaba su pelo, y ella sintió un olor a vino. Ignoraba adónde iba su marido por las tardes. Seguramente salía a hacer cosas propias de caballeros: jugar a las cartas, beber, y tal vez acostarse con alguna mujer. Se le enredaron los dedos al pensarlo, y por fin identificó la emoción que inundaba su cerebro: eran celos. Aquello la pilló completamente desprevenida. Sabía ya antes de casarse cómo era Vale. Sabía lo que era. Se había convencido de que se conformaría con lo poco de sí mismo que compartiera con ella. A las otras mujeres, cuando las hubiera, las ignoraría, así de sencillo.

Ahora, sin embargo, descubría que le era imposible ignorarlas. Quería a Vale sólo para ella.

Apartó la corbata y comenzó a desabrocharle la camisa. El calor de su piel traspasaba la fina tela y envolvía sus dedos. Su olor era ardiente y masculino. Melisande lo aspiró, olfateando discretamente. Olía a jabón de sándalo y limón.

Por encima de ella, tronó la voz de Vale.

—No tienes por qué...

—Lo sé.

Una vez desabrochado el último botón, Vale se inclinó y ella le pasó la camisa por los hombros y la cabeza. Él se irguió y Melisande se olvidó de respirar por un instante. Era muy alto (a pesar de que ella también lo era, sólo le llegaba a la barbilla), y su pecho y sus hombros estaban en proporción con su estatura. Eran anchos y casi huesudos. Con la camisa puesta podía parecer casi esquelético. Sin ella, era imposible cometer ese error. Sus brazos y sus hombros estaban recorridos por largos y fuertes músculos. Melisande sabía que montaba a caballo casi a diario, y se alegraba de ello, si ése era el resultado. Tenía en la parte superior del pecho un ligero vello de color claro que se interrumpía en el abdomen y empezaba de nuevo en el bajo vientre. Aquella fina línea de vello que conducía a su ombligo era la cosa más sensual que ella había visto nunca. Sintió una necesidad ansiosa de tocarla, de pasar los dedos por aquella zona hasta que desaparecieran bajo sus calzas.

Apartó los ojos y miró hacia arriba. Vale la estaba observando, con las mejillas hundidas y surcadas por algunas arrugas. Su cara parecía a menudo casi cómica, pero en aquel momento no había en ella ni un asomo de buen humor. Sus labios tenían una expresión cruel.

Melisande respiró hondo y señaló la silla que había tras él.

—Siéntate, por favor.

Él levantó las cejas, y miró la jarra de agua caliente y a ella mientras tomaba asiento.

—¿También vas a hacer de barbero?

Ella mojó un paño en el agua caliente.

—¿Confías en mí?

Vale la miró fijamente y Melisande tuvo que hacer un esfuerzo por dominar la tensión de sus labios al colocar el paño sobre su mandíbula. Había averiguado por Sprat que a su esposo le gustaba bañarse y afeitarse por las noches. Era quizá demasiado pronto para ayudarle a bañarse, pero podía afeitarle. Cuando su padre estaba postrado en cama, al final de su vida, ella era la única persona a la que dejaba acercarse con la cuchilla. Cosa rara, teniendo en cuenta que nunca había sido especialmente cariñoso con ella.

Se acercó a la cómoda sobre la que Pynch había dejado las cosas de afeitar y cogió la cuchilla. Probó el filo con el pulgar.

—Esta tarde parecías muy entretenido con las anécdotas que mi tía te contó sobre mí.

Le miró mientras volvía hacia él, sosteniendo tranquilamente la cuchilla entre los dedos. Los ojos de Vale brillaban, divertidos, por encima del paño blanco.

Se quitó el paño de la cara y lo arrojó a la mesa.

—Me gustó especialmente la historia de cómo te cortaste el pelo a los cuatro años.

—¿Sí? —Dejó la cuchilla encima de la mesa y cogió un pañito. Lo hundió en un cuenco de jabón suave y comenzó a frotarle con él la cara para hacer espuma. El olor a sándalo y limón llenó la habitación.

—Mmm. —Vale cerró los ojos y echó la cabeza hacia atrás, como un gran gato al que estuvieran acariciando—. Y ésa otra de la tinta.

Melisande se había pintado con tinta los brazos, y durante un mes pareció que llevara tatuajes.

—Me alegra mucho haberte servido de diversión —dijo con dulzura.

Un ojo azul brillante se abrió y la miró con recelo.

Ella sonrió y apoyó la cuchilla sobre su cuello. Levantó los ojos para mirar los suyos.

—A menudo me pregunto dónde vas por las tardes.

Él abrió los labios.

—Yo...

Melisande tocó sus labios con un dedo y notó su aliento en la piel.

—Ah, ah. No querrás que te corte, ¿no?

Vale cerró la boca y entornó los ojos.

Melisande hizo una primera pasada con la cuchilla, cuidadosamente. Su sonido rasposo se oyó en toda la habitación. Quitó la espuma de la hoja con un movimiento ágil y volvió a pasar la cuchilla.

—Me pregunto si ves a otras mujeres cuando sales.

Él hizo amago de responder, pero ella le echó suavemente la cabeza hacia atrás y pasó la cuchilla por su mandíbula. Melisande le vio tragar saliva: su nuez subió y bajó por su fuerte cuello, pero su mirada no desvelaba ningún miedo. Al contrario.

—No voy a ningún sitio en especial —contestó tranquilamente mientras ella limpiaba la hoja—. Bailes, veladas, acontecimientos diversos. La verdad es que podrías acompañarme, ¿sabes? Si no recuerdo mal, me ofrecí a acompañarte al baile de máscaras de lady Graham, mañana por la noche.

—Hmm.

Su respuesta alivió ligeramente los celos ardientes que notaba en el pecho. Se concentró en su barbilla. Tenía tantos recovecos... Melisande detestaba los acontecimientos sociales en los que la charla intrascendente era obligada: sonreír, flirtear y tener siempre una respuesta ingeniosa en la punta de la lengua. Esas frivolidades nunca habían sido su fuerte, y se había resignado a que no lo fueran jamás. Cuando Vale le había mencionado el baile, ni siquiera se lo había pensado dos veces antes de poner una excusa para no asistir.

—Podrías venir conmigo por las noches —murmuró él—. Asistir a algunos acontecimientos sociales.

Ella se miró las manos.

—O podrías quedarte aquí, en casa, conmigo.

—No. —La comisura de su boca se curvó en una sonrisa triste y burlona—. Me temo que soy demasiado caprichoso para que me diviertan durante mucho tiempo las veladas pasadas al calor del hogar. Yo necesito gente, charla y carcajadas.

Todo lo que ella odiaba, de hecho. Melisande hundió la cuchilla en el agua caliente.

Vale carraspeó.

—Pero no veo a otras mujeres cuando salgo por las noches, mi dulce esposa.

—¿No? —Le miró a los ojos al pasar delicadamente la cuchilla por su mejilla.

—No. —Vale le sostuvo la mirada. La suya era fuerte y firme.

Melisande tragó saliva y levantó la cuchilla de afeitar. Vale tenía ahora las mejillas perfectamente tersas. Sólo quedaba una fina línea de jabón junto a la comisura de su boca. Melisande la quitó delicadamente con el pulgar.

—Me alegro —dijo con voz ronca. Se inclinó, y sus labios quedaron suspendidos sobre la ancha boca de Vale—. Buenas noches.

Besó sus labios como en un susurro. Le sintió levantar los brazos para agarrarla, pero ya se había alejado.

Capítulo 7

La princesa de aquella ciudad maravillosa se llamaba Surcease, y aunque era inconcebiblemente bella, con los ojos radiantes como estrellas y la piel tersa como la seda, era también una mujer altiva y no había encontrado aún ningún hombre con el que consintiera en casarse. Unos eran demasiado viejos; otros, demasiado jóvenes. Algunos hablaban a gritos, y unos pocos masticaban con la boca abierta. Al acercarse la fecha de su vigésimo primer cumpleaños, el rey, su padre, perdió la paciencia y proclamó que se celebrarían varios torneos en honor del natalicio de la princesa y que el vencedor ganaría la mano de su hija en matrimonio...

De Jack *el Risueño*

*T*ras la escena de la noche anterior, Melisande se llevó una desilusión cuando, al día siguiente, se encontró sola a la hora del desayuno. Vale ya se había marchado pretextando un vago asunto de negocios, y ella se resignó a ocuparse de sus quehaceres y a no volver a verle hasta el anochecer.

Y eso había hecho. Conferenció con el ama de llaves y la cocinera, tomó un almuerzo ligero, salió un rato de compras y llegó luego a la fiesta que su suegra daba en el jardín de su residencia. Donde la condesa viuda dio pábulo a sus ilusiones.

—Creo que mi hijo no ha asistido nunca a una de las fiestas que doy por las tardes —le dijo su suegra—. No tengo más remedio que pensar que es tu influencia la que le ha arrastrado hasta aquí. ¿Sabías que asistiría esta tarde?

Melisande negó con la cabeza. Todavía intentaba asimilar el hecho de que su esposo hubiera acudido a una aburrida fiesta en un jardín. Aquélla no podía ser una de sus paradas habituales, y esa idea la dejó sin respiración, aunque procurara aparentar calma.

Su suegra y ella estaban sentadas en el amplio jardín de la viuda, que a aquellas alturas del verano estaba en todo su esplendor. La anciana lady Vale había hecho distribuir veladores y mesitas por el suelo de baldosas de la terraza para que sus invitados pudieran disfrutar del día estival. Los invitados (la mayoría de ellos sesentones, como mínimo) estaban sentados o paseaban en pequeños grupos.

Vale estaba de pie al otro lado de la terraza, con otros tres caballeros. Melisande le vio echar la cabeza hacia atrás y reírse de algo dicho por uno de sus acompañantes. Su garganta era fuerte y tensa, y al verla algo pareció contraerse en el corazón de Melisande. Jamás, ni aunque viviera mil años, se cansaría de verle reír con tanta desinhibición.

Se apresuró a desviar la mirada para que no la sorprendiera mirándole con ojos de cordera.

—Su jardín es precioso, milady.

—Gracias —contestó su suegra—. Ya puede serlo, teniendo en cuenta que doy empleo a un auténtico batallón de jardineros.

Melisande disimuló su sonrisa tras la taza de té. Ya antes de su boda había descubierto que le agradaba enormemente la madre de Vale. La condesa viuda era una dama menuda. Su hijo parecía un gigante cuando se ponía a su lado. Pero, pese a ello, lady Vale no parecía tener problemas para poner en su sitio a Vale o a cualquier otro caballero con una simple mirada. Llevaba el cabello suavemente gris recogido en un moño sencillo en la coronilla. Tenía una cara redondeada y femenina que en nada se asemejaba a la de su hijo hasta que uno se topaba con sus ojos, de un chispeante azul turquesa. Había sido una beldad en su juventud y poseía aún el aplomo de una mujer muy bella.

Lady Vale miró los pasteles rosas y blancos colocados en un impecable plato, sobre la mesa, entre ellas. Se inclinó un poco hacia delante y Melisande pensó que iba a coger un dulce, pero en el último instante la anciana desvió la mirada.

—Me alegró muchísimo que Jasper decidiera casarse contigo y no con la señorita Templeton —le dijo lady Vale—. Esa muchacha era muy bonita, pero extremadamente caprichosa. No tenía carácter para meter a mi hijo en cintura. Jasper se habría aburrido de ella en menos de un mes. —La condesa viuda bajó la voz en actitud confidencial—. Creo que estaba prendado de sus pechos.

Melisande reprimió el impulso de mirarse los suyos, pequeños.

Lady Vale le dio unas palmaditas en la mano y dijo misteriosamente:

—No te preocupes. El pecho nunca dura. La conversación inteligente, sí, aunque la mayoría de los caballeros no parecen darse cuenta.

Melisande parpadeó, intentando dar con una respuesta. Aunque tal vez no hiciera falta ninguna.

Lady Vale hizo amago de coger un pastelillo y luego pareció cambiar de idea otra vez y tomó su taza de té.

—¿Sabías que el padre de la señorita Templeton le ha dado permiso para casarse con ese vicario?

Melisande negó con la cabeza.

—No había oído nada.

La condesa viuda dejó su taza sin beber de ella.

—Pobre hombre. Esa mujer será su ruina.

—Seguro que no. —Melisande se distrajo al ver que Vale se apartaba del grupo de caballeros y se dirigía hacia ellas.

—Acuérdate de lo que te digo: será su ruina. —La condesa alargó de pronto una mano y cogió un pastelillo rosa del plato. Lo depositó sobre su plato y se quedó mirándolo un momento antes de clavar los ojos en ella—. Mi hijo necesita cariño, pero no blandura. No ha sido el mismo desde que regresó de las colonias.

Melisande solamente dispuso de un momento para asimilar aquella información antes de que llegara Vale.

—Buenas tardes, mi señora madre y mi señora esposa. —Se inclinó con una floritura y preguntó a su madre—: ¿Puedo robarte a mi esposa para dar un paseo por tu hermoso jardín? Quería enseñarle los lirios.

—No veo por qué: los lirios ya han dejado de dar flor —contestó su madre con mordacidad. Después inclinó la cabeza—. Pero id. Creo que voy a preguntarle a lord Kensington qué sabe del escándalo que reina en palacio.

—Eres la amabilidad personificada, madre. —Vale le ofreció el brazo a Melisande.

Ella se levantó mientras su suegra mascullaba tras ellos:

—¡Ah, vete a paseo!

Melisande curvó los labios cuando Vale la condujo hacia un sendero de gravilla.

—Tu madre piensa que te he salvado de un terrible destino al lado de la señorita Templeton.

—Me inclino ante el prodigioso sentido común de mi madre —dijo Vale alegremente—. No me explico qué vi en la señorita Templeton.

—Tu madre dice que tal vez fueran sus pechos.

—Ah. —A pesar de que mantenía los ojos fijos en el sendero, Melisande notó que la miraba—. Me temo que los hombres somos patéticas criaturas hechas de barro, fáciles de distraer y de apartar del recto camino. Puede, en efecto, que unos pechos exuberantes nublaran mi inteligencia innata.

—Hmm. —Melisande se acordó de la retahíla de mujeres a las que había tenido por amantes. ¿Todas ellas tenían pechos exuberantes?

Vale se inclinó hacia ella. Su aliento le rozó el oído, haciéndola temblar.

—No sería el primero en confundir cantidad por calidad y elegir una tarta grande y empalagosa, cuando en realidad un pastelillo exquisito es más de mi gusto.

Melisande ladeó la cabeza para mirarle. Los ojos de Vale brillaban y una sonrisa danzaba en sus labios juguetones. A ella le costó mantener una expresión severa.

—¿Acabas de compararme con un bizcocho?

—Con un bizcocho delicado y exquisito —le recordó él—. Deberías tomártelo como un cumplido.

Ella volvió la cara para disimular su sonrisa.

—Me lo pensaré.

Torcieron una esquina y de pronto Vale la hizo detenerse delante de un macizo de flores.

—Mira. Los lirios de mi madre, que ya no están en flor.

Ella miró las hojas alargadas de la planta.

—Eso es una peonía. Ésos... —Señaló unas plantas con hojas en forma de espada, sendero abajo—, son los lirios.

—¿De veras? ¿Estás segura? ¿Cómo lo sabes, si no están en flor?

—Por la forma de las hojas.

—Es asombroso. Casi pareces adivina. —Miró primero la peonía y luego los lirios—. Sin las flores no parecen gran cosa, ¿verdad?

—Tu madre ha dicho que no estaban en flor.

—Cierto —murmuró él, y siguió caminando por otro sendero—. ¿Qué otros talentos me ocultas? ¿Cantas como una alondra? Siempre he querido casarme con una muchacha que supiera cantar.

—Entonces deberías habérmelo preguntado antes de la boda —contestó ella sarcásticamente—. Sólo canto regular.

—Una desilusión que tendré que soportar con resignación.

Ella lo miró y se preguntó qué estaba tramando. Vale la buscaba casi como si estuviera cortejándola. La idea resultaba desconcertante. ¿Para qué cortejar a la propia esposa? Tal vez ella estuviera viendo más de lo que había, y esa posibilidad la asustaba. Si se hacía ilusiones, si se permitía creer que Vale la deseaba, sería mucho más doloroso cuando él volviera a alejarse.

—Quizá sepas bailar —estaba diciendo él—. ¿Sabes bailar?

—Naturalmente.

—Eso me tranquiliza. ¿Qué me dices del pianoforte? ¿Sabes tocarlo?

—No muy bien, me temo.

—Mi sueño de disfrutar de veladas musicales junto a la chimenea, por tierra. Te he visto bordar y eso lo haces bastante bien. ¿Sabes dibujar?

—Un poco.

—¿Y pintar?

—Sí.

Habían llegado a un banco en un recodo del camino, y Vale quitó cuidadosamente el polvo del asiento con un pañuelo que se sacó del bolsillo antes de indicarle que se sentara.

Melisande se sentó despacio al tiempo que se ponía en guardia. Una pérgola con un rosal resguardaba el banco, y ella le vio cortar una flor.

—Ay. —Vale se pinchó con una espina y se metió el pulgar en la boca.

Melisande apartó la mirada para no ver sus labios en torno a su dedo y tragó saliva.

—Te está bien empleado, por maltratar las rosas de tu madre.

—Merece la pena hacerlo —contestó él, muy cerca. Había apoyado una mano en el asiento y se inclinaba hacia ella, que notó su olor a sándalo—. El pinchazo de las espinas sólo hace que conseguir la rosa sea mucho más gratificante.

Cuando Melisande se volvió, la cara de Vale estaba sólo a unos centímetros de la suya y sus ojos tenían un extraño color tropical que en Inglaterra nunca se daba en estado natural. Le pareció ver en ellos un fondo de tristeza.

—¿Por qué haces esto?

—¿El qué? —preguntó distraídamente. Rozó con la rosa su mejilla y la suavidad de los pétalos la hizo estremecerse.

Melisande cogió su mano, dura y cálida bajo sus dedos.

—Esto. Comportarte como si me estuvieras cortejando.

—¿Eso hago? —Estaba muy quieto. Sus labios, a unos centímetros de los de ella.

—Ya soy tu esposa. No hace falta que me cortejes —susurró Melisande, sin poder evitar que su voz sonara a súplica.

Vale movió la mano fácilmente, a pesar de que los dedos de Melisande seguían rodeando los suyos. La rosa rozó sus labios entreabiertos.

—Bueno, yo creo que hace muchísima falta —dijo.

Su boca era exactamente del mismo tono que la rosa.

Jasper vio cómo los pétalos rozaban sus labios. Tan suaves, tan dulces... Quería sentir esa boca de nuevo bajo la suya. Quería abrirla e invadirla, quería hacerla suya. Cinco días, había dicho ella. Así pues, aún quedaba uno. Tendría que ejercitar la paciencia.

Sus mejillas se habían sonrojado delicadamente y sus ojos se abrían de par en par sobre la rosa, pero mientras Jasper la observaba parecieron desenfocarse, y sus párpados empezaron a bajar. Era tan sensible, tan susceptible al menor estímulo... que se preguntó si podría hacerla gozar sólo con besarla. Aquella idea aceleró su respiración. Lo de la noche anterior había sido una revelación. Que una seductora criatura invadiera su cuarto y tomara el mando era el sueño erótico de cualquier hombre. ¿Dónde había aprendido Melisande mañas tan sensuales? Era como el mercurio: exótica y misteriosa, y se escapaba de él cuando intentaba alcanzarla.

Y, sin embargo, no se había fijado en ella hasta aquel día en la vicaría. Era un necio ciego y loco, y daba gracias a Dios por ello. Porque, si él era un necio, también lo eran los demás hombres que pasaban de largo junto a ella en innumerables bailes y fiestas, sin detenerse a mirarla. Ninguno había reparado en ella, y ahora era suya.

Suya solamente, y en su cama.

Tuvo que hacer un esfuerzo para que su sonrisa no se volviera lobuna. ¿Quién hubiera pensado que perseguir a la propia esposa fuera tan excitante?

—Tengo todo el derecho a seducirte y cortejarte. A fin de cuentas, no tuvimos tiempo antes de casarnos. ¿Por qué no hacerlo ahora?

—¿Y para qué molestarse? —preguntó. Su voz sonaba aturdida.

—¿Y por qué no? —Volvió a acariciar su boca con la rosa y vio cómo la flor bajaba su labio inferior, dejando al descubierto su húmeda carne. Se excitó al ver aquella imagen—. ¿Acaso no debe un marido conocer a su esposa, adorarla y poseerla?

Melisande parpadeó al oír esto último.

—¿Me posees?

—Legalmente, sí —contestó él con suavidad—. Pero no sé si soy dueño de tu espíritu. ¿Tú qué crees?

—Creo que no. —Jasper retiró la flor para dejarle hablar, y la lengua de Melisande tocó su labio inferior, allí donde había estado la rosa—. No sé si alguna vez lo serás.

Su mirada franca era un desafío.

Jasper asintió en silencio.

—Puede que no, pero eso no va a impedir que lo intente.

Ella arrugó el ceño.

—Yo no...

Jasper le puso el pulgar sobre la boca.

—¿Qué otros talentos te callas, mi bella esposa? ¿Qué secretos me ocultas?

—Yo no tengo secretos. —Sus labios rozaron su pulgar como un beso mientras hablaba—. Si eso es lo que buscas, no encontrarás ninguno.

—Mientes —dijo él con voz queda—. Y me pregunto por qué.

Melisande bajó los párpados, velando su mirada. Jasper sintió el húmedo calor de su boca en el dedo.

Contuvo el aliento.

—¿Te encontraron, completamente formada, en algún lugar muy

antiguo? Te imagino como un hada, extraña y salvaje, y absolutamente irresistible para un hombre mortal.

—Mi padre era un inglés corriente. Se habría mofado de esa idea de las hadas.

—¿Y tu madre?

—Era prusiana y aún más pragmática que él. —Suspiró suavemente, y su aliento rozó la piel de Jasper—. No soy una doncella romántica. Sólo soy una inglesa del montón.

Jasper lo dudaba mucho.

Apartó la mano y, de paso, acarició su mejilla.

—¿Creciste en Londres o en el campo?

—En el campo principalmente, aunque veníamos de visita a Londres al menos una vez al año.

—¿Y tenías compañeras de juegos? ¿Dulces niñas con las que cuchichear y reír por lo bajo?

—Emeline. —Sus ojos se clavaron en los de él, y había en ellos debilidad.

Emeline vivía ahora en las colonias americanas.

—La echas de menos.

—Sí.

Jasper levantó la rosa para acariciar distraídamente su cuello desnudo mientras intentaba acordarse de los detalles de la infancia de Emeline.

—Pero no la conociste hasta casi dejar el colegio, ¿no? Las tierras de mi familia lindan con las suyas, y les conozco a ella y a su hermano Reynaud casi desde la cuna. Me acordaría de ti, si hubieras estado con ella en aquella época.

—¿Sí? —Sus ojos brillaron, enojados, pero antes de que él pudiera explicarse añadió—: Conocí a Emeline cuando fui a visitar a una amiga mía que vivía en esa zona. Tenía catorce o quince años.

—¿Y antes de eso? ¿Con quién jugabas? ¿Con tus hermanos? —Vio que la rosa rozaba su clavícula y seguía deslizándose más abajo.

Melisande se encogió de hombros. La rosa debía de hacerle cosquillas, pero ella no la apartaba.

—Mis hermanos son mayores que yo. Estaban ya en el internado cuando yo aún ocupaba el cuarto de los niños.

—Entonces estabas sola. —Le sostuvo la mirada mientras la rosa se hundía entre la curva superior de sus pechos.

Melisande se mordió el labio.

—Tenía una niñera.

—Eso no es lo mismo que tener un compañero de juegos —murmuró Jasper.

—Puede que tengas razón —reconoció ella.

Cuando inhaló, sus pechos apretaron un poco la rosa. ¡Oh, flor afortunada!

—Eras una niña muy callada —dijo, porque sabía que tenía que ser cierto.

A pesar de las anécdotas que le había contado su tía la víspera, Jasper sabía que tenía que haber sido una niña muy callada. Una niña casi muda. Era muy reservada. Mantenía sus miembros bajo estricto control, a pesar de ese cuerpo esbelto y delicado, pues no era baja. Su voz sonaba siempre bien modulada, y en las reuniones procuraba mantenerse en un lugar apartado. ¿Cómo había sido su infancia, para que estuviera tan empeñada en pasar desapercibida?

Jasper se inclinó hacia ella y aunque el dulce olor de las rosas les rodeaba, sintió un olor a naranjas. Su olor.

—Eras una niña que mantenía en secreto sus pensamientos.

—Qué sabes tú. No me conoces.

—No —contestó él—. Pero quiero conocerte. Quiero saber de ti hasta que el funcionamiento de tu mente me sea tan familiar como el mío propio.

Melisande contuvo el aliento y se apartó, casi asustada.

—No voy a convertirme en...

Pero él puso un dedo sobre sus labios y volvió a apartarse. Oía voces en el camino por el que habían llegado. Un instante después, otra pareja dobló el recodo.

—Perdón —dijo el caballero, y Jasper vio que era Matthew Horn—. Vale, no esperaba verte aquí.

Jasper se inclinó con ironía.

—Siempre me ha parecido muy instructivo pasear por los jardines de mi madre. Esta tarde, sin ir más lejos, he podido enseñarle a mi esposa la diferencia entre una planta de peonía y una de lirios.

Tras él se oyó un ruido que podía ser un bufido sofocado.

Matthew agrandó los ojos.

—Entonces, ¿ésta es tu esposa?

—En efecto. —Jasper se volvió y miró los misteriosos ojos castaños de Melisande—. Cariño, permíteme presentarte al señor Matthew Horn, ex oficial del 28º Regimiento, como yo mismo. Horn, mi esposa, lady Vale.

Melisande alargó la mano y Matthew la tomó y se inclinó sobre ella. Todo muy cortés, desde luego, a pesar de lo cual Jasper sintió el impulso de apoyar la mano sobre el hombro de Melisande, como para subrayar que era suya.

Matthew dio un paso atrás.

—Permítanme presentarles a la señorita Beatrice Corning. Señorita Corning, lord y lady Vale.

Jasper se inclinó sobre la mano de la linda muchacha, sofocando una sonrisa. De pronto entendía qué hacía Matthew en aquella fiesta. Sus motivos eran muy similares a los de él: iba en busca de una dama.

—¿Vive usted en Londres, señorita Corning? —preguntó.

—No, milord —contestó la muchacha—. Normalmente vivo en el campo, con mi tío. Supongo que lo conocerá usted, porque somos vecinos, creo. Es el conde de Blanchard.

La muchacha dijo algo más, pero Jasper no la escuchó. Blanchard había sido el título de Reynaud, el que debería haber heredado a la muerte de su padre. Pero Reynaud había muerto. Le habían capturado y matado los indios tras la masacre de Spinner's Falls.

Jasper se fijó en la cara de la muchacha, viéndola por primera vez. Estaba charlando con Melisande, y su semblante tenía una expresión franca y espontánea. Tenía un aspecto fresco y saludable, el cabello del color del trigo maduro y los ojos de un hermoso tono de gris.

Minúsculas pecas salpicaban sus pómulos. No tenía título, pero aun así Matthew apuntaba muy alto, si pretendía cortejar a la sobrina de un conde. Los Horn eran una familia antigua, pero sin título. El linaje de los Blanchard, en cambio, se remontaba a siglos atrás, y la sede del condado era una inmensa mansión feudal. La muchacha había dicho que vivía en esa mansión.

En casa de Reynaud.

Jasper sintió una opresión en el pecho y apartó la mirada de la expresiva cara de la señorita Corning. Era absurdo culpar a aquella chica. Tenía que estar aún en la escuela hace seis años, cuando Reynaud murió crucificado y quemado. No era culpa suya que su tío hubiera heredado el título. Ni vivir ahora en la casa solariega que había pertenecido a Reynaud por derecho. Aun así, no soportaba mirarla a la cara.

Le ofreció el brazo a Melisande e interrumpió su conversación.

—Vamos. Esta tarde tenemos un compromiso, creo.

Se inclinó ante Matthew y la señorita Corning al despedirse. No miró a Melisande, pero notó que le miraba con curiosidad, a pesar de que aceptó su brazo. Ella sabía que no tenían ningún compromiso esa tarde. Jasper pensó de pronto (finalmente y a deshora) que, al intentar descubrir sus secretos, corría el riesgo de revelar los suyos propios, mucho más oscuros que los de su esposa. Y eso no debía ocurrir; era así de sencillo.

Jasper cubrió la mano de Melisande con la suya. Era un gesto que parecía conyugal y que sin embargo era instintivo. El impulso de atraparla e impedirle huir. No podía hablarle de Reynaud y de lo ocurrido en los sombríos bosques de América, no podía decirle que su alma se había roto allí, ni podía revelarse su mayor fracaso y su más profundo dolor. Pero podía protegerla y servirle de sostén.

Y eso haría.

—...y allí se quedó, como un idiota, con el culo al aire delante de todo el mundo. —La señora Moore, el ama de llaves de lord Vale, concluyó su relato dando una fuerte palmada sobre la mesa de la cocina.

Las tres criadas de arriba se echaron a reír a carcajadas, los dos lacayos del final de la mesa se dieron sendos codazos, el señor Oaks soltó una sonora risotada y hasta la cocinera, que solía tener cara de pocos amigos, dejó aflorar una sonrisa.

Sally Suchlike sonrió. El servicio de lord Vale era muy distinto al del señor Fleming. Había más del doble de criados, pero, bajo la férula del señor Oaks y la señora Moore, eran mucho más amables, casi como una familia. A los pocos días de estar allí Sally había trabado amistad con la señora Moore y con la cocinera (que, bajo aquella apariencia severa, era una mujer muy tímida), y su miedo a no gustar ni ser aceptada se había disipado.

Entonces se inclinó sobre su té, que empezaba a enfriarse. Lord y lady Vale ya habían cenado, y ahora estaban cenando los criados.

—¿Y qué pasó después, señora Moore, si no le importa que se lo pregunte?

—Bueno —comenzó a decir el ama de llaves, complacida a todas luces por que le pidieran que continuara su relato.

La interrumpió, sin embargo, la llegada del señor Pynch. El señor Oaks se puso serio de inmediato, los lacayos se irguieron en las sillas, una de las criadas de arriba soltó una risilla nerviosa (y su vecina la hizo callar), y la señora Moore se sonrojó. Sally dejó escapar un suspiro de exasperación. La llegada del señor Pynch era como un cubo de agua fangosa del Támesis que les echaran encima: fría y desagradable.

—¿Se le ofrece algo, señor Pynch? —preguntó el mayordomo.

—No, gracias —contestó el señor Pynch—. Vengo en busca de la señorita Suchlike. La señora pregunta por ella.

Su voz retumbante hizo reír de nuevo a la criada de arriba. Se llamaba Gussy y era de esas muchachas que se reían casi por cualquier cosa. Su risilla se cortó de pronto sin embargo, cuando el señor Pynch fijó en ella sus fríos ojos verdes.

Será bruto, pensó Sally. Se apartó de la larga mesa de la cocina y se levantó.

—Bueno, muchas gracias, señora Moore, por una historia de lo más entretenida.

La señora Moore parpadeó y un rubor de satisfacción coloreó sus mejillas.

Sally sonrió a los sentados en torno a la mesa antes de seguir a toda prisa al señor Pynch. Él, naturalmente, no había esperado a que se despidiera.

Sally le alcanzó en un recodo de la escalera de atrás.

—¿Por qué tiene que ser tan desagradable?

Él ni siquiera se detuvo.

—No sé a qué se refiere, señorita Suchlike.

Ella hizo girar los ojos mientras intentaba recuperar el aliento, a sus espaldas.

—Casi nunca come con los demás sirvientes, y cuando aparece nos chafa la conversación como si un caballo se sentara directamente encima de un gato.

Habían llegado a un descansillo y él se detuvo tan de repente que Sally chocó con su espalda y estuvo a punto de caer por las escaleras.

El señor Pynch se volvió y la agarró del brazo, impertérrito.

—Tiene usted mucha imaginación, señorita Suchlike, pero creo que es usted quien se excede en sus confianzas con los demás sirvientes.

Le soltó el brazo y siguió subiendo.

Sally tuvo que refrenar las ganas de sacar la lengua a sus anchas espaldas. Por desgracia, el señor Pynch tenía razón. Como doncella de la señora, ella debía situarse por encima de los demás criados, excepto del señor Oaks y la señora Moore. Seguramente, también debería desdeñar sus alegres comidas y arrugar la nariz al oír sus risas. Pero entonces no tendría a nadie con quien hablar allí abajo. Y tal vez al señor Pynch le gustara vivir como a un ermitaño, pero a ella no.

—No le haría ningún daño ser un poco amable, por lo menos —refunfuñó cuando llegaron al pasillo de los dormitorios de los señores.

Él suspiró.

—Señorita Suchlike, una jovencita como usted difícilmente puede...

—No soy tan joven —contestó ella.

Él se interrumpió de nuevo, y ella vio que tenía una expresión divertida. Teniendo en cuenta lo serio y desabrido que solía ser, muy bien podía estar riéndose de ella.

Sally puso los brazos en jarras.

—Para que lo sepa, voy a cumplir veinte años.

Él tensó los labios.

Ella frunció el ceño.

—¿Cuántos tiene usted, abuelo?

Él enarcó una ceja, lo cual era muy irritante.

—Treinta y dos.

Ella se tambaleó, fingiéndose impresionada.

—¡Dios mío! Es un milagro que todavía se tenga en pie, a su edad.

Él se limitó a sacudir la cabeza.

—Vaya a ver que quiere la señora, chiquilla.

Sally se dio por vencida y le sacó la lengua antes de correr a la alcoba de lady Valle.

Melisande ocultó las manos trémulas entre su voluminosa falda al llegar al baile de máscaras de lady Graham, esa noche. Había tenido que hacer acopio de valor para ir. En realidad, lo había decidido en el último minuto: si lo hubiera pensado más, se habría disuadido a sí misma. Detestaba aquellas fiestas. Estaban abarrotadas de gente que miraba y cuchicheaba, y que siempre parecía excluirla. Pero allí Vale se sentía como pez en el agua. Y ella tenía que enfrentarse a él en aquel escenario, si quería demostrarle que era capaz de sustituir a su retahíla de amantes.

Frotó la falda con los dedos, nerviosa, e intentó calmar su respiración. Ayudaba un poco el hecho de que fuera un baile de máscaras.

Llevaba un antifaz de terciopelo de un morado tan oscuro que parecía casi negro. El antifaz no ocultaba su identidad (no era ése su propósito, a fin de cuentas), pero aun así le procuraba cierta tranquilidad. Respiró hondo para armarse de valor y echó un vistazo en derredor. En torno a ella, damas y caballeros enmascarados reían y gritaban, reconfortados por la certeza de estar allí para ver y ser vistos. Algunos llevaban capas, pero muchas damas habían preferido ponerse coloridos vestidos de baile y un simple antifaz a modo de disfraz.

Melisande iba envuelta en una capa de seda morada, cuyos pliegues se ciñó alrededor del cuerpo mientras atravesaba el gentío buscando a Vale. No le había visto desde el paseo por el jardín, esa tarde. Se habían separado al salir de la fiesta: él se había marchado a caballo y ella en su carruaje. Tras interrogar sutilmente al señor Pynch, Melisande había deducido que su esposo llevaba una capa negra. Pero también la llevaban la mitad de los hombres del salón. Una dama pasó a su lado, la empujó con el hombro y la miró con desdén.

Melisande refrenó por un instante el impulso de huir, de abandonar el salón y su propósito de esa noche y buscar refugio en el carruaje que la esperaba. Pero si Vale era capaz de enfrentarse a una bandada de ancianas señoras para pasear con ella por un jardín en plena tarde, ella también tendría el valor de enfrentarse al terror que le producían los salones de baile para buscarle de noche.

Entonces oyó su risa. Al volverse, le vio. Vale casi sacaba una cabeza a sus acompañantes. Estaba rodeado de varios hombres sonrientes y unas pocas damas que se reían por lo bajo. Eran todas muy bellas, muy seguras de sí mismas y del lugar que ocupaban en el mundo. ¿Quién era ella para intentar introducirse en aquel grupo? ¿No se reirían de su persona con solo mirarla?

Estaba a punto de dar media vuelta para ir a refugiarse en el carruaje cuando la señora situada a la izquierda de Vale, una mujer muy guapa, con el cabello rubio, las mejillas coloreadas y grandes pechos, puso una mano sobre la manga de su marido. Era la señora Redd, la antigua amante de Jasper.

Aquél era su marido, su amor. Melisande cerró los puños y se encaminó hacia el grupo.

Cuando aun estaba a varios metros de distancia, Vale miró hacia ella y se quedó muy quieto. Melisande le miró a los ojos, que brillaban, azules, bajo un antifaz de raso negro, y le sostuvo la mirada mientras avanzaba hacia él. La gente que los rodeaba pareció retroceder y apartarse al verla acercarse, hasta que estuvo justo delante de él.

—¿No es éste tu baile? —preguntó con voz aterciopelada, pero nerviosa.

—Mi señora esposa. —Él hizo una reverencia—. Disculpa mi imperdonable descuido.

Melisande tomó el brazo que le ofrecía, exultante por que hubiera dejado a la otra tan fácilmente. Vale la condujo en silencio entre la multitud. Ella sentía el movimiento de sus músculos bajo la tela de la casaca y la capa, y su respiración se agitó. Luego llegaron a la parte del salón en la que tenía lugar el baile y ocuparon sus puestos respectivos. Vale hizo una reverencia. Melisande le respondió con otra. Caminaron el uno hacia el otro y luego se separaron, y entre tanto su marido no apartó la mirada de su cara.

Cuando el baile volvió a unirlos, murmuró:

—No esperaba verte aquí.

—¿No? —Levantó las cejas por debajo del antifaz.

—Pareces preferir el día.

—¿Sí?

El baile volvió a separarlos mientras Melisande pensaba en aquella extraña afirmación. Cuando se acercaron de nuevo, apoyó la palma de la mano sobre la de él al tiempo que caminaban describiendo un semicírculo.

—Puede que confundas costumbre y predilección.

Los ojos de Vale parecieron brillar detrás de la máscara.

—Explícate.

Ella se encogió de hombros.

—Suelo salir de día a hacer mis visitas. Tú, en cambio, sales de noche. Pero eso no significa que tú ames la noche y yo el día.

Una arruga apareció entre las cejas de Vale.

—Tal vez —susurró ella mientras se alejaban—, tú sales de noche porque es a lo que estás acostumbrado. Pero quizá prefieras el día.

Él ladeó la cabeza inquisitivamente mientras volvían a unirse.

—¿Y tú, mi dulce esposa?

—Puede que, en realidad, mi reino sea la noche.

Se alejaron de nuevo. Melisande siguió los pasos del baile hasta que volvieron a unirse, y el roce de la mano de Vale sobre la suya la hizo estremecerse.

Él sonrió como si supiera qué efecto surtía sobre ella su contacto.

—¿Qué harías, pues, conmigo, señora de la noche? —Se rodearon el uno al otro, tocándose sólo con la punta de los dedos—. ¿Me guiarías? ¿Me tentarías? ¿Me mostrarías la noche?

Se separaron e hicieron una profunda reverencia. Melisande no dejaba de observarle. En los ojos de Vale brillaban destellos verdes y azules. Avanzaron y él acercó la cabeza a su oído sin que sus cuerpos se tocaran.

—Dime, señora mía, ¿osarías seducir a un pecador como yo?

Ella respiraba agitadamente, el corazón le aleteaba en el pecho, lleno de emoción, pero su cara mantenía una expresión de serenidad.

—¿Es ésa la pregunta, en realidad?

—¿Qué pregunta prefieres?

—¿Te dejarías seducir por mí?

Se detuvieron cuando la danza llegó a su fin y cesó la música. Con los ojos fijos en Vale, Melisande hizo una reverencia. Luego se irguió sin apartar los ojos de los de su marido.

Vale tomó su mano y se inclinó sobre sus nudillos. Al besarla, murmuró:

—Oh, sí.

La condujo fuera del lugar reservado al baile y enseguida se vieron rodeados de gente.

Un caballero con capa escarlata se acercó a Melisande, apretándose contra su costado.

—¿Quién es esta deliciosa criatura, Vale?

—Mi esposa —contestó él con despreocupación al tiempo que la colocaba al otro lado—. Y te agradecería que no lo olvidaras, Fowler.

Fowler se rió, borracho, y otro invitado gritó una ocurrencia a la que él respondió sin dificultad. Melisande, sin embargo, no oía nada de aquello. Era demasiado consciente del hacinamiento de cuerpos calientes, de la mirada lasciva de ojos poco amables. La señora Redd había desaparecido: para siempre, esperaba. Ella había encontrado a Vale y bailado con él, y ahora sólo deseaba irse a casa.

Pero él seguía adentrándola entre el gentío, sujetándola con fuerza del codo.

—¿Adónde vamos, milord? —le preguntó.

—Pensaba... —La miró distraídamente—. Lord Hasselthorpe acaba de llegar y tengo que hablar con él de un asunto. No te importa, ¿verdad?

—No, claro que no.

Habían llegado junto a un grupo de caballeros situado a la entrada del salón de baile. Era un grupo mucho más lúgubre que aquél del que Vale acababa de separarse.

—¡Hasselthorpe! Qué casualidad, encontrarle aquí —exclamó Vale.

Lord Hasselthorpe se volvió y hasta Melisande se percató de su perplejidad. Vale, sin embargo, le tendió la mano, y el otro se vio obligado a tomarla, mirándole con recelo. Hasselthorpe era un hombre anodino, de mediana estatura, párpados caídos y profundas arrugas que surcaban sus mejillas alrededor de la boca. Solía tener una expresión grave y solemne, como convenía a un miembro destacado del Parlamento. A su lado estaba el duque de Lister, un hombre alto y corpulento, con peluca gris. A unos pasos de allí, esperaba una bella mujer rubia: la señora Fitzwilliam, amante de Lister desde hacía mucho tiempo. No parecía estar disfrutando del baile. Se hallaba completamente sola.

—Vale —dijo Hasselthorpe despacio—. ¿Ésta es su encantadora esposa?

—En efecto —contestó—. Tengo entendido que conoció a mi señora esposa en una fiesta en su casa, el pasado otoño.

Hasselthorpe murmuró un asentimiento mientras se inclinaba sobre la mano de Melisande. No quitaba ojo a Vale; en realidad, Melisande podría no haber estado allí. Ella miró a su marido y vio que no sonreía. Había allí algo soterrado que no lograba entender, pero de una cosa estaba segura: era un asunto entre hombres.

Sonrió y apoyó la mano sobre la manga de Vale.

—Me temo que estoy cansada, milord. ¿Le importaría mucho que me fuera a casa temprano?

Él se volvió y Melisande vio una expresión de duda en su semblante. Pero luego, Vale lanzó una mirada a Hasselthorpe y su semblante se suavizó. Se inclinó sobre su mano.

—Será una terrible desilusión, corazón mío, pero no voy a impedírtelo.

—Buenas noches, entonces, milord. —Se inclinó ante los caballeros—. Excelencia. Milord.

Ellos inclinaron las cabezas y murmuraron un adiós.

Melisande se puso de puntillas y le susurró a Vale al oído:

—Recuerde, milord: una noche más.

Luego se alejó. Pero mientras atravesaba el gentío, oyó dos palabras procedentes del grupo de hombres reunido a sus espaldas.

Spinner's Falls.

Capítulo 8

Podéis imaginar lo que ocurrió al hacer su anuncio el rey. Comenzaron a llegar pretendientes a aquel pequeño reino desde todos los rincones del mundo. Algunos eran príncipes, grandes o pequeños, con séquitos de guardias, pajes y cortesanos. Otros eran caballeros desposeídos en busca de fortuna, con la armadura abollada por muchos torneos. Y unos pocos viajaban incluso a pie: eran mendigos y ladrones sin mucha esperanza. Pero todos ellos tenían una cosa en común: creían ser capaces de superar las pruebas y casarse con una hermosa princesa real...

De Jack *el Risueño*

*P*ara ser la señora de la noche, su esposa se levantaba muy temprano. De pie junto a la puerta de la salita en la que ahora se servía el desayuno, Jasper intentaba sacudirse el sueño. Ella se había ido temprano del baile la noche anterior, pero aun así era ya la una de la madrugada cuando se marchó. ¿Cómo era posible, pues, que estuviera levantada y desayunando, a juzgar por el ruido que hacía? Él, en cambio, se había quedado una hora más, intentando inútilmente que lord Hasselthorpe le escuchara. A Hasselthorpe, la idea de que el regimiento de su hermano hubiera sido traicionado por un espía de los franceses le parecía ridícula, y se lo había dicho sin ambages. Jasper había decidido esperar unos días antes de intentar hablar de nuevo con él.

Ahora abrió los ojos de par en par, en un intento desesperado de parecer despierto cuando entró en la salita del desayuno. Allí estaba Melisande, con la espalda tiesa como un palo, el pelo pulcramente recogido en un moño sencillo sobre la coronilla y sus ojos castaños claros, frescos y repletos de comedimiento.

Vale hizo una reverencia.

—Buenos días, esposa mía.

Viéndola esa mañana, nadie la habría relacionado con la misteriosa mujer de la víspera, ataviada con una capa morada. Tal vez aquella visión seductora fuera producto de sus sueños y nada más. ¿Cómo explicar, si no, la dicotomía entre las dos mujeres que habitaban su cuerpo?

Melisande le miró, y Jasper creyó ver un destello fugaz de su amante de medianoche, agazapado tras aquella mirada serena. Ella inclinó la cabeza.

—Buenos días.

Su perrillo salió de debajo de sus faldas y lo miró con desconfianza. Jasper le devolvió la mirada, y el animalillo volvió a retirarse bajo la silla. Lo detestaba, obviamente, pero al menos había quedado claro cuál de los dos mandaba en aquella casa.

—¿Has dormido bien? —preguntó Jasper al acercarse al aparador.

—Sí —contestó Melisande a sus espaldas—. ¿Y tú?

Él se quedó mirando distraídamente los pescados que le miraban con ojos ciegos desde el plato, y pensó en su tosco camastro, tendido en el suelo del vestidor.

—Como un muerto.

Lo cual era cierto, siempre y cuando los muertos durmieran con un cuchillo debajo de la almohada y se pasaran la noche dando vueltas en la cama. Pinchó un pescado y lo puso en el plato que tenía en la mano.

Sonrió a Melisande al acercarse a la mesa.

—¿Tienes planes para hoy?

Ella le miró entornando los ojos.

—Sí, pero no son de tu incumbencia.

Su afirmación tuvo el efecto natural de picar su curiosidad. Jasper se sentó frente a ella.

—¿De veras?

Ella asintió con la cabeza mientras le servía una taza de té.

—Voy a ir de compras con mi doncella.

—¡Excelente!

Melisande le miró con escepticismo. Tal vez estuviera exagerando su entusiasmo.

—No pensarás acompañarme —afirmó, apretando los labios puntillosamente.

¿Qué diría ella si supiera que su expresión de censura sólo conseguía excitarle? Se quedaría atónita, sin duda. Pero luego Jasper se acordó de la seductora mujer de la noche anterior, aquella mujer que le había susurrado un desafío sin que su mirada vacilara un instante, y tuvo dudas. ¿Cuál era su verdadera esposa? ¿La recatada señora de día o la aventurera nocturna?

Melisande esperaba su respuesta. Jasper sonrió.

—No se me ocurre nada más agradable que pasar la mañana de compras.

—No sé de ningún hombre capaz de decir lo mismo.

—Entonces tienes suerte de haberte casado conmigo, ¿no crees?

Ella no contestó. Se limitó a servirse otra taza de chocolate.

Jasper partió un bollo y untó un pedazo con mantequilla.

—Fue una delicia verte anoche en el baile.

Melisande se envaró casi imperceptiblemente. ¿Acaso no se esperaba de él que guardara silencio acerca de su comportamiento de la víspera?

—No conocí a tu amigo Matthew Horn hasta ayer —dijo—. ¿Sois íntimos?

Ah, así que era así como quería jugar. Intentaba ignorar sus propios mecanismos nocturnos. Qué interesante.

—Conocí a Horn cuando estaba en el ejército —respondió—. Fuimos buenos amigos en aquella época. Luego nos hemos distanciado.

—Nunca hablas del tiempo que pasaste en el ejército.

Jasper se encogió de hombros.

—Fue hace seis años.

Melisande entornó los ojos.

—¿Cuánto tiempo pasaste en él?

—Siete años.

—¿Y tenías el rango de capitán?

—En efecto.

—Estuviste en el frente.

No era una pregunta, y Jasper no sabía si debía molestarse en responderla. El frente. Qué palabra tan insignificante para describir la sangre, el sudor y los gritos. El retumbar de los cañones, el humo y las cenizas, y los cadáveres dispersos por el campo de batalla, después. El frente. Oh, sí, había estado en el frente.

Bebió un sorbo de té para diluir el regusto ácido que notaba en la boca.

—Estaba en Québec cuando tomamos la ciudad. Espero poder contárselo algún día a nuestros nietos.

Melisande apartó la mirada.

—Pero no fue allí donde murió lord Saint Aubyn.

—No. —Sonrió con amargura—. ¿Te parece ésta una conversación agradable para la mesa del desayuno?

Melisande no dio marcha atrás.

—¿Acaso una mujer no debe conocer a su marido?

—El tiempo que pasé en el ejército no me define por completo.

—No, pero creo que forma una parte importante de tu ser.

¿Qué podía decir él? Melisande tenía razón. Lo sabía de algún modo, aunque él no creía haberle dado ningún indicio de ello. Sabía que lo ocurrido en los bosques del norte de América le había cambiado para siempre, dejándole marcado y disminuido. ¿Llevaba aquello, acaso, como una insignia diabólica? ¿Lo notaba ella? ¿Conocía de algún modo su más profunda vergüenza?

No, no debía saberlo. Si alguna vez llegaba a enterarse, su semblante se llenaría de desdén. Jasper bajó la mirada mientras partía el resto de su bollo.

—Tal vez ya no quieras acompañarme esta mañana —inquirió su mujer suavemente.

Él levantó la vista. Astuta criatura...

—Yo no me asusto fácilmente.

Los ojos de Melisande se dilataron un poco. Tal vez él había sonreído en exceso. Tal vez ella había intuido lo que se ocultaba debajo. Pero era valiente, su mujer.

—Entonces háblame del ejército —dijo ella.

—No hay mucho que contar —mintió Jasper—. Yo era capitán del 28º Regimiento.

—Ése era también el rango de lord Saint Aubyn —comentó Melisande—. ¿Comprasteis al mismo tiempo vuestro grado de capitanes?

—Sí. —Eran tan jóvenes, tan necios... A él le interesaba más que nada el espléndido uniforme.

—No llegué a conocer al hermano de Emeline —dijo Melisande—. A conocerle bien, al menos. Sólo le vi una o dos veces. ¿Cómo era?

Jasper tragó el último bocado de su bollo, intentando ganar tiempo. Pensó en la sonrisa de soslayo de Reynaud, en sus ojos oscuros y risueños.

—Reynaud siempre supo que algún día heredaría el condado y se pasaba la vida ensayando para ese día.

—¿Qué quieres decir?

Se encogió de hombros.

—De niño, era muy serio. La carga de esa responsabilidad marcaría a cualquiera, incluso de niño. Richard era igual.

—Tu hermano mayor —murmuró ella.

—Sí. Reynaud y él se parecían mucho. —Torció la boca al darse cuenta de ello—. Reynaud debió elegirle a él como amigo y no a mí.

—Pero puede que viera en ti algo de lo que él carecía.

Jasper ladeó la cabeza y sonrió. La idea de que él poseyera algo de lo que carecía Richard, su hermano mayor, siempre tan perfecto, le parecía cómica.

—¿El qué?

Melisande levantó las cejas.

—¿Tu alegría de vivir?

Se quedó mirándola. ¿De veras veía alegría de vivir en el cascarón que quedaba de él?

—Puede ser.

—Yo creo que sí. Tú eras un amigo lleno de alegría, siempre dispuesto a la travesura —dijo ella y luego añadió, casi para sí misma—: ¿Cómo iba a resistirse a ti?

—Qué sabes tú. —Jasper rechinó los dientes—. No me conoces.

—¿No? —Melisande se levantó de la mesa—. Creo que te sorprendería lo mucho que te conozco. ¿Diez minutos, entonces?

—¿Qué? —Se descubrió mirando perplejo a su mujer, como un tonto.

Ella sonrió. Tal vez tuviera debilidad por los tontos.

—Dentro de diez minutos estaré lista para ir de compras.

Y salió de la salita del desayuno, dejando a Jasper confuso e intrigado.

Melisande estaba junto al carruaje, hablando con Suchlike, cuando Vale salió de la casa un rato después. Él bajó corriendo los escalones y se acercó.

—¿Estás listo? —preguntó Melisande.

Vale abrió los brazos.

—Estoy a tu disposición, mi señora esposa. —Saludó a Suchlike inclinando la cabeza—. Puedes irte.

La doncella se sonrojó y miró preocupada a Melisande. Suchlike solía acompañarla en aquellas salidas para aconsejarla sobre su vestuario y llevar los paquetes. Vale también la miraba, esperando a ver si ponía reparos.

Melisande esbozó una tensa sonrisa e inclinó la cabeza hacia la doncella.

—Tal vez puedas aprovechar para coser un poco.

Suchlike hizo una reverencia y entró en la casa.

Cuando Melisande se volvió hacia Vale, él estaba mirando a *Ratón*, que estaba pegado a sus faldas.

Melisande habló antes de que a él le diera tiempo a despedir también a su perro:

—*Sir Ratón* siempre me acompaña.

—Ah.

Ella inclinó la cabeza, contenta de haber dejado aquello claro, al menos, y subió los escalones del carruaje. Se acomodó en el mullido asiento que miraba al frente y *Ratón* saltó a su lado. Vale se acomodó frente a ella, estirando las largas piernas en diagonal. El carruaje parecía espacioso (incluso enorme) antes de entrar él. De pronto, en cambio, todo el espacio parecía ocupado por rodillas y codos de hombre.

Vale dio unos golpes en el techo y, al mirar a Melisande, la sorprendió observando sus piernas con el ceño fruncido.

—¿Ocurre algo?

—No, nada.

Ella miró por la ventanilla. Le resultaba extraño estar encerrada con él en un espacio tan pequeño. Demasiado íntimo, en cierto modo. Y aquélla era una idea inquietante. Había tenido contacto carnal con aquel hombre, había bailado con él la noche anterior; incluso había tenido la audacia de quitarle la camisa y afeitarle. Pero todas esas cosas las había hecho de noche, a la luz de las velas. De noche, por la razón que fuera, le resultaba más fácil relajarse. Entre las sombras, se volvía audaz. Quizá fuera de veras la señora de la noche, como él la había llamado. Y, si así era, ¿no sería él el dueño del día?

Le miró, sorprendida por aquella idea. Vale la buscaba sobre todo durante las horas del día. La perseguía a la luz del sol. Le gustaba ir a bailes y tugurios de juego por las noches, pero era durante el día cuando hacía por descubrir sus secretos. ¿Era porque intuía que se sentía más expuesta a la luz del sol? ¿O porque era más fuerte de día?

¿O quizá por ambas cosas?

—¿Lo llevas a todas partes?

Melisande le miró, desconcertada.

—¿Qué?

—A tu perro. —Señaló con la barbilla a *Ratón*, acurrucado en el asiento, a su lado—. ¿Ese animalillo va a todas partes contigo?

—*Ratón* es un señor, no un animalillo —contestó ella con firmeza—. Y sí, me gusta llevarle a sitios donde pueda disfrutar.

Vale levantó las cejas.

—¿Al perro le gusta ir de compras?

—Le gusta ir en carruaje. —Acarició el suave hocico de *Ratón*—. ¿Tú nunca has tenido mascotas?

—No. Bueno, sí, un gato, de niño, pero nunca acudía cuando lo llamaba y tenía por costumbre arañar cuando estaba enfadado. Lo cual sucedía muy a menudo, me temo.

—¿Cómo se llamaba?

—*Gato*.

Melisande le miró. Vale tenía una expresión solemne, pero había un brillo diabólico en sus ojos azules.

—¿Y tú? —preguntó—. ¿Tenía mi bella esposa alguna mascota cuando era niña?

—No. —Miró por la ventanilla de nuevo, reacia a pensar en su infancia solitaria.

Él pareció percibir su aversión a hablar de esa época de su vida y por una vez no insistió. Se quedó callado un momento; después dijo en voz baja:

—En realidad, el gato era de Richard.

Melisande le miró con curiosidad.

La ancha boca de Vale se curvó en una sonrisa ladeada, como si se mofara de sí mismo.

—A mi madre no le gustan mucho los gatos, pero Richard estuvo enfermo de pequeño y, cuando se encariñó de un gatito de los establos, supongo que mi madre hizo una excepción. —Se encogió de hombros.

—¿Cuánto tiempo os llevabais tu hermano y tú? —preguntó ella con suavidad.

—Dos años.

—¿Y cuándo murió?

—Antes de cumplir los treinta. —Ya no sonreía—. Siempre fue débil. Era muy delgado y a menudo le costaba respirar. Cogió el paludismo estando yo en las colonias y nunca se recuperó. Cuando volví a casa, mi madre estuvo un año sin sonreír.

—Lo siento.

Él volvió la palma hacia arriba.

—Fue hace mucho tiempo.

—Tu padre ya había muerto, ¿verdad?

—Sí.

Melisande le miró, arrellanado tranquilamente en el carruaje, hablando de la muerte prematura de su padre y de su hermano.

—Debió de ser muy duro para ti.

—Nunca pensé que fuera a ser el vizconde, a pesar de que Richard siempre estuvo enfermo. Todo el mundo en la familia pensaba que viviría el tiempo necesario para engendrar un heredero. —La miró de pronto, con la comisura de la boca levantada—. Mi hermano era endeble en lo físico, pero tenía un carácter fuerte. Se comportaba como un vizconde. Tenía autoridad.

—Igual que tú —le recordó ella suavemente.

Vale sacudió la cabeza.

—No en la misma medida que él. Ni que Reynaud. Ambos eran mejores líderes que yo.

A Melisande le costaba creerlo. Vale podía mofarse de sí mismo, podía disfrutar gastando bromas e incluso haciéndose el tonto, a veces, pero los demás hombres le escuchaban. Cuando entraba en un salón, el aire mismo temblaba. Los hombres y las mujeres se sentían atraídos hacia él como por un astro minúsculo. Melisande quería decírselo, quería decirle lo mucho que le admiraba, pero el miedo a desvelar sus sentimientos la refrenaba.

El carruaje aminoró la marcha y al mirar por la ventanilla vio que estaban en Bond Street.

La puerta se abrió y Vale se apeó; después se volvió para ofrecerle la mano y ayudarla a bajar. Melisande se levantó y, al poner la mano sobre la suya, notó la fuerza de sus dedos. Bajó del carruaje, acompañada de *Ratón*. La calle estaba llena de tiendas elegantes delante de cuyos escaparates se paseaban hombres y mujeres.

—¿Por qué lado quieres ir, mi dulce esposa? —preguntó Vale, tendiéndole el brazo—. Tú guías. Yo te sigo.

—Por aquí, creo —contestó Melisande—. Quiero entrar primero en una tabaquería, para comprar un poco de rapé.

Notó que Vale la miraba.

—¿Eres aficionada al rapé, como nuestra reina?

—No, nada de eso. —Arrugó la nariz sin darse cuenta y luego suavizó su expresión—. Es para Harold. Siempre le regalo una caja de su rapé favorito el día de su cumpleaños.

—Ah. Afortunado él, entonces.

Melisande levantó la vista.

—¿Te gusta el rapé?

—No. —Le sonrió; sus ojos de color turquesa tenían una cálida expresión—. Me refería a que es muy afortunado por tener una hermana tan cariñosa. De haberlo sabido...

Pero un fuerte ladrido de *Ratón* interrumpió sus palabras. Melisande miró a su alrededor a tiempo de ver que el perrillo se apartaba de su lado y cruzaba corriendo la calle atestada de gente.

—¡*Ratón*! —Hizo ademán de echar a correr, con los ojos fijos en el perro.

—Espera. —Vale la retuvo asiéndola del brazo.

Ella intentó desasirse.

—¡Suéltame! Van a atropellarlo.

Vale la apartó de la calzada justo en el momento en que pasaba el carro de un cervecero.

—Mejor a él que a ti.

Melisande oyó gritos en la calle, una serie de gruñidos y a continuación los ladridos histéricos de *Ratón*.

Se volvió y apoyó la mano en el pecho de Vale, intentando trasladarle su angustia.

—Pero *Ratón*...

Su marido masculló algo y luego dijo:

—Descuida: voy a traerte a esa bestezuela.

Dejó pasar un carro y se lanzó luego hacia la calzada. Melisande vio a *Ratón* al otro lado de la calle y el miedo se apoderó de su corazón. El terrier estaba peleándose con un enorme mastín cuatro veces más grande que él, como poco. Mientras ella los miraba, el mastín le dio un revolcón y le lanzó un mordisco. *Ratón* esquivó sus fuertes mandíbulas por los pelos. Luego, tan temerario como siempre, volvió a abalanzarse hacia él. Varios hombres y niños se habían parado a contemplar la pelea, y algunos animaban entre gritos al enorme mastín.

—¡*Ratón*! —Miró si se acercaban coches, carros o caballos y corrió por la calle en pos de Vale—. ¡*Ratón*!

Vale llegó junto a los perros en el momento en que el mastín atrapaba a *Ratón* entre sus enormes fauces. El mastín lo levantó y empezó a zarandearlo. Melisande sintió que un grito le subía a la garganta, pero de ella no salió ningún sonido. Aquel perrazo iba a romperle el cuello a su terrier si seguía zarandeándolo.

Entonces Vale golpeó con ambos puños el hocico del mastín. El perro dio un paso atrás, pero no soltó su presa.

—¡Vamos! —gritó Vale—. Suéltalo, bestia del demonio.

Golpeó de nuevo al perro mientras *Ratón* se retorcía frenéticamente entre sus fauces. Aquello surtió efecto, porque el mastín soltó por fin a su presa. Por un instante pareció que el enorme animal atacaría a Vale, pero éste le asestó una patada en el flanco, y aquello zanjó la cuestión. El perrazo echó a correr, para desencanto del gentío. *Ratón* dio un salto, dispuesto a continuar la persecución, pero Vale lo agarró por el cuello.

—Ah, no, tontuelo, nada de eso.

Para espanto de Melisande, *Ratón* se revolvió y le clavó los dientes en la mano.

—¡No, *Ratón*! —Alargó los brazos hacia su mascota.

Pero Vale la retuvo con el otro brazo.

—No. Está loco de rabia y puede que te muerda a ti también.

—Pero...

Él se volvió, sujetando con una mano al perrillo, que seguía mordiéndole, y la miró. Sus ojos eran ahora de un azul profundo y en ellos sólo había determinación. Melisande nunca había visto una expresión tan severa en su rostro sombrío, surcado por algunas arrugas y sin asomo de buen humor. Pensó entonces que ésa debía de ser su cara cuando entraba en batalla.

Su voz sonó tan fría como el mar del Norte.

—Escúchame. Eres mi esposa y no pienso permitir que sufras daño alguno, aunque ello me convierta en tu enemigo. En eso no pienso transigir.

Ella tragó saliva y asintió con la cabeza.

Vale la miró un momento más, aparentemente ajeno a la sangre que le chorreaba por la mano. Luego inclinó la cabeza bruscamente.

—Bien. Apártate y no interfieras en lo que haga.

Melisande juntó las manos delante de sí para no sentir la tentación de agarrar a *Ratón*. Adoraba al perrillo, a pesar de saber que era un animalillo con muy mal carácter que a nadie más agradaba. *Ratón* era suyo, y él también la adoraba. Pero Vale era su esposo, y ella no podía contradecir su autoridad... aunque ello significara sacrificar a su mascota.

Vale sacudió al perro. *Ratón* gruñó y aguantó. Vale apretó con calma la garganta del perrillo con el pulgar. *Ratón* se atragantó y le soltó por fin. Con la velocidad del rayo, Vale le agarró del hocico.

—Vamos —le dijo a Melisande, sujetando al perro con las dos manos.

El gentío se había dispersado al desvanecerse la perspectiva de ver sangre. Vale la condujo de vuelta al carruaje.

Uno de los lacayos los vio llegar y se acercó.

—¿Está herido, milord?

—No es nada —respondió Vale—. ¿Hay una caja o algún saco en el carruaje?

—Hay una cesta debajo del pescante del cochero.

—¿Tiene tapa?

—Sí, señor, y muy recia.

—Vaya a buscarla, por favor.

El lacayo regresó corriendo al carruaje.

—¿Qué vas a hacer? —preguntó Melisande.

Vale la miró.

—Nada terrible. Hay que encerrarlo hasta que se calme un poco.

Ratón había dejado de gruñir. De vez en cuando se sacudía, intentando liberarse, pero Vale lo sujetaba con fuerza.

Cuando llegaron al carruaje, el lacayo había sacado la caja y la tenía abierta.

—Ciérrela en cuanto lo meta dentro. —Vale miró al hombre—. ¿Listo?

—Sí, señor.

Se hizo todo en un instante, el lacayo con los ojos como platos, *Ratón* forcejeando desesperado y Vale muy serio. Después, la mascota de Melisande quedó confinada en una cesta que se sacudía violentamente en manos del lacayo.

—Guarde otra vez la caja debajo del pescante —le dijo Vale. Tomó a Melisande del brazo—. Volvamos a casa.

Quizá la hubiera hecho enfadar, quizás ella le odiara, pero era inevitable. Jasper miraba a su esposa, sentada delante de él en el carruaje.

Iba envarada, con la espalda y los brazos erguidos y la cabeza ligeramente inclinada para mirarse el regazo. Tenía velado el semblante. No era una mujer hermosa: Jasper era fríamente consciente de ello, en parte. Se vestía con ropas recatadas y fáciles de olvidar, no hacía nada por hacerse notar. Él había tenido relaciones (se había acostado) con mujeres mucho más bellas. Era una mujer corriente y anodina.

Y, pese a todo, su mente trabajaba infatigablemente para planear el siguiente asalto a la fortaleza de su alma. Quizá fuera una especie de locura, porque Melisande le fascinaba como si fuera un hada mágica llegada para atraerle a otro mundo.

—¿En qué estás pensando? —preguntó ella, y su voz cayó en los pensamientos de Jasper como un guijarro en un estanque.

—Me estaba preguntando si eres un hada —contestó.

Sus cejas se arquearon delicadamente hacia arriba.

—Te estás burlando de mí.

—Nada de eso, amor mío.

Ella le miró con sus ojos castaños claros, con una expresión insondable. Luego miró su mano. Jasper se había vendado el mordisco con un pañuelo nada más entrar en el carruaje.

Melisande se mordió el labio.

—¿Todavía te duele?

Él negó con la cabeza, aunque empezaba a molestarle la mano.

—En absoluto, puedes creerme.

Ella seguía mirando su mano con el ceño fruncido.

—Me gustaría que el señor Pynch te la vende como es debido cuando volvamos. Los mordiscos de perro pueden infectarse. Lávatela con mucho cuidado, por favor.

—Como tú digas.

Ella miró por la ventanilla y juntó las manos con fuerza sobre el regazo.

—Siento muchísimo que *Ratón* te haya mordido.

—¿A ti te lo ha hecho alguna vez?

Melisande le miró con sorpresa.

—¿Te ha mordido el perro alguna vez, esposa mía? —Si así era, lo haría sacrificar.

Los ojos de Melisande se agrandaron.

—No. No, no. *Ratón* es sumamente cariñoso conmigo. La verdad es que nunca había mordido a nadie.

Jasper sonrió con sorna.

—Entonces supongo que debería sentirme honrado por ser el primero.

—¿Qué vas a hacer con él?

—Sólo dejar que sufra un poco.

El rostro de Melisande volvió a quedar inexpresivo. Jasper sabía cuánto significaba aquel chucho para ella; ella misma le había confesado que era su único amigo.

Jasper se removió en el asiento.

—¿De dónde lo sacaste?

Ella se quedó callada tanto tiempo que Jasper pensó que no iba a contestar.

Luego suspiró.

—Pertenecía a una camada que encontraron en los establos de mi hermano. El jefe de mozos quería ahogarlos. Dijo que había perros de sobra por allí para hacerse cargo de las ratas. Metió a los cachorros en un saco mientras un mozo iba a buscar un cubo de agua. Yo llegué al patio de los establos justo cuando los cachorros se escaparon del saco. Corrieron por todos lados y los hombres gritaban y les perseguían, intentando alcanzarles, pobrecillos. *Ratón* corrió hacia mí y enseguida cogió el bajo de mi vestido entre los dientes.

—Así que lo salvaste —dijo Jasper.

Ella se encogió de hombros.

—Me pareció lo correcto. A Harold no le hizo mucha gracia, me temo.

No, Jasper dudaba de que a su aburridísimo hermano le hiciera gracia tener un chucho en casa. Pero Melisande habría ignorado sus quejas y habría hecho lo que le parecía más conveniente, y el pobre Harold habría tenido que aguantarse. Jasper estaba descubriendo que su esposa era terriblemente obstinada cuando algo se le metía entre ceja y ceja.

—Ya estamos aquí —murmuró ella.

Jasper levantó la vista y vio que se habían detenido frente a su casa.

—Le diré al lacayo que lleve dentro a *Ratón*. —Le sostuvo la mirada para hacerle entender que no pensaba cambiar de opinión—. No lo dejes salir, ni lo toques hasta que te lo diga.

Ella asintió con la cabeza, con expresión tan serena y majestuosa como la de una reina. Luego se volvió y bajó del carruaje sin esperar su ayuda. Se acercó a los escalones de la casa y los subió sin prisas. Llevaba la cabeza alta, los hombros erguidos y la espalda muy recta. A Jasper, aquella espalda le parecía extrañamente provocativa.

Arrugó el ceño, masculló una maldición y siguió a su esposa. Quizás hubiera ganado aquel asalto, pero en cierto modo se sentía como si hubiera sufrido una derrota humillante.

Capítulo 9

De pie en lo alto de las almenas del castillo, la princesa Surcease observaba llegar a sus pretendientes. A su lado se hallaba Jack el bufón. La princesa se había encariñado de él, y el enano la acompañaba a todas partes. Como medía sólo la mitad que ella, se había encaramado a una piedra volcada para ver por encima de la muralla.

—¡Ay de mí! —exclamó la princesa con un suspiro.

—¿Qué os inquieta, oh bella y caprichosa muchacha? —preguntó Jack.

—¡Ay, bufón! Ojalá mi padre me dejara elegir un marido a mi gusto —respondió la princesa—. Pero eso es imposible, ¿verdad?

—Antes se casaría un bufón con una hermosa princesa real —contestó Jack...

De Jack *el Risueño*

Ratón estaba ladrando.

Melisande hizo una mueca al clavarle Suchlike una horquilla en el pelo. El ruido le llegaba amortiguado, desde luego, porque procedía de tres plantas más abajo. Vale había hecho encerrar al perrillo en un cuartito de piedra, junto al sótano. *Ratón* había empezado a ladrar poco después de que lo encerraran. Seguramente al darse cuenta de que no iban a dejarlo salir enseguida. Desde ese instante (a última hora de esa mañana), no había cesado de ladrar. Era ya de noche. De vez en cuando el perro paraba, como si aguzara el oído por si alguien acudía en su rescate, pero, en vista de que no llegaba nadie, empezaba otra vez. Y cada vez sus ladridos parecían más fuertes que la anterior.

—Cuánto ruido hace el perrito, ¿no? —comentó Suchlike. No parecía molestarle especialmente aquel alboroto.

Tal vez el servicio no estuviera tan molesto como ella creía.

—Es la primera vez que está encerrado.

—Entonces le vendrá bien. —Suchlike le puso otra horquilla y se apartó para mirar su obra con ojo crítico—. El señor Pynch dice que, como esto siga así, se va a volver loco.

Su doncella hablaba como si le hiciera gracia la locura del ayuda de cámara.

Melisande arqueó una ceja.

—¿Ha vuelto lord Vale?

—Sí, señora. Hace cosa de media hora. —Suchlike comenzó a recoger el tocador.

Melisande se levantó y cruzó despacio la habitación. *Ratón* dejó de ladrar de repente, y ella contuvo el aliento.

Luego se reanudaron los ladridos.

Vale le había impedido que fuera en busca del perro, pero si aquello se prolongaba, no sabía si podría refrenarse. Le resultaba terriblemente difícil soportar la angustia de *Ratón*.

Llamaron a su puerta.

Se volvió y miró hacia allí.

—Adelante.

Vale abrió la puerta. Quizá no llevara mucho tiempo en casa, pero, a juzgar por lo mojado que tenía el pelo, le había dado tiempo de asearse y cambiarse de ropa.

—Buenas noches, mi señora esposa. ¿Quieres acompañarme a visitar al prisionero?

Ella se alisó las faldas y asintió con la cabeza.

—Sí, por favor.

Jasper se apartó y ella bajó delante de él las escaleras. Los ladridos fueron haciéndose más nítidos a medida que se acercaban.

—He de pedirte un favor, esposa mía —dijo Vale.

—¿Cuál?

—Quiero que te hagas a un lado y que dejes que sea yo quien se las arregle con el perro.

Ella apretó los labios. *Ratón* sólo respondía a sus órdenes. ¿Y si intentaba morder de nuevo a Vale? Su marido parecía un hombre benévolo, pero Melisande tenía la impresión de que su benevolencia no era más que una capa muy superficial.

—¿Melisande?

Ella se volvió. Vale se había detenido en las escaleras en espera de una respuesta. Sus ojos de color turquesa parecían brillar en la penumbra.

Melisande asintió, rígida.

—Como quieras.

Él bajó los últimos escalones y, tomándola de la mano, la llevó hacia la cocina.

El pasillo se fue haciendo más y más oscuro a medida que entraban en los dominios de los sirvientes, hasta que llegaron a la cocina. Era ésta una habitación enorme, dominada por una gran chimenea de ladrillo en forma de arco situada en un extremo. Al fondo de la casa, dos ventanas dejaban entrar la luz. De día, era una estancia muy luminosa. Ahora, la llama de las velas se sumaba a la luz mortecina que entraba de fuera.

La cocinera, tres criadas, varios lacayos y el mayordomo estaban preparando la cena. Al entrar ellos, la cocinera dejó caer el cucharón en una cazuela de sopa hirviendo, y todos se quedaron quietos. Los ladridos de *Ratón* resonaban abajo.

—Señor... —comenzó a decir Oaks.

—Por favor, no quiero interrumpir su trabajo —dijo Vale—. Sólo vengo a vérmelas con el perro de mi esposa. Ah, Pynch...

El ayuda de cámara se había levantado de una silla junto a la chimenea.

—¿Encontraste un trozo de carne? —preguntó Vale.

—Sí, milord —contestó el señor Pynch—. La cocinera ha tenido la amabilidad de darme un poco de ternera de la cena de anoche. —Sacó un pañuelo doblado con algo dentro.

Melisande se aclaró la garganta.

—La verdad es...

Vale bajó la mirada hacia ella.

—¿Sí, cariño?

—Si es para *Ratón*, le encanta el queso —dijo ella, contrita.

—Me rindo ante la superioridad de tu conocimiento. —Vale se volvió hacia la cocinera, que revoloteaba junto a su sopa—. ¿Tiene un trocito de queso?

La cocinera hizo una reverencia.

—Sí, milord. Annie, ve a la despensa a buscar el queso.

Una criada entró rápidamente en un cuarto contiguo a la cocina y volvió a aparecer con un queso redondo tan grande como su cabeza. Lo puso sobre la mesa de la cocina y apartó con cuidado el paño que lo envolvía.

La cocinera cogió un cuchillo afilado y cortó una loncha.

—¿Bastará con esto, milord?

—Perfecto, señora cocinera. —Vale le sonrió, y las flacas mejillas de la cocinera se tiñeron de un rosa suave—. Se lo agradezco infinito. Ahora, si me muestra usted el sótano, señor Oaks...

El mayordomo les condujo a través de la despensa, hasta una puerta que daba a un corto tramo de escaleras que llevaba al sótano, una parte del cual se hallaba por debajo del nivel del suelo.

—Cuidado con la cabeza —le advirtió Vale a Melisande. Él casi tuvo que doblarse para bajar por las escaleras—. Gracias, Oaks. Ya puede marcharse.

El mayordomo pareció inmensamente aliviado. El sótano estaba recubierto de piedra fría y húmeda, y las paredes repletas de anaqueles rebosantes de toda clase de alimentos y vinos. En un rincón había una portezuela de madera detrás de la cual estaba encerrado *Ratón*. Había dejado de ladrar al oír sus pasos en la escalera, y Melisande se lo imaginaba detrás de la puerta, en guardia, con la cabeza hacia un lado.

Vale la miró y se llevó un dedo a los labios.

Ella asintió, con la boca tensa.

Su marido sonrió y entreabrió la portezuela. Enseguida asomó por la rendija una naricilla negra. Vale se agachó y cortó con los dedos un trozo de queso.

—Bueno, *sir Ratón* —murmuró al tenderle el queso con sus largos y fuertes dedos—, ¿has recapacitado sobre tus pecados?

La naricilla se movió de un lado a otro y después Ratón cogió con mucho cuidado el queso de la mano de Vale y desapareció.

Melisande esperaba que Vale entrara en el cuartito del sótano, pero él se limitó a esperar, agachado todavía sobre el suelo de piedra, como si tuviera todo el tiempo del mundo.

Unos segundos después reapareció el hociquillo negro y nervioso. Esta vez, Vale sostuvo el queso fuera de su alcance.

Melisande aguardó, conteniendo el aliento. *Ratón* podía ser sumamente terco. Pero, por otro lado, adoraba el queso. El perrillo empujó la puerta con la nariz. Vale y él se miraron un momento, y luego *Ratón* salió al trote y le quitó de la mano el segundo trozo de queso. De inmediato retrocedió unos pasos, le dio la espalda y engulló el queso. Vale le mostró otro trozo de queso sobre la palma abierta de su mano, encima de la rodilla. *Ratón* se acercó despacio y cogió el queso, indeciso.

Cuando volvió en busca de otro bocado, Vale le pasó suavemente la mano por la cabeza mientras comía. A *Ratón* no pareció importarle; ni siquiera dio muestras de notar la caricia. Vale se sacó del bolsillo una larga y fina correa de cuero. Tenía un lazo en un extremo. Cuando *Ratón* se acercó a pedirle otro trozo de queso, Vale le pasó hábilmente el lazo por el cuello, donde quedó colgando, suelto. Luego le dio más queso.

Para cuando acabó de comerse la loncha entera, *Ratón* ya dejaba que pasara la mano por todo su cuerpecillo. Vale se levantó y se dio unas palmadas en el muslo.

—Vamos, ven.

Se volvió y salió del sótano. *Ratón* miró a Melisande con desconcierto, pero como estaba al otro lado de la correa, no tuvo más remedio que seguir a Vale.

Melisande sacudió la cabeza, asombrada, y fue tras ellos. Vale cruzó la cocina y salió por la puerta de atrás, donde alargó la correa lo suficiente para que *Ratón* hiciera sus necesidades.

Luego volvió a recogerla y sonrió a Melisande.

—¿Cenamos?

Ella sólo pudo asentir con la cabeza. Sentía el pecho henchido de gratitud. Vale había domeñado a *Ratón*, le había impuesto su autoridad sin hacerle daño. Melisande conocía a muy pocos hombres capaces de molestarse en hacer lo mismo, y más aún sin golpear al animal. Lo que había hecho Vale requería sabiduría, paciencia y no poca compasión. Compasión por un perro que le había mordido esa misma mañana. Si no le hubiera amado ya, se habría enamorado de él en ese momento.

Ratón estaba echado bajo la mesa, a los pies de Jasper. Éste tenía la correa enrollada alrededor de la muñeca, y había notado un tirón cuando el perrillo había hecho un par de intentos malogrados de acercarse a su dueña. Ahora yacía quieto, con la cabeza entre las patas, y de vez en cuando soltaba un dramático suspiro. Jasper sintió que una sonrisa curvaba sus labios. Entendía por qué Melisande le tenía tanto cariño a aquella bestezuela. *Ratón* era todo un personaje.

—¿Piensas salir otra vez esta noche? —preguntó ella desde el otro lado de la mesa.

Le observaba por encima del borde de la copa de vino, con ojos sombríos y misteriosos.

Jasper se encogió de hombros.

—Quizá.

Bajó la mirada al cortar un trozo de asado de su plato. ¿Se preguntaba ella por qué salía tanto, por qué muchas noches estaba fuera hasta las tantas de la madrugada? ¿O pensaba simplemente que era un golfo y un borrachín sin remedio? Qué idea tan humillante. Sobre todo porque no sentía especial afición por los tugurios de juego y los bailes a los que asistía cada noche. Sencillamente, odiaba las negras horas de la noche.

—Podrías quedarte —dijo Melisande.

Jasper la miró. Ella tenía una expresión suave, se movía sin prisas mientras cortaba una rosquilla de pan y la untaba con mantequilla.

—¿Quieres que me quede? —preguntó.

Melisande levantó las cejas sin apartar la mirada del pan.

—Quizá.

Jasper sintió tensarse su vientre al oír aquella palabra sutilmente cargada de seducción.

—¿Y qué haremos, mi dulce esposa, si me quedo aquí contigo?

Ella se encogió de hombros.

—Podríamos hacer muchas cosas.

—¿Por ejemplo?

—Podríamos jugar a las cartas.

—¿Con sólo dos jugadores? Qué aburrimiento.

—¿A las damas o al ajedrez?

Él enarcó una ceja.

—Podríamos hablar —añadió ella suavemente.

Él tomó un sorbo de vino. La buscaba durante el día, pero por alguna razón la idea de pasar la velada hablando con ella le ponía nervioso. Sus fantasmas eran mucho más feroces cuando se hacía de noche.

—¿De qué hablaríamos?

Un lacayo llevó una bandeja con quesos y fresas frescas y la colocó entre los dos. Melisande no se movió (tenía siempre la espalda recta como un militar), pero a Jasper le pareció que se inclinaba un poco hacia delante.

—Podrías hablarme de tu infancia.

—Un tema bastante aburrido, me temo. —Tocó distraídamente

su copa de vino—. Quitando la vez en que Reynaud y yo estuvimos a punto de ahogarnos en el estanque de Saint Aubyn.

—Me gustaría que me lo contaras. —Ella no había probado aún las fresas.

—Estábamos en una época muy peligrosa de la vida —comenzó a decir Jasper—. Teníamos once años, para ser exacto. Fue el verano anterior a que nos mandaran al internado.

—¿Sí? —Eligió una fresa y la dejó en su plato. No era ni la más grande, ni la más pequeña, pero sí muy roja y madura. La acarició con el índice como si se deleitara en la idea de comérsela.

Jasper bebió otro sorbo de vino. De pronto se le había quedado la boca seca.

—Siento decir que esa tarde me escapé de mi preceptor.

—¿Te escapaste? —Ella dio la vuelta a la fresa en el plato.

Mientras veía moverse sus dedos sobre la fruta, Jasper se los imaginó haciendo otra cosa.

—Mi preceptor era un señor bastante anciano y, si contaba con la suficiente ventaja, podía escapar de él con bastante facilidad.

—Pobre hombre —dijo Melisande, y mordió la fresa.

Jasper se quedó un momento sin aliento. De pronto no podía pensar. Luego se aclaró la garganta, pero aun así su voz sonó ronca.

—Sí, bueno, y para colmo Reynaud también había hecho novillos.

Ella tragó.

—¿Y?

—Por desgracia, decidimos encontrarnos junto al estanque.

—¿Por desgracia?

Él hizo una mueca al recordarlo.

—No sé cómo, se nos ocurrió construir una balsa.

Melisande levantó las cejas, aquellas delicadas alas de color marrón claro.

Él ensartó un trozo de queso con el cuchillo y se lo comió.

—Resulta que construir una balsa con ramas caídas y trozos de cordel es mucho más difícil de lo que podría parecer en un principio. Sobre todo, si se tienen once años.

—Intuyo que se avecina una tragedia. —Tenía una expresión seria, pero sus ojos le miraban risueños.

—En efecto. —Tomó una fresa e hizo girar su rabillo entre los dedos—. A media tarde estábamos cubiertos de barro, sudorosos y jadeantes, pero nos las habíamos ingeniado para construir un armatoste de unos tres pies cuadrados, aunque muy cuadrado no era, dicho sea de paso.

Melisande se mordió el labio como si intentara contener la risa.

—¿Y?

Jasper apoyó los codos sobre la mesa, sujetando todavía la fresa, y adoptó una expresión solemne.

—Al echar la vista atrás, dudo mucho que aquel cacharro pudiera flotar en el agua por sí solo. Pero, naturalmente, no se nos ocurrió probarlo antes de embarcarnos.

Ella sonreía. No intentaba ya contener la risa, y Jasper sintió un estremecimiento de gozo. Conseguir que aquella mujer perdiera la compostura, hacer que expresara alegría, no era hazaña pequeña. Pero lo más sorprendente de todo era el placer que le producía hacerla sonreír.

—El resultado fue inevitable, me temo. —Alargó el brazo a través de la mesa y acercó la fresa a su boca sonriente. Ella abrió los labios rosados y mordió la fruta. Jasper se excitó y miró su boca mientras masticaba—. El batacazo fue inmediato, pero fue la propia inestabilidad de la balsa lo que nos salvó.

Ella tragó.

—¿Y eso por qué?

Jasper arrojó a un lado el rabillo de la fresa y cruzó los brazos sobre la mesa.

—Estábamos a cosa de una yarda de la orilla cuando nos hundimos. Hicimos pie entre las algas, y el agua sólo nos llegaba a la cintura.

—¿Eso es todo?

Él sintió que la comisura de su boca se levantaba.

—Bueno, habría sido todo si Reynaud no se las hubiera ingeniado para caer casi encima de un nido de gansos.

Ella hizo una mueca.

—Ay, Dios.

Jasper asintió con un gesto.

—En efecto: ay, Dios. El ganso se tomó muy a mal que hubiéramos invadido su casita a la orilla del lago y nos persiguió casi hasta Vale Manor. Allí nos encontró por fin mi preceptor, que me dio tal tunda de azotes que estuve una semana casi sin poder sentarme. Desde entonces le tengo manía al ganso asado.

Sostuvo por un momento la mirada risueña de sus ojos marrones. La habitación estaba en silencio; los criados andaban por el pasillo. Jasper sentía cada inhalación. Tenía la impresión de que el tiempo se había detenido mientras miraba los ojos de su esposa. Estaba al borde de algo: un momento crucial de su vida, una nueva forma de sentir o pensar. Ignoraba qué era, pero estaba allí, bajo sus pies. Lo único que tenía que hacer era dar el paso.

Pero fue Melisande quien se movió. Apartó su silla y se levantó.

—Le doy las gracias, milord, por un relato de lo más entretenido. —Se dirigió hacia la puerta del comedor.

Jasper parpadeó.

—¿Tan pronto me dejas?

Ella se detuvo con la espalda, tiesa como una vara, vuelta hacia él.

—Confiaba en que me acompañaras arriba. —Le miró por encima del hombro con ojos graves, misteriosos y un poco incitantes—. Ya no estoy indispuesta.

Cerró la puerta muy suavemente tras ella.

Melisande oyó una maldición sofocada seguida por un agudo ladrido al salir del comedor. Sonrió. Sin duda Vale había olvidado que tenía la correa de *Ratón* atada a la muñeca. Subió rápidamente las escaleras sin mirar atrás. Sentía el pálpito de su pulso, era consciente de que él iba a seguirla, y esa certeza aligeró sus pasos al llegar al pasillo de arriba.

Unas fuertes pisadas se oyeron en las escaleras. Se acercaban rápidamente. Vale debía de estar subiendo los peldaños de dos en dos. Melisande llegó a la puerta de su alcoba jadeando de excitación. Entró en la habitación vacía y corrió a la chimenea, donde se volvió.

Vale irrumpió en la alcoba un instante después.

—¿Qué has hecho con *Ratón*? —Ella luchaba por que no le temblara la voz.

—Se lo he dado a un lacayo. —Vale cerró la puerta.

—Entiendo.

Él se volvió hacia ella y se detuvo con la cabeza ladeada. Parecía estar esperando a que ella hiciera algo.

Melisande respiró hondo y se acercó.

—Suele dormir conmigo, ¿sabes?

Agarró los bordes de su casaca y los apartó para sacarle las mangas.

—¿En esta habitación?

—En mi cama. —Depositó cuidadosamente la casaca sobre una silla.

—Ah. ¿De veras? —Había arrugado el ceño, como si intentara hacer una deducción.

—De veras —repitió ella suavemente. Aflojó su corbata y la dejó sobre la casaca. Le temblaban las manos como si tuviera azogue.

—En la cama.

—Sí. —Le desabrochó el chaleco.

Él se lo quitó y lo dejó caer al suelo. Melisande miró la prenda y decidió dejarla allí. Empezó a desabrocharle la camisa.

—Creo que... —Vale se interrumpió. Parecía haberse distraído de pronto.

Ella le sacó la camisa por la cabeza y le miró.

—¿Sí?

Vale carraspeó.

—Quizá deberíamos sentarnos.

—¿Por qué? —No pensaba permitir que aquello sucediera como en su noche de bodas. Posó las yemas de los dedos sobre su pecho y los deslizó por su estómago, disfrutando de la libertad de tocar su piel desnuda.

Él metió tripa.

—Eh...

Melisande llegó a la altura de sus calzas y buscó los botones.

—Despacio.

—¿Crees que debemos aflojar el ritmo? —preguntó ella con voz suave, pero desabrochó los botones.

—Bueno...

—¿Sí? —La solapa de sus calzas se abrió y quedó colgando.

—Eh...

—¿O no? —Deslizó la mano dentro de su calzón y encontró su miembro duro y grueso, esperándola. Una oleada de calor la embargó. Esa noche sería suyo: sería suyo como ella quería.

Vale cerró los ojos como si sufriera y dijo con claridad:

—No.

—Ah, muy bien —murmuró ella—. Lo mismo digo.

Y metió la otra mano dentro de sus calzas para tocar su miembro.

Vale se tambaleó un poco antes de plantar los pies.

Melisande estaba absorta en su descubrimiento. Por fin, curiosamente, ahora que tocaba la parte más íntima de su anatomía, habían dejado de temblarle las manos. Sentía el roce de su vello crespo en el dorso de los dedos, y sus palmas se llenaban de carne caliente. Rodeó con la mano izquierda su verga mientras con la derecha seguía su exploración. Piel tersa y, bajo ella, músculo duro como el granito. El leve abultamiento de las venas y un glande ancho y de grueso reborde. Pasó las puntas de los dedos por él, piel sensible con piel sensible, y notó su pequeña abertura. Y la humedad que brotaba de ella. La frotó describiendo pequeños círculos al tiempo que apretaba con su mano izquierda.

—Dios mío —dijo Vale en tono implorante—. Me dejas sin fuerzas, esposa mía.

Ella esbozó una sonrisa femenina y triunfal y se puso de puntillas, con su verga todavía entre las manos.

—Bésame, por favor.

Vale abrió los ojos y la miró casi frenético. Luego la asió de los brazos e inclinó la cabeza para besarla. Abrió la boca húmeda y un poco ávida: exactamente como ella quería. Melisande dejó escapar un ronroneo de placer y siguió acariciándolo con firmeza. Él gruñó e introdujo la lengua en su boca mientras su verga seguía entre las manos de Melisande. Ella atrapó su lengua y la chupó. Vale bajó las manos hasta sus nalgas y las apretó. Un estremecimiento de puro placer recorrió a Melisande en lo más profundo de su ser.

Él se apartó de pronto, jadeante.

—Dulce corazón mío, quizá deberíamos...

No. Melisande le bajó las calzas de un tirón, apartándoselas de las caderas. Examinó su hermosa verga desnuda y sintió que sus músculos internos se contraían al verla.

—Melisande...

Su pene, orgulloso y erecto, era cobrizo, y sus testículos se tensaban, duros, bajo él. Melisande puso el pulgar bajo el glande, en el leve y sensible surco de debajo.

—¿Qué?

—¿No te...?

Ella levantó la vista. Su marido parecía un poco aturdido.

—No —contestó con firmeza, y se inclinó para lamer su pezón izquierdo.

Él dio un respingo y la atrajo hacia sí, estrujando sus manos entre los cuerpos de ambos.

Ella soltó su presa y, posando las manos sobre su pecho, le empujó hasta una silla. Vale dio un paso tambaleante antes de inclinarse con impaciencia para quitarse las calzas y los calzones, a los que siguieron las medias y los zapatos. Se quedó sentado en la silla, espléndidamente desnudo, y entonces pareció caer en la cuenta de que ella seguía vestida.

—Pero...

—Shh. —Melisande puso un dedo sobre su boca y sintió el roce húmedo de su aliento, el terso satén de sus labios.

Vale cerró la boca y ella dio un paso atrás. Se llevó las manos a los lazos del corpiño y él la miró con intensidad mientras se quitaba la ropa. La habitación estaba en silencio, excepto por el chisporroteo del fuego y el ruido de la respiración de ambos. La luz de las llamas agrandaba el cuerpo grande y fornido de Vale. Sus anchos hombros rebasaban el respaldo de la silla. Sus largos dedos se aferraban con fuerza a los brazos de la silla, como si intentara refrenarse. Los músculos de sus brazos se hinchaban por la tensión. Y más abajo...

Melisande contuvo el aliento al quitarse las faldas. Los duros muslos de Vale sostenían su miembro erecto, que apuntaba agresivamente hacia arriba. Aquella imagen hizo que le temblaran las piernas, que el centro de su ser ardiera y se licuara. Le miró a los ojos, y Vale ya no parecía aturdido. Clavó en ella una mirada intensa y reconcentrada, sin un asomo de sonrisa en su boca ancha y expresiva.

Melisande respiró hondo para calmarse y dejó que su corpiño cayera al suelo. Debajo llevaba únicamente una camisa de seda, fina como las alas de una libélula. Al acercarse a él, Vale comenzó a levantarse de la silla. Pero ella le puso una mano en el hombro y colocó una rodilla junto a su cadera, sobre la silla.

—¿Te importa?

Le satisfizo que él tuviera que aclararse la garganta.

—En absoluto.

Ella asintió con la cabeza y se levantó hasta las caderas el bajo de la camisa antes de subirse a la silla. Se colocó con cuidado sobre él, a horcajadas, y dejó caer la camisa. Luego se sentó. Durante un instante, sólo pudo saborear el calor de los muslos de Vale contra sus nalgas. Sentía el cosquilleo de su vello en sus partes más íntimas.

Después sonrió y le rodeó el cuello con los brazos.

—¿Vas a besarme?

—Dios, sí —gruñó él.

La apretó con fuerza contra su pecho y rodeó con fuerza su espalda. Melisande estuvo a punto de reírse. Era tan maravilloso que por fin la abrazara así... Pero luego él la besó en la boca y la risa se disipó. La besó con ansia, como si estuviera hambriento y ella fuera el primer bocado de pan que probaba desde hacía semanas. Su boca grande se movía sobre la de ella, mordisqueándole los labios y jadeando. Sus manos la apretaban con fuerza, y Melisande se preguntó si al día siguiente tendría moratones.

Se levantó un poco para acercarse a su verga. Él se quedó paralizado, besándola todavía, como si quisiera ver qué hacía a continuación. Ella se echó hacia delante sobre su regazo hasta que tuvo su pene debajo, atrapado firmemente entre los cuerpos de ambos. Luego, lentamente, comenzó a frotarse contra él. Su glande separó los pliegues de su sexo, y ella apretó su carne más íntima contra él. Sus ojos se cerraron parpadeando al sentir un placer exquisito.

Vale interrumpió el beso e intentó meter la mano entre los dos.

—No. —Ella abrió los ojos y le miró con severidad. Luego volvió a apretarse contra él.

Él tenía la cara sofocada y los labios húmedos. Las largas arrugas verticales que rodeaban su boca se habían hecho más profundas, y su rostro tenía de pronto una expresión melancólica.

Melisande se frotó contra él. Su ardor era cada vez más intenso. Los pliegues de su sexo se habían vuelto resbaladizos. Sosteniéndole la mirada, parecía desafiarle a detenerla.

Pero él acercó las manos a su cuerpo y cubrió sus pechos.

—Hazlo ya.

Ella se incorporó apoyándose en las rodillas y se apretó contra su verga. Jadeaba. Mirándola, Vale juntó los dedos y pellizcó sus pezones. Ella gimió y arqueó la espalda, pero su verga se deslizó hacia un lado. Frenética, introdujo la mano entre los dos para sujetar su resbaladiza lisura. Se apretó de nuevo contra él. Sentía los pliegues de su sexo hinchados bajo sus dedos. Se imaginó su sexo, mojado y púrpura, floreciendo unido a la verga de Vale. Frotó la punta de su pene contra su clítoris y se mordió los labios mientras luchaba por alcanzar su meta.

Luego, él se inclinó hacia delante y se metió unos de sus pezones en la boca húmeda y caliente, y ella se precipitó en el abismo. Jadeando, ansiosa, se hizo añicos, disolviéndose en el espacio. Su camisa se empapó como papel de seda bajo la lengua de Vale mientras chupaba con fuerza su pezón. Melisande le miraba con los ojos entornados y la cabeza echada hacia atrás por el placer. *Vale*... Se estremecía contra él y temblaba, aún entre el cielo y la tierra, reacia a volver.

Al deslizarse arriba y abajo sobre su espalda, las manos de Vale eran ahora suaves y delicadas, en lugar de duras. Melisande temblaba entre sus brazos; sus jadeos comenzaban a remitir, pero su deseo de tenerle dentro se hacía cada vez más apremiante. Vale se movió y enlazó con las manos su cintura, levantándola sin aparente esfuerzo. De pronto, su miembro estaba más abajo, a la entrada del sexo de Melisande. Ella levantó la cabeza y sus ojos se encontraron con la mirada implacable de Vale. Él le sostuvo la mirada y presionó, ensanchando su conducto y haciéndola estremecerse con renovado placer. Melisande levantó la pelvis y empujó hacia abajo, sentándose firmemente sobre su pene, que la penetró por entero. Hombre y mujer. Marido y mujer.

Seguían mirándose a los ojos, y ella se preguntó qué pensaba él. Si estaba sorprendido, si sentía satisfacción o desagrado. O si quizá no tenía ningún pensamiento coherente. Tenía la ancha boca tensa, casi formando una mueca, y los ojos entrecerrados. Una gota de sudor le corría por la mandíbula. Tal vez no necesitara pensar. Tal vez sólo sentía.

Igual que ella. Se inclinó hacia delante y lamió aquella gota de sudor. Notó su sabor a sal y a hombre: a su hombre, ahora. Tomó la cara de Vale entre las manos y mordió su labio inferior. Él dejó escapar un gruñido, tensó las manos y la levantó, extrayendo su verga de la funda de su sexo. Después, la dejó caer de nuevo.

Melisande tenía ganas de reír, de cantar. Volaba libre (libre por fin), y estaba haciendo el amor con el hombre del que estaba enamorada. Cuando él volvió a dejarla caer, movió las caderas, y él apartó el labio de entre sus dientes y masculló un juramento. Luego comenzó a moverse bajo ella: se alzaba como una ola y hundía su carne violentamente dentro de ella, como si quisiera marcarla.

Melisande se agarró a sus anchos hombros y se aferró a él. Tenía las piernas separadas, los pechos erizados y su boca, abierta junto a la cara de Vale, le besaba, le lamía, le mordía. Y, mientras tanto, su verga seguía hundiéndose en ella. Se abalanzaba hacia ella con brusquedad y la penetraba.

Hasta que todos sus músculos se tensaron a la vez. Sacudió la cabeza, apretó los dientes, con el cuerpo rígido, y ella sintió el chorro caliente de su simiente dentro del cuerpo. Vale se convulsionó una vez. Y otra. Después exhaló como si todo el aire dejara su cuerpo de repente.

Melisande besó su cara y su mandíbula mientras veía a su marido relajarse después de hacer el amor. Poco a poco, sus músculos se aflojaron. Sus manos abandonaron la cintura de Melisande. Recostó la cabeza en el respaldo de la silla. Y ella siguió besándole. En el cuello, en el oído, en el hombro. Con besos ligeros y suaves. *Vale, Vale, Vale...* No podía decir en voz alta lo que entonaba su corazón, pero podía idolatrarle con sus besos. Él estaba acalorado. Melisande notaba la humedad de su pecho bajo las palmas de las manos. Sentía el olor almizclado de sus cuerpos unidos, fundidos por el sexo. Nunca antes había sentido un bienestar semejante. Todas las piezas de su vida, de su mundo, parecían haber ocupado el lugar correcto, se habían alineado armónicamente. Estaba en paz.

Podía quedarse así para siempre.

Pero él cambió de postura y se apartó de ella. Melisande sofocó un gemido de fastidio, porque él la había levantado en brazos y la llevaba hacia la cama. La tumbó y se inclinó para darle un beso suave en los labios. Luego dio media vuelta y salió de la habitación por la puerta que comunicaba sus dormitorios.

No vio que Melisande le tendía los brazos.

Capítulo 10

El día que empezaban las justas, cientos, quizá miles de hombres cargados de esperanzas aguardaban frente a los muros del castillo. Un alto estrado se había construido para que el rey se subiera a él y todos los pretendientes le oyeran. Desde aquel estrado, el rey les explicó lo que iba a ocurrir. Habría tres justas en total, a fin de que el hombre que ganara a la princesa fuera puesto minuciosamente a prueba. La primera consistía en encontrar y recuperar un anillo de bronce. Dicho anillo yacía en el fondo de un lago profundo y helado. Y en aquel lago moraba una serpiente gigantesca...

De Jack *el Risueño*

*M*elisande despertó sola en la cama. Suchlike debía de haber dejado entrar a *Ratón* en el cuarto durante la noche, porque el perrillo estaba acurrucado a los pies de la cama. Se quedó tumbada un momento, mirando el dosel de seda mientras intentaba aclarar sus emociones. Su encuentro de la noche anterior había sido maravilloso... o al menos eso le parecía a ella. ¿Acaso Jasper se había marchado después porque le repugnaba su osadía? ¿O porque para él aquél era, sencillamente, un acto físico y, por tanto, no sentía ninguna necesidad de quedarse acostado a su lado? ¿No era eso lo que había anhelado ella en un principio? ¿Compartir la parte física del matrimonio con Vale sin poner en juego la extraordinaria intensidad de sus emociones? Soltó un suspiro de frustración. Al parecer, ya no sabía lo que quería.

A los pies de la cama, *Ratón* se desenroscó y se estiró, con el trasero en pompa. Luego se acercó a ella tranquilamente y frotó el hocico contra su mano.

—¿Y usted qué opina, *sir Ratón*? —inquirió Melisande mientras acariciaba sus suaves orejas—. ¿Ya te ha domado?

Ratón se sacudió, saltó de la cama y se acercó al trote a la puerta. Dejó claro lo que quería arañando la madera con la pata.

Ella suspiró y retiró las mantas.

—Muy bien. De todos modos, supongo que quedándome en la cama no voy a resolver mis dudas.

Tiró de la campanilla para llamar a Suchlike y mientras esperaba a la doncella se lavó con el agua fría de la jarra del tocador. Luego, con ayuda de Suchlike, se vistió rápidamente y un rato después bajaba las escaleras acompañada de *Ratón*. Dejó al perrillo al cuidado de Sprat y se dirigió a la salita del desayuno, armándose de valor para ver a Vale.

Pero la salita del desayuno estaba vacía. Melisande remoloneó un momento en el umbral antes de entrar. La mesa estaba limpia y recogida, claro, pero unas cuantas migajas evidenciaban que su marido ya había estado allí y se había ido. Entonces se mordió el labio. ¿Por qué no la había esperado?

—¿Le traigo su chocolate, milady? —preguntó Sprat a sus espaldas. Había vuelto con *Ratón*.

—Sí, por favor —murmuró ella automáticamente. Luego se volvió, sobresaltando al lacayo—. No. Haga que traigan el carruaje a la puerta, ¿quiere?

Sprat pareció desconcertado.

—Sí, señora.

—Y dígale a Suchlike que se reúna conmigo en el vestíbulo.

El lacayo hizo una reverencia y salió de la habitación. Melisande se acercó al aparador, donde había desplegada una selección de bollos y carnes. Envolvió varios bollos en un paño y se dirigió al vestíbulo, con *Ratón* pisándole los talones.

Suchlike ya estaba esperándola en el pasillo. Levantó la mirada al entrar ella.

—¿Vamos a algún sitio, señora?

—Me apetece dar un paseo por el parque —contestó Melisande con energía. Miró a *Ratón*, sentado tranquilamente a sus pies. El perrillo la miraba con candor—. Sprat, creo que también necesitamos la correa de *Ratón*.

El lacayo regresó presuroso a la cocina en busca de la correa y poco después el perrillo y las dos mujeres iban en el carruaje, camino de Hyde Park.

—Hace un día precioso, ¿verdad, señora? —comentó Suchlike—. Brilla el sol y el cielo está azul. Pero claro, el señor Pynch dice que lo disfrutemos mientras podamos, porque pronto volverá a llover. —La doncella bajó las cejas—. Siempre está augurando mal tiempo, el señor Pynch.

Melisande miró a su doncella, divertida.

—Es un poco agrio, ¿no?

—¿Agrio?

—Muy serio y antipático.

—Ah. —El ceño de la doncella se despejó—. Bueno, sí que es serio, pero no es que sea antipático. Es que siempre mira a todo el mundo por encima del hombro, usted ya me entiende.

—Ah. —Melisande asintió con la cabeza—. Entonces es que se cree superior.

—¡Sí, señora, eso es exactamente! —exclamó Suchlike—. Se comporta como si los demás no fueran tan listos como él. O como si, por ser más jóvenes que él, supieran menos.

Suchlike se quedó cavilando un rato acerca del petulante ayuda de cámara. Melisande la observaba con interés. Suchlike solía ser una muchacha muy alegre. Nunca la había visto tan melancólica... y ello a causa de un ayuda de cámara que, además de calvo, le sacaba doce años.

—Ya estamos en Hyde Park, señora —dijo Suchlike.

Melisande levantó los ojos y vio que habían entrado en el parque. Era todavía temprano y el parque no estaba repleto aún de los carruajes elegantes que desfilaban por él a hora más tardía. En ese momento sólo había unos pocos jinetes, un carruaje o dos y varios paseantes a lo lejos.

El carruaje se detuvo. La portezuela se abrió y un lacayo asomó la cabeza.

—¿Le parece bien aquí, señora?

Estaban cerca de un pequeño estanque de patos. Melisande asintió con la cabeza.

—Muy bien. Dígale al cochero que espere aquí mientras damos un paseo.

—Sí, señora. —El lacayo ayudó primero a salir a Melisande y luego a Suchlike. *Ratón* saltó al suelo y enseguida levantó la pata junto a un matorral.

Melisande se aclaró la garganta.

—¿Vamos al estanque?

—Donde usted quiera, señora. —Suchlike echó a andar varios pasos detrás de ella.

Melisande suspiró. Se consideraba lo más apropiado que una doncella caminara detrás de su señora, en lugar de a su lado, pero ello les impedía mantener una conversación íntima. El día, sin embargo, era precioso, en efecto, y Melisande comenzó su paseo con paso decidido. ¿Por qué esperar en casa a un marido que tenía vida propia? No, disfrutaría de aquella mañana y del paseo, sin pensar en Vale y en por qué no la había esperado para desayunar.

Descubrió, no obstante, que era algo difícil conseguir cierta serenidad mientras paseaba a *Ratón*. El perrillo tiraba de la correa e hincaba las recias patas en el suelo como si pugnara por cada paso. Forcejeaba hasta tal punto con la correa de cuero que estaba a punto de estrangularse.

—Pero ¿qué estás haciendo, tontorrón? —masculló mientras el animal tosía y se atragantaba dramáticamente—. Si dejaras de tirar, no te pasaría nada.

Ratón ni siquiera se volvió al oír su voz. Siguió forcejeando con la correa trenzada.

Melisande suspiró. La zona del parque por la que paseaban estaba casi desierta. Sólo se veía a una mujer con dos niños junto al estanque de los patos, algo más adelante. Y a *Ratón* siempre le habían encantado los niños. Entonces ella se agachó y le quitó la correa.

El perrillo pegó inmediatamente la nariz al suelo y comenzó a corretear en círculos.

—*Ratón* —lo llamó Melisande.

Él se detuvo y la miró aguzando las orejas.

Ella sonrió.

—Muy bien.

El perrillo meneó el rabo y se fue a investigar el tronco de un árbol.

—Parece que le gusta pasear, ¿eh, señora? —dijo Suchlike tras ella.

—Sí, y hacía tiempo que no daba un buen paseo.

Melisande caminaba con más holgura ahora que *Ratón* ya no tiraba de ella. Sacó los bollitos que llevaba envueltos en un paño y le ofreció uno a Suchlike.

—Gracias, señora.

Melisande siguió paseando mientras comía. *Ratón* regresó correteando y tomó un bocado de su mano; después, se marchó de nuevo a explorar. Ella oía las risas de los niños a lo lejos y la voz más baja de la mujer que los acompañaba. Los niños estaban agachados junto al borde del estanque y la mujer un poco más allá, aunque cerca. Uno de los niños llevaba un palo largo y estaba clavándolo en el barro mientras el otro le miraba.

Ratón vio dos patos caminando por el talud de la orilla y, profiriendo un alegre ladrido, se fue tras ellos. Los patos levantaron el vuelo. El necio perrillo se lanzó al aire dando un mordisco, como si pudiera atrapar a un pato al vuelo.

Los niños levantaron la vista y uno de ellos gritó algo. *Ratón* se tomó aquello como una invitación y se acercó trotando a hacer amigos. Al acercarse paseando, Melisande vio que los nuevos conocidos de *Ratón* eran un niño y una niña. El niño tenía cinco o seis años y la niña unos ocho. Él llevaba un traje precioso, pero había rodeado el cuello de Ratón con los brazos, y Melisande hizo una mueca al imaginarse la cantidad de barro que acabaría pasando del perro al niño. La niña era menos efusiva, lo cual fue una suerte, porque llevaba un impecable vestido blanco.

—¡Señora! ¡Señora! ¿Cómo se llama? —gritó el niño al verla—. Es un perro fantástico.

—No deberías gritar —le dijo su hermana en tono de censura.

Melisande sonrió a la niña.

—Se llama *Ratón* y tienes razón: es un perro fantástico.

Ratón pareció sonreír antes de pegar el hocico al barro, al borde del estanque. El niño y él volvieron a investigar el agua.

Melisande se detuvo. No había tenido muchas ocasiones de hablar con niños, pero seguramente algunas cosas eran universales. Inclinó la cabeza hacia la niña.

—¿Y tú cómo te llamas?

La muchacha se sonrojó y bajó los ojos.

—Abigail Fitzwilliam —susurró como si hablara con sus zapatos.

—Ah. —Melisande comenzó a atar cabos al mirar a la niña y a su madre, a la que había visto la noche del baile de máscaras.

Helen Fitzwilliam era la amante del duque de Lister. El duque era un hombre poderoso, pero, por poderoso que fuera un hombre, en tales situaciones a la mujer seguía considerándosela una paria. Melisande sonrió a la hija de Helen Fitzwilliam.

—Yo soy lady Vale. ¿Cómo estás?

La niña siguió mirándose los zapatos.

—Abigail —dijo una voz suave y femenina—, saluda como es debido a la señora, por favor.

La niña hizo una linda aunque tambaleante reverencia mientras Melisande levantaba la mirada. La mujer que había hablado era muy bella: tenía el cabello dorado y brillante, grandes ojos azules y una boca perfecta, con la forma del arco de Cupido. Debía de ser algo más mayor que ella, pero podía eclipsar a mujeres por encima y por debajo de su edad. Naturalmente, no era de extrañar que el duque de Lister hubiera elegido como amante a una mujer de deslumbrante belleza.

Melisande debía alejarse sin prestar atención a la cortesana, sin mirarla o dirigirle la palabra. A juzgar por lo erguidos que mantenía los hombros la señora Fitzwilliam, eso era justamente lo que esperaba. Pero miró a la niñita, que seguía con los ojos clavados en el suelo. ¿Cuántas veces habría visto a su madre despreciada?

Entonces inclinó la cabeza.

—¿Cómo está usted? Soy Melisande Renshaw, vizcondesa de Vale.

Vio un destello de sorpresa y luego de gratitud en el semblante de la señora Fitzwilliam, antes de que ésta se inclinara en una reverencia.

—¡Ah! Es un honor conocerla, milady. Soy Helen Fitzwilliam.

Melisande le devolvió la reverencia y, al levantarse, descubrió a la niñita mirándola. Sonrió.

—¿Y cómo se llama tu hermano?

La niña miró por encima del hombro, hacia donde su hermano estaba agachado junto al agua, pinchando algo con un palo. *Ratón* olfateaba lo que habían encontrado, y Melisande confió en que no se le ocurriera revolcarse en alguna inmundicia.

—Es Jamie —dijo Abigail—. Le gustan las cosas apestosas.

—Mmm —dijo Melisande—. Igual que a *Ratón*.

—¿Voy a ver, madre? —preguntó la niña.

—Sí, pero intenta no llenarte de barro, como tu hermano —respondió la señora Fitzwilliam.

Abigail pareció ofenderse.

—Por supuesto que no.

Se acercó con cuidado adonde el niño y el perrillo estaban jugando.

—Es una niña preciosa —comentó Melisande. Normalmente le

desagradaba intentar trabar conversación con desconocidos, pero sabía que, si se quedaba callada, la otra mujer se lo tomaría como un *desaire*.

—Sí, ¿verdad? —dijo la señora Fitzwilliam—. Sé que las madres no deben hablar de esas cosas, pero a mí siempre me ha parecido preciosa. Son lo mejor que tengo en esta vida, ¿sabe?

Melisande asintió con la cabeza. Ignoraba cuánto tiempo hacía que la señora Fitzwilliam era la amante de Lister, pero era casi seguro que los niños eran suyos. ¡Qué extraña vida a medias llevaba una concubina! Lister había tenido descendencia legítima con su esposa: media docena de hijos e hijas, ya mayores. ¿Reconocía siquiera a Jamie y a Abigail como vástagos suyos?

—Les encanta el parque —continuó la señora Fitzwilliam—. Vengo aquí con ellos siempre que puedo, aunque me temo que no es muy a menudo. No me gusta venir cuando hay mucha gente.

Lo dijo con naturalidad, sin compadecerse de sí misma.

—¿Por qué será que a los niños pequeños y a los perros les gusta tanto el barro? —preguntó Melisande.

Abigail se mantenía a distancia, pero Jamie se había levantado y estaba pisoteando algo en medio del barro. El fango se levantaba en grandes goterones. *Ratón* ladraba.

—¿Será por el olor? —dijo la señora Fitzwilliam.

—¿O por la suciedad?

Abigail gritó y saltó hacia atrás cuando su hermano volvió a pisotear el barro.

—¿O porque a las niñas les repugna?

Melisande sonrió.

—Eso explica la fascinación de Jamie, desde luego, pero no la de *Ratón*.

De pronto se descubrió deseando poder invitar a tomar el té a aquella mujer. La señora Fitzwilliam no era en absoluto como esperaba. No pedía piedad, ni parecía angustiada por la suerte que le había tocado en esta vida, y tenía sentido del humor. Podía ser una muy buena amiga.

Pero, ay, no se debía invitar a una mujer en su situación a tomar el té.

—Tengo entendido que está usted recién casada —dijo la señora Fitzwilliam—. ¿Me permite darle mi enhorabuena?

—Gracias —murmuró Melisande, y arrugó el ceño al recordar cómo la había dejado Jasper la noche anterior.

—Siempre me ha parecido que debe de ser difícil convivir con un hombre —comentó la señora Fitzwilliam.

Melisande le lanzó una mirada.

La señora Fitzwilliam se puso colorada.

—Espero no haberla ofendido.

—No, nada de eso.

—Es sólo que los hombres pueden ser tan distantes a veces... —dijo su interlocutora con suavidad—. Como si una fuera un estorbo para ellos. Pero puede que no todos sean así.

—No lo sé —respondió Melisande—. Es la primera vez que me caso.

—Claro. —La señora Fitzwilliam bajó la mirada hacia el suelo—. Me pregunto, sin embargo, si es posible siquiera que un hombre y una mujer estén verdaderamente unidos. En un sentido espiritual, quiero decir. Hombres y mujeres son tan distintos, ¿no le parece?

Melisande juntó las manos. La opinión de la señora Fitzwilliam respecto al matrimonio era bastante escéptica, y una parte de su ser (la más sensata y pragmática) la impulsaba a darle la razón. Pero otra parte se oponía con vehemencia.

—No creo que siempre tenga que ser así. He visto parejas muy enamoradas y tan unidas que parecen adivinarse mutuamente el pensamiento.

—¿Y usted tiene ese vínculo con su esposo? —preguntó la señora Fitzwilliam. La pregunta podía haber sonado grosera, viniendo de cualquier otra mujer, pero la señora Fitzwilliam parecía sentir una curiosidad sincera.

—No —contestó Melisande—. El nuestro no es ese tipo de matrimonio.

Y eso era lo que ella quería, ¿no? Había amado ya una vez antes, y había sufrido en el alma. No podría soportar aquel sufrimiento de nuevo, era así de sencillo.

Melisande sintió que una especie de tristeza, de aflicción, inundaba su ser al reconocerlo. Jamás tendría uno de esos matrimonios gloriosos basados en el amor y la comprensión mutua.

—Ah —dijo la señora Fitzwilliam, y se quedaron calladas un rato, mirando a los niños y a *Ratón*.

Por fin la señora Fitzwilliam se volvió hacia ella y sonrió, con una sonrisa tan bella y maravillosa que Melisande se quedó sencillamente sin aliento.

—Gracias por dejarles jugar con su perro.

Al abrir la boca para responder, Melisande oyó un grito tras ella.

—¡Mi señora esposa! ¡Qué alegría verte aquí!

Se volvió y vio que Vale se acercaba a caballo, acompañado de otro hombre.

Melisande estaba tan absorta en su conversación con la otra señora que no vio a Jasper hasta que él la saludó. Mientras lord Hasselthorpe y él se acercaban, la desconocida se volvió y se alejó rápidamente. Jasper la reconoció. Era la señora Fitzwilliam, la amante del duque de Lister desde hacía casi una década.

¿Qué hacía Melisande hablando con una concubina?

—Su mujer tiene compañías poco recomendables —comentó lord Hasselthorpe—. A veces, a las jóvenes casadas se les mete en la cabeza hacerse las cosmopolitas rozando los límites de la respetabilidad. Más vale que se lo advierta, Vale.

Una réplica mordaz acudió a los labios de Jasper, pero la refrenó. Había pasado media hora intentando congraciarse con lord Hasselthorpe.

Rechinó los dientes y dijo:

—Lo tendré en cuenta, señor.

—Hágalo —replicó Hasselthorpe, deteniendo a su caballo antes de que llegaran junto a Melisande—. Sin duda querrá usted hablar en privado con su señora esposa, así que les dejo. Me ha dado usted mucho que pensar.

—¿Significa eso que nos ayudará a encontrar al traidor? —insistió Jasper.

Hasselthorpe titubeó.

—Sus teorías parecen razonables, Vale, pero no me gusta precipitarme. Si, en efecto, mi hermano Thomas murió por culpa de un cobarde traidor, tendrá usted mi ayuda. Pero me gustaría sopesar un poco más este asunto.

—Muy bien —dijo Jasper—. ¿Puedo ir a verle mañana?

—Mejor pasado mañana —contestó Hasselthorpe.

Jasper asintió con la cabeza, a pesar de que le irritaba aquella demora. Estrechó la mano del otro hombre y se acercó a Melisande a caballo. Ella se había dado la vuelta para verle acercarse. Tenía las manos cruzadas sobre la cintura y la espalda increíblemente recta, como de costumbre. No parecía en absoluto la mujer que le había seducido hábilmente la noche anterior. Jasper deseó por un momento asirla de los hombros y zarandearla, hacerla perder su impenetrable compostura, obligarla a doblar la espalda.

No lo hizo, desde luego; no se zarandeaba a la propia esposa en un parque público y en plena mañana, aunque estuviera hablando con personas de mala reputación.

Sonrió y volvió a saludarla.

—¿De paseo, corazón mío?

Al verle, *Ratón* se apartó de un niño cubierto de barro y corrió hacia su caballo, ladrando como un loco. Aquel perrillo tenía el cerebro como un guisante. Por suerte, *Belle* se limitó a bufar al verlo brincar junto a sus cascos.

—*Ratón* —dijo Jasper con severidad—, siéntate.

Como por milagro, el perro plantó sus posaderas sobre la hierba.

Jasper se apeó de la yegua y lo miró. El animal meneó el rabo. Jasper siguió mirándolo hasta que agachó la cabeza, meneando todavía el rabo con tanto brío que también se agitaba la mitad de su cuerpo. Entonces bajó la cabeza casi hasta el suelo y se acercó despacio a Jasper, apoyado en los codos, con la boca retraída en una mueca de sumisión.

—Por el amor de Dios —masculló Jasper. Cualquiera pensaría al ver al perrillo que le había pegado.

Ratón interpretó aquello como una autorización para ponerse a brincar, se acercó al trote y se sentó a sus pies, expectante. Jasper lo miró desconcertado.

Oyó una risa sofocada. Miró a Melisande torciendo una ceja y vio que se había tapado la boca con la mano.

—Creo que le gustas.

—Sí, pero ¿me gusta él a mí?

—Eso no importa. —Melisande se acercó tranquilamente—. Le gustas y ya está.

—Hmm. —Jasper volvió a mirar al perrillo. *Ratón* había ladeado la cabeza como si esperara instrucciones—. Adelante, pues.

El perro soltó un ladrido y comenzó a correr describiendo un amplio círculo en torno a Jasper, Melisande y el caballo.

—Lo lógico sería que me tuviera manía, después de encerrarlo en el sótano —masculló Jasper.

Melisande se encogió de hombros elegantemente.

—Los perros tienen esas cosas. —Se inclinó y cogió un palito entre el índice y el pulgar—. Ten.

Jasper miró el palito. Estaba manchado de barro.

—Me abruma su delicadeza, milady.

Ella levantó los ojos al cielo.

—No es para ti, tonto. Lánzaselo a *Ratón*.

—¿Por qué?

—Porque le gusta ir a recoger palos —contestó con paciencia, como si hablara con un niño muy lento de entendederas.

—Ah. —Cogió el palito y *Ratón* dejó de correr de inmediato y le miró. Jasper lanzó el palo lo más lejos que pudo, consciente de que, por absurdo que pareciera, intentaba lucirse.

Ratón echó a correr detrás del palo, lo recogió y lo sacudió con fuerza. Luego se puso a corretear alrededor del estanque.

Jasper arrugó el ceño.

—Creía que tenía que traérmelo.

—Yo no he dicho que este juego se le diera bien.

Jasper miró a su esposa. El aire de la mañana había sonrosado sus mejillas, normalmente pálidas; sus ojos brillaban por haberse mofado un poco de él, y estaba... encantadora. Realmente encantadora.

Jasper tuvo que tragar saliva antes de poder hablar.

—¿Me estás diciendo que acabo de perder un palo estupendo?

Se oyó un suave chasquido desde el otro lado del estanque. *Ratón* estaba masticando el palo.

Melisande hizo una mueca.

—No creo que quieras que te lo devuelva, de todos modos.

—No irá a comérselo, ¿verdad?

—Sería la primera vez.

—Ah. —Y luego no supo qué decir, lo cual le sucedía muy raras veces. Quería preguntarle de qué había hablado con la señora Fitzwilliam, pero ignoraba cómo formular la pregunta. «¿Has estado recibiendo lecciones de seducción de una cortesana?» no parecía lo más apropiado. Se fijó en que la señora Fitzwilliam y sus hijos parecían haberse marchado. Ya no se les veía.

—¿Por qué no me esperaste para desayunar? —preguntó ella, rompiendo el silencio.

Habían empezado a pasear alrededor del estanque. Jasper llevaba de las riendas a su caballo.

—No lo sé exactamente. Pensé que después de lo de anoche...

¿Qué? ¿Que querría pasar un tiempo sola? No, eso no era del todo cierto. Quizá fuera él quien necesitaba un poco de soledad. Pero ¿en qué lugar le dejaba aquello?

—¿Te desagradó mi conducta? —preguntó ella.

Jasper se detuvo, sorprendido, y la miró. ¿Por qué pensaba que podía haberle desagradado? Preguntarlo siquiera revelaba un fallo en su carácter.

—No. No, corazón mío. No podrías desagradarme ni aunque lo intentaras mil años.

Ella había fruncido ligeramente las cejas mientras observaba su cara. Parecía intentar descubrir si le mentía.

Jasper se inclinó hacia ella y murmuró:

—Me intrigas, me tientas, me inflamas, pero ¿desagradarme? Eso jamás, dulce esposa mía.

Melisande contuvo el aliento y, cuando habló, su voz sonó baja.

—Pero no era lo que esperabas.

Él la recordó segura de sí misma y llena de aplomo al tomar su verga entre las manos, la noche anterior. El contacto fresco de sus dedos, la imagen de su rostro cargado de intensidad, habían estado a punto de hacerle descargar allí mismo.

—No —contestó con la voz un poco ronca—. No fue lo que esperaba. Melisande...

Un disparo sonó al otro lado del parque. Jasper tomó instintivamente a su mujer en sus brazos. *Ratón* comenzó a ladrar, histérico. Oyeron gritos y relinchos, pero los árboles les impedían ver lo que ocurría.

—¿Qué sucede? —preguntó Melisande.

—No lo sé —masculló él.

Un caballero sin sombrero, montado en un gran caballo negro, apareció al galope. Parecía proceder del lugar del alboroto.

Jasper puso a Melisande tras él.

—¡Eh! ¡Usted! ¿Qué ha pasado?

El hombre tiró de las riendas para refrenar a su cabalgadura.

—Voy en busca de un médico. No tengo tiempo.

—¿Han disparado a alguien?

—Un intento de asesinato —gritó el hombre mientras espoleaba a su caballo—. ¡Alguien ha intentado matar a lord Hasselthorpe!

—Pero ¿por qué querría nadie matar a lord Hasselthorpe? —preguntó Melisande esa noche.

Vale la había metido en el carruaje y le había ordenado que volviera a casa. Después, se había dirigido a la escena del intento de asesinato. Había estado fuera hasta después de la cena, y Melisande no había podido interrogarle hasta ahora.

—No lo sé —contestó él. Había ido a verla a sus habitaciones, pero se paseaba por ellas como si estuviera enjaulado—. Puede que fuera un accidente. Quizás algún idiota estaba tirando al blanco sin una buena diana de paja que detuviera la bala.

—¿En Hyde Park?

—¡No lo sé! —contestó Vale alzando la voz, y la miró contrito—. Perdóname, esposa mía. Pero, si se trataba de un asesino, era un pésimo tirador. Sólo hirió a Hasselthorpe en el brazo. No creo que tenga problemas para recuperarse por completo. Vi muchas heridas parecidas en la guerra, y apenas tenían importancia, a no ser que se infectaran.

—Me alegro de que no esté malherido —dijo Melisande. Estaba sentada en una de las sillas bajas que había frente al fuego (en la que habían hecho el amor la víspera) y le observaba—. Casi nunca hablas de la guerra.

—¿De veras? —contestó vagamente. Estaba de pie junto al tocador, metiendo el dedo en un pequeño cuenco lleno de horquillas. Llevaba una bata roja y negra sobre las calzas y la camisa—. No hay mucho que contar, en realidad.

—¿No? Pero estuviste seis años en el ejército, ¿no es así?

—Siete —masculló. Se acercó al ropero, lo abrió de golpe y se quedó mirando su interior como si entre sus vestidos se encontrara la respuesta a los misterios del universo.

—¿Por qué te enrolaste?

Vale se volvió y la miró distraídamente un momento.

Luego parpadeó y se echó a reír.

—Me enrolé en el ejército para que me enseñaran a ser un hombre. O, al menos, eso pretendía mi padre. Yo le parecía demasiado vago, demasiado frívolo. Y como en casa no tenía nada que hacer... —Se encogió de hombros despreocupadamente—. ¿Por qué no comprarme el rango de capitán?

—¿Y Reynaud Saint Aubyn, tu mejor amigo, lo compró al mismo tiempo que tú?

—Sí. Nos entusiasmaba la idea de unirnos al 28° Regimiento de Infantería. Descanse en paz. —Cerró las puertas del armario y se acercó a la ventana, pensativo.

Quizá Melisande debiera dejarlo así. Dejar de indagar, permitir que sus secretos siguieran enterrados. Pero una parte de su ser no se lo permitía. Todos los aspectos de la vida de Vale la fascinaban, y aquella precisamente, que él mantenía oculta, la fascinaba más aún. Suspirando, se levantó. Llevaba una pesada bata de raso encima de la camisa. Se la quitó y la depositó con cuidado sobre la silla.

¿Te gustaba la vida en el ejército? —preguntó suavemente.

Melisande veía su reflejo observándola desde el cristal ennegrecido de la ventana.

—En parte. Los soldados suelen quejarse de la mala comida, de las marchas y de tener que vivir en tiendas. Pero a veces es divertido. Sentarse junto a una hoguera e intentar comerse un guiso de guisantes hervidos con tocino.

Melisande se quitó la camisa mientras le escuchaba y él se interrumpió bruscamente. Desnuda, se acercó a él y puso las manos sobre su espalda. Sus músculos eran duros como rocas, como si se hubiera vuelto de granito.

—¿Y las batallas?

—Eran como estar en el infierno —susurró él.

Al deslizar las manos por su ancha espalda, Melisande sintió el valle de su columna y los músculos a cada lado. Como estar en el infierno... Melisande ansiaba conocer esa parte de su ser que había estado en el infierno.

—¿Estuviste en muchas batallas?

—En algunas. —Suspiró y bajó la cabeza mientras ella clavaba los pulgares en los músculos de encima de sus caderas.

Entonces le tocó el hombro.

—Quítate esto.

Él se quitó la bata y la camisa, pero cuando hizo amago de volverse, ella le detuvo con firmeza. Comenzó a masajear con fuerza, describiendo pequeños círculos, ambos lados de su espalda. Él dejó escapar un gemido y echó de nuevo la cabeza hacia delante al tiempo que apoyaba las manos sobre la repisa de la ventana.

—Estuviste en Québec —dijo ella en voz baja.

—Ésa fue la única batalla verdadera. Lo demás fueron escaramuzas. Algunas sólo duraron unos minutos.

—¿Y Spinner's Falls?

Jasper encogió los hombros como si le hubiera golpeado, pero no dijo nada. Melisande sabía que Spinner's Falls había sido una masacre. Había consolado a Emeline cuando por fin se supo que Reynaud no había sobrevivido a su captura. Deseaba insistir: saltaba a la vista que aquél era su punto flanco. Pero no podía ser tan desconsiderada. Odiaba la idea de hacerle sufrir.

Tomó su mano y le llevó a la cama. Él se quedó en silencio, pasivamente, mientras ella le desnudaba. Su verga, en cambio, no mostraba pasividad alguna. Melisande le empujó hacia la cama y se tumbó a su lado. Apoyada en el codo, comenzó a pasar la mano por su pecho. Se sentía afortunada por tener a aquel hombre para ella sola, al menos de momento. Allí y ahora, podía hacer con él lo que quisiera.

Era un regalo del cielo. Un regalo maravilloso.

Se inclinó y comenzó a depositar besos húmedos y suaves a lo largo de su costado. Lamió las ondulaciones de sus costillas y mordisqueó su cadera. Por encima de ella, Jasper masculló algo. Una advertencia, quizá, o quizás una palabra de aliento. Melisande no estaba segura, ni le importaba. Tenía delante de sí su meta: su pene grueso, duro y desafiante. Lo tocó deslizando por él, a lo largo, la punta de un dedo. Luego se inclinó y besó con suavidad su húmeda abertura.

Él arqueó las caderas y, agarrándola del pelo, le levantó la cara.

—No. No tienes por qué hacerlo. No me lo merezco.

Había gotas de sudor en su labio superior y sus ojos tenían una expresión salvaje y afligida.

Era extraño que hubiera empleado el verbo «merecer». Melisande procuró recordarlo, para poder pensar en ello más tarde.

Se humedeció premeditadamente los labios, probó su simiente y dijo:

—Quiero hacerlo. —Quería darle paz, si podía.

Él aflojó las manos, sorprendido, quizá, pero ella aprovechó el momento para bajar la cabeza y meterse su verga en la boca. Jasper volvió a crispar las manos, pero a Melisande no le pareció que fuera para detenerla.

Chupó la punta de su miembro como si fuera una salobre ciruela dentro de su boca y pasó la mano lentamente por su tallo. No tenía mucha experiencia, e ignoraba si había una forma mejor de hacerlo, pero a él no parecía importarle. Jasper masculló algo ininteligible y levantó las caderas. Ella sonrió para sí y dejó salir su verga de la boca con un suave *pop*. Probó con los dientes su carnoso glande y comenzó a acariciarle más aprisa. Su verga no se aflojaba. Seguía dura, erecta y...

Jasper se incorporó de un salto y la colocó debajo suyo. Se cernió sobre ella, grande y amenazador, y gruñó con turbio semblante:

—¿Crees que soy un juguete, señora mía?

Ella abrió las piernas, apoyó los pies sobre la cama y levantó las caderas. Frotó su sexo contra el miembro de Jasper y vio que él cerraba los párpados.

—Puede que sí —susurró—. Puede que tu verga sea mi juguete favorito. Puede que lo quiera dentro de mi...

Pero él la penetró con fuerza, rápidamente, y las palabras de Melisande se perdieron en medio de un gemido de placer.

—Libertina —dijo—. Mi libertina...

Ella sólo pudo reírse, presa de un puro frenesí erótico. Levantó las caderas, obligándole a acometerla con más fuerza para seguir encima de ella. Se reía mientras frotaba las caderas y se apretaba contra él, y el sudor de Jasper caía sobre sus pechos desnudos. Él la agarró de las caderas y la sostuvo con firmeza mientras la cabalgaba a ritmo imposible. Detrás de los ojos abiertos de Melisande se encendieron estrellas, y, echando la cabeza hacia atrás, jadeó, extasiada. Aferrada a sus hombros resbaladizos, sintió cómo una oleada de calor se extendía desde el centro de su ser, y fue vagamente consciente de que seguía riéndose cuando alcanzó el clímax.

Sólo cuando Jasper se estremeció entre sus brazos, jurando en voz baja, se despejaron por fin sus ojos y vio que, encima de ella, el rostro de su marido era una máscara trágica.

Capítulo 11

Todos los pretendientes partieron en busca del anillo de bronce, y la princesa Surcease suspiró y entró en el castillo. Jack, en cambio, buscó un rincón tranquilo y abrió su cajita de rapé. Dentro encontró justo lo que necesitaba: una armadura hecha de viento y noche, y la espada más afilada del mundo. Jack se puso la armadura sobre el cuerpecillo contrahecho y empuñó la espada. Y, después, ¡zas! Estaba frente a un lago. Se estaba preguntando si sería aquel el lago correcto cuando una enorme serpiente surgió del agua. ¡Y qué batalla se inició entonces! La serpiente era muy grande y Jack muy pequeño, pero tenía la espada más afilada del mundo y su armadura le ayudaba. Al final, la serpiente acabó muerta y el anillo en manos de Jack...

De Jack *el Risueño*

Al parecer, se había casado con una libertina, se dijo Jasper a la mañana siguiente. Con una libertina impúdica y sensual, y él apenas podía creer que tuviera tanta suerte. Mientras estaba sentado en la vicaría de la iglesia, oyendo la proposición de Melisande con el zumbido de la resaca en la cabeza, no se le pasó por la imaginación que el lecho conyugal pudiera ser tan maravillosamente gozoso con ella.

Pero su asombro no explicaba, desde luego, por qué había salido a caballo de su casa esa mañana después de desayunar de nuevo sin su esposa. Aquello rozaba peligrosamente la cobardía. Pero, aunque su cuerpo hubiera caído bajo el hechizo de la sensualidad de Melisande, su intelecto se preguntaba fríamente de dónde había extraído ella aquellos conocimientos. Debía de haber tenido al menos un amante (más, posiblemente), y Jasper no estaba seguro de querer examinar esa cuestión con detenimiento. La idea de que otro hombre la hubiera enseñado, le hubiera mostrado cómo meterse su verga en aquella boca dulce y caliente...

Dejó escapar un gruñido. Un deshollinador que pasaba por allí le miró, sobresaltado, y se apartó.

Jasper intentó ahuyentar aquella idea. Se encorvó y se subió el cuello de la casaca para protegerse de la neblinosa llovizna. El buen tiempo había pasado por fin, y esa mañana Londres era un lugar lúgubre y gris. Volvió a pensar en la noche anterior. Recordaba el reflejo de su esposa en la ventana oscurecida al apartar la camisa de su alta y esbelta figura. Parecía pálida y sobrenatural, y su cabello castaño claro ondeaba alrededor de sus caderas.

Seguramente le consideraba un cobarde o, peor aún, un imbécil. La había dejado después de hacer el amor sin darle siquiera las buenas noches y había pasado la noche en su camastro. Era un patán. Pero aquellos ojos que le observaban mientras besaba su pecho, que le estudiaban al preguntarle por Spinner's Falls... Dios. Melisande no tenía ni idea de con quién se había casado. Quizá fuera mejor que él se hubiera marchado tan bruscamente. Convenía no hacerle concebir esperanzas de que podía haber algo más, cuando no se sentía con fuerzas para ofrecerle otra cosa que aquello.

Ahora, sin embargo, no lograba entender sus propias reacciones. Al levantar los ojos, vio la casa de Matthew Horn y se alegró de poder escapar de aquellas cavilaciones cargadas de sentimentalismo.

Se apeó de *Belle*, le dio las riendas a un mozo y subió los escalones de un salto. Un minuto después se paseaba por la biblioteca de Horn, a la espera de que su amigo bajara de donde estuviera.

Acababa de inclinarse para mirar un volumen grande y polvoriento cuando la voz de Horn le llegó desde la puerta.

—¿Buscas alguna lectura ligera?

—Me estaba preguntando para qué quiere alguien una historia de la minería del cobre. —Jasper se incorporó con una sonrisa.

Horn hizo una mueca.

—Era de mi padre. Aunque de poco le sirvió. La mina que eligió para invertir resultó un fiasco. —Entró tranquilamente en la habitación y se dejó caer en un gran sillón, pasando una pierna por encima del brazo del mueble—. Los Horn no son precisamente célebres por su instinto para los negocios.

Jasper hizo una mueca comprensiva.

—Mala suerte.

Horn se encogió de hombros.

—¿Quieres un té? Parece pronto para tomar un whisky.

—No, gracias. —Jasper se acercó a un mapamundi enmarcado e intentó distinguir dónde estaba Italia.

—Vienes otra vez por lo de Spinner's Falls, ¿verdad? —preguntó Horn.

—Mmm-hmm —contestó Jasper sin volverse. ¿Sería posible que Italia no estuviera en el mapa? —. ¿Te has enterado de lo que le ocurrió a Hasselthorpe?

—Le pegaron un tiro en Hyde Park. Dicen que fue un intento de asesinato.

—Sí. Y justo después de que aceptara pensarse si me ayudaba o no.

Se hizo un breve silencio, roto por la risa incrédula de Horn.

—¿No creerás que eso tiene algo que ver?

Jasper se encogió de hombros. No estaba seguro, claro, pero era una coincidencia muy extraña.

—Sigo pensando que deberías olvidarte de Spinner's Falls —añadió Horn quedamente.

Jasper no respondió. Si pudiera olvidarse de aquello, lo haría.

Horn suspiró.

—Bien, he estado pensando en ello.

Jasper se volvió para mirarle.

—¿Sí?

Su amigo agitó una mano vagamente.

—De vez en cuando. Lo que no entiendo es por qué querría alguien traicionar al regimiento. ¿Qué sentido tendría? Sobre todo, si estaba entre los que fuimos capturados. Parece un buen modo de dejarse matar.

Jasper soltó un soplido.

—No creo que estuviera previsto que le capturaran. Al traidor, quiero decir. Seguramente pensaba tumbarse en el suelo y evitar la pelea.

—Todos los que fuimos capturados luchamos con denuedo.

—Sí, tienes razón. —Jasper se volvió hacia el mapa.

—Entonces, ¿qué razones podía tener para traicionar al regimiento y hacer que nos mataran? Creo que estás en un error, amigo mío. No había ningún traidor. Lo de Spinner's Falls fue mala suerte, lisa y llanamente.

—Puede ser. —Jasper se inclinó tanto hacia el mapa que casi tocó el pergamino con la nariz—. Pero se me ocurre un buen motivo para que alguien nos traicionara.

—¿Cuál?

—El dinero. —Jasper se olvidó por completo del mapa—. Los franceses habían hecho saber que estaban dispuestos a pagar bien cualquier información.

—¿Un espía? —Matthew levantó las cejas oscuras. No parecía muy convencido.

—¿Por qué no?

—Porque yo o cualquiera de los que estábamos allí habríamos descuartizado miembro a miembro a ese canalla, por eso —contestó Matthew. Se levantó de un salto del sillón, como si no pudiera estarse quieto.

—Razón de más para asegurarse de que nadie lo averiguaba —dijo Jasper con calma.

Matthew, que estaba mirando por la ventana, se encogió de hombros.

—Mira, a mí me gusta la idea tan poco como a ti —dijo Jasper—. Pero si nos traicionaron, si todos esos hombres murieron por la avaricia de uno solo, si marchamos a través de ese bosque y soportamos... —Se detuvo, incapaz de decir en voz alta lo demás.

Cerró los ojos, pero siguió viendo en la negrura la vara al rojo vivo hundiéndose en la carne, sintió el hedor de la piel humana al quemarse. Abrió los ojos. Matthew lo observaba inexpresivamente.

—Necesitamos... necesito encontrarle y llevarle ante la justicia. Hacerle pagar por sus pecados —dijo Jasper.

—¿Y Hasselthorpe? ¿Le has visto desde que le hirieron?

—Se niega a recibirme. Le mandé un mensaje esta mañana pidiéndole una entrevista, y respondió que piensa retirarse a su casa de campo hasta que se recupere.

—Maldita sea.

—Sí. —Jasper volvió a concentrarse en el mapa.

—Tienes que hablar con Alistair Munroe —dijo Horn tras él.

Jasper se volvió.

—¿Crees que es el traidor?

—No. —Matthew sacudió la cabeza—. Pero estaba allí. Puede que recuerde algo que nosotros hemos olvidado.

—Le he escrito. —Jasper hizo una mueca de frustración—. Pero no contesta.

Matthew le miró con firmeza.

—Entonces tendrás que ir a Escocia, ¿no?

Ese día, Melisande vio por primera vez a su marido a la hora de la cena. Había empezado a preguntarse si él la estaba evitando, si ocurría algo, pero Vale parecía absolutamente normal mientras pinchaba guisantes con el tenedor y bromeaba con los lacayos.

—¿Qué tal te ha ido el día? —le preguntó despreocupadamente.

A veces, podía ser muy exasperante.

—He comido con tu madre.

—¿Ah, sí? —Pidió más vino a uno de los lacayos.

—Mmm-hmm. Sirvió alcachofas rellenas y lonchas de fiambre de jamón.

Él se estremeció.

—Alcachofas. Nunca he sabido cómo se comen.

—Se raspan las hojas con los dientes. Es muy fácil.

—Hojas. ¿A quién se le ocurre comer hojas? —preguntó, al parecer retóricamente—. A mí no. Seguramente quien descubrió las alcachofas fue una mujer.

—Los romanos las comían.

—Una romana, entonces. Seguramente le sirvió un plato de hojas a su marido y dijo: «Aquí tienes, cariño, date un festín».

Melisande se descubrió sonriendo al oír la descripción de aquella ficticia mujer romana y su infortunado marido.

—En cualquier caso, las alcachofas de tu madre estaban muy buenas.

—Mmm —gruñó Vale, escéptico—. Supongo que te habrá contado toda clase de cosas sobre mi alocada juventud.

Melisande se comió un guisante.

—Supones bien.

Él hizo una mueca.

—¿Algo particularmente escandaloso?

—Por lo visto, de pequeño vomitabas mucho.

—Eso, al menos, lo he superado —masculló él.

—Y a los dieciséis años tuviste un idilio con una vaquera.

—Lo había olvidado —exclamó Vale—. Una chica encantadora. Agnes. ¿O era Alice? O quizás Arabella...

—Dudo que se llamara Arabella —murmuró Melisande.

Él no le hizo caso.

—Tenía una preciosa piel de color melocotón y unos enormes... —De pronto se puso a toser.

—¿Pies? —preguntó Melisande con dulzura.

—Realmente asombrosos. Sus pies, quiero decir. —Sus ojos la miraron con un brillo perverso.

—Umf —dijo Melisande, pero tuvo que refrenar una sonrisa—. ¿Qué tal te ha ido a ti hoy?

—Eh, bien. —Jasper se metió en la boca un buen trozo de ternera y masticó enérgicamente antes de tragar—. Estuve en casa de Matthew Horn. ¿Te acuerdas de él? ¿El de la fiesta en el jardín de mi madre?

—Sí.

—No te lo vas a creer, pero tiene un mapa del mundo en el que no aparece Italia.

—Puede que no hayas mirado en el lugar correcto —contestó ella con amabilidad.

—No, no. —Sacudió la cabeza y bebió más vino—. Está a este lado de Rusia y encima de África. Estoy seguro de que la habría visto.

—Puede que el mapa lo hiciera alguien con antipatía por Roma.

—¿Tú crees? —Pareció sorprendido por la idea—. ¿Y decidió cargarse Italia de un plumazo?

Ella se encogió de hombros.

—¡Qué ocurrencia! No tendría que haber estudiado latín tantos años, si Italia hubiera desaparecido.

—Pero lo estudiaste, y estoy segura de que eres mejor persona gracias a ello.

—Mmm. —Jasper no parecía muy convencido.

Melisande comió unas zanahorias hervidas. Estaban bastante buenas. La cocinera las había aderezado con algo dulce; con miel, quizá. Tendría que acordarse de felicitar a aquella mujercilla.

—¿Y hablaste de algo más con el señor Horn, aparte de su mapa defectuoso?

—Sí, hablamos de un conocido que tenemos en Escocia.

—¿Ah, sí? —Vale estaba bebiendo más vino y costaba interpretar su expresión. El interés de Melisande se agudizó—. ¿Cómo se llama?

—Sir Alistair Munroe. Estaba agregado a mi regimiento, pero no era militar. Le envió la Corona para que catalogara la flora y la fauna de América.

—¿De veras? Parece un hombre fascinante.

Vale arrugó el ceño.

—Lo es, si te gusta hablar de helechos horas y horas.

Melisande bebió un sorbo de su vino.

—Me gustan bastante los helechos.

Vale arrugó aún más el ceño.

—En cualquier caso, estoy pensando en hacer un viaje a la vieja y hermosa Escocia, para ir a verle.

Se hizo el silencio mientras Melisande contemplaba sus guisantes y sus zanahorias, que empezaban a enfriarse. ¿Estaría Vale tratando de huír de ella? Disfrutaba tanto viviendo en aquella casa y sabiendo que él estaba cerca. Aunque pasara fuera gran parte del día o saliera hasta las tantas de la madrugada, sabía que al final volvería a casa. El solo hecho de estar en la misma casa que él la reconfortaba. Y, ahora, ni siquiera tendría eso.

Vale se aclaró la garganta.

—El caso es que vive al norte de Edimburgo. Está bastante lejos, un viaje de una semana o más, en carruaje y con los caminos en mal estado. Las fondas serán horrendas, la comida mala y cabe la posibilidad de que haya salteadores de caminos. Seguramente será un viaje espantoso.

Miró el plato con el ceño fruncido y pinchó la ternera con las puntas del tenedor.

Melisande se quedó callada. Ya no comía, porque su garganta parecía haberse cerrado. Vale iba a ir a ver a un hombre al que, por lo que había dicho, conocía poco y por el que sentía escasa simpatía. ¿Por qué?

—Pero, a pesar de todo eso, me estaba preguntando si te gustaría acompañarme, esposa mía.

Ella estaba tan absorta en sus pensamientos que al principio no le entendió. Le miró y descubrió que la estaba observando atentamente, con un brillo en los ojos azules verdosos. Un alivio delicioso comenzó a extenderse por su pecho.

—¿Cuándo te vas? —preguntó.

—Mañana.

Ella agrandó los ojos.

—¿Tan pronto?

—Tengo cosas importantes que hablar con Munroe. Se trata de un asunto que no puede esperar. —Se inclinó hacia delante—. Puedes llevar a *Ratón*. Deberemos tener a mano su correa, claro, y asegurarnos de que no asusta a los caballos en las posadas. No será muy cómodo, y puede que acabes terriblemente aburrida, pero...

—Sí.

Él parpadeó.

—¿Qué?

—Sí. —Melisande sonrió y siguió comiendo—. Me apetece ir contigo.

—Se marchan a Escocia —dijo Bernie, el lacayo, al llevar la fuente de los guisantes a la cocina.

A Sally Suchlike estuvo a punto de caérsele la cuchara en el cuenco de la sopa. ¿A Escocia? ¿A aquel país de paganos? Decían que los hombres se dejaban crecer tanto la barba que apenas se les veían los ojos. Y todo el mundo sabía que los escoceses no se bañaban.

La cocinera, al parecer, estaba pensando lo mismo.

—Y acaban de casarse —se lamentó mientras ponía cuencos de crema de limón en una bandeja—. Qué lástima. —Le hizo una seña a Bernie para que se llevara la bandeja y luego le detuvo poniéndole una mano sobre el brazo—. ¿Han dicho cuánto tiempo van a estar fuera?

—Él acaba de decírselo a la señora, pero supongo que serán semanas, ¿no? —El lacayo se encogió de hombros y estuvo a punto de volcar la bandeja—. Meses, incluso. Y se marchan enseguida. Mañana mismo.

Una de las criadas rompió a llorar cuando Bernie salió de la cocina.

Sally intentó tragar, pero no parecía quedarle saliva en la boca. Tendría que viajar con lady Vale a Escocia. Era lo que hacían las doncellas. De pronto, su nuevo empleo, mucho mejor pagado (tanto que hasta podía ahorrar), no le pareció tan apetecible. Se estremeció. Escocia era el fin del mundo.

—Vamos, no hace falta ponerse así. —La voz profunda del señor Pynch llegó desde un lado de la chimenea, donde, como todas las noches, estaba fumando su pipa.

Sally pensó al principio que se refería a ella, pero luego se dio cuenta de que se dirigía a Bitsy, la criada de la cocina.

—Escocia no está tan mal —añadió.

—¿Ha estado usted allí, señor Pynch? —preguntó Sally. Quizá, si había viajado hasta allí y había sobrevivido, no fuera para tanto.

—No —contestó el señor Pynch, aplastando sus ilusiones—. Pero conocía a algunos escoceses en el ejército y son iguales que nosotros, salvo por el hecho de que hablan raro.

—Ah.

Sally miró su caldo de ternera, hecho con los huesos que habían sobrado del asado que la cocinera había preparado para los señores. La sopa estaba muy rica. Hasta hacía un par de minutos, se la había comido con delectación. Ahora, al pensar en la grasa que flotaba en la superficie, se le revolvió un poco el estómago. Conocer a un escocés y viajar a Escocia eran cosas completamente distintas, y casi se enfadó con el señor Pynch por no reparar en la diferencia. Los escoceses que él conocía seguramente estaban domesticados por el tiempo que habían pasado en el ejército. No había modo de saber cómo era un escocés en su terruño, por decirlo de alguna manera. Quizá tuvieran debilidad por las chicas londinenses, bajitas y rubias. Quizá la secuestraran en su cama y se aprovecharan de ella de la manera más horrible... o algo peor.

—Vamos a ver, mi niña. —La voz del señor Pynch sonó muy cerca.

Al levantar los ojos, Sally vio que el ayuda de cámara se había sentado a la mesa, frente a ella. Los criados de la cocina habían vuelto a su trabajo mientras ella cavilaba. Bitsy sollozaba sobre el montón de platos que estaba fregando. Nadie prestaba atención al ayuda de cámara y la doncella, sentados a un extremo de la larga mesa.

Los brillantes ojos del señor se habían clavado en ella. Sally nunca se había fijado en que eran de un hermoso tono verde.

El ayuda de cámara apoyó los codos sobre la mesa, con la pipa de barro blanca en una mano.

—No hay nada que temer en Escocia. Es un sitio como cualquier otro.

Sally removió la sopa tibia con la cuchara.

—No he pasado de Greenwich en toda mi vida.

—¿No? ¿Dónde naciste, entonces?

—En Seven Dials —contestó ella, y luego le miró para ver si sonreía con desdén al saber que se había criado en aquel agujero.

Pero él se limitó a asentir con la cabeza, dio una chupada a la pipa y exhaló el humo fragante hacia un lado para que no se le metiera en los ojos.

—¿Y todavía tienes familia allí?

—Sólo mi padre. —Arrugó la nariz y confesó—: O antes vivía allí, por lo menos. Hace años que no le veo, así que puede ya no esté allí.

—¿Era mal padre?

—No, no demasiado. —Trazó con un dedo el borde del cuenco de sopa—. No me pegaba mucho, y me daba de comer cuando podía. Pero tuve que marcharme de allí. Era como si no pudiera respirar.

Le miró para ver si la entendía.

Él asintió y volvió a chupar de su pipa.

—¿Y tu madre?

—Murió cuando nací yo. —La sopa volvía a oler bien, y tomó una cucharada—. Tampoco tengo hermanos, ni hermanas. Por lo menos, que yo sepa.

El señor Pynch inclinó la cabeza y pareció contentarse con verla comer sopa mientras fumaba. A su alrededor, las criadas trajinaban de acá para allá, haciendo sus labores. Para Sally y el señor Pynch, en cambio, era hora de descansar.

Ella se comió la mitad de la sopa y luego le miró.

—¿Usted de dónde es, señor Pynch?

—Oh, de muy lejos. Nací en Cornualles.

—¿En serio? —Le miró con curiosidad. Cornualles le parecía casi tan ajeno como Escocia—. Pero no tiene acento.

Él se encogió de hombros.

—Vengo de una familia de pescadores. Me entraron ganas de viajar y, cuando los hombres del ejército llegaron al pueblo con sus tambores, sus cintas y sus uniformes relucientes, me enrolé en un abrir y cerrar de ojos. —Una comisura de su boca se curvó en una especie de media sonrisa—. No tardé en descubrir que en el ejército de Su Majestad hay mucho más que bonitos uniformes.

—¿Qué edad tenía?

—Quince años.

Sally miró su sopa, intentando imaginarse al grande y calvo señor Pynch como un desgarbado muchacho de quince años. No pudo. Era tan grandullón que costaba imaginárselo de niño.

—¿Sigue teniendo familia en Cornualles?

Él asintió con un gesto.

—Mi madre y media docena de hermanos y hermanas. Mi padre murió cuando yo estaba en las colonias. No me enteré hasta que volví a Inglaterra, dos años después. Mi madre me dijo que había pagado para que me escribieran una carta y me la mandaran, pero nunca la recibí.

—Debió de ser muy triste, volver a casa y descubrir que su padre llevaba dos años muerto.

El señor Pynch se encogió de hombros.

—Así es la vida, muchacha. No se puede hacer nada, salvo seguir adelante.

—Supongo que sí. —Frunció un poco el ceño, pensando en los bárbaros montañeses de Escocia, con las caras cubiertas de barba.

—Muchacha. —El señor Pynch estiró el brazo y le dio unos golpecitos en la mano con un dedo largo, de uña roma—. No hay nada que temer en Escocia. Pero, si lo hay, yo te defenderé.

Y Sally se quedó mirando embobada los ojos verdes y firmes del señor Pynch. La idea de que aquel hombre la defendiera la hacía sentir un agradable calorcillo en el vientre.

A medianoche, en vista de que Vale no iba a sus habitaciones, Melisande salió en su busca. Quizá se hubiera ido a la cama sin dignarse a visitarla esa noche, pero no lo creía. No había oído voces en la habitación contigua. Era extraño que su marido durmiera lo suficiente, acostándose de madrugada y saliendo de casa antes de que ella se levantara. Quizá no necesitara dormir en absoluto.

En todo caso, estaba cansada de esperar a que fuera a buscarla. Así que dejó su alcoba (que seguía toda revuelta, porque Suchlike había tenido que hacer a toda prisa el equipaje) y salió al pasillo en busca de Jasper. No estaba en la biblioteca, ni en ninguno de los cuartos de estar, y por fin se vio obligada a preguntar a Oaks si sabía dónde estaba su marido. Después, al saber que se había marchado sin decirle una palabra, confió en no ponerse colorada de vergüenza.

Tenía ganas de patalear, pero como las damas no hacían tal cosa, se limitó a darle las gracias a Oaks y volvió a subir las escaleras. ¿Por qué le hacía aquello Jasper? Le pedía que le acompañara a Escocia y luego la esquivaba. ¿Pensaba ir con ella en el carruaje durante los días que durara el viaje, o se sentaría arriba, entre el equipaje? Era todo tan extraño... Primero la perseguía durante días y luego, de pronto, desaparecía justo cuando ella empezaba a pensar que estaban cada vez más unidos.

Melisande exhaló un profundo suspiro al llegar a la puerta de su dormitorio, pero luego titubeó. La puerta de Vale estaba justo al lado. La tentación era demasiado grande. Se acercó a la puerta de su marido y la abrió. El dormitorio estaba vacío, pero la mano del señor Pynch se veía por todas partes: extendidas sobre la cama, preparadas para el equipaje, habías varias filas de camisas, chalecos y corbatas. Melisande cerró la puerta sin hacer ruido.

Se acercó a la cama y tocó con la punta de un dedo la colcha de terciopelo rojo oscuro. Su marido se tumbaba allí de noche, con los largos miembros estirados. ¿Dormía de espaldas o boca arriba, con la cabeza medio escondida bajo la almohada y el pelo revuelto? Sin saber por qué, se lo imaginaba durmiendo desnudo, aunque, que ella supiera, tenía un cajón lleno de camisones. Era una cosa tan íntima, dormir con otra persona... Durante el sueño se bajaba la guardia y uno se volvía vulnerable, casi como un niño. Deseó ansiosamente que Jasper compartiera su cama. Que se quedara a pasar la noche y le mostrara su lado más vulnerable.

Suspiró y se apartó de la cama. Sobre el tocador, Jasper tenía un retrato en miniatura de su madre. Prendidos en las púas del cepillo había unos pocos cabellos castaños. Uno era casi rojo. Melisande se sacó el pañuelo de la manga y metió cuidadosamente los pelos doblados en él antes de volver a guardarlo.

Se acercó a la mesilla de noche y miró el libro que había en ella (una historia de los reyes de Inglaterra). Después fue a asomarse a la ventana. Desde allí se veía casi lo mismo que desde su ventana: la parte de atrás del jardín. Paseó la mirada por la habitación, exasperada. Había muchas más cosas a su alrededor (ropa, libros, curiosos trocitos de cuerda, una piña, lápices rotos, un sacapuntas y un tintero), pero nada que le dijera gran cosa sobre su esposo. ¡Qué idiotez, colarse allí pensando que quizá descubriría algo sobre Jasper! Sacudió la cabeza, sorprendida de su necedad, y su mirada fue a posarse en la puerta del vestidor. Era difícil que en un vestidor hubiera cosas más íntimas de las que ya había visto, pero ya que había llegado hasta allí...

Giró el pomo de la puerta. Dentro había otra cómoda, varios estantes con ropa, una cama estrecha y, en el rincón, contra la pared, un jergón muy delgado y una manta. Melisande ladeó la cabeza. Qué extraño. ¿Por qué había un jergón y una cama? El señor Pynch sólo necesitaba una de las dos cosas. ¿Y por qué un jergón? Vale le parecía un amo bastante generoso. ¿Por qué una cama tan mezquina para su leal ayuda de cámara?

Entró en la estrecha habitación, rodeó la cama y se inclinó para mirar el jergón. Cerca, en una palmatoria recubierta de cera quemada y vieja, había una sola vela, y al lado un libro, medio escondido bajo la manta mal extendida. Miró el jergón y miró la cama. Lo cierto era que nadie parecía dormir en la cama: el colchón estaba desnudo. Melisande apartó la manta del jergón para leer el título del libro. Era una colección de poemas de John Donne. Se quedó mirándolo un momento, pensando en que aquélla era una extraña lectura para un ayuda de cámara, y entonces reparó en que había pelos en la almohada. Pelos castaños oscuros, casi rojos.

Tras ella, alguien se aclaró la garganta.

Melisande se giró y vio al señor Pynch con las cejas levantadas.

—¿Puedo ayudarla a buscar algo, señora?

—No. —Melisande escondió sus manos temblorosas entre las faldas, contenta de que no fuera Vale quien la hubiera sorprendido. Aunque, a decir verdad, que el ayuda de cámara la hubiera descubierto hurgando entre las cosas de su marido era bastante embarazoso. Levantó la barbilla y se dirigió airosamente a la puerta del dormitorio.

Pero luego vaciló y miró al ayuda de cámara.

—Lleva usted muchos años sirviendo a mi marido, ¿verdad, señor Pynch?

—Sí, señora.

—¿Siempre ha dormido tan poco?

El hombre, calvo y grandullón, cogió una de las corbatas de la cama y volvió a doblarla cuidadosamente.

—Sí, desde que yo le conozco, señora.

—¿Sabe usted por qué?

—Algunas personas no necesitan dormir mucho —contestó el ayuda de cámara.

Ella se limitó a mirarle.

El señor Pynch volvió a dejar la corbata en su sitio y la miró por fin. Suspiró como si ella hubiera insistido.

—Algunos soldados no duermen tan bien como deberían. Lord Vale... Bueno, le gusta tener compañía. Sobre todo cuando está oscuro.

—¿Le da miedo la oscuridad?

El señor Pynch se irguió y frunció el ceño ferozmente.

—En la guerra, recibí un disparo en la pierna.

Melisande pestañeó, desconcertada por el cambio de tema.

—Lo lamento.

El ayuda de cámara desdeñó su compasión con un ademán.

—No es nada. Sólo me molesta a veces, cuando llueve. Pero aquel disparo me tumbó en su momento. Estábamos en plena batalla y yo estaba allí tumbado, con un franchute a punto de ensartarme con su bayoneta, cuando lord Vale apareció a la carga. Había un grupo de franchutes armados con fusiles entre él y yo, pero eso no le detuvo. Le dispararon, y no me explicó por qué no le dieron, pero no dejó de sonreír en todo el tiempo. Los mató a todos, milady. Cuando acabó, no quedaba ni uno.

Melisande dejó escapar un suspiro tembloroso.

—Entiendo.

—Allí mismo, señora —añadió el señor Pynch—, decidí que seguiría a lord Vale hasta el mismísimo infierno, si me lo pedía.

—Gracias por contármelo, señor Pynch —contestó Melisande. Abrió la puerta—. Por favor, dígale a lord Vale que estaré lista para partir a las ocho de la mañana.

El señor Pynch hizo una reverencia.

—Sí, señora.

Melisande inclinó la cabeza y salió, pero no pudo evitar que una última idea cruzara su cabeza. Todo el tiempo, mientras le contaba su historia, el señor Pynch había permanecido de pie junto a la puerta, como si guardara la entrada al pequeño vestidor.

Capítulo 12

Cuando llegó al castillo, Jack hizo una cosa muy rara: se puso otra vez sus harapos de bufón y bajó a las cocinas. Allí se estaba preparando la cena real y había mucho trajín. El cocinero jefe gritaba, los lacayos corrían de acá para allá, las criadas fregaban platos y los ayudantes de cocina troceaban, removían y asaban por todas partes. Nadie notó que Jack se acercaba a un niño pequeño que estaba removiendo un caldero de sopa encima del fuego.

—Escucha —le dijo al pequeño—, te doy una moneda de plata si me dejas remover la sopa de la princesa.

El niño aceptó el trato encantado. Y en cuanto se dio la vuelta, Jack echó al anillo de bronce a la sopa...

De Jack *el Risueño*

*E*l carruaje pasó por encima de un gran surco del camino y se tambaleó. Melisande, que había aprendido durante la primera jornada de viaje que era mucho más fácil dejarse llevar por el vaivén del carruaje que intentar resistirse a él, se tambaleó con él. Llevaban tres días de camino y ya estaba acostumbrada al zarandeo. Su hombro chocó suavemente con el de Suchlike, que dormitaba acurrucada a su lado. *Ratón* estaba sentado al otro lado, también dormido. De vez en cuando soltaba un ronquido.

Melisande miró por la ventanilla. Parecían estar en medio de la nada. Los cerros verde azulados se extendían a lo lejos, demarcados por setos y muros de piedra seca. La luz empezaba a disiparse.

—¿No deberíamos haber parado ya? —le preguntó a su marido.

Vale estaba recostado en el asiento de enfrente, con las piernas atravesadas en el carruaje de modo que sus pies casi tocaban los de ella. Tenía los ojos cerrados, pero contestó enseguida, confirmando su sospecha de que no estaba dormido.

—Tienes razón. Deberíamos haber parado en Birkham, pero el cochero dice que la posada estaba cerrada. Se ha apartado de la carretera principal para buscar la siguiente posada, pero sospecho que se ha perdido.

Vale abrió un ojo y miró por la ventanilla. No parecía preocuparle que estuvieran perdidos y empezara a hacerse de noche.

—Sí, está claro que nos hemos apartado del camino —dijo—. A no ser que la posada esté en medio de un prado de vacas.

Melisande exhaló un suspiro e hizo amago de apartar el cuento de hadas que había estado traduciendo. Ya casi había acabado. Aquella extraña historia iba desplegándose poco a poco bajo su pluma. Trataba de un soldado convertido en un cómico hombrecillo. Un hombrecillo muy valiente, pese a todo. No parecía el héroe normal de un cuento de hadas, claro que ninguno de los héroes del libro de Emeline era del todo normal. En todo caso, la traducción tendría que esperar hasta el día siguiente. Apenas se veía, en aquella penumbra.

—¿No podemos volver? —preguntó a Vale al cerrar su estuche de escritura—. Una posada ruinosa es mejor refugio que estas colinas abandonadas.

—Tienes mucha razón, mi querida esposa, pero me temo que de todos modos se nos haría de noche antes de que consiguiéramos volver a Birkham. Más vale seguir adelante.

Cerró de nuevo los ojos, lo cual resultaba muy frustrante.

Melisande estuvo un rato mirando por la ventanilla, preocupada. Miró a su doncella, todavía dormida, y bajó la voz.

—Le prometí a Suchlike que no viajaríamos de noche. Nunca había salido de Londres, ¿sabes?

—Entonces va a aprender mucho en este viaje —dijo su marido sin abrir los ojos—. No temas. El cochero y los lacayos van armados.

—Hmmm. —Melisande cruzó los brazos—. ¿Conoces bien a ese tal señor Munroe?

Había pasado los dos días anteriores intentando averiguar por qué su marido necesitaba hablar con aquel hombre. Pero Vale se limitaba a cambiar de tema cuando le interrogaba. Ahora, probó otra táctica.

—Sir Alistair Munroe —murmuró él.

Debía de haber sentido su mirada exasperada, porque no abrió los ojos y sonrió.

—Elevado a la nobleza por sus servicios a la Corona. Escribió un libro describiendo las plantas y animales del Nuevo Mundo. Y no sólo las plantas y los animales. También hablaba de peces, de pájaros e insectos. Es un enorme mamotreto, pero los grabados son preciosos. Coloreados a mano y basados en sus propios bocetos. Al rey Jorge le impresionó tanto que invitó a Munroe a tomar el té... o eso tengo entendido.

Melisande pensó en aquel naturalista que había tomado el té con el rey.

—Debe de haber pasado muchos años en las colonias, si tenía material suficiente para escribir un libro. ¿Estuvo todo el tiempo con tu regimiento?

—No. Iba de regimiento en regimiento, según adonde se dirigieran. Con el nuestro sólo estuvo unos tres meses —respondió Vale—. Se unió a nosotros justo antes de que emprendiéramos la marcha hacia Québec.

Parecía soñoliento, lo cual hizo sospechar a Melisande. En otras dos ocasiones se había quedado oportunamente dormido mientras le interrogaba.

—¿Hablabas con él cuando estaba en tu regimiento? ¿Cómo es?

Vale movió las piernas cruzadas sin abrir los ojos.

—Oh, muy escocés. Taciturno y poco dado a soltar largos discursos. Pero tenía mucho sentido del humor. De eso sí me acuerdo. Muy irónico.

Se quedó callado un rato, y Melisande vio volverse púrpuras las colinas a la luz mortecina del anochecer.

Vale dijo por fin, con aire soñoliento:

—Recuerdo que tenía un gran baúl forrado de piel, con remaches de latón. Se lo habían hecho a medida. Dentro había docenas de compartimentos, todos forrados de fieltro. Muy ingeniosos. Tenía cajas y frascos de cristal para distintos especímenes, y prensas de distintos tamaños para conservar flores y hojas. Una vez lo abrió y tendrías que haber visto a aquellos aguerridos soldados, algunos de los cuales llevaban décadas en el ejército y no se asombraban de nada, mirando boquiabiertos el baúl como niños en una feria.

—Debió de ser agradable —dijo Melisande suavemente.

—Lo fue. Lo fue. —Su voz sonaba distante en medio de la oscuridad creciente.

—Quizá me lo enseñe cuando lleguemos a su casa.

—No puede —dijo él desde la penumbra del otro lado del carruaje—. Quedó destruido cuando nos atacaron los indios. Hecho pedazos. Todas sus muestras esparcidas por el suelo y destrozadas.

—¡Qué horror! Pobre hombre. Tuvo que ser horrible para él ver lo que le había ocurrido a su colección.

Se hizo un silencio al otro lado del carruaje.

—¿Jasper? —Melisande habría deseado ver su cara.

—No lo vio. —La voz de Vale surgió bruscamente de la oscuridad—. Sus heridas... Nunca volvió al lugar de la masacre. Yo tampoco. Sólo supe lo que le había ocurrido a su baúl meses después.

—Lo lamento. —Melisande miró distraídamente por la ventanilla. No sabía muy bien qué era lo que lamentaba: la pérdida del baúl, el destrozo de las muestras, la masacre en sí misma o el hecho de que ninguno de los supervivientes hubiera salido indemne—. ¿Qué aspecto tiene sir Alistair? ¿Es joven? ¿Viejo?

—Un poco más mayor que yo, quizá. —Vale titubeó—. Conviene que sepas...

Pero Melisande le interrumpió inclinándose hacia delante.

—Mira.

Le parecía haber visto movimiento más allá de la ventana.

Se oyó un grito estentóreo en medio de la oscuridad. Melisande dio un respingo. Suchlike se despertó con un gritito y *Ratón* se puso en pie y empezó a ladrar.

Una voz ronca y retumbante les llegó del exterior.

—¡Alto ahí!

El carruaje se detuvo con un zarandeo.

—Mierda —dijo Vale.

Aquello era lo que preocupaba a Jasper desde que había empezado a anochecer. Estaban en territorio propicio para un robo y, aunque no temía mucho la pérdida de su bolsa, no estaba dispuesto a permitir que nadie tocara a Melisande.

—¿Qué...? —comenzó a decir ella, pero él estiró el brazo y le tapó suavemente la boca.

Melisande era lista. Se calló de inmediato. Puso a *Ratón* sobre su regazo y le tapó el hocico.

La doncella se metió el puño en la boca, con los ojos como platos. No emitía ningún sonido, pero aun así Jasper se llevó un dedo a los labios. Aunque, de todos modos, ignoraba si las mujeres podían verle en el carruaje a oscuras.

¿Por qué no había intentado huir el cochero? La respuesta se le ocurrió mientras repasaba sus opciones. El cochero ya había admitido que no conocía bien el terreno. Seguramente temía volcar el carruaje en medio de la oscuridad y matarlos a todos.

—¡Salgan de ahí! —gritó otro hombre.

Así pues, había al menos dos, seguramente más. Jasper contaba con dos lacayos y dos cocheros, además de dos hombres a caballo, uno de ellos Pynch. Seis en total. Pero ¿cuántos ladrones había?

—¿Me han oído? ¡Salgan de ahí! —gritó de nuevo la misma voz.

Uno estaría apuntando al cochero con una pistola para que no moviera el carruaje. Otro estaría cubriendo a los jinetes. Un tercero se encargaría de despojarles de sus bienes. Eso, si sólo eran tres. Si había más...

—¡Maldita sea! ¡Salgan o entro yo a tiros!

La doncella de Melisande dejó escapar un gemido de temor y *Ratón* no dejaba de forcejear, pero su querida esposa lo sujetaba con firmeza y guardaba silencio. Un ladrón listo empezaría matando a los sirvientes de fuera uno a uno para hacerlos salir. Pero aquel salteador de caminos podía ser lo bastante estúpido como para...

La puerta del carruaje se abrió de golpe y un hombre armado con una pistola se inclinó hacia su interior. Jasper lo agarró del brazo con el que sujetaba la pistola y tiró con fuerza. La pistola se disparó, haciendo añicos la ventana del otro lado del carruaje. La doncella chilló. El ladrón cayó a medias dentro del carruaje. Jasper le quitó el arma.

—No mires —le dijo a Melisande, y golpeó al hombre en la sien con la culata de la pistola, rompiéndole el hueso. Volvió a hacer lo mismo tres veces, brutalmente, sólo para asegurarse de que estaba muerto y luego soltó la pistola. Le repugnaba empuñar un arma de fuego.

Fuera se oyó un grito y a continuación un disparo.

—Maldita sea. Agachaos —ordenó a Melisande y a la muchacha.

Una bala podía atravesar fácilmente la madera del carruaje. Ella no protestó y se echó sobre el asiento, con la doncella y el perro.

Se acercaron unos pasos apresurados y Jasper se puso delante de las mujeres, en guardia.

—¡Señor! —La ancha cara de Pynch asomó por la puerta del carruaje—. ¿Están a salvo, señor? ¿Las mujeres...?

—Sí, creo que sí. —Jasper se volvió hacia Melisande y pasó las manos por su cara y su cabello en la oscuridad—. ¿Estás bien, cariño mío?

—S-sí. —Se irguió inmediatamente, con la espalda tan tiesa como siempre, y Jasper sintió una punzada en el corazón. Si alguna vez resultaba herida, si alguna vez no lograba protegerla...

La doncella temblaba violentamente. Melisande soltó al perrillo y abrazó a la muchacha, dándole palmaditas en la espalda para reconfortarla.

—No pasa nada. Lord Vale y el señor Pynch nos han salvado.

Ratón saltó al suelo del carruaje y se puso a gruñir al ladrón muerto.

Pynch carraspeó.

—Hemos apresado a uno de los salteadores, milord. El otro ha huido al galope.

Jasper le miró. Tenía la mitad de la cara manchada de pólvora. Sonrió. Su ayuda de cámara siempre había sido un tirador excelente.

—Ayúdame a sacar a éste del carruaje —le dijo—. Melisande, por favor, quedaos aquí hasta que estemos seguros de que ha pasado el peligro.

Ella asintió valientemente, levantando la barbilla.

—Claro.

Y aunque Pynch y la doncella les estaban mirando, Jasper no pudo evitar inclinarse para besarla con fuerza. Todo había sucedido tan deprisa... Si las cosas se hubieran torcido, quizá la hubiera perdido.

Salió del carruaje, ansioso por encararse con el hombre que había puesto a su dulce esposa en peligro. Pero primero ayudó a Pynch a sacar al muerto del carruaje. Confiaba en que Melisande no hubiera mirado. El ladrón tenía aplastados el pómulo y la sien.

Ratón se bajó de un salto del carruaje.

Jasper se incorporó.

—¿Dónde está?

—Allí, milord. —Pynch señaló hacia un árbol, junto a la carretera, donde varios lacayos rodeaban a una figura recostada. *Ratón* fue tras ellos husmeando el suelo.

Jasper inclinó la cabeza y, mientras se acercaban al grupo, preguntó:

—¿Hay algún herido?

—Bob, el lacayo, tiene un rasguño de bala en el brazo —contestó Pynch—. Los demás están bien.

—¿Te has asegurado? —A veces, en la oscuridad y con los nervios, un hombre podía recibir un disparo y no darse cuenta.

Pero Pynch también había estado en el ejército.

—Sí, señor.

Jasper asintió con la cabeza.

—Bien hecho. Que un lacayo encienda más faroles. La luz ahuyenta a toda clase de alimañas.

—Sí, señor. —Pynch regresó al carruaje.

—¿Qué tenemos aquí? —preguntó Jasper al llegar junto al grupo de lacayos.

—Es uno de los ladrones, milord —contestó Bob.

Se cubría la parte superior del brazo con un paño, pero sostenía con firmeza una pistola, apuntando al prisionero. Pynch llegó con un farol y todos miraron al ladrón. No era más que un muchacho de menos de veinte años. Sangraba profusamente por el pecho. *Ratón* le olfateó y luego perdió el interés y fue a orinar junto al árbol.

—¿Todavía está vivo? —preguntó Jasper.

—Apenas —dijo Pynch, impasible. Debía de haber sido él quien había descabalgado al muchacho de un disparo, pero no mostraba ninguna piedad.

Claro que aquel muchacho les había apuntado con un arma. Podía haber disparado a Melisande. Jasper vio de pronto una imagen horrenda: a su mujer tendida allí, en el lugar que ocupaba el chico, con el pecho abierto de un disparo y luchando por insuflar un poco de aire a sus pulmones deshechos.

Entonces se dio media vuelta.

—Dejadle.

—No.

Levantó la mirada y vio a Melisande delante del carruaje, a pesar de que le había dado órdenes explícitas de no salir.

—¿Señora?

Ella no se arredró, a pesar de que Jasper había contestado en tono gélido.

—Ordena que le traigan con nosotros, Jasper.

Él se quedó mirándola, iluminada por la luz del farol, etérea y frágil. Demasiado frágil. Dijo suavemente:

—Podría haberte matado, corazón mío.

—Pero no lo ha hecho.

Podía parecer frágil, pero el núcleo de su ser era de hierro.

Jasper asintió con la cabeza, sin apartar la mirada de ella.

—Envuélvelo en una manta, Pynch, y súbelo a tu caballo.

Melisande frunció el ceño.

—El carruaje...

—No voy a permitir que vaya a tu lado.

Ella le miró y pareció darse cuenta de que en aquella cuestión no iba a salirse con la suya. Asintió.

Jasper miró a Pynch.

—Puedes vendarle la herida cuando lleguemos a la posada. No quiero que nos detengamos aquí más de lo necesario.

—Sí, señor —contestó Pynch.

Jasper se acercó a su esposa y la tomó del brazo, cálido y vibrante bajo sus dedos. Agachó la cabeza y le susurró al oído:

—Hago esto por ti, amor mío. Sólo por ti.

Ella le miró, su cara pálida como la luna en la oscuridad.

—Lo haces también por ti. No está bien dejarlo morir aquí, solo, haya hecho lo que haya hecho.

Jasper no se molestó en llevarle la contraria. Que Melisande creyera que se preocupaba por esas cosas, si quería. La condujo al carruaje, la hizo entrar y cerró la puerta. Aunque viviera unas horas más, el salteador de caminos ya no podía hacer daño a su esposa, y eso, a fin de cuentas, era lo único que importaba.

Melisande suspiró cuando la puerta de su habitación en la posada se cerró, esa noche. Vale siempre alquilaba dos habitaciones en las posadas en las que se hospedaban, y esa noche no fue una excepción. A pesar del susto del robo, a pesar del ladrón moribundo (al que habían llevado a un cuarto del fondo), a pesar de que la posada estaba casi llena, ella se encontraba en una habitación a solas.

Se acercó a la pequeña chimenea, en la que, gracias a la generosa propina que le habían dado a la esposa del posadero, había un buen montón de carbón. Las llamas danzaban, pero sus dedos seguían estando fríos. ¿Comentaban los sirvientes el hecho de que sus señores durmieran en habitaciones separadas, haciendo tan poco tiempo que se habían casado? Melisande se sentía vagamente avergonzada, como si hubiera fracasado de algún modo como esposa. *Ratón* saltó a los pies de la cama y dio tres vueltas antes de echarse. Luego suspiró.

Suchlike, al menos, nunca hacía comentarios sobre cómo dormían. La doncellita la vestía y la desvestía con imperturbable alegría, aunque, a decir verdad, esa noche, después del robo, había costado arrancarle una sonrisa. Todavía temblaba por el susto y su alegre cháchara había cesado por completo. Melisande se había apiadado de ella y la había mandado temprano abajo para que cenara.

Así pues, estaba completamente sola. No le apetecía la cena que le había servido la oronda posadera. El pollo guisado tenía un aspecto delicioso, pero costaba comérselo sabiendo que en la parte de atrás de la posada se estaba muriendo un muchacho. Ahora lamentaba no haberse quedado en el comedor que Vale había reservado para ellos. Sacudió la cabeza. No tenía sentido permanecer despierta. No podía volver a bajar ahora que se había desvestido, y no había más que hablar. Retiró las mantas de la recia cama de la posada, vio con alivio que estaban limpias y se tumbó. Se tapó hasta la nariz y apagó la luz. Luego se quedó mirando las sombras que el fuego proyectaba en el techo hasta que empezaron a pesarle los párpados.

Sus pensamientos flotaban a la deriva. Los ojos brillantes de Vale y su mirada mientras golpeaba al ladrón que había entrado en el carruaje. El pollo guisado y las croquetas que hacía la cocinera cuando ella era niña. ¿Cuántos días más pasarían viajando por carreteras cubiertas de surcos, entre el zarandeo del carruaje? ¿Cuándo cruzarían la frontera de Escocia? Sus pensamientos se dispersaron y empezó a sumirse en el sueño.

De pronto sintió un calor contra la espalda. Unos brazos fuertes y el roce de unos labios que sabían a whisky.

—¿Jasper? —murmuró, todavía medio dormida.

—Calla —susurró él.

Abrió la boca sobre la de ella y la besó profundamente, penetrándola con la lengua. Melisande pensó que sabía a sal. Gimió, atrapada entre el sueño y la vigilia, con la guardia baja. Sintió que él le levantaba la camisa y se la quitaba. Sus manos le tocaron los pechos, acariciándolos con ternura, y luego le pellizcaron los pezones casi hasta hacerle daño.

—Jasper... —gimió.

Deslizó las palmas de las manos por su espalda. Estaba desnudo, su piel tan caliente que casi quemaba. Sus músculos se movieron bajo sus manos al tenderse sobre ella y acomodar su peso entre sus muslos abiertos.

—Calla —susurró de nuevo.

Ella sintió su presión al encontrar su centro y penetrarla.

Su cuerpo, rendido por el sueño y por las manos de Vale, era suave, pero no estaba preparada. Él se retiró y comenzó a mecerse suavemente, con delicadeza. Cada pequeña embestida la ensanchaba e introducía su verga más y más dentro. La agarró por debajo de las rodillas y se las levantó para colocarse entre sus muslos. Y entonces la besó al tiempo que rozaba con las palmas, suavemente, sus pezones desnudos, incitándola y atormentándola al mismo tiempo.

Ella intentó arquearse para que él la tocara con más firmeza, pero no tenía apoyo, ni fuerzas. Vale estaba al mando, y le haría el amor como quisiera. Lo único que podía hacer ella era someterse.

Así que metió las manos entre su pelo y le besó, moviendo la boca con ansia, sumisamente, bajo la suya.

Él gimió. Sus caderas se movían ahora más aprisa, su respiración se había hecho más agitada y jadeaba con fuerza. Ella no abrió los ojos. No quería perturbar su estado de soñolencia. Luego sintió que los dedos de Vale se deslizaban por su costado, metiéndose entre sus cuerpos unidos. Él buscó su sexo y lo encontró. Sus dedos fuertes sabían lo que hacían. Presionó con el pulgar sobre su clítoris.

—Córrete conmigo —susurró con la voz rasposa por el deseo—. Córrete conmigo.

Ella abrió los ojos por fin. Él debía de haber llevado una vela a la habitación, porque una luz difusa bailaba sobre su costado. Sus hombros eran anchos y musculosos, algunos mechones de pelo colgaban sobre su cara y sus ojos feroces, de color turquesa, la miraban fijamente, autoritarios.

—Córrete conmigo —repitió en un susurro.

Siguió moviendo el pulgar en círculos, presionando con exquisita precisión mientras su verga la colmaba. Melisande, prisionera, estaba abierta de piernas ante él y él seguía susurrando:

—Córrete conmigo.

¿Cómo podía negarle nada? El placer iba creciendo dentro de ella, y sentía el deseo de esconder la cara. Nunca había permitido que Vale la dominara de aquel modo. Él la miraba. Descubriría los secretos que le ocultaba.

—Córrete conmigo. —Inclinó la cabeza para lamer su pezón.

Ella echó la cabeza hacia atrás y gimió. Él atrapó aquel gemido con la boca y se lo tragó: una prenda de aquella batalla. Presionó sobre ella y la abrazó mientras Melisande alcanzaba el clímax, y se estremeció con cada descarga de placer. La sujetaba con la boca y las caderas, y con aquel pulgar que la acariciaba con ligereza, dulcemente, enloqueciéndola. Ella nunca había experimentado un orgasmo como aquél, casi doloroso por su intensidad. Abrió los ojos, jadeante, y vio que él no había acabado. Ella se hallaba reducida a los estertores del placer y él no había hecho más que empezar. Se apoyó sobre los brazos estirados y la miró mientras se hundía en ella con fuerza y sin piedad. Tenía la boca torcida, los ojos enloquecidos de deseo y de otra cosa.

—Dios —gruñó—. Dios. Dios. ¡Dios!

Echó la cabeza hacia atrás, arqueándose convulsivamente, y Melisande le vio enseñar los dientes mientras su cuerpo se sacudía. Su semen la inundó, cálido y vivo. Ella sintió un gozo que no había sentido nunca antes. Había dado y había recibido de él.

Aquello era casi sagrado.

Él seguía con la cabeza echada hacia atrás y los brazos estirados. Melisande no veía su cara a causa del pelo. Una gota cayó sobre su pecho izquierdo.

—Jasper —susurró, y tomó su cara sudorosa entre las manos—. Jasper...

Él se retiró y se bajó de la cama. La súbita ausencia de su carne resultaba casi dolorosa. Se inclinó, recogió su bata y se la puso.

—El chico ha muerto.

Salió de la habitación.

Capítulo *13*

Esa noche, la corte era un hervidero de rumores. La serpiente había muerto y el anillo de bronce había desaparecido, pero nadie parecía tenerlo. ¿Quién era el valiente que se había apoderado de él?

Jack, como siempre, estaba junto a la silla de la princesa durante la cena, y ella le lanzó una mirada muy extraña cuando se sentó.

—Vaya, Jack —dijo—, ¿dónde te has metido? Tienes el pelo mojado.

—He ido a ver a un pececillo plateado —contestó él, y dio una cómica voltereta.

La princesa sonrió y se comió la sopa, pero ¡qué sorpresa le aguardaba en el fondo del cuenco! Allí estaba el anillo de bronce.

Aquello causó un gran alboroto, y enseguida se mandó llamar al cocinero. Pero aunque el pobre hombre fue interrogado delante de la corte en pleno, ignoraba cómo había llegado el anillo a la sopa de la princesa Surcease. Por fin, el rey se vio obligado a ordenar que se retirara sin haber sacado nada en claro...

De Jack *el Risueño*

*M*elisande debía de considerarle una bestia inmunda después de lo de la noche anterior. Aquélla no era una idea agradable con la que acompañar el desayuno, y Jasper miró con el ceño fruncido los huevos y el pan que le había servido la posadera. Estaban bastante sabrosos, pero el té era flojo y no de la mejor calidad; además, esa mañana cualquier pretexto le serviría para enojarse.

Miró a su esposa por encima de la taza de té. No parecía que la noche anterior la hubieran forzado. Al contrario: parecía fresca y descansada y tenía todos los pelos en su sitio, lo cual, por algún motivo, le irritó aún más.

—¿Has dormido bien? —preguntó: posiblemente la forma más pedestre de iniciar una conversación.

—Sí, gracias. —Le dio un trozo de bollo a *Ratón*, que estaba sentado bajo la mesa. Jasper se dio cuenta, aunque ella no se movió, ni cambió de expresión. Siguió mirándole fijamente. Fue precisamente la fijeza de su mirada lo que hizo comprender a Jasper lo que estaba haciendo.

—Hoy entraremos en Escocia —dijo—. Mañana llegaremos a Edimburgo.

—¿Ah, sí?

Él asintió con la cabeza y untó con mantequilla otro bollo, el tercero.

—Tengo una tía en Edimburgo.

—¿Sí? No me lo habías dicho. —Bebió un sorbo de té.

—Pues sí, la tengo.

—¿Es escocesa?

—No. Su primer marido sí lo era. Creo que va por el tercero. —Dejó el cuchillo de la mantequilla sobre el plato—. Se llama Esther Whippering y pasaremos la noche en su casa.

—Muy bien.

—Ya es mayor, pero sigue teniendo mucho genio. De pequeño solía retorcerme la oreja y me hacía mucho daño.

Ella se detuvo antes de beber de su taza de té.

—¿Por qué? ¿Qué hacías?

—Nada. Mi tía decía que era bueno para mí.

—Sin duda lo era.

Él abrió la boca, dispuesto a defender su honor juvenil, pero de pronto sintió algo frío y húmedo en la mano que tenía sobre el regazo.

Con la otra mano había vuelto a coger el cuchillo de la mantequilla y estuvo a punto de dejarlo caer.

—Dios mío, ¿qué es eso?

—Supongo que será sólo *Ratón* —contestó Melisande con calma.

Él miró bajo la mesa y vio dos ojillos brillantes. Parecían un poco diabólicos en la oscuridad.

—¿Qué quiere?

—Tu panecillo.

Jasper miró a su esposa, indignado.

—No pienso dárselo.

Ella se encogió de hombros.

—Si le das un poco, dejará de molestarte.

—Ésa no es razón para recompensar un mal comportamiento.

—Mmm. ¿Le digo a la posadera que nos prepare algo para almorzar? Parece que es buena cocinera.

Él sintió que el perrillo volvía a empujar su pierna. Un peso cálido se posó sobre su pie.

—Excelente idea. Puede que no estemos cerca de una posada a la hora del almuerzo.

Ella asintió y se acercó a la puerta del pequeño comedor privado para hacer los preparativos.

Mientras estaba de espaldas, Jasper metió la mano bajo la mesa con un trozo de huevo. Una lengua húmeda se lo quitó de los dedos.

Melisande volvió a entrar en la habitación y le miró dudosa, pero no dijo nada.

Media hora después, los caballos estaban enganchados, la doncella sentada junto al cochero para variar, Melisande y *Ratón* esperaban en el carruaje y Jasper mantenía una última conversación con el posadero. Dio las gracias al hombre, subió los peldaños del carruaje, tocó en el techo y se sentó.

Melisande levantó la mirada de su bastidor de bordado cuando el carruaje se puso en marcha con una sacudida.

—¿Qué le has dicho?

Él miró por la ventanilla. La niebla descendía por las colinas.

—¿A quién?

—Al posadero.

—Le he dado las gracias por una noche estupenda y sin pulgas.

Ella se limitó a mirarle.

Jasper suspiró.

—Le he dado dinero suficiente para enterrar al muchacho. Y un poco más por las molestias. He pensado que te gustaría.

—Gracias.

Él se recostó en su asiento y ladeó las piernas.

—Tienes el corazón muy blando, esposa mía.

Ella sacudió la cabeza enérgicamente.

—No, sólo tengo un corazón ecuánime.

—Un corazón ecuánime que presta auxilio a un muchacho que te habría disparado sin pensárselo dos veces.

—Eso no lo sabes.

Él se quedó mirando las colinas.

—Sé que anoche salió con hombres más mayores que él y con una pistola cargada. Si no pensaba usarla, no debería haberla cargado.

Jasper sintió su mirada.

—¿Por qué no disparaste anoche?

Jasper se encogió de hombros.

—La pistola del ladrón se disparó y quedó descargada.

—El señor Pynch me ha dicho esta mañana que hay pistolas debajo del asiento.

Malditos sean Pynch y esa lengua tan larga. Jasper miró a Melisande. Ella le observaba con curiosidad, más que con reproche.

Él suspiró.

—Supongo que debería enseñarte cómo se manejan por si fuera

necesario. Pero, por el amor de Dios, no las saques a no ser que pienses usarlas, y apunta siempre al suelo.

Ella levantó las cejas, pero no dijo nada.

Jasper se cambió a su asiento y levantó el fino cojín del suyo. Debajo había un compartimento con tapa y bisagras. Al levantar la tapa, dejó al descubierto un par de pistolas.

—Ahí las tienes.

Melisande se quedó mirándolas y *Ratón* saltó del asiento en el que estaba dormitando para echarles un vistazo.

—Muy bonitas —dijo Melisande. Le miró con franqueza—. ¿Por qué no las sacaste anoche?

Jasper apartó suavemente al perrillo antes de cerrar la tapa, volvió a colocar el cojín y se cambió de asiento.

—No las saqué porque, para tu información, siento un desagrado visceral por las armas de fuego.

Ella levantó las cejas.

—Tuvo que ser un inconveniente durante la guerra.

—Bueno, cuando estaba en el ejército disparé bastante a menudo con pistolas y fusiles. Tampoco soy mal tirador. O, al menos, no lo era. No he vuelto a coger una pistola desde que volví a Inglaterra.

—Entonces, ¿por qué odias las armas ahora?

Él frotó con fuerza la palma de su mano derecha con el pulgar de la izquierda.

—No me gusta tener una pistola en la mano. Por el peso, quizá. —La miró—. Pero las habría sacado si no hubiera quedado más remedio. No habría puesto en peligro tu vida, cariño mío.

Ella asintió con la cabeza.

—Lo sé.

Y aquella sencilla frase llenó a Jasper de un sentimiento que hacía mucho tiempo que no sentía: un sentimiento de felicidad. Se quedó mirando a Melisande, tan segura de su eficacia, de su valentía, y pensó, *por favor, Dios mío, que nunca descubra la verdad.*

Ojalá pudiera decirle a Vale que no quería que durmieran separados, así de sencillo, pensó Melisande esa noche. Estaba en el patio de otra posada, ésta bastante grande, y veía a los mozos desenganchar a los caballos y a Vale hablar con el posadero. Estaba procurándose una habitación para pasar la noche.

Una habitación para ella.

Al parecer, la posada estaba casi llena y sólo quedaba una habitación, pero en lugar de compartirla con ella Vale pensaba dormir en la sala común. Sólo Dios sabía qué pensaría el posadero de aquello. Melisande suspiró y miró al lacayo que llevaba a *Ratón* de la correa. O más bien *Ratón* llevaba al lacayo, tirando de la correa. Arrastró al pobre hombre hasta un poste, levantó la pata y siguió tirando hacia el siguiente poste.

—¿Estás lista, cariño?

Al levantar la vista, Melisande descubrió que, mientras había estado cavilando sobre su matrimonio, él había concluido su transacción con el posadero.

Asintió con la cabeza y le tomó del brazo.

—Sí.

—*Ratón* va a descoyuntarle el brazo a ese pobre lacayo —comentó Vale cuando entraron—. ¿Sabes que se juegan a los dados quién lo saca a pasear por las noches?

—¿El que gana lo saca? —preguntó ella mientras entraban en el edificio principal de la posada.

—No, el que pierde —contestó él, y arrugó el ceño.

Se oyó una estentórea carcajada procedente de la sala común. La posada era antigua, con grandes vigas ennegrecidas que sostenían el techo bajo. A la izquierda estaba la gran sala común, con sus mesas redondas desvencijadas y el fuego encendido, a pesar de que estaban en pleno verano. Todas las mesas estaban llenas de viajeros (casi todos ellos hombres) que bebían cerveza y se comían su cena.

—Por aquí —dijo Vale, y la condujo hacia la derecha, a un cuartito que había al fondo. Era su comedor privado. Los toscos platos de barro ya estaban puestos, y había también una hogaza de pan negro que parecía recién hecha.

—Gracias —murmuró Melisande cuando Vale le ofreció una silla. Se sentó en el instante en que el lacayo llegaba con *Ratón*. El perrillo se acercó trotando y se quedó a su lado, a la espera de una caricia—. ¿Cómo está usted, *sir Ratón*? ¿Ha dado un paseo agradable?

—Casi ha cazado una rata, señora —dijo el lacayo—. En los establos. Es muy rápido, el perrillo.

Melisande sonrió a *Ratón* y le acarició las orejas.

—Muy bien hecho.

El posadero entró apresuradamente con una botella de vino. Una muchacha le siguió con un estofado de cordero, y durante un rato reinó el caos en el pequeño comedor. Pasaron cinco minutos antes de que Vale y ella volvieran a quedarse solos.

—Mañana... —comenzó a decir él, pero le interrumpió un grito especialmente fuerte procedente de la sala común.

Vale miró la puerta, ceñudo. En aquel reservado estaban a resguardo, pero aun así se oía un ruido constante.

Él la miró por encima de la mesa con las cejas fruncidas por encima de los ojos azules verdosos.

—Esta noche tienes que cerrar la puerta con llave y quedarte en tu habitación. No me gusta este gentío.

Melisande asintió con la cabeza. Siempre cerraba con llave si podía y, si no, ponía una silla contra la puerta. En todo caso, Vale solía estar en la habitación de al lado.

—Anoche tu puerta no estaba cerrada.

Ella se preguntó si se estaba acordando de su apasionado encuentro amoroso.

—La puerta no tenía cerradura.

—Le diré a uno de los lacayos que duerma junto a tu puerta esta noche.

Después de aquello, acabaron de comer en medio de un grato silencio. Eran pasadas las diez cuando Melisande entró en su habitación con *Ratón*. Encontró a Suchlike bostezando mientras sacaba una camisa limpia. La habitación era pequeña pero limpia. Había una cama, una mesa y unas sillas junto a la chimenea. Alguien había colgado dos cuadritos de caballos en la pared, junto a la puerta.

—¿Qué tal has cenado? —le preguntó a la doncella. Se acercó a la ventana y vio que la habitación daba al patio de los establos.

—Muy bien, señora —contestó Suchlike—. Aunque nunca me ha gustado mucho el cordero.

—¿No? —Melisande empezó a tirar de los lazos de su vestido.

—Déjeme a mí, señora —dijo Suchlike, acercándose presurosa—. No, a mí deme un buen filete de ternera y soy feliz. El señor Pynch, en cambio, dice que la comida que más le gusta es el pescado. ¿Se imagina?

—Supongo que hay mucha gente a la que le gusta el pescado —dijo Melisande diplomáticamente. Se quitó el corpiño.

Suchlike no parecía muy convencida.

—Sí, señora. El señor Pynch dice que es porque nació junto al mar. Que le guste el pescado, digo.

—¿El señor Pynch nació junto al mar?

—Sí, señora. En Cornualles. Lejísimos, y ni siquiera habla raro.

Melisande observó a su doncella mientras se quitaba el resto de la ropa. Pensaba que el ayuda de cámara era demasiado serio y mayor para Suchlike, pero a la muchacha parecía gustarle charlar sobre él. Confiaba en que el señor Pynch no estuviera jugando con los afectos de su doncella. Tomó nota de que debía comentárselo a Vale por la mañana.

—Ya está, milady —dijo Suchlike al pasarle la camisa por la cabeza—. Está guapísima. El encaje le favorece. Bueno, he puesto un calentador en la cama y he subido un jarro de agua. También hay un poco de vino y copas en la mesa, por si le apetece beber algo antes de irse a la cama. ¿Quiere que le trence el pelo esta noche?

—No, está bien así —contestó ella—. Me lo cepillaré yo misma. Gracias.

La doncella hizo una reverencia y se acercó a la puerta.

Melisande se acordó de algo.

—Suchlike...

—¿Señora?

—Asegúrate de dormir donde nuestros hombres puedan oírte. A lord Vale no le gusta la gente que hay en el salón.

—Al señor Pynch tampoco le ha gustado su pinta —contestó la doncella—. Ha dicho que esta noche no me perdería de vista.

Melisande se enterneció al pensar en el estoico ayuda de cámara. Al menos protegía a Suchlike.

—Me alegra saberlo. Buenas noches.

—Buenas noches, señora. Que duerma bien. —Suchlike salió de la habitación.

Entonces se sirvió un poco de vino de la botella que había sobre la mesa y bebió un sorbo. No era tan bueno como el de la bodega de Vale, pero tenía un regusto agradable. Se quitó las horquillas del pelo y las pulso pulcramente sobre la mesa.

Se soltó el pelo y se lo cepilló. De pronto se oyó un estruendo abajo. Se acercó a la puerta a escuchar, con el cepillo aún en la mano, pero tras un minuto de gritos pareció volver la calma. Así que acabó de cepillarse el pelo, se bebió la copa de vino y se tumbó en la cama.

Estuvo pensando un rato en si Vale iría esa noche a su habitación. Tendría que pedirle la llave al posadero, pues ella había cerrado por dentro después de que se marchara Suchlike.

Entonces debió de dormirse, porque soñó con Jasper en la guerra, rodeado de cañonazos, riendo y negándose a empuñar su pistola. En el sueño, ella le llamaba y le imploraba que se defendiera. Las lágrimas le corrían por la cara. Se despertó al oír gritos y golpes en la puerta. Se incorporó en el momento en que la puerta se abría violentamente y cuatro borrachos entraban en la habitación.

Melisande los miró horrorizada. *Ratón* saltó de la cama y empezó a ladrar.

—Es guapa, ¿eh? —dijo uno, y después un torbellino se abalanzó sobre él desde atrás.

Vale se echó sobre el hombre y empezó a golpearle salvajemente, en silencio. Iba descalzo y sólo llevaba puestas las calzas. Le agarró por el pelo y le empotró la cara contra el suelo. Saltó la sangre.

Dos de los borrachos miraban pasmados aquel repentino estallido de violencia, pero el tercero se abalanzó sobre él, aunque antes de que pudiera alcanzarle, el señor Pynch le agarró por detrás y le sacó al pasillo. Un golpe sacudió la pared, y uno de los cuadritos se cayó. Vale se apartó del hombre, que yacía inmóvil en el suelo y se acercó a los otros dos. Melisande sofocó un grito. Podían estar borrachos, pero eran dos contra uno. El señor Pynch seguía peleando con el otro en el pasillo.

Uno intentó sonreír.

—Sólo queríamos divertirnos un rato.

Vale le golpeó en la cara. El hombre se giró por la fuerza del golpe y cayó como un árbol talado. Volviéndose hacia el que quedaba, que intentaba retroceder, lo agarró por la casaca, le dio la vuelta y le lanzó de cabeza al pasillo. El otro cuadrito también se cayó. *Ratón* se lanzó contra su marco.

El señor Pynch apareció en la puerta.

Vale levantó la vista. Estaba de pie junto al hombre inconsciente y jadeaba.

—¿Todo solucionado ahí fuera?

El señor Pynch asintió con la cabeza. Su ojo izquierdo estaba enrojecido y empezaba a hincharse.

—He despertado a los lacayos. Van a pasar el resto de la noche en el pasillo para impedir nuevos altercados.

—¿Y Bob? —preguntó Vale—. Se suponía que tenía que estar delante de la puerta de mi esposa.

—Iré a ver qué ha pasado —dijo el señor Pynch.

—Hazlo, sí —contestó Vale—. Y diles a los demás que vengan a sacar de aquí esta basura.

—Milord. —Pynch volvió a salir al pasillo.

Vale miró por fin a Melisande. Tenía una expresión salvaje y un corte ensangrentado en la mejilla.

—¿Estás bien, esposa mía?

Ella dijo que sí con la cabeza.

Pero él se volvió y dio un puñetazo en la pared.

—Te prometí que no pasaría esto.

—Jasper...

—¡Maldita sea! —Dio una patada a uno de los borrachos caídos.

—Jasper...

El señor Pynch volvió en ese momento con los demás sirvientes. Sacaron a los borrachos de la habitación sin atreverse a mirarla. Melisande seguía sentada en la cama, con la sábana hasta la barbilla. Apareció Bob, pálido y demudado, intentando explicar que se había puesto enfermo. Vale le volvió la espalda y apretó los puños. Melisande vio que el señor Pynch hacía una seña al lacayo adelantando la mandíbula, diciéndole en silencio que saliera de la habitación. El pobre Bob se marchó.

Y entonces la habitación se vació. Los sirvientes se marcharon y sólo quedó Vale, paseándose por el cuarto como un león enjaulado. *Ratón* ladró una última vez a la puerta y saltó a la cama para recibir su recompensa. Melisande acarició sus suaves orejas mientras veía a su marido empujar una silla contra la puerta. El marco estaba astillado cerca de la cerradura y la puerta no se cerraba bien.

Entonces ella se quedó mirándole un momento; luego suspiró y se bajó de la cama. Se acercó descalza a la mesa, sirvió una copa de vino y se la ofreció.

Él se acercó, tomó la copa sin decir nada y se bebió la mitad del contenido.

Melisande quería decirle que aquello no era culpa suya. Que había tenido la precaución de apostar un guardia delante de la puerta y que, al fallar eso, había llegado justo a tiempo. Pero sabía que nada de lo que dijera impediría que Jasper se sintiera culpable. Tal vez por la mañana pudieran hablar de ello, pero ahora no.

Pasado un rato, Jasper apuró el resto del vino y dejó la copa con cuidado, como si pudiera hacerse añicos.

—Vuelve a la cama, querida. Yo me quedo aquí, contigo, el resto de la noche.

Se acomodó en una de las sillas, junto al fuego, mientras ella se metía en la cama. Era una silla de respaldo recto, bastante incómoda, pero Jasper estiró sus largas piernas y cruzó los brazos sobre el pecho.

Melisande estuvo observándole con tristeza un rato. Deseaba que durmiera con ella. Luego cerró los ojos. Sabía que no volvería a dormir esa noche, pero si se quedaba con los ojos abiertos él se preocuparía, así que fingió adormecerse. Un rato después, oyó un suave murmullo junto a la puerta y el roce de una silla. Vale se movía casi sin hacer ruido. Después, todo quedó de nuevo en silencio.

Melisande entreabrió los ojos. Su esposo yacía en un rincón, en una especie de jergón. Muy parecido, de hecho, al que había en su vestidor. Estaba tumbado de lado, de espaldas a la pared. Le miró un rato, hasta que su respiración se volvió lenta y regular. Luego esperó un poco más.

Cuando no pudo esperar más, se bajó de la cama con sigilo y se acercó de puntillas al jergón. Se quedó allí un momento, viéndole dormir sobre su tosca cama. Después pasó por encima de él. Quería tumbarse entre la pared y él, pero en cuanto pasó el pie por encima Vale la agarró bruscamente del tobillo.

La miró. Sus ojos azules verdosos parecían casi negros en la penumbra.

—Vuelve a la cama.

Ella se arrodilló a su lado con mucho cuidado.

—No.

Vale le soltó el tobillo.

—Melisande...

Ella ignoró su tono suplicante y, levantando la manta con que se había cubierto, se tumbó a su espalda.

—Maldita sea —masculló él.

—Shh. —Se tendió de cara a su espalda ancha y fuerte. Pasó lentamente la mano por su rígido costado y la deslizó despacio hacia delante, hasta abrazarle. Aspiró su olor, que se alzaba con el calor de su cuerpo. Su cuerpo era cálido y reconfortante, y Melisande exhaló un leve suspiro y frotó la nariz contra sus grandes hombros. Él estuvo rígido al principio, pero luego se relajó, como si le concediera aquel instante. Entonces sonrió. Toda su vida había dormido sola. Ahora ya no.

Por fin estaba en casa.

Jasper se despertó al sentir unas manos femeninas deslizarse por su espalda y lo primero que sintió fue vergüenza. Vergüenza por que ella supiera que dormía en el suelo como un mendigo. Vergüenza por no poder dormir en una cama, como cualquiera. Vergüenza por que ella conociera su secreto. Luego las manos de Melisande se deslizaron más abajo y el deseo comenzó a desplegarse en sus entrañas.

Abrió los ojos y vio que todavía estaba oscuro. El fuego casi se había consumido. Normalmente encendía una vela, pero en ese momento la oscuridad no le molestaba. La mano de Melisande se movió sobre su costado para empuñar su verga, y él dejó escapar un gruñido. Sentir unos dedos como aquéllos, frescos y finos, palpando su miembro enardecido era lo que soñaba todo hombre de madrugada, cuando estaba lejos de casa. Ella acarició la punta de su verga y rodeó luego su grueso tallo, moviendo lentamente la mano arriba y abajo. Sus testículos se habían erguido, tensos. Sentía la presión de sus pequeños y lindos pechos en la espalda, y pensó que, a aquella hora de la mañana, no podría aguantar mucho más.

Se volvió.

—Móntate encima de mí.

El cabello suelto de Melisande se ondulaba en torno a su cara, y al tenue resplandor de la chimenea parecía una criatura fantástica, llegada para alejarle de su existencia mortal. Se sentó y pasó una de sus piernas largas y esbeltas por encima de las caderas de Jasper. Luego se sentó, alta y estirada, encima de su verga palpitante.

—Métetela dentro, esposa mía —susurró—. Métela en tu dulce coño.

Le pareció ver que ella fruncía el ceño en la oscuridad, como si censurara un tema de conversación poco apropiado para la hora del té. Podía parecer puntillosa y relamida por la tarde, mientras tomaba el té, pero de noche y con él, era una criatura lasciva.

—Cabálgame, corazón mío —la apremió él—. Cabálgame hasta mojar mi polla. Cabálgame hasta que te llene con mi simiente.

Ella sofocó un gemido y se levantó. Jasper sintió sus manos cuando bajó, y tuvo que hacer un esfuerzo para no gemir. Un calor húmedo, tenso, femenino ciñó su miembro y se rindió a él. Jasper se arqueó hacia arriba y al mismo tiempo asió las nalgas de Melisande para apretarla firmemente contra él.

Ella puso las manos sobre su pecho y comenzó a frotarse contra él, con la espalda muy erguida y el largo pelo rozándole la cara. Le montó mordiéndose el labio, frotando la pelvis contra la de él. Jasper esperó, refrenándose, y observó su expresión. Ella tenía los ojos cerrados y la bella cara levantada. Él movió la mano para tocar su pecho y ella arqueó la espalda. Él pellizcó su lindo pezoncillo, atormentándolo hasta que ella gimió. Luego lo lamió suavemente.

—Jasper —jadeó ella—. Jasper...

—¿Sí, amor mío?

—Tócame.

—Te estoy tocando —contestó a la ligera, con aparente inocencia, aunque su cara brillaba de sudor.

Ella se movía sobre él a sacudidas, girando las caderas para castigarle, y por un momento él dejó de pensar.

Luego ella dijo:

—Así no. Ya sabes.

Él sacudió la cabeza suavemente y volvió a lamer su pezón.

—Tendrás que decirlo, amor mío.

Ella sollozó.

Jasper debería haberse apiadado de ella, pero, ay, era un hombre perverso y carnal, y quería oír aquellos labios dulces y pudibundos pronunciar esas palabras.

—Dilo.

—¡Oh, Dios! Tócame el coño.

Y él sintió la primera descarga con sólo oír esas palabras. Jadeó y tocó con los dedos su coño enfebrecido, sintió que su miembro duro entraba y salía de ella con frenesí, y aquello fue demasiado.

Se arqueó levantándose del suelo y se apoderó de su boca para sofocar un grito. Y se corrió, estalló dentro de ella y la inundó con toda su alma.

Capítulo 14

Al día siguiente, el rey anunció la segunda prueba: recuperar un anillo de plata escondido en lo alto de una montaña cuyo guardián era un trol. De nuevo Jack esperó a que todos se hubieran ido y abrió luego su cajita de rapé. De ella salió el traje de noche y viento y la espada más afilada del mundo. Jack se puso el traje, empuñó la espada y ¡zas! Allí estaba, en un abrir y cerrar de ojos, delante del horrible trol y su espada. Esta batalla se prolongó un poco más que la primera, pero al final el resultado fue el mismo. Jack tenía en su poder el anillo de plata...

De Jack *el Risueño*

Cuando Melisande despertó a la mañana siguiente, Vale ya había salido de la habitación. Ella pasó la mano sobre su almohada. Todavía estaba caliente, y sentía el hueco que había dejado su cabeza. Estaba sola, como todas las mañanas de su corto matrimonio, pero esta vez era distinta: había pasado toda la noche en sus brazos. Había escuchado su respiración, había oído el lento latido de su corazón, se había dejado calentar por su piel ardiente y desnuda.

Se quedó un momento tumbada, sonriendo, antes de levantarse y llamar a Suchlike. Media hora después estaba abajo, lista para el desayuno. Pero su marido no aparecía por ningún lado.

—Lord Vale ha salido a caballo, señora —le dijo tímidamente uno de los lacayos—. Dijo que volvería cuando fuera hora de irse.

—Gracias —contestó ella, y entró en el pequeño reservado para desayunar. No tenía sentido salir en busca de Vale. Además, acabaría por volver.

Pero ese día su marido decidió no ir en el carruaje, sino a caballo, y ella tuvo que mecerse dentro del coche con Suchlike como única compañía.

Llegaron a Edimburgo por la tarde y se detuvieron frente a la elegante casa de la tía de Vale poco después de las cinco. Vale abrió la portezuela del carruaje y Melisande sólo tuvo tiempo de darle la mano antes de que su tía saliera a saludarles. La señora Whippering, una mujer baja y recia, lucía un vestido amarillo claro. Tenía las mejillas coloradas, una perpetua sonrisa y una voz bastante fuerte que usaba constantemente.

—Ésta es Melisande, mi esposa —le dijo Vale cuando su tía hizo una pausa en su efusiva bienvenida para tomar aliento.

—Me alegra muchísimo conocerte, querida —exclamó la señora Whippering—. Llámame tía Esther.

Eso hizo Melisande.

La tía Esther les condujo a su casa, que al parecer había redecorado al casarse con su tercer marido.

—Marido nuevo, casa nueva —le dijo alegremente a Melisande.

Jasper se limitó a sonreír.

La casa era preciosa. Situada en lo alto de una de las muchas colinas de Edimburgo, estaba construida en un límpido estilo neoclásico. Dentro, la tía Esther había optado por el mármol blanco y un suelo blanco y negro, a cuadros.

—Por aquí —dijo, avanzando rápidamente por el pasillo—. El señor Whippering está deseando conoceros.

Los condujo a un cuarto de estar decorado en rojo, con cuadros de enormes cestos de frutas en torno a una chimenea esmaltada en negro y oro. Sentado en un sofá había un señor tan alto y delgado que parecía un bastón lleno de nudos. Estaba a punto de meterse una magdalena en la boca cuando entraron.

La tía Esther voló hacia él en medio del revuelo de sus faldas amarillas.

—¡Nada de magdalenas, señor Whippering! Ya sabe que no son buenas para su digestión.

El pobre hombre dejó la magdalena y se levantó para presentarse. Era aún más alto que Vale y la casaca colgaba de su cuerpo formando pliegues, pero tenía una sonrisa muy amable al mirarles por encima de sus gafas de media luna.

—Éste es Horatio Whippering, mi marido —anunció la tía Esther con orgullo.

El señor Whippering se inclinó ante Vale y tomó la mano de Melisande, mirándola con un pícaro centelleo en los ojos.

Hechas las presentaciones, la tía Esther se dejó caer en el sofá.

—Sentaos, sentaos, y contadme vuestro viaje de principio a fin.

—Nos atacaron unos salteadores de caminos —dijo Vale obedientemente.

Melisande le miró arqueando una ceja y él le guiñó un ojo.

—¡No! —La tía Esther puso unos ojos como platos y se volvió hacia su esposo—. ¿Ha oído usted eso, señor Whippering? ¡Unos salteadores de caminos atacaron a mi sobrino y a su esposa! Nunca había oído nada semejante. —Sacudió la cabeza y comenzó a servir el té—. Bueno, espero que consiguieras ahuyentarlos.

—Yo solito. —Vale sonrió modestamente.

—Eres muy afortunada por tener un marido tan fuerte y valeroso —le dijo la tía Esther a Melisande.

Ella sonrió y esquivó la mirada de Jasper por miedo a echarse a reír.

—A mi modo de ver deberían colgarlos, ya lo creo que sí —prosiguió la mujercilla. Pasó una taza de té a Vale, otra a Melisande y otra a su marido, al que advirtió—: Ojo con ponerle crema. Acuérdate de tu digestión, querido. —Luego se recostó con un plato lleno de magdalenas sobre el regazo y anunció—: Estoy enojada contigo, querido sobrino.

—¿Y eso por qué, querida tía? —preguntó Vale. Había elegido la magdalena más gorda y la mordió, llenándose de migas la camisa.

—Pues por esta boda tan precipitada. No hacían falta tantas prisas a no ser que... —Los miró fijamente—. ¿Hay algún motivo?

Melisande parpadeó y sacudió la cabeza.

—¿No? Pues entonces, ¿a qué venían tantas prisas? Acababa de llegarme la noticia de que habías cambiado de prometida cuando, en el siguiente correo... porque fue en el siguiente correo, ¿verdad, señor Whippering? —le preguntó a su esposo. Él asintió con la cabeza, evidentemente acostumbrado a cumplir aquel papel en los monólogos de su mujer—. Eso pensaba —continuó la tía Esther—. Como iba diciendo, en el siguiente correo, me llegó una carta de tu madre anunciándome que ya te habías casado. Ni siquiera tuve tiempo de pensar en un regalo de bodas adecuado, y mucho menos de planear un viaje a Londres. Así que lo que quiero saber es por qué os habéis casado tan deprisa. El señor Whippering estuvo tres años cortejándome, ¿verdad, señor Whippering?

Un dócil gesto de asentimiento con la cabeza.

—Y encima le hice esperar nueve meses para que tuviéramos un noviazgo como Dios manda antes de casarnos. No entiendo por qué tú te has casado con tanta precipitación. —Se detuvo para respirar hondo y beber un poco de té, y miró a su sobrino con el ceño ferozmente fruncido.

—Pero, tía Esther, tenía que casarme con Melisande lo antes posible —respondió Vale, fingiéndose ofendido—. Temía que me dejara plantado. Estaba rodeada de pretendientes y tuve que ir apartándolos con un palo. En cuanto me dijo que sí, corrí con ella al altar.

Remató aquella sarta de mentiras sonriendo con candor a su tía.

La señora se puso a dar palmas, entusiasmada.

—¡Desde luego que sí! ¡Muy bien hecho! Me alegro de que hayas conseguido a una señorita tan estupenda para que sea tu esposa. Parece tener la cabeza bien puesta sobre los hombros. Puede que eso equilibre tu mala cabeza.

Vale se golpeó el pecho y fingió desmayarse teatralmente.

—Me ofende usted, querida señora.

—Bah —dijo su tía—. Eres un bobo. Claro que la mayoría de los hombres lo son en lo tocante a mujeres. Hasta mi querido señor Whippering.

Miraron todos al señor Whippering, que se esforzaba por parecer un bribonzuelo, para lo cual le estorbaba un poco la taza de té que sostenía en equilibrio sobre las nudosas rodillas.

—Bien, os deseo que tengáis un matrimonio muy largo y feliz —declaró la tía Esther, y dio un mordisco a una magdalena—. Y fructífero.

Melisande tragó saliva al oír aquella alusión a su posible descendencia y miró distraídamente su taza de té. La idea de abrazar a un hijo suyo y de Jasper, de acariciar un cabello castaño rojizo y fino como el de un bebé, hizo que la atravesara una súbita punzada de anhelo. ¡Ay, qué maravilloso sería tener un hijo!

—Gracias, tía —respondió Vale, muy serio—. Me esforzaré por engendrar al menos una docena de hijos.

—Sé que estás de guasa, pero los hijos son sumamente importantes. Sumamente importantes. El señor Whippering y yo lo hemos hablado en numerosas ocasiones y los dos estamos de acuerdo en que los hijos hacen sentar la cabeza a los jóvenes. Y a ti, mi querido sobrino, te vendría muy bien sentarla un poco. Porque me acuerdo de aquella vez en que... —La tía Esther se interrumpió dando un respingo y un gritito al mirar el reloj de la repisa de la chimenea—. ¡Señor Whippering! ¡Mire la hora! ¡Mire la hora! ¿Por qué no me ha dicho que era tan tarde, diablo de hombre?

El señor Whippering pareció sobresaltado.

La tía Esther se meció violentamente, intentando levantarse del sofá. Pero le estorbaban las voluminosas faldas, la taza de té y el plato de magdalenas.

—¡Esta noche tenemos invitados a cenar y he de prepararme! ¡Ay! ¡Ayudadme!

El señor Whippering se levantó y sacó a su mujer del sofá.

Ella dio un brinco y corrió a llamar a la doncella.

—Va a venir sir Angus, y es terriblemente puntilloso. Pero eso a vosotros no tiene que preocuparos —le dijo a Melisande—. Cuenta unas historias deliciosas en cuanto se bebe dos copas de vino. Voy a decirle a Meg que os enseñe vuestra habitación para que subáis a asearos, si queréis. Pero a las siete en punto tenéis que estar abajo, porque no hay duda de que sir Angus estará en la puerta a la hora en punto. Luego tendremos que entretenerle de algún modo mientras esperamos a que lleguen los demás. ¡Ay! He invitado a unas personas encantadoras.

Batió palmas como una niña emocionada y el señor Whippering le sonrió con ternura, de oreja a oreja. Melisande dejó a un lado su plato y se levantó, pero la tía Esther ya se había puesto a enumerar a sus invitados con los dedos.

—El señor y la señora Flowers... A ti te he sentado al lado del señor Flowers porque es siempre muy amable y sabe cuándo darle la razón a una dama. A la señorita Charlotte Stewart, que siempre sabe los mejores chismorreos. Al capitán Pickering y señora. El capitán pertenecía a la Armada, ¿sabéis?, y ha visto cosas de lo más raras, y... ¡Ah! Aquí está Meg.

Una doncella, presumiblemente Meg, entró en la sala e hizo una reverencia.

La tía Esther voló hacia ella.

—Enséñales a mi sobrino y a su esposa su habitación. La habitación azul, no la verde. Puede que la verde sea más grande, pero la azul es muchísimo más acogedora. En la verde hay corriente —le confesó a Melisande—. Bueno, no lo olvidéis: a las siete en punto.

Vale, que había permanecido sentado todo ese tiempo, comiendo magdalenas con toda tranquilidad, se levantó por fin.

—Descuida, tía. Estaremos aquí a las siete en punto y vestidos con nuestras mejores galas.

—¡Estupendo! —exclamó su tía.

Melisande sonrió porque parecía inútil intentar decir nada, y comenzó a seguir a la doncella fuera de la sala.

—¡Ay, se me olvidaba! —dijo la tía Esther—. También va a venir otro matrimonio.

Melisande y Vale se volvieron educadamente para oír el nombre de aquellos nuevos invitados.

—El señor Timothy Holden y su esposa, lady Caroline. —La tía Esther sonrió, radiante—. Vivían en Londres antes de trasladarse a Edimburgo, y he pensado que os gustaría conocerles. El señor Holden es un caballero muy apuesto. Quizá lo conozcáis.

Melisande se quedó sin palabras.

A Melisande le pasaba algo, pensó Jasper esa noche. Estaba sentada en un extremo de la larga mesa de la cena, entre el simpático señor Flowers y el puntilloso sir Angus, cuya lengua empezaba a soltarse tras la tercera copa de vino. Melisande llevaba un vestido marrón oscuro con florecillas verdes y hojas bordadas en el corpiño y alrededor de las mangas. Estaba bastante guapa; su cara ovalada y pálida tenía una expresión serena y llevaba el pelo castaño claro suavemente recogido hacia atrás. Jasper dudaba que cualquier otra persona en la sala notara su desasosiego.

Bebió un sorbo de vio mientras observaba a su esposa y sonrió vagamente al inclinarse la señora Flowers para decirle algo. Quizá Melisande se sentía intimidada en compañía de personas a las que acababa de conocer. Jasper sabía que era tímida, como solían serlo las hadas. No le gustaban las multitudes, ni las largas reuniones sociales. A Jasper le sucedía lo contrario, pero entendía los sentimientos de su esposa, aunque nunca los hubiera compartido. Estaba acostumbrado a su envarada reticencia cuando salían.

Pero aquel desasosiego se debía a otra cosa. Algo iba mal, y le inquietaba no saber qué era.

La reunión estaba siendo bastante agradable. La cocinera de la tía Esther era muy buena, y la cena era sencilla, pero deliciosa. El estrecho comedor estaba suavemente alumbrado. Los lacayos eran generosos con las botellas de vino. La señorita Stewart estaba sentada a su derecha. Era una mujer madura, con las mejillas empolvadas y coloreadas y una enorme peluca gris. Cuando se inclinó hacia Jasper, éste notó un fuerte olor a pachulí.

—Tengo entendido que acaban de llegar de Londres, ¿es así? —preguntó la dama.

—En efecto, señora —contestó Jasper—. Hemos cruzado valles y colinas sólo para visitar la soleada Edimburgo.

—Bueno, al menos no han venido en invierno —replicó ella con cierto misterio—. El viaje se hace horroroso después de la primera nevada, aunque la ciudad esté bastante bonita. Como la nieve tapa el barro y el hollín... ¿Han visto ya el castillo?

—Pues no.

—Pues deben verlo. —La señorita Stewart asintió vigorosamente con la cabeza, y los volantes de debajo de su barbilla comenzaron a temblar—. Es magnífico. Hay pocos ingleses que sepan apreciar la belleza de Escocia.

Clavó en él una mirada penetrante.

Jasper se apresuró a tragar el trozo de finísimo cordero que su tía había servido.

—Desde luego, desde luego. Hasta ahora, a mi esposa y a mí nos ha encantado su campiña.

—Y no es de extrañar, en mi opinión. —La señorita Stewart se puso a cortar su cordero—. Los Holden se mudaron aquí desde Londres hará ocho o diez años, y no se han arrepentido ni un solo día. ¿Verdad, señor Holden? —preguntó al caballero sentado frente a ella.

Timothy Holden era sorprendentemente guapo, si uno sentía predilección por los hombres de mejillas tersas y labios rojos, como al parecer la sentían casi todas las mujeres, a juzgar por las miradas que le dirigían. Llevaba una peluca blanca como la nieve y una casaca de terciopelo rojo, con las mangas labradas en oro y verde.

Al oír la pregunta de la señorita Stewart, Holden inclinó la cabeza y dijo:

—A mi esposa y a mí nos gusta Edimburgo.

Bajó la mirada hacia la mesa, pero curiosamente no fue a su esposa a quien miró, sino a la de Jasper.

Jasper bebió otro sorbo de vino, entornando los ojos.

—Hay un ambiente social exquisito —añadió lady Caroline.

Parecía bastante más mayor que su apuesto marido y tenía títulos para dar y tomar. Allí tenía que haber gato encerrado. Lady Caroline tenía el cabello rubio, tan claro que era casi blanco, y una tez pálida y rosada que la hacía parecer casi tan monocromática como un papel. Sólo sus ojos azules claros le daban un toque de color a la pobre, pero parecían perfilados por un cerco rojo en contraste con su piel incolora, razón por la cual parecía un conejo blanco.

—El jardín está precioso en esta época del año —comentó—. Quizá lady Vale y usted quieran honrarnos viniendo a tomar el té durante su estancia.

Jasper vio por el rabillo del ojo que Melisande se quedaba paralizada. Estaba tan inmóvil que se preguntó si aún respiraba.

Sonrió amablemente.

—Lamento mucho declinar su amable invitación. Me temo que sólo vamos a pasar una noche en Edimburgo. Tengo asuntos que tratar con un amigo que vive al norte de aquí.

—¿Ah, sí? ¿Y quién es su amigo? —inquirió la señora Stewart.

Melisande se relajó de nuevo y Jasper fijó su atención en su vecina de mesa.

—Sir Alistair Munroe. ¿Le conoce usted?

La señorita Stewart sacudió la cabeza enérgicamente.

—He oído hablar de él, naturalmente, pero por desgracia no le conozco.

—Escribió un libro maravilloso —dijo sir Angus con voz tonante desde el otro extremo de la mesa—. Sencillamente maravilloso. Lleno de toda clase de pájaros, mamíferos, peces e insectos. Extremadamente instructivo.

—Pero ¿le ha visto usted alguna vez? —preguntó la tía Esther desde la cabecera de la mesa.

—No, no puedo decir que le conozca.

—¡Ahí lo tienen! —exclamó triunfalmente la señora Whippering—. No conozco a una sola persona que haya visto a ese hombre. Excepto tú, mi querido sobrino, y supongo que hace años que no le ves, ¿no es cierto?

Jasper sacudió la cabeza, muy serio. Ahora fue él quien se quedó mirando la mesa mientras daba vueltas a su copa de vino.

—¿Y cómo sabemos que sigue vivo? —preguntó la tía Esther.

—He oído decir que envía cartas a la universidad —se aventuró a decir la señora Flowers, a la izquierda de Jasper—. Tengo un tío que enseña allí y dice que sir Alistair es muy respetado.

—Munroe es uno de los grandes intelectuales de Escocia —afirmó sir Angus.

—Puede ser —dijo la tía Esther—. Pero no entiendo por qué no asoma nunca la cara por la capital. Sé que le invitan a bailes y cenas y que siempre declina asistir. ¿Qué esconde ese hombre, me pregunto?

—Cicatrices —masculló sir Angus.

—Oh, pero seguro que eso no es más que un rumor —comentó lady Caroline.

La señora Flowers se inclinó hacia delante, acercando peligrosamente su amplio pecho a la salsa de su plato.

—He oído decir que tiene la cara tan horriblemente desfigurada de cuando estuvo en la guerra de América que tiene que llevar una máscara para que la gente no se desmaye de espanto al verle.

—¡Tonterías! —bufó la señorita Stewart.

—Es cierto —se defendió la señora Flowers—. La hija de la vecina de mi hermana le vio saliendo del teatro hace dos años y se desmayó. Después estuvo en la cama delirando de fiebre y tardó meses en recuperarse.

—Parece una muchacha muy enfermiza —repuso la señorita Stewart— y no sé si me creo una palabra.

La señora Flowers se irguió, visiblemente ofendida.

La tía Esther intervino:

—Bueno, mi sobrino sabrá si sir Alistair está o no horriblemente desfigurado. A fin de cuentas, estuvieron juntos en la guerra. ¿Jasper?

Jasper sintió que empezaban a temblarle los dedos: un terrible síntoma físico de la dolencia que le carcomía por dentro. Soltó la copa de vino para no volcarla y se apresuró a esconder la mano debajo del mantel.

—¿Jasper? —insistió su tía.

Maldición, ahora todos le miraban. Tenía la garganta seca, pero no podía levantar la copa de vino.

—Sí —dijo por fin—. Sí, es cierto. Sir Alistair Munroe está desfigurado.

Cuando por fin acompañó a su tía a despedir a los invitados, Jasper estaba exhausto. Melisande se había excusado poco después de la cena. Él se detuvo delante de la puerta del dormitorio que les había asignado tía Esther. Su mujer estaría probablemente acostada. Giró el pomo con cuidado para no despertarla. Pero cuando entró en la habitación vio que no estaba dormida, sino preparando un jergón en el suelo, junto a la pared del fondo. Jasper se paró en seco porque no sabía si reír o jurar.

Ella levantó la mirada y le vio.

—¿Puedes acercarme la manta de la cama?

Él asintió con la cabeza, porque no se fiaba de su voz, y fue a la cama a quitar la manta. ¿Qué pensaría de él? Se acercó al fuego y le pasó la manta.

—Gracias. —Melisande se inclinó y empezó a remeter la manta alrededor de un montón de sábanas para improvisar un colchón.

¿Le preocupaba haberse casado con un loco? Jasper apartó la mirada. La habitación no era grande, pero sí acogedora. Las paredes eran de color gris azulado y una alfombra con desvaídos dibujos marrones y rosas cubría el suelo. Entonces él se acercó a la ventana y retiró la cortina para mirar fuera, pero la noche era tan oscura que no distinguió nada. Dejó caer la cortina. Suchlike debía de haberse marchado ya. Melisande estaba desvestida. Llevaba un bonito camisón adornado con encaje y su bata.

Él se quitó la casaca y comenzó a desabrocharse el chaleco.

—Una cena encantadora.

—Sí.

—Lady Charlotte es muy divertida.

—Mmm.

Jasper se quitó la corbata y la sostuvo en los dedos, mirándola distraídamente.

—Es por el ejército, creo.

Ella se quedó parada.

—¿Qué?

—Eso. —Señaló el camastro con la barbilla, sin mirarla a los ojos—. Todos los que volvimos de la guerra tenemos alguna rareza. Algunos se sobresaltan violentamente al oír ruidos fuertes. Otros no soportan ver sangre. Algunos tienen pesadillas que les despiertan de madrugada. Y otros... —Respiró hondo y cerró los ojos—. Otros no soportan dormir en lugares abiertos. Temen que les ataquen en plena noche, cuando duermen, y no... no pueden evitarlo. Tienen que dormir con la espalda contra la pared y con una vela encendida para ver venir al enemigo.

Abrió los ojos y dijo:

—Es una compulsión, me temo. Sencillamente, no pueden remediarlo.

—Comprendo —dijo ella.

Sus ojos tenían una expresión tierna, como si no acabara de oír que su marido era un lunático. Se inclinó y siguió preparando el jergón. Parecía entenderlo de verdad. Pero ¿cómo era posible? ¿Cómo podía aceptar que su marido sólo fuera un hombre a medias? Ni él mismo lo aceptaba.

Jasper se sirvió vino de la jarra de cristal que había sobre la mesa. Se quedó un rato de pie, bebiendo y mirando distraídamente el fuego, hasta que recordó lo que le rondaba por la cabeza al entrar en la habitación.

Dejó la copa vacía sobre la mesa y comenzó a desabrocharse el chaleco.

—Pensarás que tengo mucha imaginación, pero por un instante, cuando nos presentaron a los Holden, me dio la impresión de que Timothy Holden parecía reconocerte.

Ella no contestó.

Él lanzó el chaleco a una silla y la miró. Melisande estaba ahuecando enérgicamente la cama.

—¿Esposa mía?

Ella se irguió y le miró con la barbilla levantada y la espalda recta, como si se enfrentara a un batallón de fusilamiento.

—Estuvimos prometidos.

Jasper se limitó a mirarla. Sabía que había algo (alguien), pero ella nunca le había dicho que hubiera estado prometida. Qué tonto había sido, en realidad. Y ahora que lo sabía... Se dio cuenta de que sentía un arrebato de celos. Antaño, Melisande había tenido intención de casarse con otro, con Timothy Holden. ¿Había querido al lindo Timothy Holden, con sus labios rojos?

—¿Le querías? —preguntó.

Melisande le miró un momento; luego se inclinó para acabar de preparar el jergón.

—Fue hace más de diez años. Yo sólo tenía dieciocho.

Jasper ladeó la cabeza. Melisande no había contestado a su pregunta.

—¿Dónde os conocisteis?

—En una cena como la de esta noche. —Cogió una almohada y alisó su funda—. Estaba sentado a mi lado y fue muy amable. No me dio la espalda, como solían hacer casi todos los caballeros en aquella época, cuando no me ponía a hablar con ellos inmediatamente.

Jasper se sacó la camisa por la cabeza. Sin duda él había sido uno de esos caballeros tan descorteses.

Melisande dejó la almohada sobre el jergón.

—Me llevaba a dar paseos por el parque, bailaba conmigo en los bailes, y hacía todas esas cosas que hace un caballero cuando corteja a una dama. Me cortejó durante varios meses y después pidió mi mano en matrimonio a mi padre. Naturalmente, mi padre dijo que sí.

Jasper se sentó para quitarse los zapatos y las medias.

—Entonces, ¿por qué no estás casada con él?

Ella se encogió de hombros.

—Se declaró en octubre y pensábamos casarnos en junio.

Jasper hizo una mueca. Ellos se habían casado en junio. Se acercó a ella y la ayudó suavemente a despojarse de la bata. Luego la tomó de la mano y se tumbó en el jergón con ella. Melisande se movió para colocar la cabeza sobre su hombro. Él comenzó a acariciar ociosamente su largo cabello. Era curioso cuán cómodo podía ser un jergón estando con ella.

—Yo compré mi ajuar —prosiguió ella con voz queda, y su aliento rozó el pecho desnudo de Jasper—. Mandé las invitaciones, hice los preparativos para la boda. Luego, un día, Timothy vino a verme y me dijo que se había enamorado de otra. Naturalmente, le dejé marchar.

—Naturalmente —masculló Jasper.

Holden era un sucio canalla. Sólo un cerdo seducía a una jovencita y luego la dejaba plantada casi frente al altar. Jasper acarició el cabello de su dulce esposa como si quisiera consolarla por el dolor que había sufrido hacía casi una década y pensó en su matrimonio y en su lecho nupcial.

Por fin suspiró.

—Fuisteis amantes.

No se molestó en formular aquella frase como una pregunta, pero casi le sorprendió que ella no lo negara.

—Sí, durante un tiempo.

Jasper arrugó el ceño. Ella hablaba con voz demasiado monocorde. Él se removió, inquieto.

—No te forzó, ¿verdad?

—No.

—¿Ni te amenazó en modo alguno?

—No. Fue muy amable.

Jasper cerró los ojos. Dios, cuánto odiaba todo aquello. Su mano había dejado de moverse sobre el pelo de Melisande, y era consciente de que apretaba con fuerza un mechón.

Exhaló y abrió la mano con cuidado.

—¿Qué ocurre, entonces? Hay algo más que no me dices, cariño mío.

Melisande se quedó callada tanto tiempo que Jasper empezó a pensar que había imaginado todo aquello en medio de la neblina de sus celos. Tal vez no hubiera nada más.

Pero, al final, ella exhaló un suspiro desvalido y solitario, y dijo:

—Poco después de que Timothy rompiera el compromiso, descubrí que estaba engordando.

Capítulo 15

Al volver con el anillo de plata, Jack se detuvo sólo para poner-
se sus harapos y bajó a las cocinas de palacio. El mismo chiqui-
llo estaba removiendo la sopa de la princesa. Jack le pidió de
nuevo que le dejara el cucharón, a cambio de una moneda. Y
¡plaf!, allá fue a parar el anillo de plata. Jack desapareció antes
de que el cocinero jefe le viera y subió rápidamente las escale-
ras para ocupar su lugar al lado de la princesa.

—Pero ¿dónde has estado todo el día, Jack? —preguntó la
princesa Surcease al verle.

—Aquí y allá, arriba y abajo, hermosa dama.

—¿Y qué le ha pasado a tu pobre brazo?

Jack bajó la mirada y vio que el trol le había hecho un
corte con su espada.

—Ay, princesa, hoy he luchado con un chinche monstruoso
en vuestro honor.

Y siguió haciendo travesuras hasta que toda la corte se rió
a carcajadas...

De Jack *el Risueño*

*M*elisande sintió que los dedos de Vale se detenían sobre su pelo.
¿La repudiaría ahora? ¿Se levantaría para apartarse de ella? ¿O simplemente fingiría que no había oído aquellas palabras que la conde-

naban y no volvería a hablar de ello? Contuvo el aliento, a la espera.

Pero él se limitó a pasar los dedos por su cabello y dijo:

—Cuéntamelo.

Así que ella cerró los ojos y se lo contó, rememorando aquella época ya lejana y el dolor que casi había hecho detenerse su corazón dentro del pecho.

—Supe enseguida lo que era cuando empecé a marearme por las mañanas. Había oído hablar de mujeres que dudaban y que esperaban meses para contarlo porque no estaban seguras, pero yo lo sabía.

—¿Te asustaste? —Su voz grave sonaba firme, y costaba adivinar lo que sentía.

—No. Bueno —puntualizó ella—, quizá sí, al principio, cuando me di cuenta de lo que me sucedía. Pero muy poco después comprendí que quería tener el bebé. Que, pasara lo que pasase, sería mi alegría.

No veía la cara de Vale, pero notó que su pecho subía y bajaba bajo su mano. Tenía el vello rizado en el hueco del esternón. Ella lo acarició distraídamente y se permitió recordar aquel gozo. Tan fuerte. Tan fugaz.

—¿Se lo dijiste a tu familia?

—No, no se lo dije a nadie, ni siquiera a Emeline. Creo que temía lo que me harían hacer. Que quisieran quitarme al bebé. —Respiró hondo, decidida a contárselo todo inmediatamente, por si no volvía a reunir valor para hablar de ello—. Verás, tenía un plan. Me iría a vivir con Ernest, mi hermano mayor, hasta que empezara a notárseme, y luego me retiraría a una casita de campo con mi vieja aya. Tendría el bebé y lo criaríamos juntas, mi aya y yo. Era un plan absurdo e infantil, pero en aquel momento me pareció que funcionaría. O puede que fueran sólo cábalas provocadas por la desesperación.

Sintió resbalar lágrimas ardientes y comprendió que Jasper debía de notar su humedad en el pecho. Empezaba a ahogársele la voz.

Pero él siguió acariciándole el pelo con delicadeza, y a ella su mano la reconfortaba.

Tragó saliva y concluyó su triste relato:

—Pero llevaba poco tiempo con mi hermano Ernest cuando una noche me desperté de madrugada con sangre en los muslos. Sangré mucho cinco días y, después, se acabó. Mi bebé había muerto.

Melisande se detuvo porque tenía la garganta oprimida por la emoción y no podía seguir hablando. Cerró los ojos y dejó que sus lágrimas se desbordaran y corrieran por su sien, hasta el pecho de Jasper. Sollozó sólo una vez. Luego se quedó allí tendida, temblando de tristeza. Aquélla era una vieja herida, pero en ciertos momentos parecía fresca y nueva, y su agudo dolor la pillaba por sorpresa. Había sentido dentro de sí la posibilidad de una vida, y se la habían arrebatado.

—Lo siento —dijo Vale a su lado—. Siento mucho que perdieras a tu bebé.

Ella no podía hablar. Sólo pudo asentir con la cabeza.

Jasper le levantó la cabeza para verle la cara. Sus ojos de color turquesa tenían una mirada intensa.

—Yo te daré un bebé, mi queridísima esposa. Todos los bebés que quieras. Lo juro sobre mi honor.

Melisande le miró, maravillada. No se avergonzaba de lo ocurrido (de ella misma), pero esperaba que su marido montara en cólera, no que se compadeciera de ella.

Jasper la besó; sus labios se movieron tiernamente sobre los suyos, y aquel beso fue como un voto entre ellos, honesto y sagrado. Vale los tapó con la colcha, remetiéndola cuidadosamente por el lado de Melisande, y la estrechó entre sus brazos.

—Duérmete, esposa mía.

Su voz hosca y sus tiernas manos la reconfortaban. Melisande cerró los ojos. Sus últimas lágrimas habían cesado, y sentía el latido del corazón de Jasper bajo su oído. Era fuerte y firme, y, escuchando su compás, se fue quedando dormida.

El día siguiente amaneció oscuro, con el cielo gris y una fina llovizna. La tía Esther los despidió con un sabroso desayuno y mucha cháchara. Después, les dijo adiós con la mano. Cuando por fin doblaron una esquina y su casa se perdió de vista, Melisande se apartó de la ventanilla y miró a Vale.

—¿Cuándo llegaremos a casa de sir Alistair?

—Hoy, creo, si no surge ningún contratiempo —contestó su marido.

Tenía las piernas atravesadas en el carruaje, como de costumbre, y el cuerpo recostado en el asiento, pero su ancha boca se inclinaba hacia abajo en una leve mueca. ¿Qué pensaba de ella? No la había tratado de forma distinta esa mañana, al levantarse, vestirse y desayunar, pero su confesión de la víspera tenía que haberle dejado perplejo. Un hombre no esperaba que su flamante esposa hubiera tenido un amante tiempo atrás, y mucho menos que hubiera estado embarazada de él.

Melisande apartó los ojos de Vale y miró distraídamente por la ventanilla. Vale había acogido bastante bien la noticia, pero, cuando tuviera tiempo para pensarlo, ¿le molestaría? ¿Empezaría a reconcomerle la idea de que no fuera virgen en su noche de bodas? ¿Se volvería contra ella? Melisande lo ignoraba y, angustiada, miraba desplegarse los cerros de las Tierras Altas.

Se detuvieron a almorzar, ya tarde, junto a un arroyo ancho y claro y comieron el fiambre, el pan, el queso y el vino que les había preparado la cocinera de la tía Esther. *Ratón* correteaba por allí y estuvo ladrando a las vacas que había cerca (unas vacas peludas, con flequillo sobre los ojos) hasta que Vale le gritó que parara. Luego se acercó y se echó a roer un hueso de jamón.

Viajaron toda la tarde y cuando empezó a caer la noche Melisande notó que Vale estaba inquieto.

—¿Nos hemos perdido? —preguntó.

—El cochero me ha asegurado que sabía dónde estábamos la última vez que hemos parado —contestó Vale.

—¿Nunca has estado en casa de sir Alistair?

—No.

Continuaron media hora más, Suchlike dormitando al lado de Melisande. La carretera estaba obviamente llena de baches y mal conservada, porque el carruaje se zarandeaba y brincaba. Por fin, justo cuando se desvanecía la última luz del día, oyeron gritar a uno de los hombres. Melisande miró por la ventanilla y creyó ver la silueta difusa de un enorme edificio.

—¿Tu amigo vive en un castillo?

Vale también se había asomado.

—Eso parece.

El carruaje tomó despacio un estrecho camino y avanzaron zarandeándose hacia la casa solariega. Suchlike se despertó sofocando un gemido. Melisande no veía luz en el edificio.

—Sir Alistair sabe que venimos, ¿verdad?

—Le escribí —dijo Vale.

Melisande miró a su marido dudosa.

—¿Te contestó?

Pero Vale fingió no oírla y un instante después se detuvieron delante del inmenso edificio. Fuera se oyó un grito y cierto barullo y, tras una pausa, la puerta del carruaje se abrió.

El señor Pynch sostenía en alto un farol cuya luz lanzaba sombras amenazadoras sobre su lúgubre cara.

—Nadie responde a la puerta, señor.

—Pues habrá que llamar más fuerte —contestó Vale.

Salió de un salto del carruaje y se volvió para ayudar a Melisande. Suchlike se bajó con cuidado, y *Ratón* salió a toda prisa y corrió a unos arbustos a aliviarse. La noche era muy oscura y un viento frío soplaba por el camino. Melisande se estremeció.

—Espera. —Vale alargó el brazo hacia el interior del carruaje y sacó un manto de debajo de su asiento. Se lo echó sobre los hombros y le ofreció su brazo—. ¿Vamos, esposa mía?

Ella tomó su brazo y se inclinó para susurrar:

—Jasper, ¿qué vamos a hacer si sir Alistair no está en casa?

—Oh, habrá alguien por aquí, no temas.

La condujo por los anchos escalones de piedra, tan antiguos que estaban desgastados por el centro, allí donde incontables pies los habían hollado. La puerta era enorme, de al menos tres metros de altura, y tenía grandes bisagras de hierro.

Vale la aporreó.

—¡Eh! ¡Abrid! ¡He aquí unos viajeros que quieren un fuego caliente y una cama blanda! ¡Eh! ¡Munroe! ¡Sal a abrirnos la puerta!

Siguió aporreando la puerta cinco minutos o más y, luego, de pronto, se detuvo con el puño en el aire.

Melisande le miró.

—¿Qué...?

—Shh.

Y entonces lo oyó. Dentro del castillo se oía un suave arañar, como si alguna criatura subterránea se hubiera despertado.

Vale volvió a golpear la puerta, sobresaltando a Melisande.

—¡Eh! ¡Venid a abrirnos!

Se oyó un golpe seco al descorrerse un cerrojo y la puerta se entornó lentamente. Un hombre muy bajo apareció en el umbral. Era bastante recio y su cabello rojizo y algo canoso sobresalía por todos lados alrededor de su cabeza, como el penacho de un diente de león. Tenía la coronilla completamente calva. Llevaba un largo camisón y botas y los miraba ceñudo.

—¿Qué?

Vale sonrió, encantador.

—Soy el vizconde de Vale y ésta es mi señora esposa. Hemos venido a visitar a su amo.

—No, de eso nada —contestó aquella criatura, e hizo amago de cerrar la puerta.

Vale alargó una mano y paró la puerta.

—Sí, así es.

El hombrecillo empujó la puerta, intentando cerrarla, pero no se movió.

—Nadie me ha dicho que fueran a venir visitas. No tenemos las habitaciones limpias, ni viandas en la despensa. Tendrán que irse a otra parte.

Vale ya había perdido su sonrisa.

—Déjanos entrar y luego hablaremos de cómo acomodarnos.

El hombrecillo abrió la boca, obviamente dispuesto a seguir presentando batalla, pero en ese momento *Ratón* se les unió por fin. El perrillo echó un vistazo al criado de sir Alistair y decidió que era el enemigo. Comenzó a ladrarle con tanto ímpetu que sus cuatro patas se levantaban del suelo. El hombrecillo pelirrojo soltó un agudo chillido y retrocedió de un salto. Vale no necesitó más. Abrió la puerta de golpe y entró con el señor Pynch a su lado.

—Quédate junto al carruaje hasta que estemos listos. —Le ordenó Melisande a Suchlike, y entró en el castillo con más calma, detrás de los hombres.

—¡No pueden hacer eso! ¡No pueden! ¡No pueden! —chillaba el hombrecillo.

—¿Dónde está sir Alistair? —preguntó Vale.

—¡Fuera! Ha salido a cabalgar y puede que tarde horas en volver.

—¿Sale a montar a oscuras? —preguntó Melisande, sorprendida.

La campiña que habían atravesado era muy abrupta, pedregosa y escarpada. No le parecía sensato salir a cabalgar de noche y a solas.

Pero el hombrecillo se alejaba apresuradamente por un ancho pasillo, delante de ellos. Le siguieron y se detuvieron cuando abrió una puerta.

—Pueden esperar aquí, si quieren. A mí lo mismo me da.

Se volvió para marcharse, pero Vale le agarró por el cuello de la camisa.

—Espera. —Miró a Melisande—. ¿Puedes quedarte aquí con *Ratón* mientras Pynch y yo vamos a buscar habitaciones y algo de comer?

El salón estaba a oscuras y no era muy acogedor, pero Melisande levantó la barbilla.

—Claro.

—Bravo, mi dulce esposa. —Jasper la besó suavemente en la mejilla—. Pynch, enciende unas velas para la vizcondesa. Luego le diremos a este amable señor que nos enseñe la casa.

—Sí, milord. —Usando su farol, el señor Pynch encendió cuatro velas (todas las que había en la habitación). Después, los hombres se marcharon.

Melisande oyó alejarse sus pasos y luego se estremeció y miró a su alrededor. Estaba en una especie de sala de estar, pero no muy agradable. Aquí y allá había grupos de sillas, muy antiguas y muy feas. El techo de madera labrada era sumamente alto, y la luz de las velas no penetraba del todo la oscuridad de la parte superior de la habitación. Melisande creyó ver colgando jirones de telarañas viejas. Las paredes eran también de madera oscura y labrada y estaban decoradas con cabezas de animales disecados: varios ciervos apolillados, un tejón y un zorro. Sus ojos de cristal eran espeluznantes en la oscuridad.

Sacudiéndose el miedo, se acercó con decisión a la gran chimenea de piedra gris que había al fondo del salón. Era, a todas luces, muy antigua (seguramente más antigua que todos los paneles de madera labrada) y estaba completamente ennegrecida por dentro. Encontró una caja a su lado con varias astillas y un leño que colocó con esmero dentro de la chimenea, intentando no pensar en las arañas. *Ratón* se acercó a ver qué hacía, pero enseguida volvió a alejarse para seguir investigando entre las sombras.

Melisande se levantó y se sacudió las manos. Palpó la repisa y por fin encontró un jarrón con cerillas polvorientas. Encendió una con una vela y la acercó a las astillas, pero éstas no prendieron y la cerilla se apagó enseguida. Entonces cogió otra y estaba a punto de encenderla cuando *Ratón* comenzó a ladrar.

Melisande se volvió, sobresaltada. Tras ella había un hombre, alto, delgado y sombrío. El pelo, largo hasta los hombros, colgaba enmarañado alrededor de su cara. Estaba mirando a *Ratón*, que se hallaba a sus pies, pero al moverse Melisande giró la cabeza hacia ella. Tenía el lado izquierdo de la cara desfigurado por unas cicatrices, que el resplandor parpadeante de las velas iluminaba espantosamente, y la cuenca del ojo de ese lado aparecía hundida y vacía.

Melisande dejó caer la cerilla.

El criado de Munroe les estaba diciendo que no había sábanas limpias en toda la casa, y Jasper estaba a punto zarandearle, enojado, cuando oyó ladrar a *Ratón*. Miró a Pynch y, sin decir palabra, dieron media vuelta y bajaron corriendo por la sinuosa escalera, a oscuras. Jasper iba maldiciendo. No debería haber dejado sola a Melisande.

Al llegar frente al salón, se detuvo para acercarse sin hacer ruido. *Ratón* no había vuelto a ladrar desde esa primera vez. Jasper se asomó a la habitación. Melisande estaba en un extremo, de espaldas a la chimenea. *Ratón* se hallaba a su lado, con las patas tiesas, pero en silencio. Y frente a ellos había un hombre muy alto, vestido con polainas de cuero y una vieja casaca de caza.

Jasper se tensó.

Munroe se volvió y Jasper no pudo evitar dar un respingo. La última vez que le había visto sus heridas estaban en carne viva y sangraban aún. El tiempo había curado las que cubrían el lado izquierdo de su cara, cicatrizándolas, pero no había mejorado su aspecto.

—Renshaw —dijo Munroe con voz rasposa. Su voz siempre había sido ronca, pero después de lo de Spinner's Falls parecía haberse rajado, como dañada por los gritos—. Aunque ahora eres Vale, ¿no? Lord Vale.

—Sí. —Jasper entró en la habitación—. Ésta es mi esposa, Melisande.

Munroe inclinó la cabeza, aunque no se volvió para saludarla.

—Creo que te escribí para decirte que no vinieras.

—No recibí ningún mensaje —contestó él con sinceridad.

—Hay quien se tomaría eso por una señal de que no es bien recibido —contestó Munroe con sorna.

—¿De veras? —Jasper respiró hondo para controlar la ira que brotaba dentro de su pecho. Le debía mucho a Munroe (cosas que jamás podría pagarle), pero aquello también le atañía a él—. Claro que el asunto que me trae aquí es extremadamente urgente. Tenemos que hablar de Spinner's Falls.

Munroe echó la cabeza hacia atrás como si hubiera recibido un golpe en la cara. Miró fijamente a Jasper con su ojo castaño claro, entornado e inescrutable.

Finalmente asintió.

—Muy bien. Pero es tarde y sin duda tu esposa estará cansada. Wiggins os enseñará unas habitaciones. No prometo comodidades, pero pueden calentarse. Hablaremos por la mañana. Después podréis marcharos.

—¿Tengo tu palabra? —preguntó Jasper. No le extrañaría que Munroe desapareciera y no volviera a casa hasta que se hubieran marchado.

Munroe ladeó la boca.

—Tienes mi palabra. Hablaremos por la mañana.

Jasper asintió con la cabeza.

—Te lo agradezco.

Munroe se encogió de hombros y salió de la habitación. El hombrecillo pelirrojo (Wiggins, al parecer), que se había quedado junto a la puerta, dijo de mala gana:

—Supongo que puedo encender el fuego en sus habitaciones.

Se volvió y salió sin decir nada más.

Jasper exhaló un suspiro y miró a Pynch.

—¿Puedes ocuparte de acomodar a los demás sirvientes? Mira a ver si hay algo de comer en la cocina y búscales aposento.

—Sí, milord —dijo Pynch, y se marchó.

Jasper se quedó a solas con su esposa. Se volvió con reticencia para mirarla. Ella seguía en pie delante de la chimenea. Cualquier otra mujer ya estaría histérica. Pero no Melisande.

Le miró fijamente y dijo:

—¿Qué ocurrió en Spinner's Falls?

Sally Suchlike extendió con cuidado las brasas con el atizador y colgó una cazuela del gran garfio de la chimenea. Era una chimenea enorme, la más grande que había visto jamás. Tan grande que un hombre adulto podía meterse dentro y ponerse de pie. Ella ignoraba para qué quería alguien una chimenea tan grande. Era mucho más incómoda que una de tamaño normal.

El agua de la cazuela comenzó a hervir enseguida y Sally echó dentro el conejo troceado que el señor Pynch había encontrado en la despensa. Una doncella era una sirvienta de las más elevadas, y entre sus deberes no estaba el de cocinar, pero allí no había nadie más que pudiera preparar la cena. Sin duda el señor Pynch sabía hacer un estofado de conejo (y mejor que el suyo), pero estaba atareado buscando habitación para sus amos.

Sally echó unas zanahorias troceadas en la cazuela. Estaban un poco mustias, pero tendrían que servir. Añadió unas cebollitas y lo removió todo. De momento el guiso no tenía muy buen aspecto, pero tal vez mejorara cuando hubiera cocido un poco. Entonces suspiró y se sentó en una silla cercana, ajustándose el mantón alrededor de los hombros. Cuando trabajaba en la cocina, solía dedicarse a fregar platos y a limpiar. El señor Pynch le había dado el conejo, las zanahorias y las cebollas y le había dicho que lo cociera todo, y eso había hecho. Wiggins, aquel desagradable hombrecillo pelirrojo, no les había sido de ninguna ayuda. A Sally le recordaba a un trol de cuento de hadas. Y había desaparecido en cuanto el señor Pynch había dado media vuelta, dejando que los criados de Renshaw se las apañaran como pudieran en aquella casa desconocida.

Se levantó y se asomó a la cazuela borboteante. Quizá debiera añadir algo más. ¡Sal! Eso era. El señor Pynch la tomaría por una mema si no le ponía sal al estofado. Se acercó a un gran aparador que había en un rincón y se puso a rebuscar en él. Estaba casi vacío, pero consiguió encontrar la sal y un poco de harina.

Diez minutos después estaba intentando amasar en un cuenco harina, sal, mantequilla y agua cuando el señor Pynch entró en la cocina. Dejó su farol y se acercó al lugar donde ella luchaba a brazo partido con la masa. Después se quedó allí callado, a su lado, mirando el cuenco.

Ella le miró con enojo.

—Es masa de croquetas para el estofado. He intentado hacerla como se lo he visto hacer a la cocinera, pero no sé si es así y puede que sepa a engrudo. Yo no soy cocinera, ¿sabe? Soy doncella, y no se espera de mí que sepa cocinar. Tendrá que contentarse con lo que sé hacer y, si resulta que sabe fatal, no quiero oírle ni rechistar.

—Yo no me he quejado —contestó el señor Pynch con suavidad.

—Pues no lo haga.

—Y me gustan las croquetas.

Sally se apartó un mechón de pelo de los ojos con un soplido. De pronto se sentía tímida.

—¿Sí?

Él asintió con un gesto.

—Sí, y esa masa tiene una pinta estupenda. ¿Llevo el cuenco a la chimenea, para que se cueza con el estofado?

Sally irguió los hombros y asintió. Se frotó las manos para quitarse los restos de masa y el señor Pynch cogió el gran cuenco de loza. Juntos se acercaron a la chimenea, donde él sostuvo el cuenco mientras ella echaba cuidadosamente cucharadas de masa en el estofado. Cubrió la cazuela con una tapa de hierro para que las croquetas se cocieran y se volvió hacia el señor Pynch. Era consciente de que le sudaba la cara por el calor del fuego y de que algunos mechones de pelo suelto se le habían pegado a la piel, pero le miró a los ojos y dijo:

—Ya está. ¿Qué tal?

El señor Pynch se inclinó y dijo:

—Perfecto.

Y luego la besó.

Melisande amontonó mantas en el suelo mientras veía a su marido pasearse por la habitación. Vale estaba muy nervioso esa noche, como si en cualquier momento fuera a perder el dominio de sí mismo y a salir huyendo de la habitación. ¿Qué hacía sir Alistair cabalgando tan tarde, y a oscuras? ¿Acaso él también intentaba escapar de sus demonios?

Él, sin embargo, seguía allí, y Melisande daba gracias por ello. Su marido no había respondido aún a su pregunta sobre Spinner's Falls. Bebía de un vaso de whisky y se paseaba por el cuarto, pero seguía con ella. Y eso tenía que ser buena señal.

—Verás, fue después de lo de Québec —dijo él de repente. Estaba de cara a la ventana y podía parecer que no se dirigía a ella, de no ser porque no había nadie más en la habitación—. Era septiembre y teníamos orden de ir a Fort Edward a pasar el invierno. Ya habíamos perdido más de un centenar de hombres en la batalla y habíamos dejado atrás a otra treintena, demasiado maltrechos para soportar la marcha. Nos habían diezmado, pero creíamos que lo peor ya había pasado. Habíamos ganado la batalla, Québec había caído, y sólo era cuestión de tiempo que los franceses se rindieran por completo y que ganáramos la guerra. Se habían cambiado las tornas.

Se detuvo para beber un trago de whisky y dijo con voz queda:

—Teníamos tantas esperanzas... Si la guerra acababa pronto, podríamos volver a casa. Eso era lo único que queríamos: volver a casa con nuestras familias. Descansar un poco después de la batalla.

Melisande remetió una sábana alrededor de las mantas. Olía un poco a moho del baúl en el que había estado guardada, pero tendría que servir. Mientras trabajaba, pensó en Jasper cuando era más joven, marchando con sus hombres a través de un bosque otoñal, al otro lado del mundo. Estaría eufórico tras ganar una batalla. Y feliz ante la perspectiva de regresar a casa.

—Avanzábamos por un estrecho sendero, con cerros escarpados a un lado y, al otro, un río que bordeaba un barranco. Marchábamos en fila de a dos. Reynaud acababa de acercarse a mí a caballo para decirme que tenía la impresión de que la columna avanzaba demasiado estirada. Su cola quedaba media milla atrás. Decidimos informar al coronel Darby y pedirle que ordenara aflojar el paso a los que marchaban en cabeza para que los de atrás nos cogieran. Fue entonces cuando nos atacaron.

Hablaba en tono desapasionado, y Melisande se apoyó en los talones para mirarle mientras hablaba. Jasper seguía de cara a la ventana, con la ancha espalda muy derecha. Melisande deseó poder acercarse a él, rodearle con sus brazos y estrecharle con fuerza, pero ello interrumpiría el fluir de sus palabras. Y sentía que, como si de punzar una herida infectada se tratara, su marido necesitaba drenar toda aquella podredumbre.

—Cuando estás en plena batalla, no piensas —continuó él en tono casi divertido—. El instinto y la emoción se apoderan de ti. Sientes espanto al ver a Johnny Smith atravesado por una flecha. Y rabia cuando los indios se abalanzan sobre tus hombres gritando y los matan. Sientes miedo cuando matan a tu caballo. Y una oleada de pánico cuando comprendes que debes saltar o quedarás atrapado bajo el animal e indefenso ante un hacha de guerra.

Bebió otro sorbo de su bebida mientras Melisande intentaba asimilar sus palabras. Se le había acelerado el corazón, como si sintiera el mismo arrebato de pánico que su esposo había experimentado hacía mucho tiempo.

—Luchamos bien, creo —dijo Vale—. Al menos, eso me han dicho. Yo no puedo evaluar la batalla. En ese momento ves los hombres que hay a tu alrededor, la pequeña parcela de tierra que defiendes. El teniente Clemmons cayó, y también el teniente Knight, pero sólo cuando vi a Darby, nuestro comandante, sacado a rastras de su caballo comprendí que estábamos perdiendo. Que acabaríamos todos muertos.

Se rió, pero su risa sonó seca y quebradiza, muy distinta a su risa de siempre.

—Debí sentir miedo entonces, pero curiosamente no lo noté. Estaba en medio de un mar de cadáveres y blandía mi espada. Maté a unos cuantos salvajes. Sí, maté a unos cuantos, pero no a los suficientes. No a los suficientes.

Melisande sintió el escozor de las lágrimas en los ojos al oír su voz triste y cansada.

—Al final cayó el último de mis hombres y ellos se abalanzaron sobre mí. Caí con un golpe en la cabeza. Caí encima del cuerpo de Tommy Pace. —Se apartó de la ventana y se acercó a la mesa en la que estaba la jarra de whisky. Se llenó el vaso y bebió—. No sé por qué no me mataron. Deberían haberlo hecho. Habían matado a casi todos los demás. Pero cuando recuperé el sentido estaba atado por el cuello a Matthew Horn y Nate Growe. Miré a mi alrededor y vi que Reynaud también formaba parte del botín. No te imaginas la alegría que sentí. Reynaud, al menos, había sobrevivido.

—¿Qué ocurrió? —susurró Melisande.

Él la miró y ella se preguntó si había olvidado que estaba en la habitación.

—Nos obligaron a marchar a través del bosque durante días. Días y días con poca agua y ninguna comida, y entre nosotros había algunos heridos. Matthew Horn había recibido un disparo en la parte carnosa del antebrazo durante la batalla. Cuando John Cooper no pudo seguir caminando a causa de sus heridas, lo llevaron al bosque y lo mataron. Después de aquello, cada vez que Matthew tropezaba, yo apoyaba el hombro en su espalda, apremiándole a seguir. No podía permitirme perder otro soldado. No podía permitirme perder otro hombre.

Ella sofocó un gemido de horror.

—¿Estabas herido?

—No. —Jasper tenía una horrible media sonrisa en la cara—. Tenía un buen chichón en la cabeza, pero por lo demás estaba perfectamente. Seguimos en marcha hasta que llegamos a una aldea india en territorio francés.

Bebió más whisky, estuvo a punto de vaciar el vaso y cerró los ojos.

Melisande sabía, sin embargo, que la historia no acababa allí. Algo había causado las horribles cicatrices que sir Alistair tenía en la cara. Respiró hondo, armándose de valor, y preguntó:

—¿Qué ocurrió en el campamento?

—Practican una cosa llamada «carrera de baquetas», una linda manera de dar la bienvenida al campamento a los prisioneros de guerra. Los indios, hombres y mujeres, forman dos filas. Hacen pasar a los reos, uno por uno, entre las filas. A medida que pasa el prisionero, los indios le dan patadas y le golpean con gruesos garrotes. Si se cae, a veces le golpean hasta la muerte. Pero ninguno de nosotros se cayó.

—Gracias a Dios —musitó ella.

—Eso pensamos nosotros en su momento. Ahora no estoy tan seguro.

Se encogió de hombros y bebió más whisky. Se dejó caer en una silla. Empezaba a hablar con cierta dificultad.

—¿Jasper? —Quizá fuera preferible no seguir adelante. Melisande temía lo que venía a continuación. Jasper ya había sufrido bastante, era tarde y estaba cansado—. ¿Jasper?

Pero él no parecía oírla. Miraba fijamente su vaso de whisky, como si le hiciera gracia.

—Y entonces empezaron a divertirse a lo grande. Se llevaron a Reynaud y ataron a Munroe y a Horn a unas estacas. Sacaron varas al rojo vivo y... y...

Respiraba agitadamente. Cerró los ojos y tragó, y pese a todo no pareció capaz de continuar.

—No, oh, no —musitó Melisande—. No tienes que contármelo, no.

Él la miró, asombrado, triste y trágico.

—Les torturaron. Les quemaron. Las varas estaban al rojo vivo, y las empuñaban las mujeres... ¡Las mujeres! Y luego el ojo de Munroe... ¡Dios! Eso fue lo peor. Les grité que pararan y me escupieron y empezaron a cortar dedos a los hombres. Comprendí entonces que debía guardar silencio, hicieran lo que hicieran, porque si gritaba, si mostraba alguna emoción, sólo empeoraría las cosas. Y lo intenté, Melisande, lo intenté, pero los gritos y la sangre...

—Oh, Dios mío, Dios mío. —Melisande se había acercado a él.

Se inclinó y le abrazó, acercando la cara de Vale a su pecho. Ya no podía refrenar las lágrimas. Lloraba por él.

—Al día siguiente nos llevaron al otro lado del campamento —susurró Vale contra su pecho—. Iban a quemar a Reynaud. Le crucificaron y le prendieron fuego. Creo que ya estaba muerto, porque no se movió, y di de nuevo gracias a Dios. Di gracias a Dios por que mi mejor amigo estuviera muerto y ya no pudiera sentir dolor.

—Shh —susurró Melisande—. Shh.

Pero él no se detuvo.

—Cuando se extinguió el fuego, nos llevaron de vuelta al otro lado del campamento y siguieron torturándonos. La cara de Munroe y el pecho de Horn. Una y otra vez...

—Pero al final os salvaron, ¿no? —preguntó ella, desesperada. Tenía que dejar atrás aquellas horrendas imágenes y llegar a la parte más esperanzadora. Había sobrevivido. Estaba vivo.

—Después de dos semanas. Dicen que el cabo Hartley guió hasta allí a un destacamento que pagó nuestro rescate, pero yo no lo recuerdo. Estaba aturdido.

—Estabas desesperado y herido. —Melisande intentó reconfortarle—. Es comprensible.

Él se apartó violentamente de sus brazos.

—¡No! No, estaba perfectamente, absolutamente intacto.

Ella se quedó mirándole.

—Pero la tortura...

Él se abrió la camisa para dejar al descubierto su ancho pecho.

—Tú me has visto, mi querida esposa. ¿Tengo alguna cicatriz en el cuerpo?

Ella miró desconcertada su pecho intacto.

—No.

—Porque no me tocaron. Torturaron durante días a los demás y a mí no me tocaron.

Santo cielo. Melisande seguía mirando fijamente su pecho. Para un hombre como Vale, ser el único que no tenía cicatrices tenía que ser mucho peor que soportar las heridas.

Ella respiró hondo y formuló la pregunta que él parecía aguardar:

—Pero ¿por qué?

—Porque yo era el testigo, el oficial de mayor rango después de que mataran a Reynaud, el único capitán. Me hicieron mirar y, si daba un solo respingo al ver lo que hacían, hundían más el cuchillo, clavaban con más fuerza el hierro de marcar.

La miró y sonrió horriblemente, con un brillo demoníaco en la mirada.

—¿Es que no lo ves? Torturaron a los demás mientras yo miraba.

Capítulo 16

La princesa Surcease se tomó la sopa ¿y qué había al fondo del cuenco sino el anillo de plata? El rey mandó llamar a voces al cocinero jefe, y el pobre hombre fue llevado de nuevo a rastras ante la corte. Pero por más que le interrogaron, él juraba y perjuraba que no sabía cómo había ido a parar el anillo a la sopa de la princesa. Al final, el rey tuvo que mandarle de vuelta a las cocinas. Todos los cortesanos comenzaron a cuchichear, preguntándose quién habría rescatado el anillo de plata. Pero la princesa Surcease guardaba silencio. Se limitaba a mirar pensativa a su bufón...

De Jack *el Risueño*

Melisande se despertó a la mañana siguiente al oír a *Ratón* arañar la puerta. Se volvió y miró a Vale. Estaba tumbado con un brazo echado sobre la cabeza y el largo cuerpo destapado a medias. Durante las dos noches anteriores, había descubierto que tenía el sueño intranquilo. A menudo, mientras dormía, la rodeaba con el brazo o la pierna, y a veces ella se despertaba con su cara pegada al cuello. Más de una vez Jasper se daba la vuelta y arrastraba consigo todas las mantas. A ella no le importaba. Por dormir con él, merecía la pena quedarse sin mantas.

Pero, tras su angustiosa confesión de la noche anterior, Jasper necesitaba más descanso. Melisande se desarropó con cuidado y se levantó. Encontró un corpiño sencillo y una falda que ponerse, se envolvió en el manto y salió sigilosamente del cuarto con *Ratón*. Bajaron las escaleras y cruzaron los pasillos en penumbra, hasta la cocina.

Allí se detuvo. La cocina tenía el techo ancho y abovedado, enyesado y pintado con cal blanca, ya descascarillada. Parecía muy antiguo. Vio que en un rincón se habían tendido dos jergones. Suchlike dormía profundamente en uno, y el señor Pynch levantó la cabeza en el otro. Melisande le saludó en silencio con una inclinación de cabeza y salió por la puerta de la cocina.

Fuera, *Ratón* correteó alegremente en círculos antes de detenerse a hacer sus cosas. Había allí un largo prado en pendiente, agreste y descuidado, y más allá jardines en bancales que antaño sin duda habían sido espléndidos. Melisande echó a andar en aquella dirección. Hacía un día precioso y el sol radiante de la mañana comenzaba a disipar la niebla baja de las verdes colinas. Entonces se detuvo y miró hacia el castillo. A la luz del día no era tan aterrador. Construido en piedra de color rosa pálido, tenía altos gabletes escalonados, en estado casi ruinoso, y varias chimeneas que sobresalían aquí y allá. Las torres redondas y almenadas que partían de las cuatro esquinas daban al conjunto un aire sólido y antiguo. Melisande no pudo evitar pensar que el castillo tenía que ser muy frío en invierno.

—Tiene quinientos años de antigüedad —dijo una voz grave y rasposa tras ella.

Melisande se volvió en el instante en que *Ratón* se acercaba corriendo y empezaba a ladrar.

Sir Alistair iba acompañado de un perro tan grande que su cabeza le llegaba por encima de la cintura. El animal tenía el pelo lanudo y gris. *Ratón* se detuvo delante de él, ladrando frenéticamente. El perrazo no se movió. Se limitó a mirar al terrier desde lo alto de su largo hocico, como si se preguntara qué clase de perro era aquella cosita que tanto ladraba.

Sir Alistair miró ceñudo al perrito un momento. Esa mañana se había peinado y recogido el pelo hacia atrás, y llevaba tapado el ojo herido con un parche negro.

—Vaya, muchacho —dijo con fuerte acento escocés—, cuánto ladras.

Se agachó y le tendió el puño a *Ratón*, que se acercó a husmearlo. Melisande vio con un leve estremecimiento de horror que le faltaban el dedo índice y el meñique de la mano derecha.

—Es muy valiente —dijo sir Alistair—. ¿Cómo se llama?

—*Ratón.*

Él asintió con la cabeza, se levantó y miró prado abajo. Su perro suspiró y se tumbó a sus pies.

—Anoche no era mi intención asustarla, señora.

Ella le miró. Desde aquel lado, con las cicatrices casi ocultas, podría haber sido guapo. Su nariz era recta y arrogante, su mentón firme y no poco tenaz.

—No me asustó. Sólo me sobresalté porque apareciera tan de repente.

Él volvió por completo la cara hacia ella, como desafiándola a dar un respingo.

—Sin duda así fue.

Melisande levantó la barbilla, negándose a ceder terreno.

—Jasper cree que le culpa usted por esas cicatrices. ¿Es cierto?

Contuvo el aliento, asombrada de su propia osadía. Si hubiera sido sólo por ella, jamás se habría atrevido a encararse con él. Pero necesitaba saber si aquel hombre iba a herir aún más a su marido.

Él le sostuvo la mirada, sorprendido quizá por su sinceridad. Melisande habría jurado que muy pocas personas se atrevían a mencionar sus cicatrices delante de él.

Por fin desvió de nuevo los ojos para mirar los jardines desolados.

—Si lo desea, hablaré con su esposo de mis cicatrices, milady.

Jasper despertó solo, con los brazos vacíos. Tras apenas un par de noches, ya le parecía extraño. Una sensación poco grata. Debería tener a su dulce esposa a su lado, sus suaves curvas junto a su cuerpo, más duro, envuelto en el olor de su cabello y de su piel. Dormir con ella era como un elixir revitalizador: ya no se pasaba la noche dando vueltas en la cama. ¡Maldición! ¿Adónde habría ido?

Se levantó y se vistió rápidamente, maldiciendo los botones de su camisa. No se puso la corbata y se echó encima una casaca antes de salir de la habitación.

—¡Melisande! —gritó como un loco en el pasillo. El castillo era tan grande que ella no le oiría a menos que estuviera cerca. Gritó de todos modos—: ¡Melisande!

Al llegar abajo se dirigió a la cocina. Pynch estaba allí, atizando el fuego. Tras él, la doncellita de su mujer dormía en un jergón. Jasper levantó las cejas. Había dos jergones, pero de todos modos... Pynch se limitó a señalar en silencio la puerta de atrás.

Jasper salió, y el resplandor del sol le obligó a entornar los ojos. Entonces vio a Melisande. Estaba hablando con Munroe, y al verlos sitió una punzada de celos. Éste podía ser un ermitaño cubierto de cicatrices, pero siempre había tenido buena mano con las mujeres. Y Melisande estaba muy cerca de él.

Jasper se acercó a ellos. Al verle, *Ratón* anunció su presencia ladrando una vez y corriendo hacia él.

Munroe se volvió.

—¿Por fin en pie, Renshaw?

—Ahora me llamo Vale —refunfuñó Jasper, y rodeó la cintura de Melisande con el brazo.

Munroe observó aquel gesto y arqueó la ceja encima del parche del ojo.

—Por supuesto.

—¿Has desayunado ya, esposa mía? —Jasper se inclinó hacia Melisande.

—Aún no, milord. ¿Quieres que vaya a ver qué hay en la cocina?

—He mandado a Wiggins a una granja vecina a comprar un poco de pan y unos huevos —masculló Munroe. Tenía las mejillas un poco coloradas, como si su falta de hospitalidad empezara a avergonzarle. Añadió con hosquedad—: Después del desayuno puedo enseñaros lo alto de la torre. Desde allí hay una vista maravillosa.

Jasper sintió estremecerse a su esposa y recordó cómo se aferraba a un lado de su alto faetón.

—Quizás en otra ocasión.

Melisande se aclaró la garganta y se apartó suavemente de Jasper.

—Si me disculpan, caballeros, quiero ir a ver si hay alguna sobra para *Ratón* en la cocina.

Jasper no tuvo más remedio que hacer una reverencia cuando su esposa se inclinó ante ellos y echó a andar hacia el castillo.

Munroe se quedó mirándola, pensativo.

—Tu esposa es una mujer encantadora. Y muy inteligente.

—Mmm-hmm —respondió Jasper—. No le gustan las alturas.

—Ah. —Munroe se volvió y le calibró con la mirada—. No pensaba que fuera tu tipo.

Jasper arrugó el ceño.

—Tú no sabes cuál es mi tipo.

—Desde luego que sí. Hace seis años, eran las pechugonas con poco cerebro y menos escrúpulos.

—Eso era hace seis años. Desde entonces han cambiado muchas cosas.

—Sí, han cambiado muchas cosas —repuso Munroe. Echó a andar hacia los exuberantes bancales del jardín y Jasper le siguió—. Tú eres vizconde, Saint Aubyn está muerto y yo he perdido la mitad de la cara, de lo cual, por cierto, no te culpo.

Jasper se detuvo.

—¿Qué?

Munroe se paró y se volvió para mirarle. Señaló el parche de su ojo.

—Esto. No te culpo por ello, nunca te he culpado.

Jasper apartó la mirada.

—¿Cómo es posible que no me culpes? Te sacaron el ojo cuando me derrumbé. —Cuando gimió de horror por lo que los indios les estaban haciendo a sus compañeros de cautiverio.

Munroe se quedó callado un momento. Jasper no soportaba mirarle. El escocés había sido un hombre muy guapo. Y, aunque taciturno, nunca había sido un recluso. Solía sentarse junto al fuego con los demás y reírse de sus toscos chascarrillos. ¿Había vuelto a sonreír Munroe desde entonces?

Por fin dijo:

—Estábamos en el infierno, ¿no es cierto?

Jasper apretó la mandíbula y asintió con la cabeza.

—Pero eran humanos, ¿sabes? No demonios.

—¿Qué?

Munroe tenía la cabeza echada hacia atrás y su único ojo cerrado. Parecía estar disfrutando de la brisa.

—Los indios hurones que nos torturaron. Eran humanos. No animales, ni salvajes; simplemente humanos. Y fueron ellos quienes decidieron sacarme un ojo, no tú.

—Si yo no hubiera gemido...

Munroe suspiró.

—Me habrían sacado el ojo de todos modos, aunque no hubieras proferido ni un solo sonido.

Jasper le miró con fijeza.

El otro asintió.

—Sí. Los he estudiado desde entonces. Es su forma de tratar a los prisioneros de guerra. Los torturan. —La comisura de su boca que no estaba deformada por las cicatrices se torció hacia arriba, a pesar de que no parecía divertido—. Del mismo modo que nosotros colgamos del cuello a críos por robarle la cartera a un adulto. Son sus costumbres, es así de sencillo.

—No entiendo cómo puedes asumirlo tan desapasionadamente —dijo Jasper—. ¿No sientes ira?

Munroe se encogió de hombros.

—Estoy acostumbrado a observar. En todo caso, no te culpo. Tu mujer ha insistido mucho en que te lo dijera.

—Gracias.

—Creo que debemos añadir la lealtad y la determinación a la lista de virtudes de tu esposa. No me explico cómo la encontraste.

Jasper refunfuñó algo.

—Un crápula como tú no se la merece, ¿sabes?

—El hecho de que no me la merezca no significa que no vaya a luchar por conservarla a mi lado.

Munroe asintió con la cabeza.

—Muy sensato por tu parte.

Emprendieron de nuevo la marcha al unísono. Siguió un breve silencio del que Jasper disfrutó extrañamente. Munroe y él nunca habían sido muy amigos: sus intereses diferían demasiado y sus personalidades tendían a chocar. Pero Munroe había estado allí. Había conocido a los muertos, había marchado a través de aquellos bosques infernales, con la soga al cuello, y había sido torturado a manos del enemigo. No había nada que explicarle, nada que esconder. Había estado allí y lo sabía.

Llegaron al segundo bancal, donde Munroe se detuvo a contemplar la vista. A lo lejos se veía un río; a la derecha, una arboleda. Era una campiña muy hermosa. El perrazo que les seguía suspiró y se echó junto a su amo.

—¿A qué has venido? —preguntó Munroe con calma—. ¿A buscar mi perdón?

—No —contestó Jasper, y luego titubeó, pensando en la confesión que le había hecho esa noche a Melisande—. Bueno, quizá. Pero no es el único motivo.

Munroe le miró.

—¿No?

Jasper se lo contó. Le habló de Samuel Hartley y de aquella maldita carta. De Dick Thornton, riéndose en la prisión de Newgate. De la afirmación de Thornton de que el traidor era uno de los prisioneros. Y, por último, del intento de asesinato de lord Hasselthorpe, justo después de que él lo convenciera para colaborar.

Munroe escuchó su relato en silencio, atentamente, y al final sacudió la cabeza y dijo:

—Tonterías.

—¿No crees que hubiera un traidor y que nos vendiera?

—Oh, eso no me cuesta creerlo. ¿Cómo, si no, se explica que un destacamento tan numeroso de indios hurones estuviera esperando para tendernos una emboscada en esa senda? No, lo que no creo es que el traidor fuera uno de los prisioneros. ¿Cuál podría ser? ¿Crees que fui yo?

—No —respondió Jasper, y era cierto. Nunca había pensado que Munroe fuera el traidor.

—Entonces sólo quedáis tú, Horn y Growe, a menos que creas que fue alguno de los que murieron. ¿Te imaginas a algunos de ellos, vivos o muertos, traicionándonos?

—No, pero maldita sea... —Jasper levantó la cara hacia el sol—. Alguien nos traicionó. Alguien les dijo a los franceses y a sus aliados indios que íbamos a pasar por allí.

—Estoy de acuerdo, pero sólo cuentas con la palabra de un asesino medio loco que estaba entre los cautivos. Déjalo ya, hombre. Thornton estaba jugando contigo.

—No puedo dejarlo —respondió Jasper—. No puedo dejarlo, no puedo olvidarlo.

Munroe suspiró.

—Considéralo desde otra perspectiva. ¿Por qué haría tal cosa uno de nosotros?

—¿Traicionarnos, quieres decir?

—Sí, eso. Tuvo que haber un motivo. ¿Simpatía por la causa francesa?

Jasper negó con la cabeza.

—La madre de Reynaud Saint Aubyn era francesa —añadió Munroe desapasionadamente.

—No seas necio. Reynaud está muerto. Le mataron casi tan pronto como llegamos a esa maldita aldea. Además, era un inglés leal y el mejor hombre que he conocido.

Munroe levantó una mano.

—Eres tú quien se empeña en esto, no yo.

—Sí, así es, y se me ocurre otra razón para traicionarnos: el dinero. —Jasper se volvió y miró el castillo con intención. No creía que Munroe fuera un traidor, pero su insinuación acerca de Reynaud le había exasperado.

Munroe siguió su mirada y se rió. Su risa sonó herrumbrosa por la falta de uso.

—¿Crees que, si hubiera vendido al regimiento a los franceses, mi castillo estaría en ese estado?

—Puede que tengas guardado el dinero.

—El dinero que tengo lo heredé o lo he ganado. Es mío. Si alguien lo hizo por dinero, seguramente estaba endeudado o será rico. ¿Qué me dices de tus finanzas? Solía gustarte jugar a las cartas.

—Se lo dije a Hartley y te lo digo a ti: hace mucho tiempo que saldé las deudas de juego que tenía entonces.

—¿Con qué?

—Con mi herencia. Y mis abogados tienen papeles que lo demuestran, para tu información.

Munroe se encogió de hombros y echó a andar de nuevo.

—¿Has hecho averiguaciones sobre la situación financiera de Horn?

Jasper siguió paseando a su lado.

—Vive con su madre en una casa, en Londres.

—Corrían rumores de que su padre había perdido dinero en una transacción bursátil.

—¿De veras? —Jasper le miró—. La casa está en Lincoln Inns Field.

—Una zona muy cara de Londres para un hombre sin herencia.

—Tiene dinero suficiente para viajar por Italia y Grecia —comentó Jasper.

—Y por Francia.

—¿Qué? —Jasper se detuvo.

Munroe tardó un momento en darse cuenta de que se había detenido. Se volvió, varios pasos más adelante.

—Matthew Horn estuvo en París el otoño pasado.

—¿Cómo lo sabes?

Munroe ladeó la cabeza, clavando su ojo en él.

—Puede que viva aislado, pero mantengo correspondencia con diversos naturalistas de Inglaterra y el continente. Este invierno recibí una carta de un botánico francés. En ella describía una cena a la que asistió en París. Uno de los invitados era un joven inglés llamado Horn, que había estado en las colonias. Creo que debe ser nuestro Matthew Horn, ¿tú no?

—Es posible. —Jasper sacudió la cabeza—. ¿Qué estaría haciendo en París?

—¿Ver monumentos?

Jasper enarcó una ceja.

—¿Siendo los franceses nuestros enemigos?

Munroe se encogió de hombros.

—Algunos considerarían subversiva mi correspondencia con mis colegas franceses.

Jasper sonrió, cansado.

—Todo esto es un lío. Sé que ando persiguiendo vagas conjeturas, como mínimo, pero no puedo olvidar la masacre. ¿Tú sí?

Munroe sonrió con amargura.

—¿Con el recuerdo grabado a fuego en la cara? No, nunca podré olvidarla.

Jasper levantó la cara hacia la brisa.

—¿Por qué no vienes a visitarnos a mi esposa y a mí a Londres?

—Los niños lloran cuando me ven, Vale —afirmó Munroe sin inflexión.

—¿Vas alguna vez a Edimburgo?

—No. No voy a ninguna parte.

—Has hecho de tu castillo una prisión.

—Haces que parezca un drama teatral. —Munroe torció la boca—. No lo es. He aceptado mi destino. Tengo mis libros, mis estudios y mi escritura. Estoy... conformado.

Jasper le miró con escepticismo. ¿Conformado con vivir en un enorme y frío castillo, con la única compañía de un perro y un criado gruñón?

Munroe pareció adivinar que se disponía a llevarle la contraria. Se volvió hacia la mansión.

—Vamos. Aún no hemos desayunado y sin duda tu mujer nos espera.

Echó a andar.

Jasper masculló una maldición y le siguió. Munroe no estaba dispuesto a abandonar su nido y no tenía sentido discutir, mientras no estuviera preparado. Jasper sólo esperaba que lo estuviera alguna vez.

—Ese hombre necesita urgentemente un ama de llaves —dijo Melisande mientras el carruaje se alejaba del castillo de sir Alistair. Suchlike ya había empezado a dar cabezadas en un rincón.

Vale le lanzó una mirada divertida.

—¿No te han gustado sus sábanas, querida?

Ella apretó los labios.

—Las sábanas estaban mohosas, había polvo por todas partes, la despensa estaba casi vacía y el criado era odioso. No, no me ha gustado.

Vale se rió.

—Bueno, esta noche dormiremos en sábanas limpias. La tía Esther dijo que estaba deseando vernos en nuestro viaje de regreso. Creo que quiere saber algo más sobre Munroe.

—No hay duda.

Melisande sacó su bordado y empezó a hurgar entre sus hilos de seda, buscando un tono de amarillo limón. Creía que le quedaban algunos trozos sueltos, y era el tono perfecto para realzar la melena del león.

Miró a Suchlike para asegurarse de que dormía.

—¿Te dijo sir Alistair lo que querías saber?

—En cierto modo. —Se quedó mirando por la ventanilla y ella

aguardó mientras enhebraba con cuidado la aguja—. Alguien nos traicionó en Spinner's Falls y estoy intentando descubrir quién fue.

Ella arrugó un poco el ceño al dar la primera puntada, lo cual no era hazaña pequeña, en un carruaje en marcha.

—¿Crees que fue sir Alistair?

—No, pero pensaba que tal vez pudiera ayudarme a averiguar quién fue.

—¿Y te ha ayudado?

—No lo sé.

Su respuesta debería haber sonado a decepción, pero Jasper parecía bastante contento. Melisande se sonrió mientras trabajaba en la melena del león. Tal vez sir Alistair le hubiera dado cierta paz.

—Dulce de leche —dijo al cabo de unos minutos.

Jasper la miró.

—¿Qué?

—Una vez me preguntaste cuál era mi comida favorita. ¿Te acuerdas?

Él asintió con la cabeza.

—Pues es el dulce de leche. Cuando era niña, lo tomábamos todos los años por Navidad. La cocinera lo coloreaba de rosa y lo decoraba con almendras. Yo era la más pequeña, así que me daban el plato más chico, pero estaba increíblemente suave y delicioso. Todos los años lo esperaba con ilusión.

—Podemos tomar dulce de leche rosa todas las noches para cenar —dijo Vale.

Melisande sacudió la cabeza, intentando no sonreír al oír su impulsivo ofrecimiento.

—No, si hiciéramos eso dejaría de ser especial. Sólo puede ser en Navidad.

Un estremecimiento de felicidad la recorrió al pensar en planear las Navidades con él. Iban a pasar muchas Navidades juntos, se dijo. No se le ocurría nada más maravilloso.

—Sólo en Navidad, entonces —dijo Vale frente a ella. Tenía

una expresión solemne, como si estuviera ultimando un contrato comercial—. Pero insisto en que tengas un cuenco entero para ti sola.

Ella soltó un bufido y se descubrió sonriendo.

—¿Y que voy a hacer con un cuenco entero de dulce de leche?

—Podrías darte un atracón —contestó, muy serio—. Comértelo todo de una vez, si quieres. O podrías guardarlo, limitarte a mirarlo y pensar en lo bueno que está, en lo cremoso y dulce que es...

—Pamplinas.

—O puedes comerte una sola cucharada cada noche. Una cucharada y yo sentado al otro lado de la mesa, mirándote con envidia.

—¿No habrá un cuenco para ti también?

—No. Por eso el tuyo será tan especial. —Se reclinó en su asiento y cruzó los brazos. Parecía muy satisfecho de sí mismo—. Sí, así es. Te prometo un cuenco entero de dulce de leche rosa cada Navidad. Para que luego digan que no soy un marido generoso.

Melisande hizo girar los ojos al oír aquella bobada, pero sonrió. Estaba deseando pasar sus primeras Navidades con Jasper.

Ese día viajaron sin contratiempos y llegaron a casa de la tía Esther mucho antes de la hora de la cena.

De hecho, cuando su carruaje se detuvo delante de la casa de Edimburgo, la tía Esther estaba despidiendo a otra pareja que sin duda había ido a tomar el té. Tardaron un momento en reconocer a Timothy y a su esposa. Melisande miró a su primer amor. Había habido un tiempo en que la sola visión de su bello rostro la dejaba sin aliento. Había tardado años en recuperarse del abandono de Timothy. Ahora, el dolor de su pérdida le parecía mortecino y en cierto modo ajeno a ella, como si aquel compromiso roto le hubiera sucedido a otra muchacha, joven e ingenua. Le miró y lo único que pudo pensar fue, *menos mal*. Menos mal que no se había casado con él.

A su lado, Vale masculló algo en voz baja y se apeó bruscamente del carruaje.

—¡Tía Esther! —exclamó, sin reparar aparentemente en la otra pareja. Se acercó a ella y se las arregló para empujar a Timothy Holden. El otro, más bajo, se tambaleó, y Vale acudió en su ayuda. Pero pareció chocar de nuevo con él, porque Holden cayó de culo a la calle llena de barro.

—Ay, Dios —masculló Melisande sin dirigirse a nadie en particular, y se bajó a toda prisa del carruaje antes de que su marido matara a su ex amante a fuerza de «amabilidad». *Ratón* también se apeó de un salto y corrió a ladrar al hombre caído.

Antes de que ella llegara, Vale ofreció la mano a Timothy para ayudarle a levantarse. Timothy, el muy idiota, la aceptó, y Melisande estuvo a punto de taparse los ojos. Vale tiró con demasiada fuerza y Timothy salió despedido como un corcho y se tambaleó contra Vale. Al mismo tiempo, éste inclinó la cabeza hacia él y la cara de Timothy se puso de pronto de un gris ceniciento. Se apartó de Vale de un salto y, declinando su mano, ayudó apresuradamente a su esposa a subir al carruaje.

Ratón dio un último ladrido, muy satisfecho de sí mismo por haberle ahuyentado.

Vale se inclinó y le dio unas palmaditas al tiempo que murmuraba algo que hizo al perro menear el rabo.

Melisande exhaló un suspiro de alivio y se acercó a ellos.

—¿Qué le has dicho a Timothy?

Vale se irguió y la miró con inocencia.

—¿Qué?

—¡Jasper!

—Bueno, está bien. Nada de especial. Le he pedido que no vuelva a visitar a mi tía.

—¿Se lo has pedido?

Una sonrisa satisfecha jugueteaba en torno a su boca.

—No creo que volvamos a ver a Timothy Holden ni a su esposa por aquí.

Ella suspiró, aunque en el fondo le alegraba que él se preocupara por sus sentimientos.

—¿Era necesario?

Vale la tomó del brazo y contestó en voz baja:

—Oh, sí, cariño mío, claro que sí.

Después la condujo hacia la tía Esther y añadió alzando la voz:

—Hemos vuelto, tía, y traemos noticias de sir Alistair, el ermitaño.

Capítulo 17

Al día siguiente, el rey anunció una última prueba. Un anillo de oro yacía escondido en una profunda caverna subterránea, guardada por un dragón que echaba fuego por la boca. Jack se puso su traje de noche y viento y empuñó la espada más afilada del mundo, y un momento después estaba a la entrada de la caverna. El dragón salió rugiendo y Jack luchó a brazo partido con él, os lo aseguro, pues era un dragón muy grande. Estuvieron luchando todo el día. Era casi de noche cuando, muerto ya el dragón, Jack pudo apoderarse por fin del anillo de oro...

De Jack *el Risueño*

*U*na semana después, Melisande caminaba por Hyde Park con *Ratón*. Habían vuelto a Londres la noche anterior. El viaje desde Escocia había transcurrido sin contratiempos, salvo por una espantosa comida a base de col y ternera, el tercer día. Esa noche, había preparado un jergón en un rincón de su cuarto y Vale había dormido con ella allí toda la noche. Sabía que era raro dormir así, pero estaba tan contenta de tenerle a su lado, de que durmiera junto a ella, que no le molestaba. Si tenía que dormir en el suelo el resto de su vida, no le importaría. Suchlike había mirado el jergón con curiosidad, pero no había dicho nada. Tal vez el señor Pynch le hubiera contado los extraños hábitos nocturnos de lord Vale.

El viento agitaba sus faldas mientras paseaba. Esa mañana, Vale había ido a hablar con el señor Horn, seguramente sobre Spinner's Falls. Melisande frunció un poco el ceño al pensarlo. Tenía la esperanza de que, tras hablar con sir Alistair, su marido abandonara la búsqueda y encontrara, quizá, cierta paz. Pero parecía tan obsesionado como siempre. Se había pasado la mayor parte del viaje de regreso teorizando sobre quién podía ser el traidor, lanzando conjeturas y contándole una y otra vez sus hipótesis. Melisande le escuchaba mientras bordaba, pero notaba un peso en el corazón. ¿Qué probabilidades había de que Vale descubriera al traidor después de tantos años? ¿Y si no lograba encontrarlo? ¿Se pasaría el resto de su vida embarcado en una búsqueda inútil?

Un grito interrumpió sus lúgubres pensamientos. Levantó la vista a tiempo de ver a Jamie, el hijo pequeño de la señora Fitzwilliam, abrazando a *Ratón*. El perrillo le lamía la cara con entusiasmo. Evidentemente, se acordaba de él. Su hermana se inclinó con cautela para acariciarle la cabeza.

—Buenos días —dijo la señora Fitzwilliam. Estaba un poco apartada de sus hijos y se acercó con calma—. Un día precioso, ¿verdad?

Melisande sonrió.

—Sí, así es.

Se quedaron la una al lado de la otra un rato, mirando a los niños y al perro.

La señora Fitzwilliam exhaló un suspiro.

—Debería buscarle un perrillo a Jamie. Me lo pide de todo corazón. Pero Su Excelencia no soporta a los animales. Le hacen estornudar y dice que son muy sucios.

Melisande se sorprendió un poco al oírla mencionar con tanta naturalidad a su protector, pero intentó disimular su asombro.

—Los perros son bastante sucios a veces.

—Mmm. Supongo que sí, pero también lo son los niños. —La señora Fitzwilliam arrugó la nariz, lo cual sólo hizo que su bello rostro se volviera aún más adorable—. Y, además, ya no nos visita tan a menudo. Apenas una vez al mes, este último año. Imagino que se ha buscado otra mujer, como un sultán otomano. Tienen mujeres como ovejas en un rebaño. Los otomanos, quiero decir. Creo que lo llaman «harén».

Melisande notó que se sonrojaba y se miró los zapatos.

—Vaya, lo siento —dijo la señora Fitzwilliam—. La he avergonzado, ¿verdad? Siempre estoy metiendo la pata, sobre todo cuando estoy nerviosa. Su Excelencia solía decir que debía mantener la boca bien cerrada, porque cuando la abría echaba a perder la ilusión.

—¿Qué ilusión?

—La de perfección.

Melisande parpadeó.

—Decir eso es horrible.

La señora Fitzwilliam ladeó la cabeza como si se lo pensara.

—Sí, ¿verdad? En su momento no me di cuenta, creo. Cuando nos conocimos, le admiraba tanto que me quedaba pasmada de asombro. Claro que entonces era muy joven. Tenía sólo diecisiete años.

Melisande deseaba poder preguntarle cómo se había convertido en la amante del duque de Lister, pero temía la respuesta.

Por fin dijo:

—¿Le amaba usted?

La señora Fitzwilliam se rió. Tenía una risa ligera y encantadora, pero teñida de tristeza.

—¿Se ama al sol? Está ahí, y nos da luz y calor, pero ¿se le puede amar verdaderamente?

Melisande se quedó callada, porque cualquier respuesta que diera sólo aumentaría la tristeza de la otra mujer.

—Yo creo que, para amar, ha de haber equidad —dijo la señora Fitzwilliam reflexivamente—. Una equidad esencial. Y no me refiero a la riqueza, ni a la posición social. Conozco a mujeres que aman sinceramente a sus protectores y a hombres que aman a sus mantenidas. Pero son iguales en un... en un sentido espiritual, si entiende usted lo que le digo.

—Creo que sí —contestó despacio Melisande—. Si el hombre o la mujer tienen todo el poder en un sentido emocional, no puede haber amor verdadero. Supongo que para amar uno ha de abrirse por completo. Ha de mostrarse vulnerable.

—No se me había ocurrido, pero creo que debe de tener usted razón. El amor es esencialmente una rendición. —Sacudió la cabeza—. Hace falta valor para rendirse así.

Melisande asintió con la cabeza, mirando el suelo.

—Yo no soy una mujer muy valiente —comentó la señora Fitzwilliam en voz baja—. En cierto modo, todas las decisiones que he tomado en mi vida han surgido del miedo.

Melisande la miró con curiosidad.

—Hay quien diría que la vida que ha elegido requiere mucho valor.

—Esas personas no me conocen. —La señora Fitzwilliam sacudió la cabeza—. Dejarme guiar por el miedo no era la vida que yo hubiera elegido.

—Lo lamento.

La señora Fitzwilliam asintió.

—Ojalá pudiera cambiar.

Ojalá, pensó Melisande. Por un momento se dio entre ellas, la respetable señora y la mantenida, una extraña compenetración.

Entonces Jamie dio un grito y ambas miraron. Parecía haberse caído en el barro.

—Ay, Dios —murmuró la señora Fitzwilliam—. Será mejor que me lo lleve a casa. No sé qué dirá mi doncella cuando vea su ropa.

Dio unas palmadas y llamó enérgicamente a los niños. Parecieron desilusionados, pero comenzaron a acercarse lentamente.

—Gracias —dijo la señora Fitzwilliam.

Melisande levantó las cejas.

—¿Por qué?

—Por hablar conmigo. He disfrutado de nuestra conversación.

Melisande se preguntó de pronto con cuánta frecuencia hablaba la señora Fitzwilliam con otras damas. Era una mantenida y, por tanto, no podía codearse con señoras respetables, pero también era la amante de un duque, lo cual la situaba muy por encima de las demás. Se hallaba en una esfera enrarecida y solitaria.

—Para mí también ha sido un placer —contestó Melisande impulsivamente—. Ojalá pudiéramos hablar más.

La señora Fitzwilliam sonrió, trémula.

—Quizá lo hagamos.

Luego recogió a sus hijos y se despidió, y ella se quedó sola con *Ratón*. Regresó por donde había venido. Un carruaje la esperaba, y un lacayo la seguía discretamente. Pensó en lo que le había dicho a la señora Fitzwilliam: que el verdadero amor exigía vulnerabilidad. Y se preguntó si tenía el coraje de volverse así de vulnerable otra vez.

—¿Te dio Munroe alguna idea sobre quién pudo ser el traidor? —le preguntó Matthew Horn a Jasper esa tarde.

Jasper se encogió de hombros. Iban paseando de nuevo a caballo por Hyde Park, y estaba intranquilo. Quería espolear a *Belle* para que partiera al galope, cabalgar hasta que los dos, la yegua y él, rompieran a sudar. Se sentía casi a punto de estallar. Como si no pudiera seguir adelante con su vida hasta que encontrara al traidor y lograra pasar página. Dios, cuánto lo deseaba.

Tal vez por eso su voz sonó áspera cuando dijo:

—Munroe me dijo que debería interesarme por el dinero.

—¿Qué?

—El hombre que nos traicionó trabajaba probablemente para los franceses. O lo hizo por motivos políticos o lo hizo por dinero. Munroe me hizo ver que debía indagar en las finanzas de los hombres que fueron apresados.

—¿Quién aceptaría dinero y pasaría luego por el infierno del cautiverio?

Jasper se encogió de hombros.

—Quizá no estaba previsto que le apresaran. Puede que su plan se torciera.

—No. —Horn sacudió la cabeza—. No. Eso es ridículo. Si había un agente de los franceses, se habría asegurado de no estar cerca de Spinner's Falls cuando los indios nos atacaron. Fingiría estar enfermo o se quedaría rezagado, o simplemente desertaría.

—¿Y si no pudo? ¿Y si era un oficial? Porque sólo los oficiales sabían por dónde íbamos a pasar...

Horn soltó un bufido.

—Corrían rumores entre los hombres. Ya sabes lo bien que se guardan los secretos en el ejército.

—Cierto —contestó Jasper—. Pero, si era un oficial, debió de encontrar dificultades para marcharse. Ya nos habían diezmado en Québec, ¿recuerdas? Los oficiales escaseaban.

Horn detuvo a su caballo.

—Entonces, ¿vas a investigar la situación financiera de todos los que estuvieron allí?

—No, yo...

—¿O sólo la de los prisioneros?

Jasper le miró.

—Munroe me dijo también otra cosa.

Horn parpadeó.

—¿Cuál?

—Dijo que habías estado en París.

—¿Qué?

—Me contó que tiene un amigo francés que le escribió que había conocido a un tal Horn en una cena, en París.

—Eso es ridículo —exclamó Matthew. Se había puesto colorado y su boca era una agria línea horizontal—. Horn no es un apellido tan raro. No era yo.

—Entonces, ¿no estuviste en París el otoño pasado?

—No. —Sus orificios nasales se hincharon—. No, no estuve en París. Estuve viajando por Grecia e Italia, ya te lo he dicho.

Jasper se quedó callado.

Horn agarró sus riendas y se echó hacia delante en la silla, el cuerpo rígido por la ira.

—¿Está usted poniendo en entredicho mi honor, mi lealtad a mi país? ¿Cómo se atreve, señor? ¿Cómo se atreve? Si fuera usted otro, le retaría en este preciso instante.

—Matthew... —comenzó a decir Jasper, pero Horn hizo volver grupas a su caballo y partió al galope.

Jasper le miró alejarse. Había ofendido a un hombre al que consideraba un amigo. Emprendió el camino de regreso a casa preguntándose qué le movía a insultar a un hombre que nunca le había hecho ningún daño. Horn tenía razón: el amigo de Munroe podía muy bien estar equivocado respecto a la identidad de la persona a la que había conocido en París.

Llegó a casa intentando resolver aún aquella cuestión y, al descubrir que Melisande seguía fuera, se puso aún de peor humor. Comprendió entonces que estaba deseando verla y hablar con ella de su calamitoso encuentro con Matthew Horn. Refrenó un juramento y se fue a su despacho.

Sólo había tenido tiempo de servirse un dedo de coñac cuando Pynch llamó a la puerta y entró.

Jasper se volvió y miró a su ayuda de cámara con el ceño fruncido.

—¿Le has encontrado?

—Sí, milord —respondió Pynch al penetrar en la habitación—. El mayordomo del señor Horn era, en efecto, hermano de un soldado con el que serví.

—¿Te ha dicho algo?

—Sí, milord. Hoy era su día libre y nos hemos visto en una taberna. Le invité a varias copas mientras recordábamos a su hermano. El hombre murió en Québec.

Jasper asintió con la cabeza. Muchos murieron en Québec.

—Después de cuatro copas, el mayordomo del señor Horn se volvió locuaz, señor, y pude desviar la conversación hacia su amo.

Jasper se bebió el coñac de un trago. Ya no estaba seguro de querer oír lo que iba a decirle Pynch. Pero era él quien había puesto en marcha todo aquello, quien había mandado a su ayuda de cámara en busca de aquel hombre nada más regresar a Londres. Recular ahora le parecía una cobardía.

Miró a Pynch, su leal servidor, que le había cuidado en los peores momentos, durante sus pesadillas y sus delirios alcohólicos. Pynch siempre le había servido bien. Era un buen hombre.

—¿Qué te dijo?

Su ayuda de cámara clavó en él sus ojos verdes, firmes y un poco tristes.

—El mayordomo me dijo que las finanzas de la familia quedaron muy maltrechas tras la muerte del padre del señor Horn. Su madre se vio obligada a despedir a casi todos los criados. Corrió el rumor de que tendría que vender la casa de Londres. Y entonces el señor Horn regresó de la guerra en las colonias. Volvieron a contratar a los criados, compraron un carruaje nuevo y la señora Horn empezó a llevar vestidos nuevos. Los primeros desde hacía seis años.

Jasper se quedó mirando distraídamente su copa vacía. No era aquello lo que quería. No era el alivio que buscaba.

—¿Cuándo murió el padre del señor Horn?

—En el verano de 1758 —respondió Pynch.

El verano anterior a la caída de Québec. El verano previo a la masacre de Spinner's Falls.

—Gracias —dijo Jasper.

Pynch vaciló.

—Siempre cabe la posibilidad de que recibiera una herencia o consiguiera el dinero de algún otro modo perfectamente legal.

Jasper arqueó una ceja con escepticismo.

—¿Una herencia de la que los sirvientes no saben nada? —Era muy improbable—. Gracias.

Pynch hizo una reverencia y salió de la habitación.

Jasper llenó su copa de coñac y fue a mirar el fuego. ¿Era eso lo que quería? Si Horn era el traidor, ¿podría entregarle a las autoridades? Cerró los ojos y bebió un sorbo de coñac. Él había sido el iniciador de todo aquello, y ya no estaba seguro de tener algún control sobre los acontecimientos.

Cuando volvió a levantar la vista, Melisande estaba en la puerta. Jasper apuró su copa.

—Mi encantadora esposa, ¿dónde has estado?

—He ido a dar un paseo por Hyde Park.

—¿Sí? —Se acercó a la botella y se sirvió más coñac—. ¿Has vuelto a encontrarte con alguna mantenida?

El semblante de Melisande se tornó frío.

—Quizá deba dejarte solo.

—No, no. —Le sonrió y levantó su copa—. Sabes que odio estar solo. Además, tenemos que celebrar algo. Estoy a punto de acusar de traición a un amigo.

—No pareces muy contento.

—*Au contraire*. Estoy exultante.

—Jasper... —Se miró las manos, unidas junto a la cintura, mientras intentaba ordenar lo que iba a decir—. Pareces obsesionado con este asunto. Con lo que sucedió en Spinner's Falls. Me preocupa que esta búsqueda te esté perjudicando. ¿No sería mejor... dejarlo de una vez?

Él bebió coñac sin dejar de mirarla.

—¿Por qué? Tú sabes lo que pasó en Spinner's Falls. Sabes lo que significa para mí.

—Sé que pareces atrapado por lo que ocurrió, incapaz de superarlo.

—Vi morir a mi mejor amigo.

Ella asintió con la cabeza.

—Lo sé. Y quizás haya llegado el momento de que intentes dejarlo atrás.

—Si hubiera sido yo, si hubiera muerto allí, Reynaud no habría descansado hasta encontrar al traidor.

Melisande le miró en silencio. Sus rasgados ojos de gato tenían una expresión misteriosa, insondable.

Él curvó los labios mientras bebía el resto del coñac.

—Reynaud no se daría por vencido.

—Reynaud está muerto.

Él se quedó paralizado y levantó lentamente los ojos.

Melisande había alzado la barbilla y su boca tenía una mueca firme, casi severa. Parecía capaz de enfrentarse a una horda entera de indios vociferantes.

—Reynaud está muerto —repitió—. Y, además, tú no eres él.

Esa noche, mientras se cepillaba el pelo, Melisande pensó en su marido. Vale había salido del despacho sin decir palabra después de su discusión de esa tarde. Ella se levantó del tocador y empezó a pasearse por el dormitorio. El jergón estaba listo para servirles de cama y la jarra de vino de la mesilla de noche recién llenada. Todo estaba listo para su marido. Y, sin embargo, Jasper no estaba allí.

Eran las diez pasadas y no estaba allí.

Habían cenado juntos. Seguramente no habría vuelto a salir sin decirle nada, ¿verdad? Ésa había sido su costumbre durante sus primeros días de matrimonio, pero las cosas habían cambiado desde entonces. ¿No?

Se envolvió en su bata y tomó una decisión. Si Jasper no acudía a ella, iría ella en su busca. Se acercó con paso decidido a la puerta que conducía a sus habitaciones y giró el pomo.

No ocurrió nada.

Melisande se quedó mirando el pomo un momento, desconcertada. No podía creer lo que había sentido. La puerta estaba cerrada con llave. Parpadeó y luego se recompuso. Quizá la hubieran cerrado por error. A fin de cuentas, no solía ir de sus habitaciones a las de Jasper. Normalmente era al revés. Salió al pasillo y se acercó a la puerta de Vale. Probó el pomo y descubrió que también estaba cerrado con llave. Bien, aquello era una estupidez. Llamó a la puerta y esperó. Y esperó. Luego volvió a llamar.

Tardó cinco minutos, quizás, en comprender lo que ocurría: su marido no pensaba dejarla entrar.

Capítulo 18

Era ya tarde cuando Jack regresó a toda prisa al castillo. Apenas tuvo tiempo de quitarse su traje y su armadura y correr a la cocina para sobornar de nuevo al muchacho. Corrió luego al salón de banquetes del rey, donde la corte ya se había sentado a comerse su cena.

—Vaya, Jack —dijo la princesa al verle—, ¿dónde has estado, y qué es esa quemadura que tienes en la pierna?

Jack bajó los ojos y vio que el dragón le había herido con su fuego. Se puso a retozar de acá para allá e hizo una absurda cabriola.

—Soy un fuego fatuo —exclamó— y he flotado sobre el viento para ir a ver al rey de las salamandras...

De Jack *el Risueño*

J asper no estaba cuando Melisande se despertó por la mañana. Frunció los labios al ver vacía la salita del desayuno. ¿Estaba evitándola su marido? El día anterior le había hablado con franqueza; con franqueza excesiva, quizá. Sabía que Jasper quería mucho a Reynaud y que costaba tiempo recuperarse de una pérdida tan traumática. Pero hacía siete años. ¿Acaso no se daba cuenta de que su búsqueda del traidor de Spinner's Falls había acabado por acaparar su vida entera? ¿Y acaso no tenía ella, su esposa, derecho a hacérselo ver? Se suponía, sin duda, que debía ayudarle a encontrar la felicidad (o el bienestar, al menos). Después de los años que llevaba amándole, después de haber llegado tan lejos en su matrimonio, le parecía injusto que se alejara de ella. ¿No le debía, al menos, la cortesía de escucharla?

Tras desayunar solamente bollos y chocolate caliente, decidió que no podía soportar la idea de pasarse el día en la casona londinense, yendo sin rumbo de acá para allá. Se tocó la cadera para llamar a *Ratón* y se fue con él al vestíbulo.

—Me llevo a *Ratón* a dar un paseo —informó a Oaks.

—Muy bien, señora. —El mayordomo chasqueó los dedos para que un lacayo la acompañara.

Melisande juntó los labios. Hubiera preferido ir sola, pero eso no era posible. Se despidió de Oaks inclinando la cabeza mientras él le sujetaba la gran puerta. Fuera, el sol se había escondido tras un banco de nubes y la mañana estaba tan oscura que casi parecía de noche. Pero no fue eso lo que la hizo detenerse en seco. Al pie de los escalones estaba la señora Fitzwilliam con sus dos hijos. Llevaba en las manos dos bolsas de viaje.

—Buenos días —dijo Melisande.

Ratón bajó corriendo los escalones para saludar a los niños.

—Ay, cielos —dijo la señora Fitzwilliam. Parecía preocupada y sus ojos brillaban como si apenas pudiera contener las lágrimas—. Yo no... no debería molestarla. Lo siento mucho. Por favor, perdóneme.

Se volvió para marcharse, pero Melisande bajó corriendo los escalones.

—Quédese, por favor. ¿No quiere pasar a tomar un té?

—Oh. —Una lágrima escapó de su ojo y corrió por su mejilla. Se la enjugó con el dorso de la mano, como una niña—. Oh. Pensará usted que soy una necia.

—En absoluto. —Melisande le dio el brazo—. Creo que mi cocinera iba a hacer magdalenas. Pase, por favor.

Los niños se animaron al oír hablar de magdalenas y aquello pareció decidir a la señora Fitzwilliam. Asintió con la cabeza y dejó que Melisande la llevara dentro. Entonces eligió una salita al fondo de la casa cuyas puertas francesas daban al jardín.

—Gracias —dijo la señora Fitzwilliam cuando se sentaron—. No sé qué pensará de mí.

—Es un placer tener compañía —repuso ella.

Una doncella entró con una bandeja de té y magdalenas. Melisande le dio las gracias y le ordenó retirarse.

Luego miró a Jamie y Abigail.

—¿Os apetecería comeros vuestras magdalenas en el jardín, con *Ratón*?

Los niños se pusieron de pie enseguida. Se refrenaron hasta que estuvieron fuera; luego, Jamie dio un grito y echó a correr por el camino.

Melisande sonrió.

—Son unos niños encantadores.

Sirvió una taza de té y se la pasó a la señora Fitzwilliam.

—Gracias. —La señora Fitzwilliam tomó un sorbo. Aquello pareció tranquilizarla. Levantó la cabeza y miró a Melisande a los ojos—. He dejado a Su Excelencia.

Melisande también se había servido un poco de té. Ahora apartó la taza de sus labios.

—¿De veras?

—Se ha deshecho de mí —dijo la señora Fitzwilliam.

—Lo siento muchísimo. —Qué espanto que alguien se «deshiciera» de ti como si fueras una camisa vieja.

La otra dama se encogió de hombros.

—No es la primera vez. Ni la segunda. Su Excelencia tiene arrebatos de mal genio. Se pone a dar zapatazos y a gritar y me dice que ya no me quiere y que me marche de su casa. Nunca me hace daño. No quiero que piense usted eso. Sencillamente... se deja llevar.

Melisande bebió un sorbo de su té, preguntándose si decirle a alguien que ya no se le quería no era peor, en cierto modo, que hacerle daño físicamente.

—¿Y esta vez?

La señora Fitzwilliam cuadró los hombros.

—Esta vez he decidido tomarle la palabra. Me he ido.

Melisande asintió con la cabeza.

—Muy bien.

—Pero... —La señora Fitzwilliam tragó saliva—. Querrá que vuelva. Sé que querrá.

—El otro día me dijo que creía posible que tuviera una nueva amante —dijo Melisande con voz firme.

—Sí. Estoy casi segura. Pero eso no importa. A Su Excelencia no le gusta desprenderse de lo que considera suyo. Conserva las cosas, y a las personas, las quiera o no, simplemente porque son suyas. —La señora Fitzwilliam miró por la ventana al decir esto y Melisande siguió su mirada.

Fuera, los niños jugaban con *Ratón*.

Entonces exhaló un suspiro. Por fin entendía el verdadero temor de la señora Fitzwilliam.

—Entiendo.

La señora Fitzwilliam observaba a sus hijos con un amor profundo e íntimo en la mirada que hizo que ella se sintiera como una intrusa.

—No les quiere, en realidad. Y no es bueno para ellos. Debo llevármelos lejos de aquí. Debo hacerlo. —Volvió a fijar la mirada en Melisande—. Tengo dinero, pero él me encontrará. Puede que me hayan seguido hasta aquí. Necesito irme muy lejos. A algún sitio donde no se le ocurra buscarme. He pensado en Irlanda, o en Francia, incluso. Pero no hablo francés y no conozco a nadie en Irlanda.

Melisande se levantó y se puso a buscar algo en un rincón de la habitación.

—¿Estaría dispuesta a trabajar?

Los ojos de la señora Fitzwilliam se agrandaron.

—Naturalmente. Pero no sé qué podría hacer. Tengo muy buena letra, pero ninguna familia querrá contratarme como institutriz teniendo dos hijos. Y, además, como le decía, no hablo francés.

Melisande encontró un papel, una pluma y un tintero. Se sentó ante el escritorio con una sonrisa decidida.

—¿Cree que podría trabajar como ama de llaves?

—¿Como ama de llaves? —La señora Fitzwilliam se levantó y se acercó a ella—. No sé mucho de eso. No estoy segura...

—No se preocupe. —Melisande acabó de escribir su nota y llamó a un lacayo—. La persona en la que estoy pensando tendrá suerte de contar con usted, y no tiene usted que conservar el empleo mucho tiempo. Sólo hasta que el duque pierda su rastro.

—Pero...

Uno de los lacayos entró en la habitación y Melisande se acercó a él con la nota doblada y sellada.

—Lleve esto a la vizcondesa viuda. Dígale que es urgente y que le agradecería mucho su ayuda.

—Sí, milady. —El lacayo hizo una reverencia y se marchó.

—¿Quiere que sea el ama de llaves de la vizcondesa viuda de Vale? —La señora Fitzwilliam parecía atónita—. No creo que...

Melisande la tomó de las manos.

—Le he pedido que me preste su carruaje. Ha dicho usted que quizá la hayan seguido. El carruaje dará la vuelta a la casa y esperará en la puerta de los establos. Les introduciremos en él a los niños y a usted disfrazados de sirvientes. Si la están vigilando, no esperarán que tome el carruaje de lady Vale. Confíe en mí, señora Fitzwilliam.

—Por favor, llámeme Helen —dijo la señora Fitzwilliam distraídamente—. Ojalá... ojalá pudiera demostrarle de algún modo cuánto se lo agradezco.

Melisande se quedó pensando un momento antes de decir:

—Ha dicho que tenía muy buena letra, ¿verdad?

—Sí.

—Entonces quizá pueda hacerme un pequeño favor, si no le importa. —Melisande se levantó y se acercó de nuevo al escritorio, abrió un cajón y sacó una caja plana. La llevó adonde estaba sentada Helen—. Acabo de traducir un libro de niños para una amiga, pero mi letra es espantosa. ¿Podría copiarlo para que lo lleve a imprimir?

—Sí, desde luego. —Helen tomó la caja y pasó los dedos por su tapa—. Pero... ¿adónde me envía? ¿Adónde vamos a ir mis hijos y yo?

Melisande sonrió lentamente. Estaba bastante satisfecha de sí misma.

—A Escocia.

Esa tarde, cuando Jasper regresó, Melisande se había ido. Aquello, inexplicablemente, le irritó. Llevaba casi un día entero evitando a su esposa y, ahora que quería verla, no estaba. Cuán volubles eran las mujeres.

Ignoró la vocecilla que, dentro de su cabeza, le decía que se estaba comportando como un asno y subió la escalera camino de sus habitaciones. Se detuvo delante de su puerta y miró por el pasillo, hacia la de ella. Llevado por un impulso, entró en su alcoba. Hacía casi un mes había entrado allí en busca de respuestas acerca de quién era su esposa y había salido con las manos vacías. Ahora había viajado con ella a Escocia, sabía que había tenido un amante y había estado encinta, le había hecho el amor lenta y deliciosamente, y aun así (aun así) tenía la impresión de que Melisande le ocultaba algo. ¡Dios! Ni siquiera sabía, después de todo ese tiempo, por qué se había casado con él.

Jasper se paseó por la habitación. Se había comportado con ridícula presunción cuando ella le propuso matrimonio. Había dado por sentado (en caso de que hubiera pensado en ello) que Melisande no tenía otras opciones. Que era una solterona sin pretendientes. Que él era su última oportunidad de casarse. Pero ahora, después de vivir con ella, de conversar con ella, de hacerle el amor, sabía que aquellas primeras y vagas ideas eran terriblemente desacertadas. Melisande era una mujer inteligente y de rápido ingenio. Una mujer que en la cama ardía, llena de vida. La clase de mujer que un hombre podía pasarse la vida buscando, sin encontrarla. Pero si la encontraba... entonces se aseguraría de conservarla a su lado y hacerla feliz.

Además, tenía otras opciones. La cuestión era por qué le había elegido a él.

Jasper se descubrió ante su cómoda. Miró los cajones un momento y luego se agachó y, al sacar el de abajo, encontró la cajita de rapé. Se irguió con ella en la mano. Dentro estaban el mismo perrillo de porcelana y el mismo botón de plata, pero faltaba la violeta prensada. Removió aquellos objetos con el dedo. Otras cosas habían venido a reemplazar a la violeta: una ramita y unos pocos cabellos enrollados. Jasper cogió la ramita y la miró. Las hojas eran estrechas, casi como agujas, y unas florecillas de color malva trepaban por el tallo. Era una ramita de brezo. De Escocia. Y el cabello podía muy bien ser el suyo.

Estaba mirando ceñudo la cajita de rapé cuando la puerta se abrió tras él.

No se molestó en intentar ocultar lo que había encontrado. En cierto modo, se alegraba de aquella confrontación.

Se volvió para mirar a Melisande.

—Mi señora esposa...

Ella cerró la puerta suavemente a sus espaldas y pasó de mirar la cara de Jasper a su cajita de tesoros.

—¿Qué estás haciendo?

—Intento descubrir una cosa —contestó él.

—¿Qué?

—Por qué te casaste conmigo.

Vale estaba de pie ante ella, con sus más íntimos secretos en la mano, y acababa de hacerle la pregunta más estúpida que Melisande había oído en toda su vida.

Ella parpadeó y, como no podía creer que fuera tan obtuso, dijo:

—¿Qué?

Entonces él avanzó hacia ella con la caja de rapé aún entre los largos y huesudos dedos. Llevaba el cabello rizado, casi del color de la caoba, recogido hacia atrás en una coleta que empezaba a deshacerse. Tenía la cara triste y surcada de arrugas, y las bolsas bajo los ojos evidenciaban lo poco que dormía por las noches. La casaca marrón y roja que cubría sus anchos hombros tenía una mancha en el codo, y sus zapatos estaban arañados. Ella nunca se había enfadado tanto con otra persona y, al mismo tiempo, había sido consciente de lo bella que le parecía.

De lo perfecto que era para ella Vale, con todas sus imperfecciones.

—Quiero saber por qué te casaste conmigo, corazón mío —dijo él con toda su atención fija en ella.

—¿Eres tonto?

Él ladeó la cabeza al oír su tono y sus palabras, como si sintiera más curiosidad que enfado.

—No.

—Puede que te dieras un golpe en la cabeza de niño —dijo ella dulcemente—. O quizás haya casos de locura en tu familia.

Jasper sacudió la cabeza lentamente, sin dejar de avanzar hacia ella.

—No, que yo sepa.

—Entonces eres necio por derecho propio.

—No creo serlo más que otros hombres. —Estaba ahora justo delante de ella, inclinado hacia su cara, demasiado cerca, demasiado íntimo.

—Oh, sí —repuso Melisande, dándole un violento empujón—. Claro que sí.

Jasper (maldito fuera) no se movió ni un ápice. Sencillamente, se guardó su caja de rapé en el bolsillo y metió los dedos de una mano entre su pelo. Le echó la cabeza hacia atrás y posó la boca, abierta y caliente, sobre su garganta.

—Dímelo —gruñó, y ella sintió la vibración de su voz en la piel.

—Eres el hombre más estúpido, más obtuso... —Le empujó de nuevo y, al ver que no se movía, cerró los puños y le golpeó el pecho y los brazos—..., el más imbécil de la historia de la humanidad.

—Sin duda —susurró él contra su garganta.

A él no parecían molestarle sus golpes; ni siquiera parecía notarlos. Rasgó la tira de encaje de su escote y acercó la boca a las turgencias de sus pechos.

—Dime por qué, mi dulce esposa.

—Te he observado —jadeó ella— durante años. Te he visto mirar a las mujeres. A mujeres bellas e insulsas. Te he visto escoger a las que querías. Te he visto perseguirlas, cortejarlas y seducirlas. Y he visto cómo vagaba de nuevo tu mirada cuando te cansabas de ellas.

Jasper tiró del encaje de su corpiño, aflojó el vestido y el corsé y los apartó hasta que tuvo al alcance el pezón desnudo de Melisande. Acarició uno de sus pechos y se metió el otro en la boca, chupándolo con fuerza.

Ella dejó escapar un gemido.

Jasper levantó la cabeza.

—Dímelo.

Ella le miró y sintió que su boca se torcía en una mueca de rabia. De dolor.

—Te veía. Te veía llevártelas aparte, te veía susurrarles al oído. Te veía cuando te ibas con alguna y sabía que ibas a llevártela a la cama.

Tenía la cara crispada y lágrimas ardientes corrían por sus mejillas, y él seguía mirándola. Él tenía una expresión intensa, pero acariciaba suavemente sus pezones con los dedos.

Melisande no quería su ternura. El dique se había roto y las emociones que había sofocado durante años empezaban a brotar en tromba. Se agarró a sus hombros, se apoyó en ellos para alzarse y morderle la oreja. Él echó la cabeza hacia atrás y, de pronto, la tomó en brazos. Ella gritó, pero Jasper se la echó sobre el hombro y la llevó a la cama. La dejó caer allí, y el impacto atajó su grito. Antes de que Melisande pudiera moverse, se echó sobre ella, cubrió sus piernas con las suyas y la agarró de las muñecas con una sola mano.

Empezaron a llamar a la puerta.

—¡Fuera! —gritó él sin apartar la mirada de su cara.

—¡Señor! ¡Señora!

—Que nadie abra esa puerta, ¿me habéis oído?

—Milord...

—¡Dejadnos en paz, maldita sea!

Ambos oyeron alejarse los pasos del lacayo. Luego, Jasper se inclinó y lamió su cuello.

—Dímelo.

Melisande se arqueó hacia arriba, pero las piernas de Jasper la sujetaban, y no pudo moverse.

—Todos esos años...

Jasper se quitó la corbata y le ató las muñecas al cabecero de la cama, por encima de la cabeza.

—¿Todos esos años qué? Dímelo, Melisande.

—Te veía —jadeó ella. Miró por encima de su cabeza y tiró de la corbata. No cedió—. Te observaba.

—Deja de forcejear —ordenó él—. Vas a hacerte daño, cariño.

—¡Daño! —Ella se rió con un asomo de histerismo.

Jasper se sacó una navaja del bolsillo y comenzó a rasgarle la ropa: cada raja, una caricia sensual sobre su piel erizada.

—Dímelo.

—Te acostabas con ellas, una tras otra. —Recordaba los celos, el dolor profundo y lacerante. Jasper le quitó por completo el corpiño—. Tantas que no podía llevar la cuenta. ¿Tú sí?

—No —contestó él suavemente.

Le quitó las faldas y las tiró al suelo. Después, la despojó de los zapatos y también los tiró.

—Ni siquiera recuerdo sus nombres.

—Maldito seas. —Estaba desnuda, salvo por las medias y las ligas. Tenía las manos atadas por encima de la cabeza, pero sus piernas estaban libres. Comenzó a patalear y le dio en el muslo.

Jasper cayó pesadamente sobre ella, con las caderas cruzadas sobre las suyas. Volvió a lamer su pecho mientras con la mano peinaba los rizos de su pubis.

—Dímelo.

—Te observé durante años —susurró ella. Las lágrimas iban secándose en sus mejillas y el ardor crecía dentro de ella. Si él la tocaba... Si la tocaba ahí... —. Te observaba y tú nunca me viste.

—Ahora te veo —contestó él, y rodeó con la lengua su pezón. Deslizó luego la lengua por su pecho, hasta llegar al otro, y lamió también su pezón. Delicadamente. Con ternura.

Maldito fuera.

—Ni siquiera sabías mi nombre.

—Ahora lo sé. —Probó su carne con los dientes.

Un placer entreverado de dolor atravesó a Melisande, desde el pezón hasta el lugar donde jugueteaba su mano. Se arqueó, suplicándole en silencio, y él aflojó el mordisco y comenzó a chupar con fuerza el pezón.

—Tú... —Melisande tragó saliva, intentando concentrarse—. Ni siquiera sabías que existía.

—Ahora lo sé.

Y se deslizó por su cuerpo, le separó las rodillas y la hizo apoyar las pantorrillas sobre sus hombros.

Ella se retorció, intentando apartarle, pero, lo mismo que antes, no consiguió que se moviera.

Jasper bajó la cabeza y lamió su sexo.

Melisande contrajo el vientre, sobresaltada, y cerró las manos atadas. Después cerró los ojos y se limitó a sentir. El húmedo roce de su lengua, los dedos de una mano crispándose sobre su cadera, y los de la otra acariciando su pubis. Jasper lamía y lamía, una y otra vez, con pasadas lentas e íntimas, cada una de las cuales rozaba su clítoris. Ella crispó los dedos al sentir crecer la tensión. Entonces él movió las manos y abrió los pliegues de su sexo, hasta dejarla completamente expuesta y vulnerable.

Melisande se mordió el labio, esperando, esperando.

Y en ese momento él posó la boca directamente sobre el botoncillo de su clítoris y comenzó a chupar. Lo mordisqueó, tiró de él, estiró aquel trocito de carne hasta que Melisande no puso soportarlo más y se deshizo. Arqueándose, acercó la pelvis a su cara y sintió que el ardor la atravesaba como un rayo. Oía el martilleo de su propio corazón. Jasper seguía lamiendo y chupando, y sus manos, fuertes, la sujetaban. Otra oleada rompió sobre ella y Melisande gimió. Su gemido resonó en la quietud de la habitación. En otro momento le habría importado, se habría avergonzado de los ruidos que hacía, pero en ese instante no...

Dios... En ese momento, estaba poseída por el placer.

Jasper la penetró con dos dedos mientras seguía lamiendo suavemente, con devastadora precisión, su sexo, y ella tembló. Su cuerpo se tensó por entero, arqueándose, y sus músculos se crisparon, a la espera. No podía... Estaba demasiado débil, demasiado exhausta.

Entonces él movió los dedos dentro de ella y volvió a chupar su carne. Los músculos de su interior se contrajeron y se aflojaron. Melisande alcanzó el clímax y se sacudió, estremeciéndose y jadeando. Un calor ardiente y blanco se extendía desde su centro, formando un lago de placer cada vez más ancho. Quedó inerme, acunada por una cálida sensación de alivio.

Sintió que él se movía. Al abrir los ojos perezosamente, vio que le bajaba las piernas. Las dejó sobre la cama, los muslos separados y abiertos. Él miró su sexo desnudo mientras se levantaba y se quitaba la ropa.

—No puedo cambiar el pasado —dijo—. No puedo borrar a todas las mujeres con las que me acosté antes de conocerte. Antes de saber quién eras.

Clavó la mirada en los ojos de Melisande, y el azul de sus ojos era tan intenso que casi iluminaba la habitación.

—Pero te juro que jamás volveré a acostarme con otra. Tú eres lo único que deseo. Lo único que veo ahora.

Se quitó las calzas y ella vio que estaba excitado. Su pene se erguía hasta el ombligo con primitivo orgullo viril. Se subió a la cama y se colocó sobre ella, enhiesto. Apoyó las manos en el colchón y los músculos de sus hombros y sus brazos se tensaron.

Melisande tragó saliva.

—Desátame.

—No —contestó con calma, aunque su voz sonó ronca. Se inclinó y rozó con los dientes su garganta.

Ella se estremeció, ansiosa por el deseo.

Jasper le separó más aún las piernas y bajó las caderas, colocando firmemente su pene sobre los pliegues ultrasensibles de su sexo.

Melisande sofocó un gemido.

—Estás mojada —gruñó él—. Mojada y esperándome, ¿verdad?

Ella tragó saliva.

—¿Verdad? —Deslizó su enorme pene por su sexo—. Dímelo, Melisande.

—S-sí.

—¿Sí, qué? —Apretó las caderas contra ella y su verga volvió a deslizarse por entre sus pliegues, encendiendo todas sus fibras nerviosas.

—Sí, estoy mojada por ti —musitó ella.

Intentó moverse, intentó arquear las caderas, pero él pesaba demasiado y su postura era demasiado firme.

—Voy a hacerte el amor —susurró Jasper ásperamente contra su mejilla—. Voy a meter mi polla en tu coño y sólo estaremos tú y yo, Melisande. Todas las demás, todos esos recuerdos, ya no importan.

Ella abrió los ojos de par en par al oírle y le miró con fijeza. Jasper estaba sobre ella, con el pecho cubierto por una pátina de sudor. Refrenarse también le había pasado factura, y aquello la hizo sonreír.

Entonces la miró a los ojos.

—Pero sigo necesitando algo de ti.

Movió las caderas y su glande se deslizó hacia adelante, hasta rozar la entrada de su sexo.

Melisande tragó saliva, casi loca de deseo.

—¿Qu-qué?

—Quiero la verdad.

Empujó y su pene comenzó a penetrarla.

—Te he dicho la verdad.

Jasper se retiró y ella estuvo a punto de sollozar.

Él apretó de nuevo su clítoris con el pene y empujó. Tenía los brazos rectos, a ambos lados de ella, y el torso separado de su cuerpo tenso.

—No toda. No toda la verdad. Te deseo. Deseo conocer tus secretos.

—No tengo más secretos —musitó ella. Le temblaban los brazos, atados todavía por encima de su cabeza, y sabía que sus pezones eran puntas endurecidas entre sus cuerpos.

Jasper se apartó y la penetró por completo. Melisande siseó. Se sentía tan llena, tan colmada... Aquello era casi el paraíso.

Pero él se detuvo y se quedó quieto.

—Dímelo.

Melisande le rodeó con las piernas, sujetando dentro de sí su miembro duro.

—No... no...

Jasper la miró con el ceño fruncido y echó las caderas hacia atrás con premeditación. A pesar de que ella le ceñía con sus piernas, se retiró con facilidad.

—¿Quieres esto? ¿Quieres mi polla?

—¡Sí! —Melisande ya no tenía orgullo, no podía mentir. Necesitaba sentir su verga dentro. Estaba medio loca de deseo.

—Entonces dime por qué te casaste conmigo.

Melisande le miró con rabia.

—Fóllame.

Una comisura de la boca de Jasper se tensó, a pesar de que una gota de sudor corría por un lado de su cara. No podía refrenarse mucho más, y ella lo sabía.

—No. Pero voy a hacerte el amor, mi dulce esposa.

Y la penetró por completo con su grueso miembro. La acometió con fuerza, salvajemente, fuera de control. A ella ya nada le importaba. Echó la cabeza hacia atrás y cerró los ojos. Sintió que el cuerpo duro de Jasper gozaba de ella. Él se inclinó y lamió sus pechos trémulos, y ella vio estallar estrellas detrás de sus párpados y se sintió recorrida por su fulgor. Sofocó un grito y la lengua de

Jasper invadió su boca. Él se sacudió mientras la penetraba una y otra vez.

De pronto se detuvo y ella abrió los ojos. Él tenía la cabeza echada hacia atrás, los ojos ciegos, el placer crispaba su cara.

—¡Melisande! —gimió.

Su cabeza golpeó la almohada junto a la de ella. Respiraba ansiosamente. Su cuerpo era pesado y duro, y ella seguía teniendo los brazos atados por encima de la cabeza. Pero no le importó. De buen grado moriría asfixiada bajo él. Volvió la cara hacia Jasper y lamió el oído que antes había herido, y lo dijo por fin. Le dio lo que quería.

—Te quiero. Siempre te he querido. Por eso me casé contigo.

Capítulo 19

Llevaron su sopa a la princesa Surcease y, cuando se la hubo comido toda, ¿qué encontró en el fondo del cuenco, sino el anillo de oro? De nuevo, el cocinero jefe fue llamado a comparecer ante el rey, y aunque éste bramó amenazador, el pobre hombre sabía tan poco como antes.

Por fin, la princesa, que había estado dando vueltas al anillo entre los dedos, tomó la palabra.

—¿Quién corta las verduras para mi sopa, buen cocinero?

El cocinero sacó pecho.

—¡Yo, Alteza!

—¿Y quién pone la sopa sobre el fuego para que cueza?

—¡Yo, Alteza!

—¿Y quién remueve la sopa mientras cuece?

El cocinero puso unos ojos como platos.

—El pinche de cocina.

¡Qué revuelo causó aquello!

—¡Traed al pinche enseguida! —vociferó el rey...

De Jack *el Risueño*

A la mañana siguiente, al despertar, Jasper supo que estaba solo antes incluso de abrir los ojos. Sentía frío junto al costado, en el lado del jergón que antes ocupaba el cálido cuerpo de Melisande. Quedaba un leve olor a naranjas, pero ella ya no estaba en la habitación. Jasper suspiró, sintiendo el dolor de los músculos usados hasta la extenuación. Melisande le había dejado exhausto, pero, al final, le había dicho lo que quería saber. Ella le quería.

Melisande le quería.

Abrió los ojos al pensarlo. Seguramente no se merecía su amor. Ella era una mujer inteligente, sensible y bella, y él era un hombre que había visto morir en la hoguera a su mejor amigo. En cierto sentido, sus cicatrices eran más hondas que las de los hombres que habían sufrido torturas físicas. Él llevaba las cicatrices en el alma, y seguían sangrando de vez en cuando. Difícilmente podía merecer el amor de una mujer, y menos aún el de Melisande. Y lo que era peor (lo que de verdad le convertía en un sinvergüenza) era que no tenía intención de perderla. Quizá no mereciera del todo su amor, pero intentaría conservarlo hasta el día de su muerte. No la dejaría cambiar de idea. El amor de Melisande era un bálsamo reparador, una cura para sus heridas, y lo conservaría como un tesoro el resto de su vida.

Desasosegado por aquella idea, se levantó. No se molestó en llamar a Pynch, sino que se lavó y se vistió solo. Bajó corriendo las escaleras y supo por Oaks que Melisande había ido a visitar a su madre y tardaría una hora o más en volver.

Sintió una vaga desilusión, mezclada con alivio. El descubrimiento de su amor estaba aún muy reciente. Era casi un punto demasiado sensible para soportar el contacto. Entró en la salita del desayuno, cogió un bollo y lo mordió distraídamente. Pero estaba demasiado inquieto para sentarse a comer. Tenía la sensación de que un enjambre de abejas se le había metido en la sangre y zumbaba por sus venas.

Acabó de comerse el bollo en dos mordiscos más y se acercó a la parte delantera de la casa. Melisande podía tardar varias horas en volver, y él no podía quedarse allí esperando. Además, tenía que hacer una cosa y convenía que la hiciera cuanto antes. Debía concluir aquel asunto con Matthew. Y, si era otro callejón sin salida, como sospechaba... En fin, quizá su esposa tuviera razón.

Quizá fuera hora de olvidarse de Spinner's Falls y dejar que Reynaud descansara en paz.

—Dígale a Pynch que venga, por favor —le dijo a Oaks—. Y que traigan dos caballos.

Paseó por el vestíbulo mientras esperaba.

Pynch llegó de la parte de atrás de la casa.

—¿Señor?

—Voy a ir a hablar con Matthew Horn —dijo Jasper. Le indicó que le siguiera mientras salía por la puerta—. Quiero que me acompañes por si acaso... —Movió vagamente la mano.

El ayuda de cámara le entendió.

—Por supuesto, milord.

Montaron en los caballos que les aguardaban y Jasper aguijó al suyo. El día estaba lúgubre y gris. Las nubes colgaban bajas, amenazando lluvia.

—Esto no me gusta —masculló—. Horn es un caballero de buena familia y le considero un amigo. Si nuestras sospechas son ciertas... —Se interrumpió, sacudiendo la cabeza—. Sería terrible. Terrible.

Pynch no respondió, e hicieron el resto del camino en silencio. A Jasper le repugnaba aquella tarea, pero había que hacerla. Si Horn era el traidor, había que hacerle pagar por ello.

Media hora después, detuvo su caballo ante la casa de Matthew Horn. Miró sus viejos ladrillos y pensó que la familia había vivido allí durante generaciones. La madre de Horn estaba inválida y vivía confinada en su casa. Dios, qué asunto tan feo... Entonces suspiró, se apeó del caballo y subió los escalones con hosca determinación. Llamó a la puerta y esperó, consciente de que Pynch estaba tras él.

Esperaron un rato. La casa parecía estar en silencio, ningún ruido salía de ella. Jasper dio un paso atrás y miró las ventanas de arriba. Nada se movía. Arrugó el ceño y llamó de nuevo, con más fuerza esta vez. ¿Dónde estaban los criados? ¿Les había dicho Horn que no le abrieran la puerta?

Estaba levantando la mano para llamar otra vez cuando la puerta se abrió el ancho de una rendija. Un joven lacayo se asomó por ella, ceñudo.

—¿Está tu amo en casa? —preguntó Jasper.

—Creo que sí, señor.

Jasper ladeó la cabeza.

—¿Y vas a dejarnos pasar para que le vea?

El lacayo se sonrojó.

—Por supuesto, señor. —Abrió la puerta—. Si esperan en la biblioteca, señor, iré a buscar al señor Horn.

—Gracias. —Jasper entró en la habitación con Pynch y miró a su alrededor.

Todo estaba igual que la última vez que había visitado a Matthew. Un reloj marcaba la hora en la repisa de la chimenea, y de la calle llegaba el ruido amortiguado de los carruajes. Entonces se acercó al mapa al que le faltaba Italia para examinarlo mientras esperaban. El mapa colgaba junto a dos grandes sillones y una mesa, en un rincón. Al acercarse, oyó una especie de gemido. Pynch se acercó mientras Jasper se inclinaba sobre la silla para mirar el rincón.

Detrás de los sillones, en el suelo, había dos personas. Una mujer acunaba a un hombre en su regazo. Se mecía rítmicamente hacia delante y hacia atrás y un suave gemido salía de sus labios. La casaca del hombre estaba llena de sangre. Una daga sobresalía de su pecho. Estaba muerto.

—¿Qué ha pasado aquí? —preguntó Jasper.

La mujer levantó los ojos. Era guapa. Sus ojos eran de un hermoso color azul, pero tenía la cara muy pálida y los labios descoloridos.

—Dijo que haríamos una fortuna —respondió—. Dinero suficiente para irnos al campo y abrir una taberna en nuestro pueblo. Dijo que se casaría conmigo y que seríamos ricos.

Bajó los ojos de nuevo, sin dejar de mecerse.

—Es el mayordomo, milord —dijo Pynch tras él—. El mayordomo del señor Horn. Con el que hablé.

—Pynch, ve a buscar ayuda —ordenó Jasper—. Y comprueba que Horn está bien.

—¿Bien? —La mujer se rió mientras Pynch salía corriendo de la habitación—. Ha sido él. Ha sido él quien ha apuñalado a mi hombre y le ha dejado aquí, como si fuera basura.

Jasper la miró desconcertado.

—¿Qué?

—Mi hombre encontró una carta —susurró la mujer—. Una carta a un caballero francés. Dijo que el señor Horn vendía secretos a los franceses durante la guerra en las colonias. Que se haría rico vendiéndole la carta al señor. Y que luego abriríamos una taberna en el campo.

Jasper se agachó a su lado.

—¿Intentó sobornar a Horn?

Ella asintió con la cabeza.

—Dijo que seríamos ricos. Yo estaba escondida detrás de la cortina cuando le pidió al señor Horn hablar con él. Para decirle lo de la carta. Pero el señor Horn... —Sus palabras se desvanecieron en un gemido.

—¿Matthew ha hecho esto? —Jasper lo comprendió por fin, horrorizado. La cabeza del mayordomo se mecía, inerme, sobre su pecho ensangrentado.

—Señor —dijo Pynch tras él.

Jasper levantó la mirada.

—¿Qué?

—Los otros criados dicen que el señor Horn no aparece.

—Se ha ido a buscar la carta —dijo la mujer.

Jasper la miró con el ceño fruncido.

—Pensaba que la tenía su hombre, el mayordomo.

—No. —La mujer sacudió la cabeza—. Era demasiado listo para llevarla encima.

—¿Dónde está, entonces?

—El amo no la encontrará —contestó ella soñadora—. La escondí muy bien. Se la mandé a mi hermana al campo.

—Santo cielo —dijo Jasper—. ¿Dónde vive su hermana? Puede que esté en peligro.

—Él no irá allí a buscarla —murmuró la mujer—. Mi hombre no le dijo su nombre. Sólo le dijo quién le había dicho que mirara en los papeles de la mesa del señor Horn.

—¿Quién? —susurró Jasper, horrorizado.

La mujer levantó la vista y sonrió dulcemente.

—El señor Pynch.

—Milord, el señor Horn sabe que soy su ayuda de cámara. —Pynch estaba blanco como una sábana—. Si sabe eso...

Jasper se levantó y corrió frenético hacia la puerta, pero logró oír el final de la frase de Pynch.

—...pensará que usted tiene la carta.

La carta. La carta que no tenía. La carta que Matthew creería en su casa. En su casa, a la que sin duda ya habría vuelto su querida esposa. Estaría allí, sola, desprotegida y creyendo que Matthew era un amigo.

Santo cielo. *Melisande*...

—Mi madre está inválida —le dijo Matthew Horn a Melisande, y ella asintió con la cabeza porque no sabía qué otra cosa hacer—. No puede moverse, y mucho menos huir a Francia.

Melisande tragó saliva y dijo con cautela:

—Lo siento.

Pero fue un error. El señor Horn le clavó la pistola que sostenía contra su costado, y ella dio un respingo. No pudo evitarlo. Nunca le habían gustado las armas de fuego (odiaba el ruido que hacían cuando disparaban) y se le erizó la piel al pensar en que una bala atravesara su cuerpo. Sin duda dolería. Mucho. Sabía que era una cobarde, pero no podía remediarlo.

Estaba aterrorizada.

El señor Horn se había comportado de forma un tanto extraña al llegar a la puerta. Parecía alterado. Cuando le habían hecho pasar a la sala de estar, Melisande se había preguntado si habría estado bebiendo, a pesar de que aún no era mediodía.

Luego había exigido ver a Vale y cuando ella le había dicho que su marido no estaba en casa, había insistido en que le enseñara su despacho. A ella aquello no le había gustado, pero para entonces ya había empezado a sospechar que ocurría algo malo. Cuando él se había puesto a registrar el escritorio de Jasper, Melisande se había acercado a la puerta con intención de avisar a Oaks y ordenar que echaran a Horn de la casa. Pero entonces él había sacado la pistola que llevaba en el bolsillo. Sólo en ese momento, mientras miraba esa gran arma que sostenía en la mano, había visto la mancha oscura que tenía en la manga. Mientras él seguía revolviendo papeles, ella se había fijado en que su manga dejaba una marca roja.

Era como si hubiera mojado la manga de la casaca en sangre.

Melisande se estremeció e intentó calmar sus pensamientos desquiciados. Ignoraba si aquella mancha era de sangre, así que no tenía sentido ponerse histérica; quizá sólo fuera un malentendido por su parte. Vale volvería pronto a casa y se haría cargo de todo. Pero Vale no sabía que el señor Horn tenía una pistola. Quizás el señor Horn le pillara completamente desprevenido cuando entrara. Parecía obsesionado con Jasper. ¿Y si intentaba hacerle daño?

Melisande respiró hondo.

—¿Qué está buscando?

El señor Horn tiró todos los papeles de la mesa. Cayeron desparramados, y algunos de los más pequeños revolotearon como pájaros al posarse en tierra.

—Una carta. Mi carta. Vale me la robó. ¿Dónde está?

—No... No lo...

Horn se acercó a ella, interponiendo la pistola entre ambos. Tomó su cara con la mano izquierda y apretó hasta hacerle daño. Sus ojos brillaban, llorosos.

—Es un ladrón y un chantajista. Yo pensaba que éramos amigos. Pensaba que... —Cerró los ojos con fuerza y al abrirlos la miró fijamente y dijo con vehemencia—: No voy a permitir que me arruine, ¿me oye? Dígame dónde está ese papel, dónde puede haberlo escondido, o la mataré sin contemplaciones.

Melisande tembló. Aquel hombre iba a matarla. No se hacía ilusiones; sabía que no saldría viva de allí. Pero si Jasper llegaba en ese momento, quizá también le matara a él. Aquella idea avivó su ingenio. Cuanto más lejos estuviera el señor Horn de la puerta, más tiempo tendría Vale de darse cuenta del peligro cuando llegara a casa.

Se humedeció los labios.

—Su dormitorio... Creo... creo que está en su dormitorio.

Sin decir palabra, el señor Horn la agarró por la nuca y la sacó al pasillo, delante de él. Seguía apretando la pistola contra su costado. El pasillo parecía desierto, y Melisande dio gracias al cielo. No sabía cómo reaccionaría el señor Horn si se encontraban con algún criado. Tal vez disparara si veía a alguien.

Subieron las escaleras al unísono. Él le pellizcaba la nuca, haciéndole daño. Al llegar a lo alto de las escaleras, Melisande se volvió y su corazón estuvo a punto de pararse. Suchlike acababa de salir de su cuarto.

—¿Señora? —le preguntó ella, desconcertada. La miró, y también al señor Horn.

Melisande se apresuró a contestar, antes de que su captor pudiera decir nada.

—¿Qué haces tú aquí, muchacha? Te dije que tuvieras mi traje de montar planchado y almidonado a mediodía.

Suchlike abrió mucho los ojos. Melisande nunca le había hablado con tanta aspereza. Y entonces las cosas empeoraron más aún. Detrás de la doncella, *Ratón* asomó la nariz por la puerta de la habitación y salió al pasillo. Corrió hacia ella y el señor Horn, ladrando como un loco.

Melisande sintió que el señor Horn se movía como si se dispusiera a apartar la pistola de su costado. *Ratón* estaba a sus pies, y ella le apartó rápidamente de un puntapié. El perrillo chilló, confuso y dolorido, y se tumbó de espaldas.

Melisande miró a Suchlike.

—Llévate a este chucho contigo a la cocina. Vamos. Y prepara mi traje de montar o te despido esta misma tarde.

A Suchlike nunca le había gustado *Ratón*, pero se abalanzó hacia él y lo cogió rápidamente en brazos. Pasó corriendo junto a Melisande y el señor Horn, con los ojos llenos de lágrimas.

Melisande respiró cuando la doncella se perdió de vista.

—Muy bien —dijo el señor Horn—. Ahora, ¿dónde está el dormitorio de Vale?

Melisande señaló la habitación y el señor Horn la arrastró hacia ella. Sintió otra punzada de temor cuando él abrió la puerta. ¿Y si el señor Pynch estaba dentro? Ignoraba dónde se encontraba el ayuda de cámara.

Pero la habitación estaba desierta.

El señor Horn la arrastró hacia la cómoda y comenzó a arrojar al suelo las corbatas cuidadosamente dobladas de Vale.

—Él estaba allí cuando me torturaron. Le ataron a un poste y le sostuvieron la cabeza para que mirara. Casi sentí más pena por él que por mí. —De pronto se detuvo y respiró con fuerza—. Todavía veo esos ojos azules llenándose de tristeza cuando me marcaron el pecho. Él sabe cómo fue. Sabe lo que me hicieron. Sabe que el ejército británico tardó dos semanas infernales en rescatarnos.

—Culpa a Jasper de sus heridas —musitó Melisande.

—No sea imbécil —le espetó él—. Vale no pudo evitar lo que le hicieron, como no pudimos evitarlo los demás. De lo que le culpo es de su traición. Él, más que nadie, debería entender por qué hice lo que hice.

Había acabado de vaciar los cajones de la cómoda y la arrastró hasta el armario.

—Él sabe cómo fue. Estaba allí. ¿Cómo se atreve a juzgarme? ¿Cómo se atreve?

Melisande vio que sus ojos, fríos como el hielo, estaban llenos de determinación, y su visión la dejó paralizada de horror. El señor Horn estaba acorralado, y sólo era cuestión de tiempo que descubriera que le había mentido.

Jasper llegó a casa tan asustado que el corazón casi se le salía del pecho. Lanzó las riendas de su caballo a un mozo y subió de un salto los escalones sin esperar a Pynch. Abrió las puertas y entró, pero se paró de golpe.

La doncella de Melisande estaba llorando en el vestíbulo, con *Ratón* en brazos. A su lado estaban Oaks y dos lacayos.

Oaks se volvió al entrar él, con el rostro demudado.

—¡Milord! Creemos que lady Vale corre peligro.

—¿Dónde está? —preguntó Jasper.

—Arriba —gimió la doncella. *Ratón* se retorcía en sus brazos, intentando bajar—. Hay un hombre con ella y, ¡ay, señor!, creo que tiene una pistola.

A Jasper se le heló la sangre en las venas, como si la escarcha cristalizara en ellas causándole dolor. *No. Dios mío, no.*

—¿Dónde los has visto, Sally? —preguntó Pynch detrás de Jasper.

—En lo alto de la escalera —respondió Suchlike—. Delante de su habitación, señor.

Ratón dio un tirón tan fuerte que la muchacha soltó un gritito y le dejó caer. El perrillo corrió hacia Jasper y ladró una sola vez antes de correr hacia las escaleras. Subió el primer peldaño y volvió a ladrar.

—Quédense aquí —les dijo Jasper a los sirvientes—. Si somos demasiados... —Se interrumpió. No quería expresar en voz alta aquella horrenda posibilidad.

Se dirigió hacia las escaleras.

—Milord —le llamó Pynch.

Jasper miró hacia atrás.

El ayuda de cámara estaba sacando dos pistolas. Pynch le miró a los ojos. Sabía muy bien cuánto le desagradaban las armas de fuego. Aun así, se las tendió.

—No suba desarmado.

Jasper cogió las armas sin decir palabra y se volvió hacia las escaleras. *Ratón* ladró y subió delante de él, jadeando de nerviosismo.

Llegaron al primer descansillo y siguieron hasta la segunda planta, donde estaban los dormitorios principales. Jasper se detuvo en el último peldaño a escuchar. A sus pies, *Ratón* le observaba pacientemente. Jasper oía los suaves sollozos de la doncella en el piso de abajo y el murmullo de una voz más grave, seguramente la de Pynch, reconfortándola. Aparte de eso, todo era silencio. Se negó a pensar en lo que podía significar aquel silencio.

Se acercó a su puerta de puntillas. *Ratón* le siguió sin hacer ruido. La puerta estaba entornada, y Jasper se agachó al abrirla para no ser un blanco tan fácil, en caso de que Horn le disparara.

No ocurrió nada.

Entonces respiró hondo y miró al perro. *Ratón* le observaba, completamente ajeno a lo que podía haber en la habitación. Jasper masculló un juramento y entró. Saltaba a la vista que Matthew había estado allí. Su ropa estaba en el suelo y las sábanas de la cama que nunca usaba, desgarradas. Se asomó al pequeño vestidor, pero, aunque estaba revuelto, tampoco allí había nadie. Cuando volvió a su dormitorio, *Ratón* estaba husmeando una de las almohadas que había en el suelo. Jasper miró y estuvo a punto de caer de rodillas.

La almohada tenía una pequeña mancha de sangre.

Cerró los ojos. *No*. No, Melisande no estaba herida. No estaba muerta. No podía creer lo contrario y conservar la cordura. Abrió los ojos y levantó las pistolas. Luego recorrió el resto de las habitaciones de esa planta. Quince minutos después, se encontró sin aliento y desesperado. *Ratón* le había seguido a todas las habitaciones, husmeando bajo las camas y en los rincones, pero no parecía haber mostrado interés por ninguna de ellas.

Jasper subió las escaleras de la planta siguiente, donde, bajo los aleros del tejado, se hallaban las habitaciones del servicio. No había razón para que Matthew hubiera llevado a Melisande allá arriba. Quizás hubiera bajado por la parte de atrás y logrado escapar, a pesar de que había criados en la cocina. Pero, si era así, alguien tendría que haberle oído. Se habría armado un alboroto. ¡Maldición! ¿Dónde estaba Horn? ¿Dónde había llevado a Melisande?

Acababan de llegar al piso de arriba cuando *Ratón* se tensó de pronto y ladró. Corrió hasta el final del estrecho y desnudo pasillo y comenzó a arañar una puerta. Jasper siguió al perrillo y la abrió con cautela. Un tramo de escaleras de madera llevaba al tejado. Allá arriba había un estrecho parapeto que servía sobre todo de adorno. Jasper nunca había subido hasta allí.

Ratón pasó a su lado y corrió por la empinada escalera. Su cuerpecillo musculoso saltaba de escalón en escalón. Al llegar a lo alto, pegó la nariz a la ranura de una portezuela y comenzó a gemir.

Jasper asió con fuerza sus pistolas y subió por la escalera sin hacer ruido. Cuando llegó arriba, apartó al perrillo con el pie y lo miró severamente.

—Quédate aquí.

Ratón echó las orejas hacia atrás en señal de sumisión, pero no se sentó.

—Quédate aquí —ordenó Jasper—. O te encierro en una habitación.

El perro no podía entender sus palabras, pero entendía el tono. Bajó los cuartos traseros y se sentó. Jasper se volvió hacia la puerta. La abrió y salió.

El cielo había cumplido su promesa: estaba lloviendo. La lluvia caía, fría y gris, sobre su tejado. La portezuela estaba pensada para franquear el acceso al tejado por si había que limpiarlo o repararlo. Delante de ella había un pequeño cuadrado de baldosas, apenas lo bastante grande para que una persona se mantuviera en pie. En torno a él, el tejado se inclinaba en todas direcciones. Jasper se irguió despacio, sintiendo que el viento estrellaba gotas de lluvia contra su cuello. Miró hacia el jardín trasero. A su izquierda, el tejado estaba vacío; a su derecha, también. Entonces miró por encima del pináculo del tejado.

Santo cielo. Matthew sostenía a Melisande inclinada sobre el corto parapeto de piedra de la fachada de la casa. El parapeto, que apenas le llegaba a la altura de la rodilla, no la impediría caer. Sólo el brazo de Matthew no dejaba que se rompiera la crisma contra los adoquines de la calle. Entonces recordó su miedo a las alturas y comprendió que su querida esposa debía de estar completamente aterrorizada.

—¡No te acerques! —gritó Matthew. No llevaba sombrero, ni peluca, y la lluvia había oscurecido y aplastado su cabello corto y rojizo, pegándolo al cráneo. Sus ojos azules brillaban, desesperados—. No te acerques o la dejo caer.

Jasper miró los bellos ojos castaños de Melisande. Tenía el pelo suelto en parte, y largos mechones mojados colgaban sobre sus mejillas. Se agarraba con las manos al brazo de Matthew, por no tener otro asidero. Le miró y entonces ocurrió una cosa horrenda.

Sonrió.

Mi dulce y valerosa muchacha. Jasper desvió la mirada y la clavó en Matthew. Levantó la pistola de su mano derecha y la sujetó con firmeza.

—Déjala caer y te vuelo la cabeza.

Matthew se rió suavemente, y Melisande se tambaleó.

—Retrocede, Vale. Vamos.

—¿Y luego qué?

Matthew le miraba implacable.

—Me has destruido. No me queda vida, ni futuro, ni esperanza. No puedo huir a Francia sin mi madre y, si me quedo, me colgarán por vender secretos a los franceses. Mi madre se verá en la ruina. La Corona confiscará todos mis bienes y la echará a la calle.

—¿Esto es un suicidio, entonces?

—¿Y si lo es?

—Suelta a Melisande —dijo Jasper con firmeza—. Ella no tiene nada que ver con lo que ocurrió. Bajaré la pistola, si la sueltas.

—¡No! —gritó Melisande, pero ninguno de los dos le prestó atención.

—Lo he perdido todo —dijo Matthew—. ¿Por qué no destruir tu vida, como tú has destruido la mía?

Se movió un poco y Jasper se lanzó hacia el caballete del tejado.

—¡No! Te daré la carta.

Matthew vaciló.

—He mirado. No la tienes.

—No está en mi casa. La tengo escondida en otra parte. —Era mentira, desde luego, pero Jasper intentó insuflar sinceridad a su voz. Si podía ganar un poco de tiempo y alejar a Melisande del parapeto...

—¿Sí? —Matthew parecía esperanzado, pero seguía mirándole con desconfianza.

—Sí. —Jasper se había encaramado lentamente sobre el caballete del tejado y ahora estaba agachado sobre él. Melisande y Matthew estaban a unos tres metros de distancia—. Apártate del borde y te la traeré.

—No. Nos quedaremos aquí hasta que traigas la carta.

Hablaba en tono razonable, pero ya había matado a una persona ese día. Jasper no podía dejarle a solas con Melisande.

—Traeré la carta —dijo. Volvió a desplazarse poco a poco hacia delante—. Te la daré y me olvidaré de todo esto. Pero primero devuélveme a mi esposa. Ella significa mucho más para mí que cualquier venganza por lo que pasó en Spinner's Falls.

Matthew empezó a temblar y Jasper se incorporó, asustado. ¿Estaba Matthew sufriendo una especie de ataque?

Pero una risa seca escapó de su garganta.

—¿Spinner's Falls? Ah, Dios, ¿crees que soy el traidor de Spinner's Falls? Todo esto y aún no lo sabes, ¿eh? Yo no traicioné a nadie en Spinner's Falls. Fue después, después de que el ejército británico dejara que nos torturaran durante dos malditas semanas, cuando empecé a vender secretos a los franceses. ¿Por qué no? Me habían arrancado de cuajo la lealtad hacia mi país.

—Pero tú disparaste a Hasselthorpe. Tuviste que ser tú.

—No, Vale. Fue otro quien le disparó.

—¿Quién?

—¿Qué sé yo? Está claro que Hasselthorpe sabe algo sobre Spinner's Falls y que hay alguien que no quiere que lo cuente.

Jasper parpadeó para quitarse las gotas de lluvia de los ojos.

—Entonces, ¿no tuviste nada que ver con...?

—Dios mío, Vale —murmuró Matthew con desesperación—. Has destruido mi vida. Creía que tú eras el único que me entendería. ¿Por qué me has destruido? ¿Por qué?

Jasper vio con horror que levantaba la pistola y apuntaba a la cabeza de Melisande. Estaba demasiado lejos. No podría llegar a tiempo. *Dios mío*. No tenía elección. Disparó y dio en la mano a Matthew. Vio que Melisande daba un respingo cuando la sangre salpicó su pelo. Y vio que Matthew soltaba la pistola con un grito de dolor.

Le vio empujar a Melisande por el borde del parapeto.

Abrió fuego con la segunda pistola y la cabeza de Matthew se sacudió violentamente hacia atrás. Jasper avanzó en equilibrio por las tejas resbaladizas. Un grito llenaba su cabeza. Empujó a un lado el cadáver de Matthew y miró por encima del parapeto, esperando ver el cuerpo de Melisande estrellado contra el suelo. Pero vio su cara a un metro de distancia, mirándole.

Sofocó una exclamación de sorpresa y aquel grito cesó. Sólo entonces se dio cuenta de que el sonido era real y de que era él quien lo emitía. Estiró la mano. Ella se había agarrado a la cornisa.

—Dame la mano —dijo Jasper con voz ronca.

Ella parpadeó. Parecía aturdida. Jasper recordó aquel día, hacía ya mucho tiempo, delante de la casa de lady Eddings, justo antes de casarse. Ella había rechazado su ayuda para bajar del carruaje.

Jasper se inclinó un poco más hacia ella.

—Melisande, confía en mí. Dame la mano.

Ella jadeó, entreabrió sus hermosos labios y se soltó de la cornisa con una mano. Jasper se abalanzó hacia delante y la agarró de la muñeca. Luego se echó hacia atrás y se sirvió de su peso para levantarla.

Melisande pasó por encima del parapeto y cayó flojamente en sus brazos. Entonces la abrazó con fuerza. Simplemente la abrazó, respirando el olor a naranja de su cabello, sintiendo su aliento sobre la mejilla. Tardó un rato en darse cuenta de que estaba temblando.

Por fin, ella se movió.

—Creía que odiabas las armas.

Jasper se apartó y miró su cara. Melisande tenía un moratón en la mejilla y el cabello salpicado de sangre, pero era la cosa más hermosa que había visto nunca.

Tuvo que aclararse la garganta antes de hablar:

—Las odio. Las detesto con toda mi alma.

Ella arrugó las cejas.

—Entonces, ¿cómo...?

—Te quiero —dijo Jasper—. ¿No lo sabías? Por ti, atravesaría de rodillas las llamas del infierno. Disparar una pistola no es nada comparado contigo, mi queridísima esposa.

Acarició su cara, vio que sus ojos se agrandaban y, al inclinarse para besarla, repitió:

—Te quiero, Melisande.

Capítulo 20

Así pues, el pequeño pinche de cocina fue llevado, tembloroso, ante el rey. Tardó mucho en confesar. En tres ocasiones, Jack, el bufón de la princesa, le había pagado para remover la cazuela de sopa. La última, esa misma noche. Los cortesanos sofocaron una exclamación de sorpresa, la princesa Surcease se quedó pensativa y el rey bramó de rabia. Los guardias llevaron a Jack a postrarse ante el rey y uno puso su espada sobre el cuello del bufón.

—¡Habla! —gritó el rey—. Habla y dinos a quién le has robado los anillos.

Porque, naturalmente, nadie creía que el enano contrahecho pudiera haber conseguido los anillos por sí solo.

—¡Habla! ¡Habla o hago que te corten la cabeza!

De Jack *el Risueño*

Un mes después...

*S*ally Suchlike dudó ante la puerta de su señora. La mañana estaba ya muy avanzada, pero aun así una nunca sabía, y no quería entrar si su señora no estaba sola. Se retorció las manos y, mientras intentaba decidirse, miró la estatuilla de aquel fauno tan feo. Pero, cómo no, la estatuilla la distrajo. El fauno se parecía mucho al señor Pynch, y Sally se preguntó, como siempre, si aquel gigante...

Un hombre carraspeó a sus espaldas.

Sally dio un gritito y se volvió. El señor Pynch estaba tan cerca de ella que sintió el calor de su pecho.

El ayuda de cámara levantó una ceja lentamente, lo cual le hizo parecerse más que nunca al fauno de la estatuilla.

—¿Qué hace usted merodeando por el pasillo, señorita Suchlike?

Ella sacudió la cabeza.

—Estaba pensando si entrar o no en la alcoba de la señora.

—¿Y por qué no ibas a entrar?

Ella se fingió sorprendida.

—Porque puede que no esté sola, por eso.

El señor Pynch levantó el labio superior en una leve sonrisilla.

—Me cuesta creerlo. Lord Vale siempre duerme solo.

—¿Ah, sí? —Sally puso los brazos en jarras y sintió un calorcillo de emoción en el bajo vientre—. Muy bien, ¿por qué no entras a ver si tu amo está solo en su cama? Porque te apuesto algo a que no está en su habitación.

El ayuda de cámara no se dignó a contestar. La miró de la cabeza a los pies y entró en el dormitorio de lord Vale.

Sally soltó un soplido y se abanicó las mejillas, intentando refrescarse mientras esperaba.

No tuvo que esperar mucho tiempo. El señor Pynch volvió a salir de la habitación del vizconde y cerró la puerta suavemente tras él. Avanzó hacia ella y se acercó tanto que ella se vio obligada a retroceder hasta chocar de espaldas contra la pared.

El señor Pynch bajó entonces la cabeza para susurrarle al oído:

—La habitación está vacía. ¿Aceptas la prenda de siempre?

Sally tragó saliva, porque el corsé siempre parecía quedarle demasiado estrecho.

—S-sí.

El señor Pynch se inclinó y se apoderó de sus labios.

Sólo la profunda respiración del señor Pynch y los suspiros de Sally rompieron el silencio que reinaba en el pasillo.

Luego, el señor Pynch levantó la cabeza.

—¿Por qué te intriga tanto esa estatuilla? Cada vez que te pillo en el pasillo, la estás mirando.

Sally se sonrojó porque el señor Pynch le estaba mordisqueando el cuello.

—Creo que se parece a ti. Ese hombrecillo con patas de cabra.

El señor Pynch levantó la cabeza y miró hacia atrás. Luego volvió a mirar a Sally con una ceja regiamente levantada.

—En efecto.

—Mmm —dijo Sally—. Y me preguntaba...

—¿Sí?

Él le mordió suavemente el hombro, y a ella le costó concentrarse.

Lo intentó de todos modos, valerosamente.

—Me preguntaba si también te pareces a él en otras cosas.

El señor Pynch se detuvo con la cara pegada a su hombro y, por un momento, Sally pensó que quizá se había pasado de impertinente.

Después él levantó la cabeza y ella vio un brillo en sus ojos.

—Caray, señorita Suchlike, de muy buena gana le ayudaría a resolver esa duda, pero creo que antes deberíamos hacer otra cosa.

—¿Cuál? —preguntó ella, casi sin aliento.

La cara del señor Pynch había perdido todo asomo de ironía. De pronto estaba muy serio y sus ojos azules la observaban casi con indecisión.

Se aclaró la garganta.

—Creo que, para continuar esta conversación, debe usted casarse conmigo, señorita Suchlike.

Ella se echó un poco hacia atrás y le miró, completamente muda de asombro.

Él arrugó el ceño.

—¿Qué ocurre?

—Creía que habías dicho que eras demasiado mayor para mí —dijo ella.

—Sí...

—Y que yo era demasiado joven para saber lo que quiero.

—Sí.

—Y que debería fijarme en otros hombres. En hombres más de mi edad, como ese lacayo, Sprat.

El ceño del señor Pynch se volvió tormentoso.

—No recuerdo haberte dicho que mires al joven Sprat. ¿Tú sí?

—Bueno, no —reconoció ella.

El señor Pynch casi le había roto el corazón al decirle aquello, porque ella no quería mirar a ningún otro hombre. Lo único que la había salvado, en realidad, era que él seguía apareciendo tras ella por las mañanas y perdiendo su ridícula apuesta día tras día. El señor Pynch no parecía capaz de poner coto a sus flirteos, y ella, desde luego, tampoco podía.

Ni quería.

—Bueno —gruñó él.

Ella le sonrió, radiante.

Él se quedó mirándola un momento y luego sacudió la cabeza como si quisiera despejarse.

—¿Y bien?

—¿Y bien qué?

Él suspiró.

—¿Quieres casarte conmigo, Sally Suchlike?

—Ah. —Sally se alisó cuidadosamente la falda. Claro que quería casarse con el señor Pynch. Pero era una chica sensata y tenía que estar absolutamente segura. A fin de cuentas, casarse era un gran paso—. ¿Por qué quieres casarte conmigo?

La expresión del señor Pynch habría bastado para hacer huir a más de una, pero Sally llevaba ya algún tiempo estudiando su carácter y sus expresiones, y sabía que no tenía nada que temer de él.

—Por si no lo has notado, llevo dos semanas o más besándote en este mismo pasillo todos los días. Y aunque eres demasiado joven y demasiado bonita para mí, y sin duda te arrepentirás tarde o temprano de haberte atado a un esperpento como yo, sigo queriendo casarme contigo.

—¿Por qué?

Él la miró fijamente. Si hubiera tenido pelo, quizá se hubiera tirado de él de pura exasperación.

—¡Porque te quiero, boba!

—Ah, bueno —ronroneó Sally, y rodeó su grueso cuello con los brazos—. Entonces sí me caso contigo. Pero te equivocas, ¿sabes?

En ese momento, el ayuda de cámara la interrumpió dándole un beso lleno de entusiasmo, así que pasó algún tiempo antes de que levantara la cabeza y preguntara:

—¿En qué me equivoco?

Sally se rió al ver su encantador y ceñudo semblante.

—Te equivocas en eso de que me arrepentiré de haberme casado contigo. Nunca me arrepentiré de ser tu mujer, porque yo también te quiero.

Lo cual le valió otro beso entusiasta.

Melisande se estiró perezosamente y se acercó a su marido.

—Buenos días —susurró.

—Sí que son buenos —contestó él. Su voz sonaba indolente, con un punto de cansancio.

Con la cara pegada a su hombro, Melisande disimuló una sonrisa. Jasper casi se había agotado haciéndole el amor lentamente. Parecía gustarle despertarla por las mañanas.

Oyeron ruido de arañazos y un gemido en el vestidor.

Melisande clavó un dedo en las costillas de Vale.

—Tienes que dejarle salir.

Él suspiró.

—¿Es necesario?

—Va a seguir arañando y luego empezará a ladrar y Sprat vendrá a la puerta a preguntar si tiene que sacarlo.

—Santo cielo, cuánto jaleo por un perro tan pequeño —masculló Vale, pero se levantó de su jergón y cruzó desnudo la habitación.

Melisande le miraba con los párpados entornados. Su marido tenía un trasero precioso. Sonrió, preguntándose qué pensaría él si se lo decía.

Jasper abrió la puerta del vestidor. *Ratón* salió trotando alegremente con un hueso en la boca. Saltó al jergón y dio tres vueltas antes de echarse y ponerse a roer su presa.

El jergón se había expandido en el último mes con la adición de un colchón fino y un montón de almohadas. Melisande había hecho sacar la cama de su cuarto, y ahora el jergón ocupaba el lugar de honor, apoyado contra la pared, entre las ventanas. De noche, alumbrada por una sola vela, ella se imaginaba acostada en un palacio otomano.

—Ese perro debería tener su propia cama —refunfuñó Vale.

—La tiene —contestó Melisande—. Pero no duerme en ella.

Vale miró al perro con cara de pocos amigos. Era él, desde luego, quien le había dado el hueso, así que nadie se tomó muy en serio su expresión.

—Deberías darte por satisfecho con que ya no duerma debajo de las mantas —dijo Melisande.

—Me doy por satisfecho. Espero no volver a sentir un hocico helado pegado a mi trasero. —La miró con el ceño fruncido—. ¿Se puede saber a qué viene esa sonrisilla, esposa mía?

—Disculpa, pero no es una sonrisilla.

—¿Ah, no? —Jasper comenzó a acercarse a ella, musculoso y viril—. Entonces, ¿cómo definirías tu expresión?

—Estoy admirando el panorama —contestó ella.

—¿Sí? —Jasper se acercó al lugar donde la noche anterior había dejado caer su casaca—. Quizá quieras que te baile una gavota.

Ella ladeó la cabeza mientras le veía hurgar en el bolsillo de su casaca.

—Podría ser.

—¿Ah, sí, insaciable mujercita mía?

—Sí. —Se estiró un poco en el jergón, dejando que sus pezones asomaran por debajo de la colcha—. Pero no soy insaciable, ¿sabes?

—¿No? —masculló él. Miraba fijamente sus pezones y parecía un poco distraído—. Lo he intentado una y otra vez, y siempre estás ansiosa. Eres capaz de agotar a cualquiera.

Ella esbozó una sonrisa al oír su tono quejumbroso, y miró con mucha intención su verga, que se alzaba orgullosa y erecta.

—No pareces agotado.

—Es terrible, ¿verdad? —preguntó tranquilamente—. En cuanto me miras me pongo en guardia. Resulta embarazoso.

Ella le tendió los brazos.

—Ven aquí, tontorrón.

Jasper sonrió y se arrodilló a su lado.

—¿Qué tienes ahí? —preguntó Melisande, porque su marido tenía una mano a la espalda.

La sonrisa de Jasper se desvaneció cuando se tumbó a su lado, apoyándose en un codo.

—Tengo algo para ti.

—¿De veras? —Frunció las cejas. Él no le había regalado nada desde aquellos pendientes de granates.

Entonces sacó la mano de detrás de la espalda y la giró. En su palma había una cajita de rapé. Se parecía un poco a la cajita en la que Melisande guardaba sus tesoros, pero era nueva.

Ella levantó las cejas, intrigada, y miró su cara.

—Ábrela —dijo Jasper con voz aterciopelada.

Melisande cogió la cajita y se sorprendió al comprobar que pesaba. Volvió a mirar a su marido. Él la observaba con un brillo en los ojos de color turquesa.

Ella abrió la caja.

Y entonces sofocó un grito de sorpresa. Por fuera, la caja era de latón corriente, sin ningún adorno, pero por dentro era de oro reluciente, engarzado con piedras preciosas. Perlas y rubíes, diamantes y esmeraldas, zafiros y amatistas, y otras gemas cuyo nombre ni siquiera sabía. Todas brillaban dentro de la caja, cubriendo casi por completo el oro amarillo con un arco iris de color.

Melisande miró a Jasper con lágrimas en los ojos.

—¿Por qué? ¿Qué significa?

Él tomó su mano y, dándole la vuelta, besó sus nudillos suavemente.

—Eres tú.

Ella miró la hermosa y resplandeciente cajita.

—¿Qué?

Jasper carraspeó, con la cabeza todavía agachada.

—Cuando te conocí, fui un idiota. Y también lo fui antes, durante años. Sólo veía el latón detrás del que te ocultabas. Era demasiado vanidoso, demasiado frívolo, demasiado necio para ver más allá y descubrir tu belleza, mi dulce esposa.

Levantó sus hermosos ojos de turquesa y ella vio que la miraban con adoración.

—Quiero que sepas que ahora te veo. Que me he deleitado en tu asombrosa belleza y que no quiero que te alejes nunca de mi lado. Te quiero con toda mi alma, por maltrecha y vapuleada que esté.

Melisande miró por última vez el joyero. Era precioso. Pensó, llena de asombro, que así era como la veía Jasper. Cerró con cuidado la tapa y dejó a un lado la caja, consciente de que era el regalo más bello, el más perfecto que Jasper podía hacerle.

Luego estrechó a su marido en sus brazos y dijo lo único que podía decir:

—Te quiero.

Y le besó.

Epílogo

Jack habló con valentía, a pesar de que la espada se apretaba contra su garganta.

—Os diría quién ha ganado esos anillos, mi señor —contestó—, pero, ¡ay, de todos modos no me creeríais.

El rey se puso de nuevo a gritar, pero Jack levantó la voz para hacerse oír por encima de sus gritos de cólera.

—Además, no importa quién haya recuperado los anillos. Lo que importa es quién los tiene ahora.

De pronto, el rey se quedó callado y todos los presentes en el salón de banquetes se volvieron para mirar a la princesa Surcease. Ella parecía tan sorprendida como todos los demás cuando metió la mano en la pequeña faltriquera enjoyada que colgaba de su manto y sacó el anillo de bronce y el de plata. Los puso sobre la palma de la mano, al lado del anillo de oro, y allí quedaron los tres juntos.

—La princesa Surcease tiene los anillos —dijo Jack—. Y me parece que eso le da derecho a escoger marido.

El rey rezongó y tartamudeó, pero al final no le quedó más remedio que admitir que Jack tenía razón.

—¿Con quién quieres casarte, hija mía? —preguntó el rey—. Aquí hay hombres de todos los rincones del mundo. Hombres ricos y valientes, hombres tan apuestos que las damas se desmayan cuando los ven pasar a caballo. Ahora, dime, ¿cuál de ellos será tu esposo?

—Ninguno. —La princesa Surcease sonrió, ayudó a Jack a ponerse en pie sobre sus cortas piernas y dijo—: Me casaré con Jack el bufón y con ningún otro, porque puede que sea un bufón, pero me hace reír y le quiero.

Y así, delante de los ojos pasmados del rey y de toda la corte, se inclinó y dio un beso a Jack el bufón en la larga y curva nariz.

Sucedió entonces algo de lo más extraño: Jack comenzó a crecer, sus piernas y sus brazos se alargaron y se ensancharon y su nariz y su barbilla se redujeron hasta alcanzar sus proporciones normales. Cuando todo acabó, Jack era él otra vez, alto y fornido, y como llevaba puesto el traje mágico de noche y viento y la espada más afilada del mundo, daba gusto verle, como podréis imaginar.

Pero a la pobre princesa Surcease no le gustó aquel apuesto desconocido que se alzaba por encima de ella. Lloraba y gemía, diciendo:

—¡Oh! ¿Dónde está mi Jack? ¿Dónde está mi dulce bufón?

Jack se arrodilló delante de la princesa y tomó sus manitas entre las suyas, mucho más grandes. Inclinó la cabeza y le susurró:

—Yo soy tu dulce bufón, mi hermosa princesa. Soy el que cantaba y bailaba para hacerte reír. Te amo y de buena gana volvería a adoptar esa forma horrible y contrahecha sólo para verte sonreír.

Al oír estas palabras, la princesa sonrió y le besó. Porque, a pesar de que Jack había cambiado tanto de apariencia que ya no le reconocía, su voz seguía siendo la misma. Era la voz de Jack el bufón, el hombre al que amaba.

El hombre con el que había escogido casarse.

www.titania.org

Visite nuestro sitio web y descubra cómo ganar
premios leyendo fabulosas historias.

Además, sin salir de su casa, podrá conocer
las últimas novedades de
Susan King, Jo Beverley o Mary Jo Putney,
entre otras excelentes escritoras.

Escoja, sin compromiso y con tranquilidad,
la historia que más le seduzca
leyendo el primer capítulo de cualquier libro
de Titania.

Vote por su libro preferido y envíe su opinión
para informar a otros lectores.

Y mucho más...